KB167118

오뒷세이아

홍 신
세 계 문 학
0 2 1

오뒷세이아
ODYSSEIA

호메로스 지음
강영길 옮김

홍
신
문
화
사

차례

오뒷세우스 그리스 서해안 이타케 섬의 영주. 아버지는 라에르테스, 아내는 페넬로페, 아들은 텔레마코스이다. 희랍 최고의 꾀돌이로 명성이 자자해서 트로이아 원정에 뽑혔고, 과연 트로이아 목마 전략을 구상해서 희랍군에 최종 승리를 안겼다. 하지만 그 꾀 때문에 퀴클롭스(외눈 거인)를 눈멀게 했다가, 그의 아버지 포세이돈의 저주를 받아 10년이나 고국에 돌아가지 못하고 망명 아닌 망명 생활을 하게 된다.

텔레마코스 오뒷세우스의 아들. 아버지가 자신이 갓난아기였을 때 트로이아로 떠났기 때문에, 아버지의 부재 속에 청년으로 장성한다. 소년기 내내 성에 쳐들어 와서 온갖 행패를 부리는 구혼자 무리에게 시달리며 자라다가, 청년이 되자 부당한 무리들을 몰아내기로 결심하고 소식이 묘연한 아버지를 찾아 나선다.

페넬로페 오뒷세우스의 아내. 트로이아 전쟁이 끝난 후에도 돌아오지 않는 남편 때문에 마음고생을 한다. 게다가 그녀와 결혼해서 왕위와 재산을 가지려는 자들 백여 명의 '구혼을 가장한 위협'에 시달리는데, 남편 못지 않은 꾀로 위기를 모면하려다가 실패한다. 즉 '시아버지 수의를 준비할 때까지만 기다려 달라'고 양해를 구한 후 베틀을 가져다가 베를 짜기 시작했는데, 낮에는 짰다가 밤에는 풀면서 3년을 보냈던 것이다.

멘토르 오뒷세우스의 오랜 친구. 아테네 여신은 오뒷세우스의 해피엔딩을 위해 직접 나서서 곁에서 도와주기로 하는데, 그때 신뢰받는 멘토르의 모습으로 변장하고 나타난다. 특히 어린 텔레마코스가 처음으로 구혼자들에게 맞서고 홀로 여행을 떠날 때, 계속 동행하며 용기를 북돋워주고 가르침을 주기 때문에, 그런 모습에서 오늘날 '멘토'라는 용어가 생겨났다.

에우마이오스 충직한 돼지치기. 다들 오뒷세우스가 죽었다고 생각하고 그의 가족들에게 함부로 대할 때, 주인의 재산을 지키고 가족들을 보살폈다. 그래서 아테네가 오뒷세우스의 복수를 도울 조력인으로 그를 정한다.

에우뤼클레이아 오뒷세우스를 키운 유모. 자식 같은 오뒷세우스의 행방불명에 애태우고, 페넬로페와 텔레마코스를 열심히 위로하고 돕는다. 그래서 나중에 변장하고 돌아온 오뒷세우스의 정체를 단번에 눈치챘다.

안티노스, 에우뤼마코스 페넬로페와 텔레마코스를 가장 괴롭힌, 구혼자 무리들의 대표

알키노스 스케리아 섬 파이아케스인들의 왕. 항해술이 뛰어난 민족이라서 오뒷세우스가 마침내 고향에 돌아갈 수 있도록 돕는데, 그 때문에 포세이돈의 저주를 받는다.

키르케 태양신 헬리오스의 딸. 요술에 능해서, 자신의 외딴 섬 아이아이에 섬에 들어온 사람들을 동물로 변신시켜서 곁에 두었다. 오뒷세우스에게도 마술을 걸려고 했지만, 오뒷세우스가 헤르메스 신의 도움으로 그녀의 마술을 벗어나자 그를 도와준다.

테이레시아스 테베의 장님 예언가. 오이디푸스와 에피카스테의 비극적인 운명을 예언했던 자. 죽어서 저승에 있지만 저승의 왕비 페르세포네가 그를 아껴서 예언력이 남아 있게 해주었기 때문에, 오뒷세우스가 그의 예언을 들으러 저승까지 찾아온다.

칼립소 어깨로 하늘을 떠받치고 있는 '아틀라스'의 딸. 어찌나 성격이 까다로운지 신들도 인간도 그녀 곁에 얼씬하지 않았으니 망망대해 외딴 섬에 홀로 살았다. 그래서 오뒷세우스가 '태양신 헬리오스의 소'를 잡아먹은 동료들의 죄 때문에 난파당하자 자신의 섬에 가두고 못 나가게 한다.

포세이돈 바다의 신이자 제우스 신의 형. 아들 폴뤼페모스의 눈을 멀게 한 일 때문에 분노해서, 오뒷세우스의 귀향을 끝까지 방해한다.

헬리오스 태양의 신. 불마차를 타고 하늘을 한바퀴씩 돌아서 세상에 빛을 주었는데, 인간 아들 파에톤에게 불마차를 몰게 했다가 온 세상을 홀랑 태워먹을 뻔한 일로 아폴론에게 태양신 자리를 내준다. 오뒷세우스는 부하들이 헬리오스의 소를 잡아먹은 일 때문에 칼립소의 섬에 7년이나 갇히는 벌을 받는다.

제1권

오뒷세우스가 사라졌다!

❦

트로이아 전쟁이 막을 내리자, 살아남은 희랍군 대장들은 10년만에 고향으로 돌아갔다. 그런데 유일하게 이타케 섬의 왕 오뒷세우스만 행방이 묘연해진다. 그렇게 속절없이 세월이 흐르자 사람들은 오뒷세우스가 죽었다고 여기고, 왕비 페넬로페와 결혼해서 오뒷세우스의 재산과 명예를 차지하려고 덤벼들었다. 그들은 말만 구혼이었지 반협박이나 다름없이 행동했기에 페넬로페와 어린 아들 텔레마코스는 그저 쩔쩔맬 뿐이었다. 하지만 오뒷세우스는 살아 있었다. 바다의 신 포세이돈의 미움을 받아서 님프 칼립소의 무인도에 갇혀 있었던 것이다. 오뒷세우스의 절망이 심해지자 마침내 올림포스 신들이 그의 귀향을 결정, 아테네 여신이 텔레마코스에게 찾아가서 구혼자들과 맞서 싸워 아버지를 맞을 준비를 시킨다.

무사 여신이여, 그 용사의 이야기를 해주소서! '트로이아 목마'라는 기막힌 전술로 전쟁을 승리로 이끌었으면서도 고향에 돌아가지 못하고 낯선 타국을 떠돌아야 했던 꾀 많은 사나이의 이야기를! 세상 끝과 저승까지 다녀오면서 집에 돌아가려고 애썼지만, 헬리오스 휘페리온(위에 있는 자. 태양신 헬리오스의 별명)의 소 떼와 양 떼를 잡아먹고 자멸한 어리석은 부하들 때문에 결국 홀로 망망대해 외딴 섬에 갇혔던 오뒷세우스의 이야기를! 어느 대목부터라도 좋으니 제우스의 따님이신 무사 여신이여, 그의 파란만장했던 모험담을 들려 주소서!

격렬했던 트로이아 전쟁터에서도, 변덕스러운 바닷길에서도 살아남은 운 좋은 희랍 용사들은 다들 고향에 돌아갔다. 그런데 오뒷세우스는 고향 이타케 섬으로 돌아가지 못하고, 님프 칼립소가 사는 오귀기에 섬에 붙잡혀 있었다. 사람 그림자도 없는 곳에 갇혀서 고향을 그리워하는 시간이 어느덧 7년을 훌쩍 넘어가자, 그는 차라리 죽음을 자처할 정도로 절망해 버렸다.

아테네 여신을 비롯한 올림포스의 많은 신들은 그런 오뒷세우스가 가여웠다. 하지만 제우스의 형제인 포세이돈이 오뒷세우스에게 머리끝까지 화가 나서 '오뒷세우스의 시련을 절대로 덜어주지 않겠다.'고 공언하고 있었다. 그래서 포세이돈이 아이티오페스(에티오피아), 즉 해가 저무는 서쪽과 해가 솟는 동쪽이 만나는 '인간 세계의 끝'에서 열리는 제사에 헤카톰베(100마리의 제물. 신에게 바치는 성대한 제물)를 받으러 간 사이에, 다른 신들이 일제히 올림포스 천궁에 모여서 회의를 열었다. 제우스가 말문을 열었다.

"허 참, 왜 인간들은 뭐만 잘못되면 우리 신들을 탓하지? 재앙이란 재앙은 모두 우리가 일으켰다고들 하는데, 사실 그들 스스로가 분수에 벗어난 행동을 해서 원래 타고났던 운명보다 더 쓰라린 꼴을 당하는 것이거든. 아가멤논을 죽인 아이기스토스를 봐. 그가 아가멤논의 아내 클뤼타임네스트라와 밀통해서 트로이아에서 귀국한 아가멤논을 살해할 때, 그것이 자신의 파멸이 될 줄 몰랐겠어? 내가 전령인 헤르메스를 보내서 '아가멤논의 아들 오레스테스가 지금은 어리고 타국에 있지만, 머잖아 성년이 되면 복수할 것이다.'라고 경고까지 해줘도 무시했잖아. 그가 목숨을 잃은 것은 그 결과

일 뿐이야."

제우스의 딸인 아테네가 맞장구쳤다.

"그럼요. 아이기스토스가 파멸한 것은 아주 당연한 일이지요. 그런데요, 오뒷세우스는 왜 저토록 지독한 불행을 당해야 하지요? 그는 벌써 7년째 가족에게 돌아가지 못하고 대양 한복판의 외딴 섬에 갇혀 있어요. 님프 칼립소의 섬에요. 바닷속을 속속들이 알고, 대지와 하늘을 떼어놓는 큰 기둥을 저 혼자서 지탱하느라 마음속에 불만이 가득한 아틀라스의 딸 말이에요. 그녀가 그 불행한 사나이를 비탄에 잠기든 말든 신경도 안 쓰고 붙잡아놓고 있답니다. 고향 이타케 생각을 잊게 하려고 온갖 요사를 부리면서요. 하지만 오뒷세우스는 제 고향땅에서 피어오르는 연기라도 보고 싶은 마음이 간절해서 차라리 죽기를 바라고 있답니다. 그런데도 아버지 신께서는 전혀 그자에게 마음을 써주지 않으시니 어찌된 일인가요? 오뒷세우스가 트로이아에 있을 때 당신께는 제사와 제물을 드리지 않았나요? 왜 그에게 냉정하신가요?"

"딸아, 그 무슨 소리를 하느냐. 내가 어찌 오뒷세우스를 잊었겠느냐. 그는 지혜나 분별이 어느 인간보다도 뛰어나고, 신들에게도 항상 풍족하게 제물을 바쳤다. 하지만 포세이돈이 이만저만 화를 내고 있는 게 아니라서 말이다. 왜냐하면 오뒷세우스가 그의 아들인 퀴클롭스(외눈박이 거인) 폴뤼페모스의 눈을 멀게 만들었거든. 포세이돈은 황량한 대양을 다스리는 포르퀴스의 딸인 님프 토오사가 낳은 그 아들을 아낀단다. 그래서 마음 같아서는 당장이라도 죽이고 싶은데, 그럴 수는 없으니 그 대신 고향에 못 돌아가고 먼 곳을 떠돌게 한 거야.

하지만 네 말대로 이제는 그 불쌍한 사나이를 그만 고국으로 돌려보낼 때가 되었구나. 그러니 방법을 마련해 주어야겠다. 포세이돈도 결국은 노여움을 풀겠지. 모든 불사의 신들에게 반대하면서까지 제 뜻대로 할 수는 없을 테니까."

"아버지 신이시여, 그렇다면 지금 당장 칼립소에게 헤르메스를 보내서, 오뒷세우스를 귀국시키는 것이 우리 올림포스 신들의 뜻임을 알려 주세요. 그 동안 저는 이타케 섬으로 가서 오뒷세우스의 아들 텔레마코스를 도와 주겠어요. 지금 오뒷세우스의 집에는 재산을 노리고 멋대로 쳐들어와 있는 구혼자 무리들이 가득한데, 그 아이는 아무것도 하지 못하고 꼼짝없이 당하고만 있거든요(오뒷세우스의 행방불명이 길어지자, 오뒷세우스의 아내 페 넬로페와 결혼해서 재산과 명예를 차지하려는 남자들이 희랍 전역에서 백여 명이나 몰려들어서 수년째 오뒷세우스의 성을 무단으로 점거하고 매일 흥청 망청 잔치를 벌여대는 상황). 이제는 그 아이가 아카이아인들을 회의에 소집 해서 구혼자들에게 맞설 수 있게 용기를 주겠어요. 또 필로스와 라케다이 몬(흔히 '스파르타'라고 알려진 나라의 정식 명칭)에 가서 아버지의 소식을 수소문하게 시키겠어요. 세상 사람들에게 '아버지를 그리워하고 안타까워 하는 대견한 아들'이라는 칭찬을 듣도록 말이에요."

아테네는 말을 끝내자마자 황금 샌들을 비끄러매고 청동 창을 들었다. 샌들은 출렁이는 바다든 끝없는 땅이든 가릴 것 없이 바람이 부는 대로 여 신을 데려다주었고, 창은 이 위대한 신의 딸이 자기를 격분시킨 무사들을 평정할 수 있게 해주었다. 아테네 여신은 올림포스 천궁에서 이타케 섬 오 뒷세우스의 궁전 대문 앞으로 뛰어내렸다. 그새 여신의 모습은 오뒷세우스의 절친인 타포스 섬의 군주 멘테스로 변해 있었다.

성문 앞에는 구혼자들이 자신들이 먹어 치운 황소의 가죽을 깔고 앉아서 삼삼오오 장기를 두고 있었다. 그 곁을 전령들과 시종들이 부지런히 오가면서 시중을 들었다. 포도주를 나르거나, 구멍이 뻥뻥 뚫린 해면으로 책상을 닦거나, 한쪽에서 고기들을 썰어서 수북이 접시에 담아 놓았다.

아테네를 가장 먼저 발견한 사람은 오뒷세우스의 아들 텔레마코스였다. 그는 그곳에 비통한 심정으로 앉아서 '아버지가 돌아오셔서 존엄한 지위를 되찾고 이 도적 같은 구혼자들을 다 몰아내면 얼마나 좋을까.' 하는 생각에 잠겨 있다가, 문득 문간에 들어서는 멘테스를 보았다. 그는 손님을 대문간에 세워 두는 것이 마음에 걸려서 직접 문간으로 나갔다.

"어서 오십시오, 손님. 저희는 누구나 기꺼이 맞이합니다. 자, 우선 음식을 배불리 드십시오. 용건은 그 후에 듣지요."

텔레마코스가 앞장서서 아테네를 안내했다. 그는 천장이 높은 성채 안에 들어서자 손님의 창을 받아서 기둥 옆 창꽂이 속에 꽂았다. 반들반들 잘 닦인 창꽂이에는 오뒷세우스의 창들도 여러 개 들어 있었다. 텔레마코스는 손님을 훌륭한 조각이 새겨진 안락의자에 앉혔다. 푹신한 깔개가 깔려 있고 발밑에 발판까지 달린 의자였다. 그러고는 자신도 그 곁에 등받이의자를 가져다 놓고 앉았다. 손님이 소란하고 무례한 불한당들 때문에 식사를 즐기지 못할까봐 염려도 되고, 한편으로는 나그네가 혹시 아버지의 소식을 알고 있지 않을까 싶었기 때문이었다.

그러자 일꾼들이 저녁 식사 준비를 시작했다. 시녀가 예쁜 황금 물병에 세수洗手물을 담아 와서 은으로 만든 대야에 붓고, 그 옆에 깨끗한 탁자를 내놓았다. 그러자 가정부가 빵을 시작으로 갖가지 요리들을 내와 탁자 위에 놓았다. 요리사가 고기를 썰어서 나눠 주고는 두 사람 앞에 황금 술잔을 놓았다. 몸종들이 몇 번이고 오가면서 두 사람의 잔에 혼주병에서 물에 먹기 좋은 농도로 희석한 포도주를 따라 주었다.

그즈음 거들먹거리는 구혼자들도 하나둘 들어와서 안락의자에 순서대로 앉기 시작했다. 그들에게도 손 씻을 물, 빵 바구니, 혼주병에 섞은 포도주가 차례로 대접되었다. 구혼자들은 차려진 음식에 부지런히 손을 내밀어서 먹고 마시더니, 여느 때처럼 향연에 으레 따르는 노래와 춤까지 재촉했다. 하인이 음유시인 페미오스의 손에 키타리스(하프)를 들려주자, 시인이 줄을 퉁기면서 아름다운 노래를 읊기 시작했다.

다들 노래에 취해 있을 때, 텔레마코스가 남들에게는 들리지 않도록 낮은 목소리로 아테네에게 물었다.

"손님, 이런 말씀이 무례하더라도 이해해 주십시오. 노래와 선율에 한껏 심취해 있는 저들은 말이지요, 얼핏 보기에는 굉장히 고상한 자들 같겠지만 사실은 남의 집에서 무전취식하는 무뢰한들입니다. 백골이 되어 어느 먼 육지에서 빗물에 썩어가는지, 바닷물 속에 잠겨 물결에 굴러다니는지 모를 그런 사람, 바로 제 아버지의 재물을 말이에요. 만약 아버지가 살아 계셔서 이타케로 돌아오시면, 그 순간 황금도 의복도 다 팽개치고 누구랄 것 없이 걸음아 날 살려라 하고 쏜살같이 도망칠 자들이 말입니다. 하지만 글쎄요, 저 역시 아버지가 귀국하시리라는 희망을 잃었습니다. 아무래도 아버지는 애꿎은 죽음을 맞으신 듯합니다.

그건 그렇고, 이젠 손님의 이야기를 해 주세요. 당신은 어느 나라의 누구신가요? 이타케는 섬이라서 반드시 배를 타고 와야 하는 곳인데, 어떤 뱃사람들이 배를 태워 주던가요? 그들이 왜 당신을 이타케로 모셔왔습니까? 이타케에는 첫 방문이신가요, 아니면 제 아버지와 친하셨나요? 아버지는 많은 분들과 교류하셨기 때문에 그분들이 퍽 많이 찾아오셨었죠."

"난 앙키알로스의 아들 멘테스라네. 항해술이 뛰어난 타포스인들의 영주이지. 이타케에는 번쩍번쩍 빛나는 쇠를 청동으로 바꾸려고 부하들과 함께 배를 타고 테메세 섬으로 가던 길에 잠시 들렀네. 배는 이곳에서 조금 떨어진, 숲이 우거진 네이온 산기슭의 레이트론 포구에 정박해 두었어.

우리 집안과 당신네 집안은 조상 대대로 친숙한 사이라네. 당신의 할아버지인 라에르테스 영감에게 물어보면 금방 알 수 있을 텐데, 그분이 요즘은 시내에 잘 나오지 않고 먼 시골 땅에서 늙은 시녀 한 명의 시중만 받으며 힘겹게 지내고 있다지?

내가 바쁜 항해길에도 짬을 내서 이렇게 들른 이유는, 당신 아버지 오뒷세우스가 고향으로 돌아오는 길에 신들의 훼방을 받아서 헤매고 있다는 소식을 알려주기 위해서라네. 죽지 않고 지상 어디엔가 살아 있다는 이야기를 들었단 말이야. 망망한 대양의 어딘가 외딴 무인도에 억류되어 있다던가. 아마도 난폭한 야만족에게 붙잡힌 게 아닐까 싶네. 어쨌든 나는 예언자도 아니고 새점도 못 치지만, 오뒷세우스가 머지않아 고향 땅으로 돌아올 것만은 분명히 알고 있네. 하기야 오뒷세우스라면 설령 쇠사슬에 묶여 있대도 어떻게든 꾀를 내어 궁지에서 벗어나서 귀국할 걸세.

그래서 말인데, 한 가지만 분명하게 말해 주게. 정말로 그대가 오뒷세우스의 아들인가? 아닌 게 아니라 용모며 눈매가 그분을 빼닮았군. 벌써 이렇

게 훌륭한 어른이 다 되었다니! 오뒷세우스는 트로이아로 출정하기 전에
는 나와 자주 왕래하며 지냈다네."

"멘테스여, 솔직히 말씀드리지요. 어머니께서 제가 오뒷세우스의 아들
이라고 말씀하시지만 저는 잘 모르겠습니다. 누군들 자신의 부모를 스스로
알 수 있겠습니까? 요즘 제 심정은, 그저 늘그막까지 편안하게 사는 사람의
아들이었다면 얼마나 좋았을까 싶습니다. 내 아버지는 가장 불행한 인간이
시니까요."

"젊은이, 그런 말 말게나. 이렇게 훌륭한 아들이 페넬로페의 슬하에 있으
니, 신들은 결코 이 가문을 후세에 불명예스럽게 하시지는 않을 거라네. 그
나저나 이 연회와 하객은 다 뭔가? 집안 잔치 같기도 하고, 결혼 피로연 같
기도 하고. 하객들이 하나같이 모두 안하무인격으로 부어라 마셔라 떠들어
대다니. 솔직히 말하면 조금만 지각 있는 인간이라면 당장 분개할 만큼 난
장판이 아닌가."

"멘테스여, 아버지가 이 성에서 영주로 계시던 때는 우리 집안도 부유하
고 지체도 높았다죠. 하지만 신들께서 화가 나신 건지, 트로이아 원정을 가
셨던 분들 중에서 내 아버지만 유별나게 세상에서 흔적도 없이 사라져버렸
어요. 차라리 아버지가 전투 중에 전우들의 품에서 숨을 거두셨더라면 아
카이아인들이 무덤을 쌓아드렸을 테고, 가족들이 보는 앞에서 돌아가셨다
면 제가 잘 모셨을 텐데, 이렇게 자취도 없이 사라져 버리시다니요. 너무
한스럽습니다.

그런데 아버지가 돌아가신 애통함만으로는 부족한지, 신들께서 제게도
갖가지 재앙을 내리고 계십니다. 바위 많은 이곳 이타케 섬은 물론이고 근

처의 둘리키온, 사메, 숲이 우거진 자퀸토스 같은 섬의 세도가들이 모두 몰려와서, 어머니께 구혼한다는 평계로 눌러앉아서 살림을 마구 탕진하고 있는 것이지요. 어머니는 구혼을 거절하고 그들을 물러가게 할 힘이 없으세요. 그러니 저들이 곧 살림을 다 파먹고, 제 신세를 망쳐버릴 겁니다."

"아, 이럴 수가! 몰염치한 구혼자들을 응징하기 위해서라도 오뒷세우스가 꼭 돌아와야겠군. 그가 옛날 모습 그대로, 투구를 쓰고 창과 방패를 들고 당장 나타난다면 얼마나 좋을까! 그가 내 집에 처음 방문해서 술을 마시고 흥겨워했을 때와 다름없는 씩씩한 모습으로 말이네.

그때 오뒷세우스는 에퓌라에 사는 메르메로스의 아들 일로스에 갔다 오는 길이었지. 청동 화살촉에 바를 맹독을 구하려고. 그런데 일로스가 신들이 두려워서 거절하는 바람에 빈손으로 돌아가고 있었는데, 내 아버지가 오뒷세우스를 아껴서 독약을 나누어 주었지. 그때처럼 꿋꿋한 오뒷세우스가 저 대문간에 나타나기만 한다면, 한 사람도 빠짐없이 죽음과의 쓰디쓴 결혼을 경험하게 될 텐데(죽게 된다는 뜻)!

하지만 그의 귀향도 복수도 모두 신들의 뜻! 그러니 자네는 지금 당장의 방안부터 궁리해 보게. 저 불한당들을 쫓아낼 방법을 말이야. 이러면 어떻겠나? 내일 아침 아카이아인 남자들을 모두 회의장에 소집해서 '만약 어머니가 재혼하신다면 부유한 외가집에 돌아가서 하실 것이니, 구혼자들은 각자의 집으로 돌아가라.'라고 선언하는 거야. 그댁 어른들은 사랑하는 딸에게 결혼식도 올려 주고, 지참금도 많이 주실 테니까.

일단 그렇게 무리들을 물러가게 한 후에, 자네는 노잡이 스무 명짜리의 배를 구해서 아버지 소식을 수소문하러 떠나게. 오뒷세우스의 소식을 알거나, 제우스의 풍문을 얻어들은 자가 어딘가에는 하나쯤 있지 않겠나? 가만 있어 보자, 일단 모래 언덕이 많은 퓔로스로 가서 네스토르 영주에게 물어 보고, 라케다이몬(스파르타)으로 가서 금발의 메넬라오스도 만나 보게. 그가 아카이아 대장 중에서 가장 늦게 귀국했으니까 분명히 들은 소식이 있을 거야. 그래서 메넬라오스가 '오뒷세우스는 곧 귀국할 것이다.'라고 말한다면 돌아와서 저들의 행패를 1년만 더 참으며 기다리고, '오뒷세우스는 이미 죽었다.'라고 말해 주면 돌아와서 그분의 무덤과 장례를 제대로 치러 드리고 어머니를 재가시켜 드린 후에 저 불한당들을 처리하게. 오레스테스 얘기를 들었겠지? 그는 아버지(아가멤논)의 원수를 죽여서 정말 훌륭한 평판을 얻었다네. 텔레마코스, 자네도 더 이상 어린애가 아니라 체구도 크고 훌륭하게 자랐으니 후세에 칭찬을 남기도록 용기를 내야 하네.

자, 나는 이만 배로 돌아가겠네. 부하들이 목이 빠지게 날 기다리고 있을 테니까."

"멘테르여! 아버지가 아들에게 하듯이 해 주신 조언들을 결코 잊지 않겠습니다. 그런데 아무리 갈 길이 바쁘셔도 잠시 이곳에 머물면서 목욕도 하시고 충분히 대접받으신 후에 가세요. 제가 드리는 훌륭한 선물까지 받아서요."

"아니네, 갈 길이 멀어 마음이 아주 조급한 참이니 나를 붙잡지 말게. 정 멋진 선물을 주고 싶다면, 내가 집에 돌아가는 길에 다시 들를 테니 그때 주게. 나도 그대에게 걸맞는 답례의 선물을 준비해 올 테니까."

아테네는 이렇게 말하고 떠났다. 그 순간 텔레마코스는 마음속에 힘과 용기가 생기고, 전보다 한층 더 아버지가 생각나는 것을 느끼고 깜짝 놀랐다. 낯선 손님이 신이었음을 직감한 것이다. 그래서 젊은 성주는 손님을 배웅하고 얼른 구혼자들의 향연장으로 되돌아갔다. 아직도 음유시인 페미오스의 낭송이 계속되고 있었는데, 때마침 아카이아군이 팔라스 아테네의 지휘로 트로이아에서 귀국을 서두르는 대목이었다.

이카리오스의 딸 페넬로페가 이층 방에서 노랫소리를 듣고 아래층으로 내려왔다. 그녀는 구혼자들과 마주치지 않으려고 머리 장식 베일을 두 뺨에 내려 드리우고, 지붕을 떠받치는 큰 기둥 옆에 섰다. 성실한 두 시녀가 따라와서 양 옆에 조용히 섰다. 페넬로페가 뜨거운 눈물을 주르르 흘리더니 음유시인에게 말을 건넸다.

"페미오스, 그대는 신들이 행한 고결한 업적들에 대한 노래를 많이 알잖아요? 그러니 내 가슴을 갈기갈기 찢는 지금 그 노래 말고, 다른 노래를 부르세요. 아, 그 노래는 온 희랍에 명성이 자자하던 훌륭한 분을 잃은 슬픔을 더 크게 만드는군요."

텔레마코스가 어머니의 곁에 다가와서 한마디 했다.

"어머니, 시인이 우리를 즐겁게 해주고 있는데 왜 이러쿵저러쿵 불평을 하세요? 그것은 시인의 잘못이 아니라, 마음 내키는 대로 인간들에게 행운과 고난을 함부로 휘두르는 제우스 신의 잘못이잖아요. 페미오스가 트로이아 전쟁 이야기를 노래한 것은 그것이 가장 새로운 노래이기 때문일 뿐입니다. 세상 사람들이 항상 가장 새로운 노래를 듣고 싶어하니까요. 또 잘 들어보면 트로이아에서 귀국하지 못한 이가 아버지뿐이 아니라 엄청나게 많다는 걸 알 수 있어요. 그러니 어머니는 그만 방으로 올라가서 베틀이든 물레든 하던 대로 돌리시면서, 시녀들의 일이나 감독하세요. 연설은 남자,

특히 이 집안의 주인인 제가 합니다."

페넬로페는 아들의 말에 놀라서 즉시 방으로 되돌아갔다. 그리고 빛나는 눈의 아테네가 눈꺼풀에 단잠을 내려줄 때까지 남편 오뒷세우스를 그리워하며 흐느꼈다.

한편 향연장의 구혼자들은 페미오스의 노래가 계속되는 동안 저마다 '내가 페넬로페의 침대 옆자리를 차지하겠다.'고 떠들어대고 있었다. 텔레마코스는 처음으로 주인으로서 그들 앞에 나섰다.

"내 어머니의 구혼자들이여, 난폭하고 오만불손한 자들이여! 그냥 조용히 식사나 즐기시오. 그대들이 떠들어대는 것보다 목소리가 신처럼 좋은 시인의 노래를 감상하는 것이 훨씬 즐거운 일이 아니겠소. 지금은 그냥 이렇게 즐기다가 졸리면 돌아가 주무시오.

그렇지만 내일 동이 트면 다들 일찍 일어나서 회의장으로 모이시오. 그곳에서 내가 당신들에게 '모두 이 집에서 나가라.'고 선언할 테니까요. 잔치를 계속하고 싶다면 각자 자신들의 집에 돌아가서들 여시오. 그래도 돌아가지 않고 무고한 사람의 가산을 계속 억울하게 탕진시킨다면, 나는 불멸의 신들께 '저 불한당들을 몰살시켜달라.'고 기도하겠소. 제우스께서는 내 소원을 들어주실 것이오."

좌중이 일순 조용해졌다. 모두들 텔레마코스의 대담한 말에 놀라서 입술을 지그시 깨물었다. 잠시 후 정적을 깨고 에우페이테스의 아들 안티노스가 말했다.

"꼬마 텔레마코스가 이렇게 오만하고 대담한 말을 다 하다니, 아마 신들이 가르쳐주셨나 보군. 하지만 이보게, 제우스 신은 자네를 이타케의 군주로 삼지 않아. 아무리 자네가 오뒷세우스의 아들이라도 말이야."

텔레마코스도 지지 않고 받아쳤다.

"안티노스여, 나는 제우스 신이 허락하신 내 임무를 해낼 작정이오. 내 아버지 오뒷세우스가 가졌던 '이타케 왕'이라는 지위는, 순식간에 부와 명예를 얻는 막중한 것이지요. 그러니까 거룩한 오뒷세우스가 죽었다면 이타케의 크고 작은 영주들 중 한 명에게 그 영예가 돌아가겠지요. 하지만 그래도 여전히 이 집의 주인은 나, 텔레마코스입니다! 나의 거룩하신 아버지가 전쟁 중에 나를 위해 쟁취하신 것들이니까."

폴뤼보스의 아들 에우뤼마코스가 대답했다.

"자네 말이 맞네. 누가 이 바다로 둘러싸인 이타케 섬의 군주가 되느냐 하는 것은 참으로 신들의 뜻에 달린 일이야. 자네 집 재산과 성이야 자네가 지배하든지 말든지. 자네의 바람대로 더 이상 자네의 재산을 빼앗으려는 자들이 이타케에 없기를 바라네.

그보다 여보게, 아까 그 손님이 대체 누군가? 어느 땅 어느 가문 사람이라던가? 오뒷세우스 소식이라도 전해 주던가, 아니면 그저 제 볼일이 있어서 들렀다던가? 용모가 범상치 않길래 누군지 물어보려고 했는데, 날개라도 돋힌 듯이 참 황급히도 사라졌더군."

텔레마코스는 적당히 둘러댔다.

"에우뤼마코스, 내 아버지는 돌아오시지 않아요. 나는 이제 그 어떤 풍문에도, 그 어떤 점쟁이의 신탁에도 귀기울이지 않아요. 그 손님은 아버지의 오랜 친구이시랍니다. 앙키알로스의 아들 멘테스라는 분으로, 항해에 익숙한 타포스 섬의 군주이지요."

하지만 텔레마코스는 마음속으로 '그는 틀림없이 불사의 신이다.'라고 되뇌었다.

구혼자들은 다시 음주가무를 즐기기 시작했다. 그들은 한껏 여흥에 취해 있다가 밤이 깊어져서야 제각기 잠자리로 돌아갔다. 텔레마코스도 아름다운 정원의 전망 좋은 전각에 있는 침실로 향했다. 유모 에우뤼클레이아가 활활 타오르는 횃불을 들고 길을 밝혀주었다. 그녀는 페이세노르 집안 오프스의 딸로, 그 옛날 라에르테스 왕이 어린 그녀를 소 스무 마리를 주고 하녀로 사들였다. 그래서 그녀는 텔레마코스를 갓 태어났을 때부터 귀히 여기며 손수 키워 왔다.

텔레마코스는 편안한 제 방에 들어서자, 침대에 걸터앉아서 외투를 벗어서 유모에게 건넸다. 유모는 그것을 차곡차곡 잘 매만져서 나무 침대 옆 걸대에 걸쳐 놓고는, 침실에서 물러나가 은 손잡이를 당겨 문을 닫고 가죽 고리로 빗장을 걸었다. 텔레마코스는 부드러운 양털 담요를 덮고 누워서 밤새 나그네가 권했던 여행 계획을 세워 보았다.

제2권

텔레마코스, 아버지를 찾아 떠나다

❧❧❧

텔레마코스는 아테네 여신이 준 용기로 이타케인 전체 회의를 소집하고, 그곳에서 공개적으로 구혼자들을 비난하며 이제 그만 집에서 나가라고 말한다. 하지만 구혼자들의 대표격인 안티노스와 에우뤼마코스는 오히려 '우리는 페넬로페의 교활한 꾀에 희생되었으니 누군가 그녀와 결혼해서 막대한 지참금을 받기 전에는 절대로 물러가지 않겠다.' 하고 비아냥댄다. 텔레마코스가 '그렇다면 아버지의 소식을 수소문하러 다녀올 수 있게 배 한 척과 선원 스무 명만 마련해 달라.'고 하자 그것마저 조롱한다. 그러나 아테네가 아버지 친구 멘토르로 변장해서 출항 준비를 해 주니, 텔레마코스는 어머니에게 말하지 않고 유모 에우뤼클레이아의 도움만 받아서 한밤에 몰래 이타케 섬을 떠난다.

장밋빛 손가락을 가진 새벽 여신이 나타나자, 오뒷세우스의 사랑하는 아들은 침대에서 일어났다. 그는 얼른 옷을 입고 샌들을 신고 어깨에 날카로운 검을 메고 침실에서 나와서, 목소리가 낭랑한 전령들에게 '아카이아인들을 회의장으로 소집하라.'고 명령했다. 전령들의 외침을 듣고 사람들이 매우 빨리 몰려들었다.

텔레마코스는 청동 창을 손에 거머쥐고 회의장으로 달려갔다. 날쌘 개 두 마리가 뒤따랐다. 아테네 여신이 그에게 놀라운 매력을 부어 주었기 때문에, 사람들은 텔레마코스의 모습을 보면서 새삼 감탄했다. 그가 아버지 오뒷세우스의 좌석에 앉자 장로들은 그를 위해 비켜 섰다.

노인 아이귑토스가 일어나서 말문을 열었다. 나이가 많아서 허리는 굽었지만 무척 박식한 자였다. 그는 아들이 넷이었는데, 둘은 집안 영지에서 농사를 지었고, 에우뤼노모스는 구혼자 무리와 어울려 다녔다. 노인이 가장 사랑했던 아들 안티포스는 오뒷세우스의 부하로 일리오스로 출정한 후 소식이 없었다. 안티포스가 이미 퀴클롭스의 마지막 만찬이 되어 죽은 것을 모르는 노인은, 깊은 그리움에 한숨을 쉬며 눈물을 흘리고 있었다.

"이타케인들이여, 우리는 고귀한 오뒷세우스가 출정한 이후로 회의를 한 적이 없네. 대체 20년만에 집회를 소집한 자가 누군가? 어디서 군대라도 쳐들어오고 있는가, 아니면 그냥 마을 전체에 대한 일을 의논하려는 것인가? 어쨌든 우리를 모두 모이게 한 자이니 매우 유능한 자인 듯하네. 모쪼록 제우스께서 그가 희망하는 모든 계획을 이루어 주시기를!"

텔레마코스는 노인의 첫 발언에 용기를 얻었다. 그래서 얼른 회의장 한복판으로 걸어나갔다. 전령 페이세노르가 그의 손에 슬쩍 왕홀을 건네주었다. 텔레마코스는 첫 발언자 아이귑토스에게 인사를 건네며 이야기를 시작했다.

"어르신, 내가 회의를 소집했습니다. 이타케가 공격을 받고 있다거나 마을 전체의 의논거리가 있어서가 아니라, 내게 닥친 지독하고도 긴급한 곤경을 호소하고 싶어서입니다. 내 집에 재앙이 두 가지나 덮쳤기 때문입니다.

일단 모두가 알고 있다시피 나의 아버지, 거룩한 오뒷세우스를 잃었지요. 한때 여러분의 군주로서 당신들 모두에게 친아버지처럼 인자하셨던 분이지요.

그런데 지금은 그 슬픔보다 더 지독한 불행이 우리 집을 완전히 점령하고 있습니다. 바로 내 어머니께 구혼하겠다고 몰려든 구혼자들인데, 다름 아닌 이 자리에 모인 원로님들의 자제들이지요. 그들은 겁쟁이들이라서 정작 외조부 이카리오스에게 직접 찾아가면 정혼자나 지참금이 정해질까봐 그러지는 않고, 무작정 우리집에 기숙하면서 온갖 가축들을 하루에도 끝없이 잡아먹고 포도주를 물처럼 퍼마시며 잔치나 벌여대고 있습니다. 우리 집안의 가산을 바닥내고 있습니다.

아, 정말이지 제가 그들을 막아낼 만큼 강하다면 얼마나 좋을까요. 하지만 어쩔 도리가 없습니다. 저는 아직 힘이 약하고, 그런 재앙을 물리쳐 줄 아버지는 집에 안 계십니다. 여러분들은 이 고약한 행태에 대해 그냥 침묵하고 있고요. 신들께서 저들의 만행에 대한 대가를 여러분에게 치르게 하실 겁니다.

올림포스에 계신 제우스 신과 회의를 주관하는 율법의 여신 테미스여! 제가 그냥 아버지의 실종만 걱정할 수 있도록, 제발 저들을 말려 주십시오. 훌륭하신 나의 아버지 오뒷세우스가 아카이아인들에게 고의적으로 악행을 저지르지 않았다면 말입니다. 만일 그랬다면 차라리 저들에게 '텔레마코스에게 더 잔학한 짓을 하라.'고 부추기십시오. 저들이 가산과 가축들을 먹어 없애버리면, 차라리 저는 언젠가 그에 대한 보상이라도 받을 수 있으니 더 나은 일이 아닙니까? 계속 이곳에 살면서 우리의 손해를 남김없이 배상하라고 독촉만 하면 되니까요. 하지만 이대로라면 저는 저 악당들 때문에 치유할 수 없는 고통을 계속 받을 겁니다."

텔레마코스는 격정이 끓어올라서 홀장을 내던지며 울음을 터뜨렸다. 그의 비통함이 모든 사람들을 사로잡아서 일순 숙연해졌다. 안티노스가 그 침묵을 깨고 소리쳤다.

"대단한 열변이로군. 하지만 왜 텔레마코스 자네가 화를 내지? 우리를 모욕하고 책임을 지울 생각이라면 잘못 안 거야. 잘못은 우리가 아니라 교활한 자네 어머니 페넬로페에게 있으니까!

잘 들어 보게. 페넬로페가 아카이아인의 마음을 희롱한 지도 벌써 4년이다 되어간다네. 처음에 자네 어머니는 자기 방에 큼직한 베틀을 들여놓더니 모두에게 똑같은 약속을 적은 편지를 보냈지.

'제게 구혼하시는 분이여, 거룩한 군주 오뒷세우스는 이미 이 세상에 없으니 재혼을 재촉하지 마시고 조금만 기다려주세요. 라에르테스 님의 장례에 사용할 천을 다 짤 때까지만요. 연로한 그분을 죽음의 저주가 곧 덮칠 텐데, 그때 이 모든 재산의 주인이신 그가 제대로 된 수의도 하나 못 입고 관에 누우면 어찌 되겠어요? 아마 이 나라의 모든 여자들이 저를 비난할 겁니다. 도리를 다하지 않았다고 말이에요.'

우리는 페넬로페의 말을 믿고 기다렸다네. 그녀는 아닌 게 아니라 매일 베 짜기에 열심이었어. 하지만 그게 속임수일 줄이야. 그녀는 우리가 보는 낮에는 열심히 베를 짜다가, 밤이면 그것을 모조리 다 풀어 버렸던 거야. 우리를 아주 감쪽같이 속인 것이지. 아주 최근에야 그녀의 시녀 하나가 수다를 떨다가 알려 줘서 우리가 그 현장을 붙잡았다네. 페넬로페는 그제서야 천을 완성했어.

그러니 잘 듣게. 자네가 어머니를 친정으로 보내드리는 게 좋을 거야. '친정으로 돌아가서 외할아버지께서 정하는 사람이든 어머니 마음에 드시는 사람이든 하나를 정해서 결혼하시라.'라고 설득하란 말이야. 더 이상 아테네 여신에게 받은 손재주와 재치로 우리를 헷갈리게 하지 말라고 말이야. 정말이지 페넬로페는 튀로(포세이돈의 아들 펠리아스를 낳아서, 남편 크레테우스에게 키우게 했다. 훗날 펠리아스가 왕위를 찬탈해서, 크레테우스의 친손자인 이아손이 왕위를 되찾기 위해 아르고호를 타고 황금 양모피를 찾으러 간다.)나 알크메네(제우스의 아들 헤라클레스를 낳아서, 남편 암피트뤼온이 키우게 했다.)나 뮈케네(아레스토르의 아내)보다도 더 교활한 여자야. 그러니까 지금 그대의 집안 살림이 거덜나고 있는 건 그녀가 자초한 일일 뿐이지, 우리 책임이 아니란 말이네. 분명히 말하지만 우리는 그녀가 우리들 중 누군가와 결혼하기 전에는 이 집에서 한 발짝도 나갈 수 없네."

안티노스는 눈 하나 깜짝하지 않고 뻔뻔하게 페넬로페와 텔레마코스를 비난했다. 하지만 아테네에게 용기를 받은 텔레마코스도 지지 않고 응수했다.

"안티노스여, 내게 나를 낳고 길러주신 어머니를 집에서 내쫓으라는 말이오? 아직 아버지의 생사도 확실히 모르는데! 그런 말도 안 되는 행동을 했다가는 어머니는 물론이고 세상 사람 모두가 내게 저주와 비난을 퍼부을 것이오. 나는 절대로 어머니께 그런 말씀을 드리지 않을 테니, 당신들이 마음에 수치심을 느끼고 당장 이 집을 떠나시오.

명심하시오. 주인도 없는 집에 눌러 앉아서 그 가산이나 계속 뜯어먹겠다면, 내가 제우스 신께 '저들을 다 죽여서 응징해 달라.'라고 간곡히 기도

할 테니까."

이때 갑자기 독수리 두 마리가 회의장으로 날아왔다. 군중들이 웅성대며 동요했다. 제우스의 새들은 날개를 푸드덕거리며 빙글빙글 돌다가 군중에게 파멸의 눈초리를 쏘고는, 사나운 발톱으로 서로를 할퀴고 물어뜯다가 쏜살같이 동쪽으로 사라졌다. 새점쟁이 할리테르세스 장로가 소리쳤다.

"이타케인들이여, 특히 구혼자들이여, 내 말을 잘 들으시오. 무서운 재앙이 당신들을 덮칠 것이오! 오뒷세우스의 귀향이 멀지 않았소! 어쩌면 그는 당신들을 살육하기 위해서 벌써 근처에까지 와 있는지도 모르오. 그런데 그 보복은 구혼자들뿐만 아니라 이타케에 사는 우리 모두에게 닥칠 것이오. 그러니 그 재난을 어떻게 막을지 의논해야 하오!

구혼자들이여, 그대들이 스스로 알아서 이 무례한 짓들을 그만두면 안 되겠소? 그것만이 당신들과 우리 모두를 위해 취할 수 있는 최선의 방법이라오. 안 그래도 오뒷세우스가 트로이아로 출정할 때 내가 한 예언이 있소. '당신은 끝없는 수난을 당하고 부하들도 모두 잃은 후에야, 아무도 당신을 알아볼 수 없게 되어 고향에 돌아올 것'이라고. 이제 그 말이 실현되려는가 보오!"

그러나 폴뤼보스의 아들 에우뤼마코스는 코웃음쳤다.

"영감, 집에 돌아가서 당신 자식들 점이나 쳐 주시구려. 이런 일은 내 솜씨가 영감보다 낫지. 잘 들어보라구! 무릇 새라는 짐승은 햇볕 속에서 늘상 여럿이 몰려다닐 뿐, 그 행동이 모두 의미가 있는 게 아니야. 그리고 오뒷세우스는 진즉에 먼 타국에서 죽었어. 영감, 차라리 영감도 그 사내와 함께 죽어버리지 그랬소? 그랬다면 이런 신탁이니 뭐니 떠들어대지도 않고, 어리석은 젊은이 텔레마코스의 분노를 부채질하지도 않았을 텐데. 지금 그가 영주 아들이니까 혹시 뭐라도 줄까 싶어서 그러오?

영감, 똑똑히 들으라구. 내 꼭 이대로 실행하고 말테니까. 영감이 손윗사람으로서 아랫사람들을 자신이 조작한 케케묵은 궤변으로 이러쿵저러쿵 부추기면, 당신에게 벌금을 물리지. 갚느라고 허리가 휘는 정도의 벌금을.

또 텔레마코스, 그대에게도 여러 사람 앞에서 똑똑히 일러두지. 자네 어머니를 친정으로 돌려보내는 게 좋을 거야. 그래야 친정에서 지참금을 잔뜩 마련해 줄 게 아닌가. 그렇게 하기 전에는 우리들은 절대로 물러나지 않을 거니까. 우리가 자네나 영감을 무서워할 것 같은가? 설득될 것 같아? 페넬로페가 우리를 속이며 결혼 문제를 질질 끌수록, 자네는 재산을 잃고 고통받을 거야. 우리도 다들 제 신분에 맞는 신부감들이 얼마든지 있는데도, 페넬로페 때문에 그녀들을 쳐다도 안 보고 매일매일 기다리느라 지쳐 간다구."

그러자 텔레마코스가 훌륭한 결단을 내렸다.

"에우뤼마코스여, 참으로 당당한 구혼자들이여! 이제 그 문제는 더 이상 여기서 왈가왈부하지 맙시다. 어차피 신들과 아카이아인들은 진실을 다 알고 있으니까요.

그러니 다른 청을 드리겠소. 제게 빠른 배 한 척과 선원 스무 명만 준비해 주시오. 나는 아버지의 소식을 수소문하러 퓔로스와 스파르타에 다녀올 작정이오. 그래서 만약 아버지의 생존 소식을 들으면 고생스럽더라도 앞으로 1년은 참겠지만, 아버지가 이미 돌아가셨다는 증거를 찾으면 곧장 돌아와서 아버지의 무덤을 쌓고 훌륭한 장례식을 치른 후 어머니의 재혼을 준비하겠소."

텔레마코스는 자신의 결심을 선언하고 자리에 앉았다. 그러자 멘토르(오뒷세우스가 출정할 때 집안일을 믿고 맡겼을 정도로 절친한 친구. 텔레마코스를 훌륭한 조언으로 바르게 이끈 인물이기 때문에, 여기서 오늘날의 '멘토'라는 단어가 나왔다.)가 벌떡 일어났다.

"이타케인들이여, 앞으로 그대들의 왕은 성실하고 관대하고 정의롭지 않고, 차라리 포악하고 잔인하고 부당하기를! 신처럼 인자하고 훌륭했던 국왕 오뒷세우스를 기억하는 이가 한 명도 없다니요. 나는 무례한 구혼자들은 오히려 밉지 않소. 그들이야 오뒷세우스가 죽었다고 믿어서 목숨을 걸고 행동하고 있으니까. 내가 분개하는 것은 바로 비열한 침묵 속에 숨어 있는 그대들, 오뒷세우스의 백성들이란 말이오. 이 많은 사람들이 저 소수의 무례한들을 비난하지도 말리지도 않고 그저 보고만 있을 거요?"

에우에노르의 아들 레오크리토스가 벌떡 일어났다.

"멘토르여, 우리를 제지하라고 선동하다니 지금 제정신이요? 우리와 시비를 벌여서 어쩌겠다는 건가? 오뒷세우스는 살아 있더라도 절대로 페넬로페의 곁으로 돌아오지 못해. 왜냐하면 그가 제 집에 돌아오자마자 우리가 최후를 맞게 해줄 테니까.

자자, 다들 돌아가서 볼일들이나 보시오. 텔레마코스의 여행 준비는 아버지의 옛친구들인 멘토르와 할리테르세스가 해주겠지. 뭐, 그래도 계속 이타케에서나 수소문하게 되겠지만 말이야. 이번 여행은 절대로 성사되지 않을 테니까."

레오크리토스는 한껏 비아냥거리고 떵떵거리면서 성급하게 집회를 해산시켰다. 사람들은 각자 자기 집으로 돌아갔고, 구혼자들은 오뒷세우스의 성으로 걸음을 옮겼다. 텔라마코스만 사람들 곁을 떠나 홀로 바닷가로 나가서, 잿빛 바닷물로 손을 씻고 아테네 여신께 기도를 드렸다.

"아테네 여신이여, 어제 저를 찾아오셔서 뽀얗게 안개 서린 바다로 나가 이토록 오랫동안 돌아올 줄 모르는 아버지의 귀국에 대해 알아보라고 권하셨던 신이시여, 당신 말씀대로 하려는 제 앞길에 온 이타케인들이 훼방을 놓고 있습니다. 특히 저 거만한 구혼자들이 온갖 수단으로 저를 조롱하고 방해합니다."

아테네 여신이 멘토르의 모습으로 나타났다.

"텔레마코스, 자네는 결코 겁쟁이도 아니고 어리석지도 않네. 자네는 오뒷세우스와 페넬로페의 아들이야. 그대의 핏속에 부친의 꿋꿋한 기상이 그대로 흐르고 있다는 말이야. 그러니 이번 여행은 실패하지 않을 걸세. 저 무례한 구혼자들의 말 따위는 신경쓰지 말게. 분별력도 정의감도 전혀 없는 자들에게 죽음 같은 중요한 운명을 분간할 지혜가 있겠는가. 전혀 없어. 그들은 자신들이 하룻동안 순식간에 몰살당할 운명이 코앞에 닥친 것도 전혀 모르고 있어.

자네가 간절히 바라는 여행은 곧 이뤄지네. 자네 부친의 친구인 내가 확실히 준비해줄 것이니까. 빠른 배와 선원을 구해주는 것은 물론이고, 바닷길을 내가 직접 동행해 주겠네. 그러니 자네는 일단 집으로 돌아가서 구혼자들과 함께 있는 척하면서 여행 준비를 하게. 양손잡이가 달린 항아리에 포도주를 담고, 탄탄한 가죽 자루에 기력을 돋워줄 보릿가루도 담고 말이야. 그 동안 나는 거리로 나가서 선원들을 모으겠네. 바다로 둘러싸인 이 이타케 섬에서 배야 새 것, 낡은 것 할 것 없이 얼마든지 있으니까 가장 적당한 것으로 하나 고르기만 하면 되고."

이 말에 텔레마코스도 더 이상 꾸물대지 않고 자리에서 일어나서 서둘러 집으로 돌아왔다. 여느 때처럼 구혼자들이 안뜰에서 산양 껍질을 벗기고 살진 암퇘지를 불에 구우며 난장판의 잔치를 벌이고 있었다. 그 와중에 안티노스가 텔레마코스가 돌아온 것을 보고 큰소리로 웃으며 다가가 손을 꽉 잡았다.

"텔레마코스, 이 성급한 젊은이야, 그 못된 말과 생각을 내뱉은 걸로 충분하겠지? 자, 이제는 다시 전처럼 우리와 함께 먹고 마시세. 배나 선원은 우리가 다 알아서 준비해 주지. 자네가 한시바삐 퓔로스에 가서 아버지 소식을 들을 수 있도록 말이야."

텔레마코스는 안티노스의 손을 뿌리쳤다.

"폭도들과 스스럼없이 함께 식사하지 않겠소! 예전에는 내가 어린아이였지만 이제는 나도 다 성장했소. 그러니 나는 당신들에게 저주스러운 죽음의 운명을 안겨 줄 것이오. 또 나는 내가 공언한 여행을 반드시 성공시킬 것이오."

그러자 구혼자들이 텔레마코스에게 욕지거리를 퍼부었다.

"어이쿠, 아주 우리를 죽일 궁리를 하는 모양이지? 퓔로스와 스파르타에서 사람을 데려오거나, 에퓌라 들판에서 치명적인 독초를 캐 와서 우리 술에 탈 작정인가?"

"누가 아나, 그도 배를 타고 나갔다가 타지에서 오뒷세우스처럼 죽어버릴지. 그렇게 되면 우리가 얼마나 귀찮겠어? 이 집은 페넬로페와 결혼할 남편이 가진대도, 나머지 재산들을 우리끼리 나누느라고 갖가지 번잡한 일이 생길 테니까."

텔레마코스는 이런 조롱들에 개의치 않고 부친의 광으로 갔다. 그곳에는 황금과 청동이 잔뜩 쌓여 있고 궤 속에 의복들이 꽉 차 있고, 향기로운 올리브유도 많았다. 또 여러 해 묵은 달콤한 고급 포도주를 담은 통들도 벽을 따라 즐비하게 세워져 있었으니, 마치 오뒷세우스가 천신만고 끝에 고국에 돌아올 날을 기다리는 듯한 모양이었다. 광의 육중한 겹문은 자물쇠로 굳게 잠겨 있었으니, 유모 에우뤼클레이아가 온갖 지혜를 짜내서 보물들을 지키고 있었다. 텔레마코스가 그녀를 불렀다.

"유모, 지금 빨리 양손잡이가 달린 항아리 열두 개에 포도주를 가득 채우게. 불행한 내 아버지, 제우스의 후손이신 오뒷세우스가 돌아오실 날을 위해 유모가 아껴둔 것들 말고, 그 바로 아래 품질의 것으로 말일세. 탄탄히 꿰맨 가죽 자루에 맷돌로 간 보릿가루도 두 말 담아 줘. 그러고는 이것들을 아무도 모르게 한곳에 모아두게. 어머니가 침실로 올라가시면 가지러 올 테니까. 나는 오늘밤 아버지 소식을 물으러 퓔로스와 스파르타로 떠날 작정이네."

마음 착한 유모 에우뤼클레이아가 울먹였다.

"도련님, 도대체 왜 그런 생각을 하셨어요? 귀하신 몸 혼자서 어디를 가신다는 말씀이세요? 오뒷세우스 님은 보지도 듣지도 못한 낯선 고장에서 돌아가신 게 틀림없으니, 저들은 도련님이 떠나시자마자 곧바로 못된 짓을 꾸밀 거예요. 도련님을 없애고 이 보물들을 다 차지할 간사한 음모를요. 도련님, 안 됩니다. 이대로 턱 버티면서 재산을 지키셔야지, 일부러 바다 같은 데로 나가서 재난을 자초할 생각일랑 아예 버리세요."

"유모, 걱정 마시게. 이번 여행은 결코 신의 도움 없이 나 혼자 무작정 결심한 일이 아니야. 그러니 유모는 내게 한 가지만 굳게 맹세해 주게. 내가 떠난 후 열흘간은 결코 어머니께 말씀드리지 않겠다고 말이야. 어머니께서 먼저 나를 찾으시거나 내가 떠난 소식을 듣고 물으신다면 모르지만 그 전에는 절대로 말씀드리면 안 돼. 너무 우셔서 아름다운 얼굴이 상하시면 안 되니까."

늙은 하녀는 신들의 이름으로 엄숙하게 맹세하고, 곧장 포도주와 보릿가루를 챙겼다. 텔레마코스는 안채로 돌아가 구혼자들 속으로 다시 끼어들었다.

그 시각 아테네는 텔레마코스의 모습으로 변해서 온 이타케 섬을 돌아다녔다. 일일이 시민들 곁으로 가서 '어두워지면 배가 있는 부둣가로 모이라.'라고 말하고, 프로니오스의 아들 노에몬에게는 빠른 배를 한 척 요구했다. 그는 두말없이 승낙했다.

드디어 해가 저물었다. 거리가 캄캄해졌다. 아테네는 배에 돛, 밧줄 등의 선구를 다 실어서 항구 맨끝에 매어 놓았다. 잠시 후 많은 사람들이 모여들었다. 그러자 아테네는 오뒷세우스의 성으로 가서 구혼자들에게 잠을 부었다. 술을 마시던 이들이 갑자기 졸음에 겨워 술잔을 손에서 떨어뜨리고 자꾸 내리덮이는 눈꺼풀로 제각기 잠자리를 찾아 뿔뿔이 흩어졌다. 아테네가 멘토르의 모습으로 텔레마코스를 불러냈다.

"텔레마코스, 지금 용감한 동지들이 노를 잡고 그대를 기다리고 있으니 어서 가세. 더 이상 꾸물거리고 떠날 길을 늦춰서는 안 돼."

텔레마코스가 얼른 따라나섰다. 배가 놓인 바닷가에는 뱃사람들이 모여서 젊은 영주의 명령을 기다리고 있었다. 텔레마코스가 감격해서 큰소리로 말했다.

"여러분, 내가 성에 준비해 둔 식량을 가져옵시다. 이 사실은 내 유모 단 한명 빼고는 아무도, 내 어머니조차도 모르고 계시니 조심조심해야 하오."

그들은 조용히 물건들을 가져와 배에 실었다. 텔레마코스는 배에 올라서 뱃머리에 앉아 있는 아테네 옆에 걸터앉았다. 선원들은 배 고물의 밧줄을 푼 후 배에 올라 노 젓는 자리에 앉았다. 아테네가 서풍을 불게 했다. 텔레마코스가 배를 지휘했다. 선원들은 움푹 패인 돛대받이 구멍에 돛대를 꽂아 고정하고, 튼튼하게 꼰 쇠가죽 끈으로 흰 돛을 끌어올려 바람 부는 방향으로 활짝 폈다. 돛이 바람을 듬뿍 품어 부풀자, 용골 양편으로 검은 파도가 일며 배가 쉿쉿거리며 파도를 가르고 힘차게 달려나갔다. 그러자 선원들은 돛줄을 잘 매어 놓고 포도주 혼주병을 여러 개 꺼내서 불사의 신들, 특히 제우스의 딸인 빛나는 눈의 아테네 여신에게 가득 부어 바쳤다.

배는 밤새도록, 새벽녘까지 물결을 헤치며 달렸다.

제3권

필로스의 왕 네스토르를 찾아가다

구혼자들 몰래 야밤에 출발한 텔레마코스의 배는 새벽녘에 그리스 본토 서해안에 도착한다. 트로이아 원정에서 돌아온 노장 네스토르의 나라 필로스였다. 네스토르는 마침 아들들과 함께 바닷가에서 포세이돈에게 제사를 지내다가, 배에서 내리는 텔레마코스와 아테네를 보고 정중히 대접한다. 하지만 그는 트로이아에서 일찍 귀국했기 때문에 오뒷세우스의 소식을 몰랐고, 그 대신 희랍 세계를 뒤흔든 스캔들 '아가멤논 살해 사건'에서 그의 아들 오레스테스가 원수를 갚았던 이야기를 해주며 '자네도 얼른 집으로 돌아가서 아버지의 집을 굳건히 지켜야 한다.'라고 타이른다. 그러나 네스토르는 귀국 전에 메넬라오스를 반드시 만나라고 했으니, 메넬라오스가 트로이아를 떠난 후 오뒷세우스처럼 오랫동안 타지를 떠돌다가 최근에야 귀국했기 때문에 오뒷세우스 소식을 알 수도 있다는 이유였다. 이에 텔레마코스는 네스토르의 아들 페이시스트라토스의 안내를 받으며 스파르타로 달려간다.

헬리오스(아폴론보다 먼저 있었던 태양의 신. 불마차를 몰고 하늘을 한바퀴씩 돌면서 빛을 지구에 비춰 준다. 아들 파에톤에게 불마차를 맡겨서 지구를 태워먹은 적이 있다.)가 동쪽 바다에서 떠오르며 불사의 신들과 필멸의 인간들에게 빛을 비추기 시작할 때, 텔레마코스의 배가 필로스에 닿았다.

그때 마침 바닷가에서는 필로스 사람들이 해신 포세이돈에게 새까만 황소들을 제물로 바치며 제사를 지내고 있었다. 총 아홉 줄로 좌석이 오백 개씩 길게 놓여 있고, 각 줄의 앞에 황소가 한 마리씩 서 있었다.

그들은 소 내장을 나누어 맛보고 허벅지 살을 구워서 제단에 바치다가, 훌륭한 배 한 척이 다가오는 것을 발견했다. 낯선 배는 돛을 거두고 닻을 내리더니, 선원들을 쏟아냈다. 맨 마지막으로 텔레마코스가 내리려고 할 때, 멘토르의 모습을 한 아테네가 앞장서서 함께 걸으며 용기를 북돋워 주었다.

"텔레마코스, 기죽지 말고 자신감 있게 행동하게. 자네는 아버지의 소식을 묻기 위해서 온 길이니, 우물쭈물할 것 없이 곧장 네스토르에게 가서 숨겨둔 사실이 있는지 알아봐야 하네. 그는 현명한 자이니 거짓말은 안할 것이네."

"네스토르 님에게 어떻게 인사를 드리면 좋을까요? 저는 말주변도 없고, 괜히 젊은이가 훨씬 어른이신 분에게 꼬치꼬치 캐묻는 것도 거북한 일일 듯하고."

"자네의 타고난 지혜로 부족함을 느낄 때엔 신의 보살핌이 내릴 거라네. 그렇지 않았다면 자네가 태어나서 여태껏 자라날 수도 없었을 거야."

그 말에 자신감을 얻은 텔레마코스는 팔라스 아테네를 뒤따라 배에서 내려서, 곧바로 퓔로스인들이 제사를 드리고 있는 곳으로 걸어갔다. 그곳에 네스토르와 그의 아들들이 앉아 있었다. 그 주위에서는 부하들이 고기를 꼬챙이에 꿰거나 굽고 있었다. 아들들은 나그네들에게 다가와서 인사하고 손을 잡아 의자로 이끌었다. 가장 가까이 있던 페이시스트라토스가 텔레마코스와 아테네의 손을 잡아서, 아버지 네스토르와 형 트라사메데스 사이 모래사장에 깔아 놓은 부드러운 양털 가죽 위에 앉히고는, 제물의 허벅지 살코기를 내주었다. 그는 아테네에게 황금 술잔을 주고 포도주를 따라 주며 말했다.

"포세이돈 신께 제물을 바칠 때 온 나그네여, 그대도 포세이돈에게 헌주하고 기도해 주십시오. 그후에 저분도 불사의 신께 경배드릴 수 있도록 포도주 잔을 넘겨주십시오."

아테네 여신은 페이시스트라토스가 자신에게 먼저 술잔을 건넨 것에 대해 가상하게 생각했다. 그래서 그의 부탁대로 포세이돈에게 기도를 올렸다.

"바다의 신 포세이돈이시여, 저희의 소망을 들어주소서. 네스토르와 아들들에게 명예를 주시고, 훌륭한 제물을 기꺼이 바치는 퓔로스의 백성들도 축복해 주소서. 또한 텔레마코스와 저도 이곳에 온 목적을 꼭 이루도록 해 주소서."

텔레마코스도 술잔을 건네 받고 똑같이 기도했다. 이때쯤 고기가 다 구워져서 접시에 고기가 모두 쌓이고 잔치가 시작되었다. 모두가 실컷 먹고 마셨을 때쯤 게렌의 기사 네스토르가 물었다.

"식사는 충분히 하셨소? 손님들은 누구시고, 무슨 일로 이곳에 오셨는지 궁금하오."

텔레마코스가 용기를 내어 대답했다. 아테네가 대담성을 불어넣었기 때문이다.

"넬레우스의 아들이신 네스토르여, 우리는 네이온 산기슭 이타케의 사람들입니다. 제 이름은 텔레마코스로, 아버지의 소식을 물으러 왔습니다.

거룩한 오뒷세우스께서 왕과 함께 트로이아 전쟁에 나섰다고 들었기 때문입니다. 많은 이들이 그곳에서 무섭도록 비참한 운명으로 목숨을 잃었다던데, 웬일인지 제 아버지 오뒷세우스의 운명만은 제우스께서 아무도 모르게 숨겨버리셨습니다. 그분이 육상전에서 전사하셨는지, 바닷길에서 암피트리테(포세이돈의 아내이자, 바다노인 네레우스의 딸)의 물결 사이에서 목숨을 잃으셨는지 아무도 확실히 알지 못하니까요.

그래서 지금 당신 앞에 무릎 꿇고 부탁드립니다. 혹시 제 아버지의 비참한 최후를 목격하셨거나 알고 계신다면 말해 주시겠습니까? 저에 대한 염려나 연민으로 이야기를 피하지 마시고, 왕께서 알고 있는 사실 그대로 상세하게 말씀해 주시기를 간청합니다."

"오, 자네는 나에게 용맹심에 불타는 우리 아카이아의 아들들이 참고 견디었던, 그립지만 슬픈 추억을 되새기게 하는구려. 우리의 배가 안개 자욱한 바다를 헤매며 적지를 찾아 가고, 프리아모스 왕의 훌륭한 도시 일리오스에서 접전을 치르던 때를 말이야. 거기서 우리의 가장 훌륭했던 용사들이 거의 다 전사했지. 아이아스도, 아킬레우스도, 파트로클로스도, 사랑하는 내 아들 안틸로코스까지도(《일리아스》가 이들의 이야기이다.). 그뿐이 아니었지. 그 무서운 불행들을 어찌 일일이 열거할 수 있을까. 자네가 오륙년 이곳에 묵으며 듣더라도 다 듣지 못할 것이네. 다 듣기도 전에 가슴이 미어지는 고통이 심해서 귀국해 버리겠지.

우리 아카이아인들은 트로이아를 무너뜨리려고 9년간 온갖 계략을 다 써서 공격했지만, 결국 크로노스의 아들께서 완수해 주셨네. 그런데 일리오스를 함락시킬 때 존엄한 오뒷세우스의 지략이 그 누구보다도 탁월했지.

그대가 정말로 그의 아들이라고? 아닌 게 아니라 자세히 보니 목소리며 말투가 닮았군 그래. 나는 트로이아 원정 기간 내내 자네 아버지인 오뒷세우스와 단 한 번도 의견이 어긋난 적이 없었다네. 장군들의 전략회의든 담소에서든 항상 마음이 잘 맞았어.

그런데 제우스 신의 가장 무서운 계획은 승전 직후에 드러났다네. 우리 희랍 용사들이 모두 사려깊고 올바르게 처신한 게 아니었기 때문에, 귀국 여행을 험난하게 만들기로 작정하셨던 거야.

가장 먼저 아테네 여신이 아트레우스 집안 두 형제를 싸우게 만들었네. 형제가 절차를 무시하고 황급히 아카이아 병사들을 회의장에 소집시키니, 해질 무렵이라 병사들이 잔뜩 취해서 모여들었는데, 그 자리에서 두 사람이 귀국 시기를 두고 격돌한 거야. 형 아가멤논은 신들에게 헤카톰베를 바친 후에 출발하자고 했고, 동생 메넬라오스는 당장 군선을 띄우자고 했다네. 둘의 날선 언쟁은 안 그래도 취해 있는 병사들의 마음을 동요시켜서 지독한 갈등을 일으켰어.

그래서 그날 밤 해산한 후에도 서로에 대한 불쾌함과 앙심만 되새기며 잠을 설치다가, 기어이 절반의 병사들이 이튿날 날이 밝자마자 메넬라오스를 따라서 출항했네. 나도 함께 따라나섰는데, 신께서 미풍을 보내주셔서 돛을 올리지 않고도 잘 달렸지. 그리하여 테네도스 섬에 도달하자 우리는 거기서 무사 귀향을 기원하며 신들께 제물을 바쳤네.

그러나 제우스 신은 우리들 사이에서도 싸움을 부추기셨다네. 그래서 오뒷세우스의 일행은 아가멤논에게 맹세한 충성을 지키겠다면서 되돌아갔네. 하지만 나는 얼른 남은 무리를 수습해서 길을 서둘렀어. 왜냐하면 신께서 우리에게 재앙을 꾸미고 계심을 확실히 느꼈거든.

다행히 디오메데스의 합류로 우리는 힘을 얻었네. 레스보스 섬에서 지쳐 있을 때는 메넬라오스까지 합류했지. 사실 그때 우리는 항로를 두고 고민 하고 있었네. 키오스 섬의 험난한 해협을 멀리 돌아갈지, 아니면 프쉬리에 섬을 통과할지, 그것도 아니면 키오스 섬 옆의 바람이 센 미마스 곶을 통과 할지 판단이 되지 않은 거야. 그래서 신께 전조를 보여 주시기를 간청했는 데 '조금이라도 빨리 재난을 면하려면 대양을 가로질러서 에우보이아로 항 해하라.'라는 계시를 받았네. 때마침 바람이 소리 높이 불어오길래 부지런 히 물고기가 많은 바닷길을 달려, 그날 밤 게라이스토스 곶(에우보이아 섬 의 북쪽 끝)에 닿았네. 우리는 망망대해를 무사히 건넌 것에 감사해서 포세 이돈 신께 황소 허벅지 살을 많이도 구워서 바쳤어. 그리하여 트로이아를 떠난 지 나흘째에 디오메데스 일행은 아르고스에 도착했네. 나는 거기서도 지체하지 않고 퓔로스행을 서둘렀고, 다행히 처음 출발했을 때처럼 여전히 신께서 순풍을 보내주고 계셔서 금세 당도했지.

그래서 말이야, 나는 무사히 돌아오긴 했지만 별다른 소식을 알지 못한 다네. 아카이아 군사들 가운데서 누가 살아남고 누가 사망했는지를 말이 야. 그러나 귀국 후에 이곳에서 들은 이야기들은 알려줄 수 있다네. 아킬레 우스의 아들 네옵톨레모스가 인솔한 뮈르미돈인들은 무사히 귀국했고, 포 이아스의 아들 필록테테스도 무사하고, 이도메네우스도 항해 중에 부하들 을 한 명도 잃지 않고 잘 이끌어서 크레타로 돌아갔다네. 아트레우스의 아 들 아가멤논의 비극적인 죽음이야 뭐 외딴 섬 이타케까지도 이미 전해졌을 테고. 하지만 그를 죽인 살인자도 비참한 최후로 죗값을 치렀으니, 아들이 있다는 건 얼마나 다행한 일인가. 아가멤논의 아들 오레스테스가 아버지의 원수를 죽여서 복수했으니. 젊은이, 자네도 용모가 준수하고 체격이 당당하니 오레스테스처럼 용기를 내야 하네. 후세 사람들이 모두 당신을 칭송하도록."

"오, 넬레우스의 아들인 네스토르여. 당신 말씀대로 오레스테스의 매서운 복수는 아카이아인들이 노래로 칭송하며 후세에까지 널리 전해질 것입니다. 신들께서 제게도 저 난폭하고 무례한 구혼자 무리들을 응징할 힘을 주셨다면 얼마나 좋을까요! 제 아버지와 제게는 그와 같은 행운이 주어지지 않았으니, 그저 참을 수밖에요."

"젊은이, 아닌 게 아니라 자네 이야기를 들으니 생각이 나네. 사람들이 말하기를 오뒷세우스의 집에 구혼자들이 몰려가서 행패를 부린다고 하던데, 그렇다면 자네는 지금 그들에게 쫓겨나서 피해온 길인가? 이케아 사람 전체에게 미움을 받아서 도망쳐 나왔을 리는 없으니까. 그렇다면 희망을 가지게. 언젠가 오뒷세우스가 돌아와서 그 무법자들을 처단할 거야. 빛나는 눈의 아테네 여신께서 트로이아에서 오뒷세우스를 각별히 돌보셨던 것처럼 자네도 가엾게 여겨주실 거야! 정말이지 그때 팔라스 아테네처럼 인간에게 자비를 듬뿍 베풀어 주시는 신의 모습을 본 적이 없네. 그러니 그 여신께서 자네를 보호해 주신다면 그 무뢰한들은 죽음과의 결혼을 맞을 거야."

"네스토르여, 그런 일은 일어날 수 없습니다. 너무 엄청난 말씀을 하시니까 순간 두려운 생각마저 듭니다. 아무리 전지전능한 신이 오신대도 그렇게는 안 될 겁니다!"

그러자 멘토르의 모습을 한 아테네가 끼어들었다.

"텔레마코스, 자네는 어찌 그렇게 말하는가? 신들께서 마음먹으시면 손이 뻗치지 않는 곳이 없네. 만일 내가 자네 처지라면, 그리고 너무 고생스럽더라도 훗날의 기약이 있다면 기꺼이 집에 돌아가서 고통을 견디겠네. 망설일 이유가 어디 있는가? 아이기스토스와 아내의 간계에 걸려 죽은 아가멤논처럼 되지만 않는다면 서슴지 않겠어. 어쨌든 일단 죽음의 운명이 덮쳐버리면 그때는 전능하신 신들도 구해 주지 못하니까."

"멘토르여, 고통스러운 이야기는 그만두시지요. 제 아버지야말로 이미 죽음의 검은 운명을 받으셨어요. 제가 지금 네스토르 님에게, 3세대에 걸쳐서 통치하신 율법과 지혜의 어른을 만나 뵙고 묻고 싶은 것은 다른 것입니다. 대체 그 광대한 나라를 다스리던 아가멤논이 어떻게 그런 허망한 죽음을 맞았는지, 그때 용장인 동생 메넬라오스는 뭘 했기에 아이기스토스 따위가 희랍군 대장을 살해할 수 있었는지를 말입니다."

게렌의 기사 네스토르가 대답했다.

"메넬라오스가 귀향했을 때 아이기스토스가 이미 죽었기에 망정이지, 만일 살아 있었다면 당장 살해되고 시체가 토막나서 독수리의 밥으로 던져졌을 것이네. 그 간악한 자는 우리가 트로이아 전쟁이라는 과업에 매달려 여념이 없을 때, 아르고스에서 한가로이 지내며 아가멤논의 아내를 유혹했네. 왕비 클뤼타임네스트라도 처음에는 그런 불명예스러운 계책에 넘어가지 않았어. 또한 아가멤논이 떠나면서 그녀를 지키도록 임명한 음유시인이 그녀 곁에 있었거든. 그러나 어떤 신의 뜻이었는지, 아이기스토스는 그 음유시인을 무인도에 유배시켜 새들의 먹이로 만들었고, 그녀는 그자의 집까지 따라갔네. 그는 이런 대담한 일을 저지른 후에 그저 신들의 신전에 소의 허벅지 살코기며 직물이며 황금을 엄청나게 바치면 될 줄 알았겠지.

이때 메넬라오스는 내 배와 나란히 항해하며 함께 고향으로 돌아오고 있었어. 그런데 아티카의 수니온 곶에 이르렀을 때, 아폴론이 활을 쏘아 메넬라오스 배의 키잡이인 오네토르의 아들 프론티스를 죽여버렸다네. 폭풍우에서도 안전하게 배를 몰 수 있는 최고의 키잡이였는데 말이야. 그래서 메넬라오스의 선단은 프론티스의 장례를 치르고 재출항하자마자, 말레아 곶에서 제우스의 산더미 같은 파도를 만나서 맥없이 둘로 갈라져 버렸어. 메넬라오스와 떨어진 쪽은 크레타 섬으로 흘러갔네. 크레타 섬은 아르다노스 강가를 따라 퀴도네스인들이 사는 섬인데, 그곳 고르튀스 끝에 아스라한 바다 위로 솟아나온 매끄럽고 험준한 바위가 있었으니, 배들이 그 암초에 난파되고 사람들만 간신히 헤엄쳐서 살아난 거야. 메넬라오스 쪽의 다섯 척은 난파는 간신히 면했지만 이집트까지 밀려가 버렸다네. 그래서 거기서부터 온갖 곳을 돌아다니며 고향으로 돌아와야 했어.

그 틈에 아이기스토스가 고국에서 아가멤논을 죽이고 7년이나 황금의 미케네에서 군림한 거야. 그러다가 8년째 되는 해에 아테네에 가 있던 아가멤논의 아들 오레스테스가 돌아왔지. 그는 더 이상 어린 소년이 아니라 용사가 되어 있었어. 그래서 즉각 배신한 어머니와 아이기스토스를 죽여서 아버지의 원수를 갚고, 전 아르고스인들을 불러 향연을 베풀었네. 같은 날 메넬라오스도 귀국했는데, 그의 배에는 다행히 방랑 중에 받은 진귀한 선물과 재산이 가득 실려 있었네.

그러니 젊은이, 집을 너무 오래 비우지 말고 서둘러 돌아가게. 이 여행이 별 성과 없이 끝날 수도 있는데, 그때 무례한 폭도들에게 집과 재산마저 완전히 빼앗기게 되면 정말 큰일이니까. 하지만 돌아가기 전에 라케다이몬의 메넬라오스는 꼭 찾아가게. 그는 상상할 수 있는 이상의 먼 나라들을, 새들도 일 년 안에는 건너기 힘든 바다 너머의 나라들을 돌아다니다가 이제 막 돌아왔거든. 그러니 그는 틀림없이 많은 것을 알고 있을 것이고, 분별력 있는 사람이니 직접 물어보면 솔직하게 말해줄 거야.

그냥 지금 바로 떠나게. 육로로 가겠다면 내가 수레와 말을 내주지. 자네가 바란다면, 내 아들을 길안내로 붙여 주겠어."

이렇게 말하는 동안 어느새 해가 저물었다. 그러자 아테나가 말했다.

"네스토르여, 당신의 말씀이 참으로 옳습니다. 자, 그럼 어서 헌주 의식을 마치십시오. 그 후에 우리가 얼른 잠자리에 들었다가 내일 날이 밝으면 떠날 수 있도록."

그러자 전령들이 정화수를 그들의 손 위에 부었고, 젊은 시종들은 희석한 포도주를 각자의 술잔에 가득 따랐다. 네스토르 일행은 제물의 혀를 불 속에 던지고 일어서서 거기에 술을 뿌렸다. 다 끝낸 후에 다함께 술을 마시는 모습에, 아테네와 텔레마코스는 배로 돌아가려고 자리에서 일어섰다. 그런데 네스토르가 그들을 큰소리로 불러 세웠다.

"손님들을 내 집이 아니라 배에서 주무시게 하면 신들이 노하시네. 자네들을 하룻밤 편안히 대접할 수 있는 옷과 담요쯤은 충분하다네. 나의 절친했던 오뒷세우스의 귀한 아들이 배 갑판 위에서 자다니 당치도 않은 일이야! 내가 살아 있는 동안은 어림없지. 설령 내가 죽는다 해도 내 아들들에게 일러둘 작정이네. 누구든지 내 집에 찾아오는 손님들은 소중하게 대접하라고."

빛나는 눈의 여신 아테네가 대꾸했다.

"좋은 말씀이십니다. 텔레마코스는 어르신 말씀을 따라 성으로 가는 게 좋겠습니다. 하지만 나는 배로 돌아가 선원들을 돌보고 사정을 설명해 주어야 합니다. 그들은 모두 우정으로 따라나선 텔레마코스 또래의 젊은이들이니, 지금쯤 상황을 궁금해하고 염려하고 있을 것입니다. 제가 일행 중 가장 연장자이니 가서 설명해 주고 배에서 묵겠습니다. 게다가 나는 내일 아침 일찍 카우코네스족 마을로 출발해야 합니다. 그들에게 받아낼 오래된 빚이 있거든요. 그러니 자, 어서 이 젊은이를 가장 빠르고 힘센 말들의 마차에 태워서 어르신의 아들들과 같이 궁으로 보내십시오."

아테네는 말을 마치자마자 백로로 변해서 날아갔다. 사람들이 모두 몹시 놀랐다. 늙은 군주 네스토르가 텔레마코스의 두 손을 꼭 잡았다.

"오, 텔레마코스! 그대는 결코 실패하지 않겠네! 아직 어린데도 신께서 직접 동행하시니 말이야. 저분은 틀림없이 올림포스 천궁의 신들 중에서도 제우스의 따님이며 더없이 이름도 높으신 트리토게네이아 아테네 여신이시네. 그 여신께서 트로이아에서도 그대 아버지 오뒷세우스를 특별히 소중히 여기셨지.

오, 여신이여, 부디 저희에게도 훌륭한 명예를 내려 주십시오. 저와 제 아들들과 상냥한 제 아내에게! 그렇게 해 주시면 아직 한 번도 멍에를 지지 않은 이마가 넓은 한 살배기 암소를 골라서 뿔에 황금을 입혀서 제물로 바치겠나이다."

팔라스 아테네가 그의 기도를 들었다.

게렌의 기사 네스토르는 앞장서서 무리들을 으리으리한 자기 저택으로 데려가서, 차례로 안락의자에 앉혔다. 그리고 손님을 위해 달콤한 포도주를 준비했다. 시녀가 십 년 된 포도주의 뚜껑을 열어 혼주병에 따르니, 노왕이 아이기스를 가진 제우스의 따님에게 헌주하면서 정성껏 기도를 올렸다.

헌주가 끝나자 모두들 양껏 술을 마신 후 하나둘 숙소로 돌아갔다. 네스토르는 준엄한 오뒷세우스의 사랑하는 아들 텔레마코스를 위해 궁전 안 소리가 잘 울리는 주랑에 나무 침대를 마련해 주고, 그 옆에 무사들의 우두머리이자 물푸레나무 창의 명수 페이시스트라토스를 재웠다. 그는 네스토르의 아들 가운데서 유일하게 결혼하지 않았기 때문이다. 왕은 그 후에야 높다란 전각의 안방으로 돌아갔다.

부드러운 새벽의 여신이 장밋빛 손가락으로 하늘을 물들이며 나타나자, 네스토르는 잠자리에서 일어나 바깥으로 나가 대문 앞 흰 대리석 위에 앉았다. 그 돌은 기름을 바른 듯 반들반들 윤기가 돌았다. 여기는 선왕 넬레우스(이올코스의 왕비 튀로가 낳은 포세이돈의 아들. 친형 펠리아스에게 쫓겨나서 퓔로스를 세우고, 아들 네스토르를 낳았다.)가 생전에 앉던 곳으로, 지금은 아들인 네스토르가 꼭 아버지처럼 왕홀을 들고 앉아서 생각에 잠기곤 했다.

어느새 아들들도 일어나서 모여들었다. 에케프론, 스트라티오스, 페르세우스, 아레토스, 트라쉬메데스, 그리고 여섯째인 페이시스트라토스까지 모두 왔다. 그들이 텔레마코스를 데려와서 옆에 앉히자 네스토르가 입을 열었다.

"사랑하는 아들들아, 당장 내 소원을 풀어다오. 나는 무엇보다도 가장 먼저 내 잔치에 직접 오셨던 아테네 여신께 제사를 바치고 싶다. 그러니 어서 한 명이 들판으로 달려가서 소몰이꾼에게 암소들을 몰고 오라고 전해라. 또 한 명은 텔레마코스의 배에 가서 파수꾼 둘만 남겨두고 나머지 선원들을 모두 데려오너라. 금 세공사 레에르케스도 데려와서 당장 쇠뿔에 황금을 입힐 준비를 시켜라. 나머지는 집 안에서 잔치를 준비하거라. 시녀들에게 특별히 훌륭한 요리들을 정성껏 마련시키고, 축제 준비를 하고, 제단과 좌석들을 내놓고, 신선한 물을 떠오거라."

아들들은 즉시 아버지의 명에 따랐다. 어린 암소를 들판에서 끌어오고, 텔레마코스의 선원들도 데려왔다. 레에르케스도 세공에 필요한 쇠모루, 망치, 쇠집게 등의 연모를 들고 입궁했다. 그러자 아테네 여신도 제물을 받으려고 참석했다.

금 세공사가 네스토르가 내준 황금으로 여신의 마음이 기쁘도록 쇠뿔에 금박을 입히자, 스트라티오스와 에케프론이 황금 뿔을 붙잡고 암소를 제단으로 끌고 갔다. 아레토스는 한 손에 꽃무늬가 새겨진 정화수 그릇을, 다른 손에 보리 낟알을 담은 바구니를 들고 광에서 나왔다. 트라쉬메데스는 암송아지를 내리치려고 날카로운 손도끼를 들고 대기하고 섰다. 페르세우스는 피를 받을 대야를 받쳐들었다.

네스토르가 의식을 시작했다. 우선 정화수로 손을 씻고 보리를 뿌린 후, 암송아지의 머리털을 잘라 불 속에 던져 넣으며 아테네에게 간절히 기도했다. 기도가 끝나고 다시 보리를 뿌린 후, 트라쉬메데스가 손도끼로 암송아지의 목덜미 힘줄을 내리쩍었다. 네스토르의 딸들, 며느리들, 그리고 클뤼메노스의 큰딸인 정숙한 아내 에우뤼디케마저 일제히 큰소리로 함성을 올렸다. 사람들이 암송아지를 들어올리자 페이시스트라토스가 단칼에 목을 베었다. 암소의 몸뚱이에서 검은 피가 왈칵 쏟아지며 생명이 떠나가자, 그들은 재빨리 허벅지 뼈들을 조각내서 기름덩이로 두 겹을 싸고 날고기 조각을 얹었다. 그것들을 네스토르가 장작불에 던져 넣고 태우며 그 위에 붉은 포도주를 부었다. 옆에서 젊은이들이 오지창을 들고 서 있다가, 그것들이 다 타자 나머지 부분들을 잘게 잘라서 꼬챙이에 꿴 후 불 속에서 바싹 구웠다.

그동안 네스토르의 막내딸 폴뤼카스테가 텔레마코스의 몸단장을 도왔다. 텔레마코스는 목욕을 하고, 올리브유를 듬뿍 바르고, 깨끗하고 훌륭한 옷과 망토를 입었다. 텔레마코스는 불사의 신과도 같은 모습으로 백성들의 어진 군주인 네스토르 옆에 가서 앉았다.

이미 제사가 끝난 자리에서는 고기가 다 구워지며 잔치 마당이 펼쳐졌다. 하인들이 바삐 돌아다니며 황금 술잔에 포도주를 따랐다. 그리하여 모두 마음껏 먹고 마시자, 네스토르가 다시 이야기를 꺼냈다.

"아들들아, 텔레마코스를 위해서 훌륭한 갈기를 가진 말들을 끌어내서 수레에 매어라."

즉각 날쌘 말들이 모는 수레가 준비되었다. 하녀가 수레 안에 빵이며 포도주며 부식 등 왕후들이 먹는 음식을 넣어주었다. 그 훌륭한 마차에 텔레마코스가 올라앉자, 페이시스트라토스가 그 옆에 앉아 고삐를 잡고 채찍을 휘둘렀다. 두 필의 말은 기다렸다는 듯이 들판을 향해 달려나갔다. 높이 솟은 퓔로스 성이 금세 멀어졌다. 말들은 온종일 멍에를 양쪽에 떠메고 목을 숙이고 열심히 달렸다.

길에 어둠이 어둑어둑 내려앉을 무렵, 그들은 파라이에 있는 디오클레스의 저택에 도착했다. 그는 강의 신 알페이오스를 부친으로 한 오르실로코스의 아들이다. 그들은 집주인 디오클레스의 정중한 대접을 받으며 그곳에서 하룻밤을 묵고, 다음날 새벽 다시 마차를 몰고 출발했다. 말들은 마차를 달고 밀밭을 바람같이 지나갔다. 어느덧 또다시 길에 어둠이 내렸다.

제4권

스파르타의 왕 메넬라오스를 찾아가다

텔레마코스는 페이시스트라토스와 함께 스파르타에 도착한다. 메넬라오스는 궁전에서 아들과 딸을 각각 결혼시키고 피로연을 열고 있다가, 두 손님을 따뜻하게 맞이한다. 텔레마코스가 궁전의 화려함을 칭찬하자, 메넬라오스가 '재산이 없어도 좋으니 형 아가멤논이 살아 있고 친구 오뒷세우스가 돌아오기를 바란다.'고 말한다. 그말에 텔레마코스가 울기 시작하니, 왕비 헬레네가 그가 오뒷세우스의 아들임을 알아본다. 메넬라오스는 오뒷세우스가 트로이아에 스파이로 잠입했던 일이며, 트로이아 목마 전략을 생각했던 일을 추억한다. 그러고는 자신이 이집트를 표류할 때 바다노인에게서 '오뒷세우스가 칼립소의 외딴 섬에 갇혀 있다.'는 소식을 들었다고 말해준다. 텔레마코스가 처음으로 아버지의 생존 소식을 듣고 감격한 그 순간, 이타케섬의 구혼자들은 텔레마코스가 기어이 뭍으로 떠났다는 사실을 뒤늦게 알고 격분한다. 그래서 안티노스가 텔레마코스의 배를 바다에서 격침시켜 버리려고, 배를 몰고 그가 돌아오는 바닷길로 나가서 매복한다.

스파르타 협곡 깊숙이 있는 메넬라오스의 궁전에서는 결혼피로연이 열리고 있었다. 메넬라오스는 트로이아에서 아킬레우스의 아들 네옵톨레모스를 사위 삼기로 약속했는데, 마침 그날 아프로디테처럼 아름다운 딸 헤르미오를 그와 결혼시켜서 뮈르미돈으로 보내려던 참이었다. 같은 날 늦둥이 아들 메가펜테스도 신하 알렉토르의 딸과 결혼시켰으니, 그는 하녀가 낳은 아들이었다. 신들이 헬레네에게는 딸 하나밖에 내려주지 않았기 때문이다. 그래서 궁에서는 왕의 친척들과 백성들이 모여서 연회를 즐기고 있었다. 가인이 키타리스를 뜯으며 노래했고, 노래에 맞춰서 한 쌍의 곡예사가 공중제비를 넘었다.

이때 두 여행자의 수레가 궁전 대문 앞에 멈춰섰다. 텔레마코스와 페이시스트라토스였다. 충실한 시종 에테오네우스가 그들을 발견하고 황급히 군주에게 가서 보고했다.

"낯선 손님이 두 분 오셨는데, 제우스 신의 혈통이신 듯합니다. 어떻게 할까요? 말을 마구간으로 들이고 안으로 모실까요, 아니면 지금은 경황이 없으니 다른 곳으로 가서 친절히 맞아줄 분을 찾아보라고 할까요?"

금발의 메넬라오스는 역정을 냈다.

"보에토스의 아들 에테오네스여, 이전에는 바보가 아니더니 지금은 왜 그리 어린아이처럼 분별 없는 말을 하는가? 너와 나도 바로 얼마 전까지 줄곧 나그네로서 번번이 사람들의 신세를 지지 않았더냐. 매번 '어쩌면 제우스께서 앞으로는 이런 괴로운 역경을 겪지 않게 해주실지도 모른다.'는 기대를 품고서 말이다. 자, 어서 손님들의 마구를 풀어드리고 잔치상으로 모셔라."

에테오네스는 다른 하인들을 몇 명 더 불러서 나그네에게 급히 달려갔다. 그들은 땀에 젖은 말들을 멍에에서 풀어 마구간으로 데려가 보리알이 섞인 흰밀 여물을 먹였고, 수레는 대문 옆 번쩍이는 벽에 붙여 세웠다. 그러고는 손님들을 궁전 안 연회장으로 안내했다.

텔레마코스와 페이시스트라토스는 걸어 들어가며 보이는 모든 것에 경탄했다. 메넬라오스의 궁은 태양이나 달과 같은 섬광으로 가득 차서 휘황찬란했다. 그들은 반들반들 윤이 나는 목욕탕으로 안내되었다. 그들은 그곳에서 목욕을 하고, 시녀들이 내주는 올리브유를 몸에 바르고, 깨끗한 옷을 걸친 후, 메넬라오스 옆 상좌로 안내되었다.

한 시녀가 아름다운 황금 물항아리를 들고 와서 은 대야에 세수물을 부어 주고, 옆에 나무 탁자를 폈다. 그러자 가정부가 빵부터 시작해서 온갖 산해진미를 풍성하게 내왔고, 요리사가 갖가지 고기 요리와 함께 황금 술잔을 내왔다. 금발의 메넬라오스가 그들 앞에 잘 구워진 두툼한 쇠고기 덩어리를 놓아주며 말했다.

"어서 들게. 식사를 마친 후에 손님들의 사연을 들어보겠네. 풍채와 태도를 보아서 왕손들이심은 짐작하겠네만."

그들은 유쾌하게 배불리 먹고 마셨다. 텔레마코스가 페이시스트라토스에게 귓속말을 했다.

"네스토르의 아들이여, 세상에, 이렇게 소리가 크게 울리는 큰 홀이며 청동, 황금, 백금, 은, 상아 등의 장식으로 가득차서 휘황찬란하게 빛나는 궁전을 보세요. 올림포스 천궁을 보는 듯하군요. 너무 호화로워서 넋이 나갈 지경입니다."

금발의 메넬라오스가 이것을 엿듣고 재빨리 두 사람의 말을 가로막았다.

"젊은이들, 그런 말 말게. 어떤 인간의 집도 제우스 신의 궁전과는 비교될 수 없으니까. 다만 인간 중에는 재물로 나와 겨룰 자는 확실히 없을 것이네. 왜냐하면 자그마치 8년이나 숱한 나라들을 방랑하면서 얻어온 것들이거든. 키프로스 섬, 페니키아, 아이귑토스(이집트), 아이티오페스(에티오피아), 시돈, 에렘보이에 리비아(이집트 서쪽에서 지브롤터 해협에 이르는 아프리카 북부 지역)까지 다 누비고 다녔지. 그곳들은 아주 풍족한 곳이라네. 가령 리비아는 새끼 양이 태어나자마자 뿔이 나서 젖을 내고, 2년에 세 번씩 새끼를 낳으니 영주부터 목동까지 모두가 치즈며 고기며 양젖을 배불리 먹고 가진다네. 가난이 무엇인지 모르는 땅이야.

그러나 내가 타지를 방랑하면서 금은보화를 산처럼 모으는 동안, 내 형님이 돌아가셨다네. 지금은 온 희랍 사람들이 다 알고 있듯이, 형수의 간교한 계략에 걸려서 연적에게 살해당했단 말이야. 그러니 어마어마한 재산을 가진들 대체 무슨 의미가 있겠나. 나는 진심으로 바라고 있다네. 재산이 지금의 삼 분의 일이어도 좋으니까 형님이 살아 계시다면, 그 광막한 트로이아에서 죽었던 동지들이 살아서 함께 있다면 얼마나 좋을까 하고 말이야. 그 불가능한 꿈 때문에 울다 지쳐서 이제는 눈물조차 말랐지만, 비탄의 크기는 도무지 줄어들지가 않아.

하지만 그 모든 죽은 동료들에 대한 뼈에 사무치는 비탄을 모두 합한 것보다 더 큰 슬픔이 하나 있다네. 밤잠도 식사도 다 시들해지는 슬픔이지. 왜냐하면 아카이아 군사 중에서 나를 위해 가장 고생하고 애써준 친구에게 큰 재앙이 닥쳤기 때문이라네. 아아, 당연히 그를 그리워하는 슬픔은 내 몫이지. 그런데 가장 큰 슬픔은 말일세, 그 친구의 생사조차 알 수 없다는 사실이야! 아마 라에르테스 노인도, 사려 깊은 페넬로페도, 출정할 때 갓난아기였던 그의 아들 텔레마코스도 모두 비탄에 잠겨 있을 거야."

메넬라오스의 탄식에 텔레마코스는 설움이 복받쳤다. 두 뺨에 눈물이 흘러내려서 하는 수 없이 자줏빛 망토를 들어서 얼굴을 가렸다. 메넬라오스는 사연을 물어볼지, 스스로 말할 때까지 기다려야 할지 망설였다.

그때 왕비 헬레네가 내전에서 나왔다. 자태가 아르테미스 여신에 못지않게 눈부셨다. 시녀 아드라스테가 대청에 발판이 달린 최고급 안락의자를 내놓자, 알킵페가 보드라운 양털 융단을 깔았다. 뒤에서 따라오던 퓔로는 아이귑토스 테바이에 사는 폴뤼보스의 부인 알칸드레가 선물로 보내온 은 반짇고리를 들고 있었다. 폴뤼보스는 세상에서 가장 훌륭한 재보를 가득 가지고 있어서 메넬라오스에게 은 욕조 두 개, 세발솥 두 개, 황금 열 달란트를 보내주었다. 그때 알칸드레도 헬레네에게 황금 실패, 바퀴가 달린 황금 테를 두른 은 바구니 등을 주었다. 퓔로가 들고온 것이 바로 그것이었으니, 거기에는 극세사 털실이 잔뜩 들어 있고 제일 위에 보라색 털실 뭉치가 있었다. 헬레네는 안락의자에 앉더니 남편에게 물었다.

"제우스 신께서 보살피시는 메넬라오스여, 이 분이 누구인지 제가 모른 척하고 있을까요, 아니면 제가 알아차린 사실을 말씀드릴까요? 저는 이 젊은이의 꼭 닮은 모습에 너무 놀라서 눈길을 못 떼겠습니다. 그러니까 이 분은 지모가 뛰어나신 이타케 섬의 군주 오뒷세우스의 아들, 텔레마코스가 분명합니다. 죄많은 저 때문에 아카이아군이 트로이아 원정을 떠날 때 갓난아기였던 그분 말입니다!"

"부인, 나도 그대와 똑같이 생각했소. 두 다리, 두 손, 눈매, 이마와 그 위를 덮고 있는 머리카락까지도! 게다가 방금 내가 오뒷세우스를 추억하자 눈물을 흘렸다오."

그러자 페이시스트라토스가 말했다.

"왕과 왕비여, 생각하신 그대로입니다. 그런데 이분은 워낙 겸손하셔서, 당신이 환대해 주시는 첫 만남의 자리에서 곧바로 자신의 사연을 늘어놓는 것이 예의에 어긋난다고 생각하셨답니다. 저는 게렌의 기사 네스토르의 아들로, 아버지의 명으로 이분을 스파르타로 모시고 왔습니다. 부디 이분을 잘 부탁드립니다. 그는 아버지가 안 계신 집안에 큰 우환이 닥쳐서 걱정이 많지만 아무도 도와 주지 않고 있거든요. 이타케에서 아무도 그의 재난을 나서서 막아 주지 않는 형편이랍니다."

금발의 메넬라오스는 그 말을 듣자 친구에 대한 그리움과 슬픔이 더 북받쳤다.

"아아, 내게 가장 고마운 친구의 아들이 정말로 내 집에 왔단 말인가. 안 그래도 나는 트로이아에서부터 '귀향하면 아르고스의 어떤 누구보다도 오뒷세우스를 특별하고 소중하게 대접해야지.' 하고 마음먹었다네. 그에게 아르고스 주변의 도시를 하나 내주고, 성을 지어서 이타케의 모든 재산과 가족과 부하들을 데려와 살게 할 작정이었어. 그 친구와 더 자주 교류하며 우정을 나누고 싶어서 말이네. 그러나 시기심 많은 신께서 그것을 허락하지 않았다네. 결국 그 친구만 불운하게도 돌아오지 못했으니까."

이 말에 그 자리에 있는 모든 사람들이 슬픔으로 목이 메었다. 헬레네도, 텔레마코스도, 메넬라오스도 눈물에 젖었다. 페이시스트라토스도 눈물이 났는데, 본 적 없는 큰형님 안틸로코스가 떠올랐기 때문이었다. 그는 멤논(에티오피아 왕)에게 살해당했다.

"메넬라오스여, 제 아버지 네스토르께서는 늘 당신을 세상에서 가장 현명하신 분이라고 꼽으셨습니다. 당신이 우리들 화제에 오를 때마다요. 하지만 지금은 제 말을 따르십시오. 비탄의 마음을 거두십시오. 저녁만찬 뒤에 비탄에 잠기면, 새벽의 여신이 찾아올 때까지 내내 슬픔에 잠겨 있게 되니까요. 죽은 이를 위해 우는 것이 나쁘다는 건 아닙니다. 머리카락을 잘라 영전에 바치고 양볼에 눈물을 흘려주는 것이 우리가 할 수 있는 유일한 위로이니까요. 아시다시피 제 형님 안틸로코스도 그곳에서 전사하셨습니다. 저는 뵌 적이 없는데, 듣자하니 형님은 전투력이 뛰어난 용사이셨다고 하더군요."

메넬라오스가 그의 제안에 따랐다.

"젊은이의 말이 참으로 사리분별이 있고 노련한 무사의 언행이로구나. 과연 훌륭하신 아버님의 혈통이 그대로 드러나는구려. 신께서는 당신의 아버지 네스토르에게 처음부터 끝까지 행운을 내리셨네. 그는 자신의 성에서 유복하게 노후를 보내고 계시고, 아들들도 창술의 명수로 자라고 있으니. 자, 그러세. 우리 모두 이제 그만 비탄에서 벗어나서, 다시 손을 씻고 저녁식사를 마저 즐기세. 의논은 내일 아침부터 해도 충분하니까."

그러자 시종 아스팔리온이 재빨리 다가와서 다시 세수물을 부었다. 모두들 다시 저녁 만찬을 즐기기 시작했다.

이때 헬레네가 아무도 모르게 살짝 포도주 병에 고뇌와 분노를 지우는 약을 넣었다. 이 약이 섞인 술을 마신 사람은 적어도 그날 하루동안은 눈앞에서 부모님의 죽음을 보아도, 형제나 자녀의 죽음을 목격해도 그 슬픔을 잊을 수 있었다. 아이귑토스에서 톤의 부인 폴뤼담나가 준 것이었다. 그 나라는 토지가 매우 비옥해서 수많은 약초와 독초들이 자랐다. 그래서 신들의 의사인 파이안이 나왔고, 그 자손들도 훌륭한 의사가 되었다. 헬레네는

약 탄 술을 시녀에게 건네며 손님들의 잔에 가득 따르게 지시하고는, 남편과 손님들에게 말했다.

"제우스가 보살피시는 아트레우스의 아들 메넬라오스여, 그리고 훌륭한 군주들의 자제들이여! 전지전능한 제우스께서는 언제든 인간에게 행과 불행을 줬다 거뒀다 하실 수 있어요. 그러니 그대들은 지금은 고통스러운 기억을 잠시 잊고 만찬을 즐기세요.

제가 이 자리에 어울리는 이야기로 마음을 위로해 드리지요. 저는 오뒷세우스가 세운 수많은 용맹과 무훈을 세세히 알지는 못해요. 그러나 트로이아에서의 업적만은 분명히 기억하고 있지요. 그분은 양군이 사투를 벌이고 있을 때, 트로이아 도성 한복판으로 잠입하셨어요. 스스로 몸에 심한 상처를 입히고 누더기를 걸쳐서 비렁뱅이로 변장해서 말이에요. 트로이아인들은 아무도 눈치채지 못했지만, 저는 그분을 알아봤답니다. 그래서 따라가서 슬쩍 영문을 물었는데, 그분은 현명하게도 저를 교묘히 피하셨죠. 그러나 제가 끈질기게 따라다니면서 '아카이아로 무사히 귀환하시기 전에는 절대로 당신의 이름을 발설하지 않겠다.'라고 맹세하자, 아카이아군의 계획을 모조리 이야기해 주셨어요.

이후 그분은 트로이아 군사 여럿을 물리치고 배로 귀환해서, 아르고스 측에 고급 정보를 잔뜩 전했지요. 트로이아 여자들은 크게 탄식했지만 저는 마음속으로 기뻐했어요. 고향으로 돌아갈 기대에 부풀었으니까요. 아프로디테가 저를 미망에 빠뜨려서 지혜와 용모가 나무랄 데 없는 남편을, 내 딸과 궁전과 고국을 버리게 한 것을 깊이 후회하고 있었으니까요."

메넬라오스가 고개를 끄덕였다.

"부인의 말이 모두 옳소. 나 또한 이제껏 무수한 영웅들을 만나고 겪었지만, 불굴의 오뒷세우스만 한 강심장은 본 적이 없소. 우리 아르고스 정예 무사들을 목마에 숨게 해서 트로이아인들에게 살육과 죽음의 운명을 안겨준 마지막 공격 계획도 그가 세운 것이라오. 그런데 그때 당신이 목마로 왔던 일 기억하오? 트로이아 지휘관 데이포보스와 함께. 분명 트로이아 편에 영예를 주려는 어느 신께서 당신을 그 장소로 이끄셨겠지. 당신은 세 번이나 목마 주위에 멈춰 서서, 목마를 쓰다듬으며 우리편 대장들의 이름을 하나하나 조용히 불렀소. 사실 목마 속에 앉아 있던 나와 디오메데스는 당신 목소리에 벌떡 일어나서 '지금 당장 밖으로 나갈까, 대답의 신호를 할까.' 하고 망설였다오. 그런데 오뒷세우스가 우리를 끌어 앉혔지. 안티클로스의 입은 자기 손으로 틀어막기까지 했어. 그대가 목마에서 멀어져서 돌아갈 때까지 줄곧 그렇게 있었다니까."

그 말에 대해 현명한 텔레마코스가 대답했다.

"메넬라오스여, 이야기를 들으면 들을수록 저는 한층 더 슬퍼집니다. 아버지는 왜 그런 모든 활약을 하시고도 재앙으로부터 보호받지 못하셨을까요. 그분의 강심장이 왜 그분 자신을 보호하는 데는 쓰이지 못했을까요. 아아, 이제는 그만 잠자리에 들어 쉬고 싶습니다."

헬레네는 얼른 시녀들에게 분부해서 주랑에 침대를 마련했다. 아름다운 자주색 담요를 깔고 그 위에 다시 깔개를 깐 후 두터운 담요를 몇 장 더 놓았다. 침상 준비가 끝나자 시종이 횃불을 들고 앞장서서 오뒷세우스의 아들과 네스토르의 아들을 주랑으로 모셔갔다. 메넬라오스는 아름다운 헬레네와 같이 궁전 내전의 침상에 들었다.

이튿날 동틀 무렵, 메넬라오스가 잠에서 깨자 날카로운 검을 어깨에 메고 샌들을 신고 내전에서 나왔다. 그 훌륭한 모습은 마치 불멸의 신과 같았다. 그는 곧장 텔레마코스에게로 다가가 그 곁에 앉으며 물었다.

"텔레마코스, 자네는 대체 무슨 일로 넓은 바다를 건너서 라케다이몬까지 왔나? 공무인가, 아니면 사사로운 볼일인가?"

"메넬라오스여, 저는 왕께 아버지 소식을 들을 수 있을까 해서 왔습니다. 지금 이타케의 집은 어머니께 구혼하는 무뢰한들에게 점령되어 있습니다. 그들이 제멋대로 유숙하면서 행패를 부리고 양이며 소며 돼지들을 매일같이 배터지게 잡아먹고 있는 탓에 가세가 다 기울었습니다.

그래서 왕께 이렇게 간청합니다. 혹시 제 아버지의 소식을 모르십니까? 불행한 최후를 목격하셨거나, 길 위에서 만난 방랑객들에게 들었던 뜬소문이라도 좋습니다. 저에 대한 염려나 동정으로 좋은 이야기만 하지 마시고, 보고 듣고 겪으신 그대로 알려 주십시오. 제발 부탁드립니다. 만약 조금이라도 제 아버지 오뒷세우스가 그 역경의 트로이아 전투 속에서 말로나 행동으로나 당신을 위해 약속하고 성취한 것이 있다면, 그 일을 봐서라도 제게 알고 계신 모두를 말씀해 주십시오."

금발의 메넬라오스가 격노했다.

"괘씸한 것들, 겁쟁이 놈들이 참으로 용감무쌍한 대장부의 침상에 기어들려 하고 있다니! 사나운 사자의 잠자리에 어미 사슴이 젖먹이 아기 사슴들을 재워놓은 채, 산등성이며 풀이 무성한 계곡 사이로 풀을 뜯으러 나간 것과 같구나. 사자가 돌아와 그들을 한꺼번에 참살시키듯, 오뒷세우스도 그 악당들을 무참한 죽음으로 몰아넣을 거야. 아아, 오뒷세우스가 레스보스 섬 필로멜레이데스를 레슬링으로 메다꽂았던 때처럼, 그렇게 구혼자들을 처단하면 좋겠구나!

좋네, 나는 자네에게 진실을 감추거나 얼버무리지 않겠네. 내가 바다노인 프로테우스에게 들었던 그대로, 조금의 가감도 없이 그대로 전해 주지.

트로이아 전쟁이 끝나자 나는 한시바삐 고국으로 돌아오려고 형과 다투면서까지 출항을 강행했는데, 헤카톰베를 바치지 않았기 때문에 신들은 결국 나를 아이귑토스(이집트)까지 보내서 붙잡아두셨다네. 나일강 하구 큰 파도가 이는 바다에 파로스라는 섬이 있네. 바람만 좋으면 뭍에서 좋은 배로 하루면 닿는 거리야. 그곳에 장거리 항해 중인 배들이 잠시 정박해서 식수를 얻는 항구가 있는데, 나는 그곳에 스무 날이나 발이 묶이게 된 거야. 망망대해로 배를 밀어줄 순풍이 전혀 나타나지 않았거든.

만약 프로테우스의 딸 에이도테에가 나를 가엾게 여겨 인정을 베풀지 않았다면 식량이 다 떨어져서 부하들이 굶어 죽을 때까지도 출항하지 못했을 거라네. 다행히도 우리가 매일 섬 주변을 헤매다니며 낚시로 배를 채우며 힘겨운 나날을 보내고 있을 때, 이 님프가 내게 찾아온 거야.

'원래 이렇게 어리석은가, 아니면 일부러 사서 고생을 하는 자인가? 이렇게 오래도록 섬에 갇혀 있으면서도 도대체 뚫고 나갈 방도를 전혀 못 찾으니. 그런 자를 대장으로 모시고 있는 동료들의 마음은 어지간히 심란하겠구나.'

안 그래도 힘든데 빈정대는 말을 들으니 나도 화가 났지.

'저도 결코 좋아서 이렇게 한곳에 매여 있는 게 아닙니다. 아무래도 제가 어느 신의 노여움을 산 모양이지요. 그러니 당신이 어떤 여신이신지 모르

겠지만, 제발 어떤 신이 우리의 귀국길을 가로막고 계시는지 알려주지 않겠습니까?'

님프는 의외로 꽤 상냥하게 알려주었다네.

'이 섬에는 불사의 예언자, 바다노인 아이귑토스의 프로테우스가 자주 나타나오. 포세이돈의 부하로서 온 바다의 깊이를 알고 계시는 분이자 내 아버지이시지. 그가 귀국길을 알고 있소. 어디가 물살이 센지, 어디가 물고기 떼가 많은지, 길고도 괴로운 여행길로 당신이 떠나신 뒤에 당신 집에서 그동안 일어난 모든 일들까지. 하지만 그대가 그를 붙들 수 있어야 물어볼 것이 아닌가. 그는 절대로 붙잡히지 않는다네.'

그러니 나는 더욱 여신께 매달릴 수밖에 없었지.

'바다노인은 어디서 어떻게 만날 수 있습니까? 그분이 저를 먼저 발견하고 피하면 어떻게 해야 합니까? 인간인 제가 감히 신을 붙잡을 수가 있을까요?'

님프는 방법을 자세히 알려주었네.

'태양이 정확히 중천에 떴을 때, 바다노인이 바닷속에서 갈바람의 숨결을 따라 거무스레한 잔물결의 물보라를 몸에 감고 뭍으로 올라온다네. 그는 나오자마자 속이 텅 빈 동굴 밑바닥의 잠자리를 찾지. 그 주위에 바다표범들과 아름다운 바다의 딸들이 떼지어 잠을 자는데, 잿빛 물거품에서 올라올 때 내쉬는 숨결은 아주 지독해서 몹시 깊은 바닷속 냄새가 날 걸세. 새벽에 내가 그곳으로 데려다 줄테니, 당신은 힘 센 장정 셋을 데려 와서 함께 숨어 있게.

바다노인은 뭍으로 올라오면 일단 바다표범의 수를 계산하면서 한바퀴

돌고, 그 한복판에 드러눕지. 마치 양 떼를 지키는 양치기처럼. 바로 그때 넷이서 한꺼번에 달려들어서 꽉 붙잡으면 된다네. 아무리 발버둥쳐도 놓지 말아야 해. 그가 지상의 모든 생물로, 어마어마한 물이나 화르르 타오르는 불로 변신해도 더 단단히 온 힘을 다해 붙잡고 있어야 해. 그래서 끝내 저 편에서 처음에 보았던 그때의 모습으로 돌아가서 당신에게 말을 걸면, 그 때 놓아주고 묻게나. 신 중에서 어느 분이 당신을 괴롭히는지, 귀국하려면 어떻게 해야 하는지, 어떤 바닷길로 항해해야 하는지를 말이야.'

말을 끝마친 님프는 파도 속으로 사라졌네. 나는 백사장에 정박해둔 배로 돌아가면서 계획을 세웠지. 그래서 사람들과 함께 저녁식사를 들고 백사장에서 자다가, 이튿날 동틀 무렵 믿음직스러운 부하 셋을 조용히 불러서 해안으로 나가 신들에게 열심히 기도했네.

그때 님프가 큰바다에서 네 마리의 바다표범 가죽을 들고 올라왔어. 모두 금방 벗겨낸 것이었는데, 프로테우스를 속이기 위해서 우리에게 뒤집어 쓰라고 했어. 우리는 그녀가 파둔 모래사장의 구덩이 속에 들어가서 바다표범 가죽을 덮고 기다렸네. 기다리는 시간도 길었네만, 무엇보다도 바다표범의 악취가 지독해서 참으로 견디기가 괴롭더군. 그나마 친절한 님프께서 암브로시아를 코 밑에 살짝 발라준 덕분에 간신히 버텼어.

이윽고 바다표범들이 바닷속에서 한데 얽혀가며 꾸역꾸역 올라오더니 모래사장에 즐비하게 드러누웠네. 곧 정오가 되었고 과연 바다노인이 바다에서 올라와서 바다표범들의 숫자를 셌어. 그는 우리들부터 세기 시작했네. 이런 짓궂은 음모는 상상도 못했겠지. 어쨌든 프로테우스는 숫자를 다 세자 그대로 드러누워 잠들었네.

그때 우리는 있는 힘껏 크게 고함을 지르며 달려가서 덮쳤네. 아니나 다를까 바다노인은 온갖 변신술을 썼어. 훌륭한 갈기를 가진 사자가 되었다가, 큰 뱀이 되었다가, 표범이 되었다가, 야생 멧돼지가 되었다가, 그래도 우리가 손을 놓지 않자 흘러가는 강물이 되었다가, 높이 치솟은 나무로까지 변했어. 하지만 우리가 죽을 힘을 다해서 끝까지 꼭 붙잡고 매달려 있자, 그제서야 요술을 포기하고 묻더군.

'아트레우스의 아들이여, 도대체 어떤 신이 그대에게 매복 작전을 알려 주었는가?'

나는 여전히 강하게 밀어붙였어.

'바다노인이여, 왜 엉뚱한 일로 얼버무리려고 하십니까? 당신은 내가 이 섬에 오래 붙들려 있는 걸 다 알았으면서도 모른 척하셨습니다. 나는 대체 이 일이 언제 끝날지 모르니까 더 심난하답니다. 모든 일을 아시는 신이여, 제발 알려 주십시오. 불사의 신들 중 대체 어떤 분이 저의 귀국길을 막고 계신가요? 제가 어떻게 해야 저 바다로 배를 띄우고 출항할 수 있을까요?'

바다노인이 대답했네.

'그대는 출항 전에 신들께 헤카톰베를 바쳤어야 했어. 한시라도 빨리 그대의 고국으로, 포도주색 바다를 건너 귀국하고 싶었다면 말이야. 그러니 지금이라도 그대가 하늘에서 태어난 강인 아이컵토스의 물을 통해서 헤카톰베를 바치게. 그러면 신들이 그대가 그토록 갈망하는 항해를 허락하실 거야.'

나는 가슴이 꽉 막히는 듯했네. 또다시 안개 낀 바다를 건너서 아이컵토스로 돌아가라고 하니 말이야. 하지만 나는 꾹 참고 공손하게 대답했지.

'바다노인이여, 분부대로 다 따르겠습니다. 그런데 한 가지만 더 알려주십시오. 네스토르와 제가 트로이아를 떠날 때 남겨둔 다른 아카이아 병사들은 어찌 되었습니까? 다들 무사히 귀향했나요, 아니면 또다시 전쟁에 휩쓸려 죽거나 항해 중에 난파당한 자가 있나요?'

그런데 바다노인은 대답을 망설였다네.

'아트레우스의 아들이여, 왜 내게 그런 일들을 묻는가? 아마 그대가 안 듣는 것이 좋을 거야. 모든 사정을 듣고 나면 그대의 눈에서 오랫동안 눈물이 흐를 테니까. 그들 중 많은 이들이 죽었는데, 아카이아군 대장 중에서는 단 두 사람만 죽었네. 또 한 사람은 목숨은 부지했네만 광대한 바다 위 무인도에 붙잡혀 있지.

오일레우스의 아들 아이아스의 선단이 난파했어. 그래도 처음에는 포세이돈이 귀라이 암초 위에 그를 건져내서 구하셨지. 그런데 그가 '신들의 보호 없이도 나는 망망대해에서 잘 살아 남는다.'라는 시건방진 망언을 고래고래 떠들어대자 포세이돈이 화가 나신 거야. 대번에 삼지창으로 귀라이 바위를 내리쳐서 둘로 쪼개버렸지. 아이아스가 앉아 있던 쪽 바위가 산산이 부서져서 바닷속에 잠기면서, 그는 짠물 실컷 마시고 이 세상과 하직했지.

그대의 형 아가멤논의 경우는, 항해 중에는 죽음으로부터 안전했어. 헤라께서 보호하셨거든. 그런데 막 험한 말레아 곶에 정박하려는 순간, 질풍이 그를 낚아채서 튀에스테스의 성이 있는 마을 근처 바닷가로 데려갔네. 그 무렵에는 튀에스테스의 아들 아이기스토스가 살고 있었어. 다행히 그곳에서 곧 신들이 바람을 본래대로 바꿔 주셔서 다시 아르고스로 향했고, 아가멤논은 육지에 상륙하자 땅 위에 엎드려 입을 맞추고 뜨거운 눈물을 한 없이 흘렸다네. 그런데 망루의 파수꾼이 그 모습을 발견했어. 교활한 아이기스토스가 1년 전부터 황금 두 달란트를 주고 왕의 귀국을 살피라고 매수해둔 자였지. 그가 아이기스토스에게 달려가서 알렸지.

그러자 아이기스토스는 즉시 간계를 꾸몄어. 온 나라에서 가장 힘이 센 장정 스무 명을 뽑아 매복시키고, 한편으로는 향연 준비를 시켰지. 그러고 서 직접 말과 전차를 몰고 아가멤논을 맞이하러 나가서, 집으로 데리고 돌아와서 잔치를 열어 주었어. 그리고 죽여버렸지. 마치 황소를 구유통 옆에서 죽이듯 연회가 한창 무르익은 순간 아가멤논과 수행원들을 몰살시켰고, 또 그 자리에 있던 자기 부하들까지도 비밀을 지키려고 몰살시켰어.'

나는 뜻밖의 소식을 듣고 너무 놀라서 가슴이 꽉 메어 백사장에 주저앉아 통곡했다네. 실로 그 무렵의 내 마음은 더 이상 살고 싶지 않다는 생각 뿐이었어. 모래 사장에서 한참 동안 몸부림치면서 실컷 울고 나니, 늙은 바다의 예언자가 말했네.

'아트레우스의 아들이여, 울음을 그치게. 울음에는 끝이 없는 법이니, 차라리 빨리 고국에 돌아갈 궁리를 하게나. 아이기스토스가 아직 살아 있을지도 모르고, 만일 오레스테스가 당신보다 한발 앞서 죽여 버린다면 장례식이라도 볼 수 있을 게 아닌가.'

이 말에 내 마음속 용맹이 되살아났네. 그래서 마음을 가다듬고 다시 물었지.

'광대한 바다 어딘가에 붙들려 있다는 세 번째 사람은 누구입니까?'

잘 듣게. 바다노인이 바로 그때 내게 이렇게 말한 거야.

"라에르테스의 아들 오뒷세우스라네. 이타케 섬의 군주인 그가 님프 칼립소의 섬에서 울고 있는 것을 보았지. 그녀가 배도 선원도 없는 무인도에 그를 억지로 붙잡아 뒀거든.

제우스가 보살피시는 메넬라오스여, 그대는 죽음의 운명을 맞지 않을 거라네. 신들께서 장차 그대를 엘뤼시온(대지의 서쪽 끝에 있는 '축복받은 자들의 섬')으로 보낼 거야. 그곳은 금발의 라다만튀스 왕이 다스리는 최상의 낙원으로, 눈도 세찬 바람도 큰 비도 없고, 늘 끊임없이 대양으로부터 불어오는 갈바람의 은은한 숨결이 인간들에게 생기를 되찾게 해주기 때문이야. 왜냐하면 그대가 헬레네의 남편이니, 제우스 신의 사위이기도 하니까.'

이 말을 끝으로 바다노인은 파도가 세차게 치는 바닷속으로 들어가 버렸네. 배로 돌아가는 내 마음은 탈출의 기대감으로 두근거렸지. 그래서 얼른 저녁식사를 하고 해변에서 잠들었다가, 아침 일찍 동이 트자마자 배들을 죄다 눈부신 바다로 끌어내리고 아이귑토스로 돌아갔네. 그곳 강가에서 더없이 신성한 헤카톰베를 바치고, 형 아가멤논을 위한 분묘를 쌓았어. 그후에 바다로 나가니까, 순풍이 불어서 나를 고국까지 데려다준 거야.

자, 어쨌든 그대는 열하루든 열이틀이든 마음껏 내 집에 머물게. 돌아가고 싶어지면 내가 전차 한 대와 말 세 필을 내주면서, 훌륭한 선물까지 잔뜩 줄 테니까. 거기에 아름다운 술잔도 줄 테니, 불사의 신들께 헌주하며 평생 나를 기억하게나.

"아트레우스의 아들이여, 저를 이곳에 묵으라고 붙잡지 마십시오. 사실 당신 곁에 1년을 머무른대도 고향집이 그리워서 괴롭지는 않을 겁니다. 당신께 듣는 이야기들이 무척 흥미진진하고 즐거우니까요. 하지만 필로스에 두고 온 동료들이 마음에 걸립니다. 선물 또한 왕께서 주시는 것은 무엇이든 제게 보물이 되겠지만, 말들은 데려가지 않고 당신의 자랑이 되도록 이곳에 남겨두겠습니다. 당신의 영지는 토끼풀, 등심초, 밀, 호밀, 보리 등이 쑥쑥 자라나는 넓은 들판이지만, 이타케 섬에는 목초지가 없거든요. 염소를 기를 만한 풀밭은 있지만, 말을 기르기에는 적합하지 않답니다."

메넬라오스는 미소를 지으며 텔레마코스를 쓰다듬었다.

"훌륭한 혈통의 자제답게 말을 어찌 그리 현명하게 잘하는가. 그런 사정이라면 다른 선물을 주겠네. 그대가 원한다면 무엇이든 내 집에서 가장 값지고 귀한 것이라도 줄 수 있어. 헤파이스토스 신의 작품인데, 잔 가장자리가 황금으로 장식된 은 혼주병을 주지. 귀국길에 시리아의 시돈에 들렀을 때 그곳 파이디모스 왕께 받은 것이라네."

이런 이야기가 오가는 동안 영주의 성에서 열릴 축하연에 많은 손님들이 모여들었다. 누구는 산양을 몰고 오고, 누구는 포도주를 들고 오고, 또 누구는 아내들이 구워준 빵을 가져 왔다. 이렇게 메넬라오스의 성은 향연 준비로 시끌벅적했다.

같은 시각 오뒷세우스의 성에서는, 구혼자들이 궁궐 앞 마당에서 오만무례한 태도로 원반 던지기, 창던지기를 하며 놀고 있었다. 두 우두머리격인 안티노스와 에우뤼마코스가 서너 자리 떨어져 앉아 있는데, 그 사이로 프로니오스의 아들 노에몬이 다가갔다.

"안티노스, 텔레마코스가 퓔로스에서 언제쯤 돌아올지 아는가? 내가 지금 급히 앨리스로 가봐야 할 일이 생겼는데, 그가 내 배를 가져가 버렸으니 말이야. 그곳 목초지가 크니까 거기서 암말 열두 마리와 젖먹이 노새들을 키우고 있는데, 이제 슬슬 몇 마리 데려와서 길들일까 싶어서."

그 말에 구혼자들은 깜짝 놀랐다. 그들은 텔레마코스가 안 보이지만 퓔로스로 갔으리라고는 꿈에도 생각하지 못한 채, 그저 섬 안 어딘가에서 양치기나 돼지치기와 어울리고 있겠거니 했던 것이다. 그래서 에우페이테스의 아들 안티노스가 다급하게 물었다.

"텔레마코스가 떠났다고? 대체 언제 누구와 떠난 거야? 자기 하인들을 데려가던가, 아니면 장정들을 선발했던가? 자네 배를 빌려 갔다고? 그가 폭력을 써서 억지로 뺏어갔다는 말인가, 아니면 자네가 그 아이의 부탁을 듣고 승낙한 건가?"

"당연히 내가 승낙했지. 군주의 자제께서 깊은 고심 끝에 힘들게 하는 부탁을 어떻게 거절하겠나? 결국 이타케 섬의 우수한 젊은이들이 텔레마코스를 따라갔다네. 그런데 좀 이상한 일이 있긴 하네. 출항할 때 멘토르 님이 배에 함께 오르신 모습을 봤는데 말이야, 그분을 오늘 새벽에 내가 보았거든? 벌써 돌아오셨을 리가 없는데."

노에몬은 말을 마치더니 제 집으로 갔다. 그러자 안티노스가 운동경기를 중단시키고 구혼자들을 한데 모아서 일장연설을 시작했다. 그의 가슴은 노여움으로 부글부글 끓었고, 두 눈은 사나운 불길처럼 이글거렸다.

"이게 무슨 꼴이야! 텔레마코스가 겁도 없이 건방지게 일을 저질렀군. 그 애송이가 설마 진짜로 떠날 줄이야. 우리 모두가 그렇게 반대했는데도 당돌하게 배를 찾아서 온 나라의 내로라하는 젊은이들을 뽑아갔다고? 그 녀석이 성년이 되기 전에 제우스 신께서 파멸시켜 주셨으면!

자, 시간이 없네. 자네들이 얼른 나가서 배와 선원 스무 명을 모아 오게. 그러면 내가 그들과 함께 이타케 섬과 바위투성이 사모스 섬 사이 해협에 매복해 있다가, 애송이가 돌아올 때 덮쳐서 따끔한 맛을 보여줄 거니까."

모두가 이구동성으로 찬성하며 그를 부추겼다. 그러고는 모두들 자리에서 일어나서 식사를 위해서 오뒷세우스의 궁전 안으로 자리를 옮겼다. 이 소리를 전령 메돈이 들었다. 메돈은 구혼자들이 가장 마음에 들어해서 언제나 식사 시중을 시켰기 때문에, 그 곁에서 모든 사정을 자세히 들었던 것이다. 그는 또한 분별이 있는 자라서 얼른 페넬로페에게 알려주려고 달려갔다. 페넬로페가 문턱을 넘어오는 메돈을 향해 말했다.

"전령사여, 무례한 구혼자들이 또 무슨 일로 당신을 보내던가? 하던 일을 중단하고 자신들의 향연을 준비하라고 시녀들에게 전하라던가? 정말 진저리가 나! 제발 오늘의 잔치가 마지막이었으면! 마음 착한 내 아들 텔레마코스를 모욕하고 재산을 자꾸만 갉아먹다니.

그대들 부친들은 아무 얘기도 안 해주던가, 예전에 오뒷세우스가 어떤 영주이셨는지? 단 한 번도 불공정한 처신을 행하신 일이 없는 분이셨다네. 한 나라의 군주로서 가장 훌륭한 품성이지. 세상의 군주들 대부분이 사실은 특정인은 편애하고 특정인은 미워하는 식이지만, 오뒷세우스만은 결코 한 번도 법에 어긋난 행동을 하지 않았단 말이네. 그런데도 그대들은 예전의 은혜를 깨끗이 잊고서 온갖 수치스러운 본심들을 드러내고 있어."

분별을 갖출 줄 아는 메돈은 페넬로페의 거친 말에도 동요하지 않고 침착하게 말을 전했다.

"마님, 진정 그것이 저 염치없는 구혼자들의 최대 악덕이라면 얼마나 좋겠습니까? 그들은 지금 훨씬 더 가증스럽고 흉칙한 음모를 꾸미고 있습니다. 텔레마코스 님이 필로스와 라케다이몬으로 떠나셨다는 소식을 듣고, 그 돌아오는 길목에 매복했다가 살해하겠다고 벼르고 있단 말입니다."

페넬로페는 너무 큰 충격을 받아서 한참 동안 말을 잇지 못했다. 순식간에 두 눈에 눈물이 그렁그렁 맺혔다.

"내 아들이 뭍으로 떠났다고? 그애가 선원들과 함께 배를 타고 모험을 할 이유가 전혀 없는데. 이러다가 후세에 그애의 이름이 아예 잊혀지는 게 아닐까?"

"도련님이 주인님 소식을 수소문하러 가셨다는데, 신께서 부추기신 것인지 스스로 생각하신 것인지는 잘 모르겠습니다."

메돈은 엄청난 비보를 전하고는 다시 급히 나갔다. 페넬로페는 가슴이 찢어지는 아픔 때문에 안락의자에 앉아 있기조차 힘들어서 내실 문턱에 쪼그려 앉아서 흐느꼈다. 흐느낌을 듣고 시녀들이 모여들었다. 페넬로페가 그들에게 하소연했다.

"여봐라, 올림포스의 신들은 또래들 중에서 유독 내게 가장 쓰라린 고뇌를 주시는구나. 몇 년 전에는 사자처럼 용맹한 대장부 남편을 빼앗아 가시더니, 이번에는 사랑하는 아들마저 한마디 말도 없이 데려가셨어! 나는 그애의 여행에 대해 아무 말도 듣지 못했는데! 어쩌면 그대들마저 내게 그 사실을 알려주지 않는단 말이냐. 그애가 칠흑 같은 밤에 배를 타고 떠날 때 아무도 나를 깨워 줄 생각을 않다니, 정말 그대들은 지독한 인간들이다! 내가 진즉 알았더라면 끝까지 매달려서 못 떠나게 단념시키든지, 차라리 이 어미를 죽이고 떠나라고 했을 것을.

어서 돌리오스 영감을 불러다오. 내가 시집올 때 친정아버지가 보내 주
셔서 지금 내 과수원을 돌보는 영감 말이다. 영감이 한시바삐 라에르테스
님께 가서 자초지종을 전하면, 그분이 은둔지에서 나와서 시민들에게 탄원
해 주시고, 오뒷세우스의 혈통을 이을 사람을 멸망시키려는 음모를 저지시
킬 수도 있을 것이다.”

이때 충성스러운 유모 에우뤼클레이아가 나섰다.

“존경하는 마님, 칼로 저를 죽이시든 살리시든 뜻대로 하십시오. 모든 사
실을 숨김없이 말씀드리겠습니다. 저는 모든 것을 알고 있었습니다. 도련
님이 양식과 술 등을 부탁하셔서 제가 챙겨드렸거든요. 그런데 도련님이
제게 엄히 당부하셨습니다. 마님께는 적어도 열이틀 동안은 자신의 출항을
알리지 말라고요. 너무 우셔서 고운 얼굴을 상하시면 안 된다고요. 그러니
제발 목욕을 하시고 깨끗한 옷으로 갈아입으신 후 침실로 올라가서 아테
네 여신께 기도를 드리세요. 그러면 틀림없이 여신께서 도련님을 적들로부
터 보호해 주실 겁니다. 이미 고통을 너무 많이 당해서 괴로움에 몸부림치
시는 라에르테스께는 알리지 마세요. 제 말대로 하세요. 아르케이시오스의
핏줄은 신들께 심한 미움을 받지 않으니까, 틀림없이 어딘가에서 보호해주
실 겁니다.”

에우뤼클레이아는 마님의 비탄을 달랬다. 페넬로페는 하녀의 말대로 목
욕을 하고 깨끗한 옷으로 갈아입고 2층으로 올라가서, 제사용 곡식을 바구
니에 담아들고 아테네 여신에게 정성껏 기도를 드렸다.

“굽어살피소서, 아이기스를 든 제우스의 따님 아테네 여신이여! 언젠가
지혜로운 오뒷세우스가 집에 있을 때 당신께 암소와 양들의 살찐 넓적다리

살을 구워 바친 일들을 기억하신다면 제발 사랑스러운 제 아들을 도와주소서. 사악한 구혼자들의 음모로부터 지켜주소서."

페넬로페는 격렬하게 흐느꼈다. 여신이 기도를 들었다.

그 시각 구혼자들은 어두워진 저택 안에서 서로 거들먹대면서 낄낄거리고 있었다.

"왕비는 우리 중 누군가와의 혼례식이나 준비하고 있겠지. 우리가 아들을 죽이려는 줄은 까맣게 모른 채."

안티노스가 벌떡 일어나서 화를 냈다.

"어리석은 자들 같으니, 그렇게 떠들다가 누군가 엿들으면 어쩔 것이냐? 다들 목소리를 낮춰! 아까 의논했던 대로 조용히 실행이나 하자."

안티노스는 선발된 장정 스무 명과 함께 바닷가로 갔다. 그들은 배를 바닷물 위로 끌어내린 후, 돛대와 돛을 검게 칠한 배 안에 싣고 노를 가죽끈으로 꼭 묶었다. 그동안 무구들을 시종들이 운반해 왔다. 모든 준비가 갖추어지자 그들은 해변에서 멀리 떨어진 앞바다에 배를 정박시키고, 해안에 내려서 저녁 식사를 하고 밤이 되기를 기다렸다.

페넬로페는 2층 방에서 식음을 전폐하고 아들의 운명에 대해 근심하고 있었다. 마치 포수들 무리에 둘러싸인 암사자가 공포심에 사로잡혀 생각할 법한 여러 궁리들에 빠져 있다가 지쳐 잠이 들었다. 이때 아테네 여신이 이카리오스의 딸이자 페라이 고을 에우멜로스(아도메토스의 아들)와 결혼한 페넬로페의 언니 이프티메의 환영을 보냈다. 이프티메의 환영이 문틈으로 안에 들어가서 침상 머리맡에 섰다.

"페넬로페야, 고통에 지쳐 잠들었니? 신들께서는 결코 네가 울고 있게 내버려 두시지 않는단다. 텔레마코스는 안전하게 귀국하기로 정해져 있어. 그 아이는 신들에게 죄를 범한 적이 없으니까."

페넬로페는 달콤한 꿈나라의 문턱에서 대답했다.

"아, 언니가 어떻게 여기까지 왔어요? 먼 곳에 살아서 지금까지 한 번도 오지 않더니. 그런데 지금 내게 이 불행한 고통을 그만 잊으라고 했어요? 나는 헌헌장부이신 남편을 잃었어요. 그런데 철부지 어린아이에 불과한 아들까지 위험에 빠졌답니다. 그애가 바다 위에서 난파되지나 않을까, 간악한 구혼자 무리들에게 암살당하지 않을까 너무 두려워요."

"안심하렴. 누구나 함께 계셔주기를 바라는 여신 팔라스 아테네, 그 대단한 수호자께서 그 아이와 동행하셨거든. 게다가 네가 슬퍼하는 것을 불쌍하게 여기셔서 나까지 이곳으로 보내신 거야. 자초지종을 설명해 주라고 말이야."

"그래요? 만약 정말로 언니가 여신의 명으로 이곳에 왔다면, 혹시 그 아이의 불행한 아버지 소식도 알려줄 수 있어요? 아직 살아서 햇빛을 보고 계신지, 아니면 저 세상으로 하직했는지."

"오뒷세우스의 생사는 자세히 말할 수 없구나. 바람처럼 허황된 소문을 전하는 것은 좋지 못한 일이니까."

환영이 스르르 문틈 사이로 빠져 나가서 사라졌다. 그 순간 페넬로페도 잠에서 깼는데, 초저녁에 꾼 꿈의 선명한 기억에서 위안을 얻어서 가슴속은 훈훈하게 누그러져 있었다.

그 동안 구혼자들의 배는 돛을 올리고 일사천리로 바다 위를 달려나갔다. 텔레마코스를 어떻게든 살해하려고 마음속으로 조바심을 내면서. 해협을 벗어나자, 이타케와 사모스 섬 사이의 중간 지점에 바위 많은 아스테리스 섬이 나타났다. 그 섬에는 포구 두 개가 나란히 있어서 배가 정박할 수 있었다. 안티노스 등은 이곳에 숨어 텔레마코스를 기다렸다.

제5권

오뒷세우스, 여신 칼립소의 섬을 탈출하다

텔레마코스가 암살될 위험에 처하자, 더 이상 제우스도 지체하지 않는다. 제우스는 당장 헤르메스를 칼립소에게 보내서 '오뒷세우스를 놔줘서 그가 제 운명대로 살게 하라.'라고 명령한다. 오뒷세우스의 운명이란, 혼자 힘으로 뗏목을 만들어서 섬을 탈출하고, 스무 날을 표류한 후에 파이아케스인들이 사는 스케리아 섬에 도착하고, 그곳에서 엄청난 재물을 선물로 받아서 사랑하는 집과 가족에게 돌아가는 것이었다. 그런데 오뒷세우스가 드디어 오귀기에 섬 탈출에 성공해서 스케리아 섬에 거의 도착해가던 표류 18일째에, 그때 막 아이티오페스인의 연회에서 돌아오던 포세이돈이 오뒷세우스의 뗏목을 발견하고 머리끝까지 화를 낸다. 하지만 올림포스 신들에게 반기를 들 수는 없는 일이었기에, 그 대신 오뒷세우스가 더 고생하도록 거대한 풍랑을 일으켜서 뗏목을 산산이 부숴버린다. 폭풍이 어쩌나 거세던지 오뒷세우스는 아예 운명을 거슬러서 죽을 뻔하는데, 바다의 님프 레우코테아와 아테네가 오뒷세우스를 도와준다. 하지만 너무 많은 고난을 겪은 오뒷세우스는 신들의 도움도 저주라고 오해하고 자포자기한다.

　새벽의 여신 에오스가 불사의 신들과 필멸의 인간들에게 빛을 비춰 주려고 남편 티토노스(트로이아 라오메돈 왕의 아들로, 프리아모스의 형제)의 곁 잠자리에서 일어났다. 그 시각 올림포스 천궁에서는 아테네가 여러 신들에

게 오뒷세우스의 사정을 이야기하고 있었다.

"제우스와 불사의 신들이여, 나는 앞으로 왕홀을 가진 자들에게 정의롭고 관대한 통치를 하지 말라고 하렵니다. 아니, 차라리 폭정과 불법을 행하라고 할 거예요. 저 훌륭한 왕 오뒷세우스처럼 되느니 말입니다. 그는 누구보다 자애로운 군주였는데, 지금은 어떤가요? 그를 생각하는 백성이 하나도 없는 채 님프 칼립소에게 붙잡혀 있는 신세일 뿐입니다. 그런데 이제는 그의 아들 텔레마코스까지 암살될 위기에 처했어요."

그러자 제우스가 말했다.

"애야, 애당초 오뒷세우스가 돌아가서 그자들에게 복수한다는 건 네 계략이 아니었더냐? 그러니 텔레마코스는 네가 잘 보호해라. 네게 그만한 힘쯤은 충분히 있으니까, 손끝 하나 다치지 않게 잘 보호해서 이타케로 돌려보내란 말이다.

그 대신 나는 지금 헤르메스를 칼립소에게 보내서 '올림포스 신들이 오뒷세우스를 귀향시키기로 결의했으니 그만 놔주라.'라고 전하겠다. 하지만 조건이 있다. 오뒷세우스는 오롯이 혼자의 힘으로 돌아가야 한다. 스스로 만든 나무 뗏목을 타고 스무 날 동안 표류하다가 신의 혈통인 파이아케스인들이 사는 스케리아 섬에 닿으면, 그곳에서 선물을 듬뿍 받아서 귀국하게 되리라. 그 선물이 얼마나 어마어마하냐면, 오뒷세우스가 트로이아 전쟁에서 얻은 노획물을 고스란히 고향에 가져갔대도 미치지 못할 만큼 많은 양이 될 것이다. 그런 과정을 통해서 사랑하는 가족, 집, 고국에 돌아가는 것이 그의 운명이다!"

헤르메스는 즉시 길 떠날 채비를 했다. 발에 물결 높은 바다나 끝 없는 대지도 바람처럼 휙 뛰어넘을 수 있는 황금 샌들을 신고, 손에 인간을 마음대로 잠재우고 깨우는 지팡이를 들었다. 헤르메스는 피에리아 산맥을 뛰어넘자마자 급강하해서 파도를 타듯 바다 위를 미끄러져 갔다. 그 모습이 흡사 물고기를 잡으려고 날개 깃을 물보라에 흠뻑 적시며 나는 갈매기 같았다.

드디어 그는 오귀기에 섬에 도착했다. 님프 칼립소의 동굴 주위는 오리나무, 냇버들, 측백나무가 무성하게 우거졌고, 나뭇가지 사이로 여러 새 떼들이 둥지를 틀고 있었다. 수리부엉이, 매, 시끄럽게 지저귀는 바다까마귀 등 바다에서 분주히 먹이를 찾아먹는 바다새들이었다. 동굴 입구는 포도송이가 주렁주렁 달린 포도 덩굴이 늘어져 있고, 주변으로 수정 같이 맑은 물이 솟아나는 샘 네 개가 나란히 흐르며 제비꽃이며 파슬리 등이 풍성한 보드라운 풀밭을 펼쳐 놓고 있었다. 불사의 신조차 매혹되어 마음의 위안을 느낄 만한 풍경이었다.

헤르메스도 그 아름다움에 취해서 잠시 멈칫했다가 동굴 속으로 들어갔다. 동굴로 들어가니, 화로에서 삼나무, 향나무 장작 등이 활활 타면서 그 향을 섬 전체에 퍼뜨리고 있었다. 칼립소는 그 옆에서 아름다운 목소리로 노래하며 황금 북으로 베를 짜고 있었다. 오뒷세우스의 모습은 보이지 않았다. 그는 여느 때처럼 바닷가에 나가서 눈물과 한탄과 고뇌에 잠겨 있던 것이다.

칼립소가 기척을 느끼고 돌아보고는, 다가오는 이가 누구인지 금세 알아차렸다. 님프는 얼른 일어나서 헤르메스에게 번쩍이는 의자에 앉기를 권했다.

"황금 지팡이를 든 헤르메스께서 어인 일로 또 오셨어요? 이제까지는 그다지 자주 오시지 않으시더니. 주저하지 마시고 품고 있는 생각을 다 말씀하세요. 헤르메스 님의 말씀이라면 무엇이든 기쁘게 따르겠어요. 불가능한 것만 아니라면요. 하지만 우선 제가 환영의 뜻을 표하게 해주세요."

여신은 헤르메스 옆에 식탁을 펴고 암브로시아와 넥타르를 내왔다. 헤르메스는 식사로 배가 든든해지자 마음이 느긋해졌다.

"칼립소여, 나는 제우스 님의 명령을 전하러 왔소. 사실 오기 싫었지. 이먼 길을 누가 자진해서 달려오겠소? 더욱이 내게 제물을 바칠 사람이 하나도 없는 마을까지 말이오. 하지만 제우스 님의 뜻은 거역할 수 없지 않소. 바로 그분께서 분부하시기를 '9년간 일리오스 포위전을 벌이다가 10년만에 함락시키고 귀국길에 올랐던 자들 중에서 가장 비참한 사나이를 놓아주라.'라고 하셨소. 많은 용사들이 귀국길에 아테네께 죄를 지어서 풍랑을 만나서 죽었는데, 그자만 바람과 파도가 이 섬으로 데려왔지. 이제 그를 한시바삐 이 섬에서 내보내라는 것이오. 왜냐하면 사랑하는 가족을 만나고 지붕 높은 자신의 성으로 돌아가는 것이 그의 운명이기 때문이오."

칼립소가 몸서리치며 항의했다.

"참, 남신들은 질투가 유별나게 강하군요. 여신이 인간 사내와 살면 늘 시기한다니까. 저이를 내 남편으로 삼는 게 어때서요? 새벽의 여신 에오스가 사냥꾼 오리온과 함께 했을 때도 줄곧 시기하더니, 끝내는 오르튀기아 섬에서 아르테미스 님에게 활로 쏘아 죽게 했잖아요. 대지의 여신 데메테르가 이아시온과 그리운 마음을 견디다 못해 밭에서 동침했을 때도, 제우스께서 즉시 알아채시더니 그 사내에게 손수 벼락을 쳤구요.

이제 나까지 방해하겠다구요? 오뒷세우스가 이곳에 있는 것이 꼭 내 탓인 것처럼 말씀하시다니요. 그는 제우스께서 내리친 벼락을 맞아 좌초된 거예요. 포도주색 검은 바다 한복판에서 벼락에 배가 쩍 갈라지면서 동지들을 다 잃고 홀로 용골에 걸터앉아 망연자실해서 떠다니니다가, 바람과 파도가 이곳으로 데려왔다구요. 그래서 내가 다 죽어가는 그를 살려내서 시중을 들고, 불로장생을 약속해 주었던 거랍니다.

그런데 이제 제우스 님의 뜻이 바뀐 건가요? 그를 살려서 돌려보내라구요? 아, 변덕이시라도 할 수 없네요. 그 뜻을 피할 수 있는 신이 어디 있나요. 그런데 결정적인 문제가 있습니다. 나는 그를 바다로 내보낼 능력이 없어요. 보시다시피 이곳에는 배도 뱃사람도 없거든요. 어쨌든 어떻게든 그를 이타케 섬으로 돌려보낼 수 있도록 모든 노력은 기울여 보겠다고 약속드릴게요."

"꼭 그대의 말을 지키시오. 제우스의 노여움으로 고통 받는 일이 없으려면 말이오."

헤르메스는 다짐을 받고 떠났다. 칼립소는 내키지 않는 발걸음으로 오뒷세우스에게 제우스의 전언을 전하러 바닷가로 나갔다. 오뒷세우스는 해변에 앉아서 하염없이 눈물을 흘리고 있었다. 향수병이 그의 생명을 조금씩 갉아먹고 있었다. 그는 더 이상 님프와 함께 있는 것이 즐겁지 않았다. 그래서 밤이면 불같이 뜨거운 이 님프와 함께 있다가, 낮이면 바닷가에 나와 앉아서 눈물을 흘리는 게 일상이 되었다.

"가엾은 분이여, 제발 그만 슬퍼하세요. 이제 내가 당신을 섬에서 내보내드릴 테니까. 자, 청동 도끼를 드릴 테니 직접 나무를 베어서 널찍한 뗏목을 짜고, 안개 자욱한 바다 위를 달려나갈 수 있게 갑판을 세우세요. 그 동안 나는 식량과 물과 포도주와 옷을 듬뿍 마련해 드릴게요. 배를 밀어줄 순풍도 찾아서 데려오고요. 저 광대한 하늘을 지배하시는 신께서, 나보다 생각도 힘도 월등하게 뛰어난 그분이 원하시니까요."

이 말에 오뒷세우스가 몸을 부르르 떨었다.

"여신이여, 이번에는 또 무슨 꿍꿍이요? 돌려보내 준다는 말과는 전혀 다른 무서운 계책이 숨어 있는 게 틀림없군요. 뗏목으로 망망대해를 건너가라니요. 최고급 배들도 제우스의 순풍을 받아야 간신히 가는 곳 아닙니까. 저는 당신이 맹세해 주기 전에는 절대로 승선하지 않겠습니다. 나에 대해 또 다른 재앙을 꾸미는 것이 아니라고 말입니다."

칼립소가 미소를 지으며 손으로 오뒷세우스를 쓰다듬었다.

"정말 빈틈 없는 분이시네요. 좋아요, 대지와 하늘과 스틱스 강물(하데스 궁전을 휘감고 흐르는 저승의 강. 여기에 걸고 맹세하면 신들조차 자신의 말을 번복할 수 없다.)을 증인으로 걸고 맹세하지요. 나는 결코 당신을 재앙에 빠뜨릴 꿍꿍이가 없습니다. 오히려 '내가 당신과 같은 곤경에 빠졌다면 어떻게 했을까?' 하는 생각을 해보고 있어요. 애당초 나는 분수를 모르지도 않고, 가슴도 강철이 아니라 연민으로 가득하니까요."

이야기를 마친 여신이 냉큼 앞장서자 오뒷세우스가 뒤따랐다. 동굴에 이르자 오뒷세우스는 조금 전에 헤르메스가 앉았던 의자에 걸터앉았다. 님프는 그를 위해 장만했던 인간의 음식들을 하나도 빠짐없이 다 내놓고 오뒷세우스의 맞은편에 앉았다. 시녀들이 그녀에게는 암브로시아와 넥타르를 바쳤다. 그들은 차려진 음식을 배불리 먹었다. 충분히 포만감이 들자 칼립소가 입을 열었다.

"제우스께서 보호하시는 지혜로운 오뒷세우스여, 당신은 진정 고향으로 돌아가고 싶은가요? 그렇다면 좋아요, 기분좋게 떠나세요. 하지만 안타까워요. 당신이 앞으로 귀국길에 겪어야 할 고통의 크기를 짐작한다면 틀림없이 여기 이대로 나와 함께 머물고 싶어질 텐데. 부인이 아무리 그리워도 그냥 여기 내 곁에 머물며 불사의 몸이 되고 싶을 텐데. 나도 용모나 몸매에서 결코 그녀보다 못하지 않아요. 필사의 인간이 불사의 여신들의 우아함을 따라올 수나 있나요?"

"여신이여, 내가 왜 모르겠습니까? 페넬로페보다 여신께서 훨씬 아름답다는 것을요. 하지만 그럼에도 불구하고 나는 집으로 돌아가고 싶습니다. 설령 신께서 내 배를 또다시 포도주색 검은 바다 위에서 난파시키셔도 꾹 참고 견딜 거예요. 이미 너무 많은 고난과 역경과 풍파와 전쟁을 헤쳐왔으니, 앞으로 재난이 또 닥친대도 그저 하나 더하는 것에 지나지 않아요."

그동안 해가 저물어 어둠이 찾아왔다. 둘은 침상에 들어 사랑의 밤을 보냈다.

이튿날 새벽 동이 트자 칼립소는 긴 은빛 망토를 걸치고, 그 위에 아름다운 황금 허리띠를 매고, 머리에 베일을 썼다. 님프는 오뒷세우스에게 커다란 양날 도끼를 주고 섬 변두리에 있는 울창한 숲으로 데려갔다. 거기서 오리나무, 포플라, 하늘 높이 치솟은 왜전나무 등 이미 바싹 말라서 가볍게 물에 뜨기 좋은 뗏목거리들을 알려주고 집으로 돌아갔다.

오뒷세우스는 그곳에 혼자 남아서 열심히 나무를 베었다. 순식간에 스무 그루를 쓰러뜨리고, 청동 도끼로 가지를 치고, 솜씨 좋게 깎아서 먹줄로 똑바르게 균형을 잡았다.

칼립소가 송곳과 천 조각을 들고 돌아왔다. 오뒷세우스는 널빤지들에 구
멍을 파서 얼기설기 가지런히 맞춘 후, 나무토막과 나무못을 튼튼하게 박
아서 단단히 끼웠다. 오뒷세우스는 조선술이 뛰어난 숙련공들처럼 바닥을
널찍하게 깔고, 갑판을 놓고, 짧은 거리의 간격으로 배의 늑골을 맞춰 넣고,
마지막으로 긴 뱃전을 가져다 댔다. 뗏목 안에 돛대를 세우고, 활대를 꽉
끼우고, 방향키를 달고, 이물에서 고물에 이르기까지 빙 돌아가며 배 옆구
리 둘레에 잔 나뭇가지와 버들고리가지들을 둘러쳐 거센 파도의 방벽을 쌓
았다. 천으로 돛도 만들어서 활대를 올리고 내리는 밧줄과 돛의 용총줄까
지 갖추어 비끄러맨 다음, 굴림대를 사용해서 뗏목을 빛나는 바다로 끌어
내렸다.

나흘만에 드디어 모든 준비가 끝났다. 그래서 닷새째 아침, 칼립소는
그를 씻기고 몰약향이 스며 있는 옷을 입혀주었다. 배에는 포도주와 물과
옥수수가루 가죽 주머니들을 실어 주고, 따스하고 부드러운 순풍을 불러
주었다.

한껏 행복에 들뜬 오뒷세우스가 순풍에 돛을 올리고 곧장 뗏목을 몰았
다. 키를 잡고 능숙하게 조종하며, 졸지도 않고 유심히 플레이아데스(황소
자리 옆에 있다. 여름의 시작을 알리는 별자리), 보오테스(큰곰자리 옆의 작은
별자리), 짐수레라고 불리는 큰곰자리(북두칠성이 들어 있는 별자리. 북반구
에서는 늘 하늘에 떠 있어서 선원들이 항해할 때 방향을 점치는 별자리) 등을
살피며 배를 몰았다. 큰곰자리는 언제나 같은 위치에서 방향만 바꾸면서
사냥꾼 오리온을 맞은편에서 감시한다. 또 대양의 물에 결코 목욕하지 않

는 유일한 성좌였다. 칼립소가 '항해할 때 항상 이 별을 왼편으로 하고 가라.'라고 일러주었다.

오뒷세우스는 십칠 일간 밤낮으로 항해했다. 그래서 드디어 십팔 일째되는 날, 파이아케스인의 땅이 보이기 시작했다. 안개 자욱한 바다 위에 편평한 가죽 방패 모양의 뭍이 희미하게 드러났다.

그런데 바로 이때 아이티오페스인들의 연회에서 막 돌아오던 포세이돈이 솔뤼미 산봉우리에서 오뒷세우스의 뗏목을 발견했다. 포세이돈은 화가 머리끝까지 치솟았다.

"아니, 이럴 수가! 내가 잠깐 없는 틈에 신들이 오뒷세우스에 대해 생각을 달리했구나! 그가 벌써 스케리아 섬 근처까지 왔잖아! 저곳은 그가 자신에게 걸린 고난의 올가미를 벗기로 예정되어 있는 마지막 땅인데! 아직은 안 되지. 안 되고말고!"

포세이돈은 급히 삼지창을 집어들어서 바다를 마구 휘저었다. 또 모든 방향의 바람과 태풍을 있는 대로 불러일으키고, 구름을 다 불러 모아서 대륙과 대양을 뒤덮어 버렸다. 그러자 세상이 칠흑처럼 캄캄해졌다. 동풍과 남풍과 서풍과 북풍이 한꺼번에 휘몰아치니 풍랑이 산등성이만 한 높이로 무섭게 일었다.

오뒷세우스는 두 다리에 맥이 빠져 후들거렸다. 절망의 탄식이 절로 터져 나왔다.

"내 신세가 참으로 딱하구나. 칼립소의 말이 모두 옳았어. 귀향하기까지 무한한 고난이 덮친다더니. 모든 먹구름이 다 몰려와 하늘을 꽉 채우고, 온갖 바람의 폭풍이 다 몰려오다니! 아, 나는 이제 진짜 파멸이야. 트로이아에서 죽어간 전우들이여, 그대들이야말로 행복했다. 나도 차라리 적들이 아킬레우스의 시체를 빼앗으려고 거머리처럼 달라붙을 때 더 악착같이 덤벼들다가 그곳에서 죽어버렸으면 좋았을 것을. 그랬다면 전우들이 훌륭하게 장례를 치러주고, 내 명예를 아카이아인들에게 널리 전해 주었을 것이 아닌가. 나는 결국 여기서 이렇게 비참한 개죽음을 당할 운명이었단 말인가."

이때 무시무시한 파도가 머리 꼭대기에서 수직으로 떨어지며 뗏목을 뱅글뱅글 돌렸다. 사방에서 몰아치는 강풍에 돛대 한가운데가 뚝 부러졌다. 먼 바다용 총줄과 활대도 다 끊어졌다. 오뒷세우스는 키를 놓치며 뗏목에서 나가떨어져서 바다 밑으로 빨려들어갔다. 파도가 쉴 새 없이 덮치는데다가, 칼립소가 입혀준 옷이 무거워서 떠오르지 못했다.

그는 한참만에야 간신히 물 위로 떠올라서 짜디짠 바닷물을 토해냈다. 이 와중에도 뗏목을 꼭 붙들고 버텼다. 뗏목이 가을 북풍에 동그랗게 바싹 마른 엉겅퀴 열매가 들판 위를 함부로 굴러다니듯 파도의 일렁임대로 이쪽 저쪽 끌려다녔다. 남풍과 북풍이 툭 던지면, 동풍이 쫓아가서 서풍에 떠넘기는 식이었다.

이 광경을 바다의 님프 레우코테아(하얀 여신)가 목격했다. 이 님프는 지금은 바닷속에서 여신으로 추앙받고 있지만, 예전에는 카드모스의 딸 이노라는 사람이었다. 그래서 오뒷세우스의 곤경이 많이 가엾어서, 갈매기로 변해서 날아가 뗏목 끝에 내려 앉았다.

"불운한 자여, 포세이돈께서 왜 이렇게 당신에게 단단히 화가 나셨나요? 그래도 그대의 생명을 빼앗지는 않으실 테니, 부디 이렇게 하세요. 우선 그

옷을 벗고 뗏목이 바람이 흘러가는 대로 내버려 두세요. 그러다가 뭍이 가까워지면 뗏목을 버리고 손으로 헤엄쳐서 상륙한 후, 파이아케스인의 나라를 찾아가세요. 당신은 그곳에서 방랑과 시련을 끝내도록 정해져 있어요.

그리고 한 가지 더, 이 불멸의 베일을 가슴 밑에 매세요. 그러면 어떤 일이 닥쳐도 죽을 염려가 없는데, 그 대신에 손이 뭍에 닿자마자 얼른 베일을 풀어서 바다에 던지세요. 육지에서 멀찍이, 당신 자신은 다른 방향을 보면서요."

갈매기는 머리 베일을 건네주고 폭풍우 속 바다로 날아가 버렸다. 산만한 파도들이 금세 그 모습을 숨겼다. 하지만 오뒷세우스는 더 불안해졌다.

"이것도 어떤 신의 또 다른 음모가 아닐까? 뭍이 가까워지면 뗏목을 떠나라고? 하지만 그 뭍이라는 게 저렇게나 아득히 멀리 있는 게 이 두 눈으로 똑똑히 보이는데. 말도 안 돼.

그래, 저 말을 무턱대고 고분고분 따를 수는 없어. 그러니까 우선은 이 재목들이 하나로 붙어 있는 한은 이대로 여기서 버티자. 풍랑이 멈출 때까지. 만약 끝내 파도가 뗏목을 산산조각 낸다면 그때 헤엄쳐도 늦지 않아. 이 이상 더 좋은 방책은 없어."

그때 또다시 산 만한 파도가 내리덮쳤다. 강풍이 바싹 말라서 산처럼 쌓인 왕겨 더미를 휘저어서 흩어버리듯, 뗏목의 나무들이 산산이 흩어졌다. 오뒷세우스는 그중 한 개를 말처럼 붙잡고 물 위에 떴다. 그는 칼립소가 준 옷을 벗어던지고 베일을 가슴 밑에 비끄러맨 후, 바닷속으로 뛰어들어 헤엄쳤다.

그 모양새를 보며 포세이돈이 고개를 절레절레 내둘렀다.

"그래, 인간들을 만날 때까지 그렇게 표류하든지. 그래도 아직 그대의 고통이 다 끝났다고 큰소리치지는 말아야 할 거야!"

포세이돈은 갈기털이 훌륭한 말들에게 채찍을 높이 휘둘러서 수레를 몰아 아이가이(펠로폰네소스 반도 서북쪽)에 있는 자신의 궁전으로 돌아갔다.

한편 아테네는 부랴부랴 폭풍의 현장으로 내려왔다. 여신은 북풍만 빼고 다른 바람들을 다 물러가게 하고, 오뒷세우스의 앞길 파도는 산산이 부쉈다. 오뒷세우스가 주어진 운명대로 죽음을 벗어나게 하려고. 그래서 오뒷세우스는 꼬박 이틀 밤낮을 파도에 흔들리며 익사의 공포에 시달리기는 했지만, 사흘째 바람이 잦아들고 커다란 파도에 떠밀려 올랐을 때 육지 가까이에 이를 수 있었다.

오뒷세우스는 육지와 숲을 목격하는 순간 없던 힘이 불끈 솟아나서 힘차게 헤엄치기 시작했다. 그러나 해안에서 사람이 소리쳐 부르면 들릴 만한 곳까지 헤엄쳐 갔을 때, 암벽에 부서지는 파도 소리를 들었다. 큰 파도는 암벽에 부딪쳐서 요란한 소리를 내며 부서져 거품이 되었다. 포구나 부두가 될 만한 곳이 전혀 없이 칼날 같은 절벽만 서 있었다. 오뒷세우스는 무릎이 덜덜 떨리고 용기가 사그라들었다.

"아, 이게 무슨 팔자람. 기껏 육지 앞까지 왔는데 여기서 끝이라니. 저 송곳 같은 해안의 바위를 봐. 파도가 그 주위에서 다 산산이 부서지잖아. 바위도 미끌미끌하게 솟아 있는데, 해안 쪽이 깊어서 아무리 해도 두 발로 꽉 디디고 설 수가 없겠어. 이대로 해안으로 돌진했다가 파도에 휩싸이기라도 하면, 뾰족한 바위에 그대로 찍혀버리겠어. 대체 어떻게 해야 하지? 좀더 앞으로 해안을 끼고 헤엄쳐 가면 혹 바다로 불거져 나온 모래사장이나 포구가 있으려나?

아니지, 아예 육지에 접근도 못 하고 질풍이 나를 고기 떼가 우글우글한 바다로 날려보낼 수도 있어. 아니면 신들이 바닷속 거대 괴물을 내게 덤벼들게 시킬 수도 있어. 암피트리테(포세이돈의 아내)가 그런 녀석들을 잔뜩 기르고 있다니까. 이제는 확실히 알겠어, 악명 높고 대지를 흔들어대는 신이 나를 얼마나 미워하는지를!"

바로 그때 커다란 파도가 그를 들어올려서 해안으로 던졌다. 아테네가 아니었더라면 그대로 바위에 부딪쳐서 피부가 벗겨지고 뼈가 몽땅 부서졌을 것이다. 오뒷세우스는 간신히 바위를 붙잡고 큰 파도가 지나갈 때까지 안간힘을 쓰며 버텼다. 하지만 곧 다른 파도가 밀어닥쳐서 그를 먼 바다로 끌고 갔다.

정말이지 이때 빛나는 눈의 아테네가 분별력을 내려주지 않았던들 오뒷세우스는 정해진 운명을 어기고 그대로 생명을 잃을 뻔했다. 그는 해변가로 밀려가는 조류를 발견하고, 그것을 타고 부지런히 헤엄쳤다.

그러니까 얼마 후 맑게 흐르는 냇물 어귀에 다다랐다. 바위도 없고 바람을 피할 만한 아늑한 곳도 있어서 육지로 올라서기에 최적의 장소였다. 그는 그 냇물의 하신에게 마음속으로 기도를 드렸다.

'하신이여, 부디 제 청을 들어주소서. 당신이 누구신지 모르지만 원하신다면 몇 번이고 무릎 꿇고 기도하겠습니다. 저는 이제 막 포세이돈 신의 꾸지람을 벗어나는 데 성공했습니다. 인간들 중 여러 곳을 헤매 다닌 끝에 신 앞에 와서 무릎 꿇고 기도드리는 사람은 불사의 신들조차도 외면하지 못한다고 들었습니다. 제가 지금 엄청난 고생 끝에 당신의 냇물과 당신의 무릎에 와서 부탁드리는 것도 마찬가지입니다. 그러니 제발 동정을 베푸소서. 신이여, 황송하오나 저는 당신께 비옵는 기원자입니다.'

하신은 그 기도를 듣고 냇물을 멈추고 파도를 눌러 그의 훨씬 앞쪽에다 바람결을 만들어서 무사히 그를 냇물 안쪽까지 이끌었다. 오뒷세우스는 그 제서야 안심하고 양무릎과 억센 팔을 구부렸다. 왜냐하면 바닷물 때문에 힘이 다 빠진데다가, 피부가 온통 붓고 입과 코에서는 숱한 짠물이 콸콸 뿜 어져 나왔기 때문이다.

그는 그대로 땅 위에 쓰러졌다. 숨 쉴 기력조차 남아 있지 않았다. 무거 운 피로가 그를 내리눌러서 손 하나 까딱할 수 없었다. 그래도 간신히 베일 을 풀어서 바다로 흘러가는 냇물에 던졌다. 베일은 커다란 파도가 거꾸로 냇물의 하류로 날아갔으니, 레우코테아가 그것을 손으로 받아들였다.

오뒷세우스는 냇가에서 조금 떨어진 갈대 숲 밑에 몸을 내던지고, 곡식 을 무르익게 하는 대지에 입을 맞추었다.

'이제는 또 뭘까. 무엇이 나를 덮쳐 올까. 우선은 이런 몸으로 냇물 옆에 서 밤을 새면 밤 서리와 새벽 이슬을 견디지 못할 거야. 하지만 둑을 올라 가서 울창한 숲으로 들어가면, 나무 밑에서 추위와 피로는 피하겠지만 들 짐승에게 잡아먹힐 수도 있어.'

그는 고심 끝에 냇가 근처 숲으로 갔다. 한 쌍의 관목이 같은 나무 뿌리 에서 돋아났는데, 하나는 야생 올리브이고 다른 하나는 재배하는 올리브였 다. 이 숲은 바다에서 불어오는 습한 바람에도 끄떡없고, 태양도 그 이글거 리는 빛줄기를 던질 수 없으며, 비도 아래까지 뚫고 들어가 적시지 못했다. 그만큼 서로가 가지를 꽉 얽어매고 무성하게 자라 있었다.

오뒷세우스는 그 밑으로 들어가서, 손으로 낙엽을 긁어모아 잠자리를 만들었다. 장정 두셋도 거뜬히 숨겨서 겨울 추위를 피해줄 정도로 많은 양이었다. 오뒷세우스는 기쁘게 그 한복판에 몸을 누이고, 몸 위에도 낙엽을 잔뜩 끌어모아 덮었다. 이웃도 없는 외진 곳에 홀로 사는 사람이 다른 곳에서 불을 얻어오지 않아도 괜찮도록 재 속에 잘 묻어둔 불씨처럼, 오뒷세우스는 나뭇잎으로 제 몸을 잘 덮었다. 그러자 아테네 여신이 고역의 고단함으로부터 조금이라도 일찍 회복되도록 눈꺼풀 위에 부드러운 잠을 포근히 덮어주었다.

제6권

스케리아 섬에서 나우시카 공주를 만나다

❧

오뒷세우스는 아테네 여신의 도움으로 간신히 바닷물에 익사할 고비를 넘기고 스케리아 섬에 도착한다. 아테네는 아버지인 제우스와 형제인 포세이돈에게 대들 수는 없기 때문에, 그 대신 오뒷세우스가 운명대로 고향에 돌아갈 수 있게 적극적으로 길을 열어준다. 즉 하루라도 빨리 스케리아 섬의 왕 알키노스를 만날 수 있도록, 아름다운 공주 나우시카를 부추긴다. 나우시카의 꿈 속에 들어가서 빨래터에 갈 마음을 불어 넣고, 그곳에서 벌거숭이 오뒷세우스와 마주치게 한 것이다. 공주는 처음에는 벌거숭이 방랑자의 몰골인 나그네에게 깜짝 놀랐지만, 깨끗이 씻고 신과 같은 광채가 나게 된 오뒷세우스의 모습을 보고 아버지의 궁으로 안내한다.

오뒷세우스가 피로에 지쳐서 잠든 사이에, 아테네 여신은 파이아케스인의 마을로 갔다. 파이아케스인은 한때 넓디넓은 평야 휘페레이아에 살았는데, 근처에 사는 퀴클롭스들이 난폭한 짓을 해대는 바람에 왕 나우시토스가 백성들을 인솔하여 이곳 스케리아로 이주했다. 나우시토스는 성벽을 쌓고, 집과 사원을 짓고, 백성들에게 토지를 나누어 주며 선정을 베풀었다. 나우시토스가 죽음의 운명에 따라 저승으로 간 후로는, 그 아들 알키노스가 통치하고 있었다.

알키노스의 화려한 궁전 안에서는 아름다운 공주 나우시카가 자고 있었다. 닫힌 방문 양쪽에는 우아한 시녀 두 명이 지키고 서 있었다. 아테네 여신은 바람의 숨결처럼 문틈으로 들어가서 유명한 선장 뒤마스의 딸로 모습을 바꿨다. 그녀는 공주와 나이가 비슷한 소꿉친구였다. 아테네는 나우시카 침상 머리맡에 다가가서 속삭였다.

"나우시카, 어쩌면 네 어머니는 너를 이렇게 덤벙대는 성격으로 낳으셨을까. 혼인날이 다가오는데 옷들을 손질도 않고 내버려두다니. 너도 고운 옷을 입고 들러리들도 곱게 입혀야지. 그래야 세상에도 좋은 평판이 퍼지고, 부모님이 기뻐하시지.

자, 아침 햇빛이 비치기 시작하면 빨래를 하러 가렴. 이젠 처녀 시절도 얼마 남지 않았어. 이미 오래 전부터 파이아케스인의 우수한 젊은이들이 모두 너와 결혼하고 싶어서 청혼을 하고 있으니까. 그러니 내일 아침 일찍 아버지께 졸라서 당나귀와 수레를 마련하고, 거기에 빨랫감들을 실어가도록 해. 외딴 빨래터까지 오가는 일이 훨씬 쉬워질 거야."

아테네는 말을 마치고 곧장 올림포스 천궁으로 올라갔다.

새벽에 눈을 뜬 나우시카는 간밤의 이상한 꿈이 떠올라서 가슴이 두근거렸다. 그래서 얼른 부모님께 달려갔다. 어머니인 아레테 왕비는 화로 옆에 앉아서 시녀들과 자줏빛 실을 꼬고 있었다. 아버지 알키노스 왕은 파이아케스족 회의에 참석하려고 막 문을 나서는 참이었다. 공주는 아버지 옆으로 쪼르르 달려갔다.

"아버지, 짐수레를 한 대 내주세요, 네? 높고 바퀴가 좋은 것으로요. 지금 냇가에 빨래를 하러 갈 거예요. 아버지도 부족회의에 가실 때 깨끗한 옷을 입으셔야 하잖아요. 또 궁에 함께 사는 오라버니 다섯 중에 셋은 아직 미혼이라서 옷을 번듯하게 빼입고 무도장에 가기를 좋아하거든요. 그런 여러 가지들을 보살피는 게 제가 맡은 일이지요."

공주는 결혼을 언급하는 것이 쑥스러워서 에둘러 말했다. 하지만 왕은 무슨 이야기인지 바로 눈치챘다.

"그러렴. 내 딸을 위해 당나귀 따위를 아끼겠느냐. 다른 그 무엇도 아까울 것이 없지. 자, 어서 가거라. 하인들이 크고 좋은 바퀴가 달린 짐수레를 준비해줄 거야. 수레 주위에 가로대를 둘러친 걸로 말이지."

시종들이 문 밖에 바퀴가 튼튼한 수레를 끌어내고, 노새를 데려와 멍에를 매었다. 시녀들이 좋은 옷가지들을 날라다가 짐수레에 실었다. 어머니가 바구니 속에 가지각색의 맛있는 음식과 반찬을 준비하고, 염소 가죽 주머니에 포도주를 담아 주었다. 공주가 짐수레에 올라타자, 어머니는 목욕 후에 공주가 시녀들과 같이 피부에 바를 올리브유를 담은 황금 호리병도 내주었다. 공주는 마지막으로 윤기 도는 가죽 고삐를 손에 받아 쥐고, 채찍을 내리쳤다. 노새들이 발굽소리를 울리며 부지런히 달려 나갔다.

공주 일행은 강가에 이르렀다. 그곳 빨래터에는 언제나 깨끗한 물이 샘솟아서, 아무리 더러운 빨랫감들도 눈처럼 깨끗하게 만들었다. 그녀들은 노새를 강둑에 풀어줘서 꿀처럼 달콤한 들풀을 뜯어먹게 놔주고, 수레에서 옷가지를 내려서 맑은 강물 속에 담궜다. 발로 꾹꾹 밟으면서 서로 누가 빠른가 내기도 했다. 마지막으로 손으로 비벼 빨아 때를 말끔히 뺀 후에, 깨끗해진 옷들을 바닷가의 자갈밭 위에 펼쳐서 널었다. 그곳은 항상 파도가 세게 철썩이면서 자갈을 깨끗하게 씻어 놓았다. 이제 옷들이 햇볕에 마르기를 기다리기만 하면 됐다.

그 동안 그들은 모두 함께 강물에 들어가서 몸을 씻고 매끄러운 올리브 유를 바른 후, 강둑에서 식사를 했다. 어느 정도 배가 부르자 공놀이를 시작했다. 머리 위로 서로 공을 던지는 놀이이다. 흰 팔의 나우시카가 노래의 선창을 하는 모습이, 마치 활의 여신 아르테미스가 타위게톤 봉우리나 에뤼만토스 산맥에서 님프들과 함께 멧돼지나 수사슴들을 쫓으며 몰려다닐 때 어머니 레토가 내려다보며 흐뭇해하던 광경과 비슷했다. 다들 아름답지만 그중에서도 한눈에 띌 만큼 아름다웠던 것이다.

어느덧 빨래가 모두 말라서 공주가 집으로 돌아가려고 노새들을 수레에 매고 옷가지들을 챙겼다. 그때 아테네는 또다시 재미있는 일을 꾸몄다. 오뒷세우스를 깨워서 나우시카와 만나게 하고, 공주가 그를 파이아케스 마을로 안내한다는 속셈이었다. 그래서 공주가 시녀에게 던진 공을 멀리 빗나가게 해서 깊게 소용돌이치는 강물로 떨어뜨렸다. 시녀들이 일제히 소리를 질렀다.

그 소리에 오뒷세우스가 눈을 떴다.

"또 무슨 일이지? 여기는 대체 어떤 땅일까? 야만족들의 땅일까, 아니면 손님에게 친절하고 신을 경외하는 사람들일까? 앳된 아가씨들 목소리가 들리는데, 협곡이나 샘이나 초지에 사는 님프들인가? 얼른 나가서 알아봐야겠어."

오뒷세우스는 덤불 밑에서 기어나왔다. 억센 손으로 잎사귀가 빈틈없이 붙은 가지를 꺾어 알몸을 숨기며 나오는 모양이, 마치 산에서 자라난 사자 같았다. 사자는 제 힘을 믿으며 비바람을 맞으며 나아간다. 타오르는 두 눈으로 소 떼나 양 떼나 사슴 떼를 쫓는다. 배고픈 사자가 가축 우리와 인가를 마구 습격하는 것처럼, 오뒷세우스는 알몸이면서도 어린 소녀들 사이에 끼어들려고 했으니 그만큼 절박했던 것이다.

소녀들은 바닷물로 몹시 축난 그의 모습이 터무니없이 무섭게 보여서 모두들 질겁하고 바닷가 모래톱으로 달아났다. 그런데 나우시카만은 그곳에 멈춰 서 있었다. 아테네가 용기를 주었기 때문이다.

오뒷세우스는 아름다운 처녀를 보며 어떻게 할까 망설였다. 무릎에 매달려서 간곡히 부탁할까, 아니면 이렇게 떨어져 선 채로 점잖게 고을로 가는 길을 묻고 옷가지를 하나 달라고 부탁할까. 마침내 그는 상냥한 말씨로 애원하기로 마음먹었다. 섣불리 무릎에 매달리면 반발심을 일으킬 염려가 있었다.

"당신의 자비심에 내 몸을 맡깁니다. 그러나 먼저 당신이 여신인지 인간인지 알려주십시오. 만일 당신이 광대한 하늘을 다스리시는 어떤 신이시면, 키와 몸매와 아름다움이 제우스 대신의 따님 아르테미스 님과 무척 닮았습니다. 만약 인간이라면 부모님이 세 배나 행복한 분들이시겠군요. 형제분들도 세 배나 행복하구요. 당신이 그들에게 늘 즐겁고 명랑한 기운을 줄 테니까요. 그러나 누구보다도 당신을 아내로 맞은 자가 가장 행운아이겠지요. 이렇게 보기만 해도 황송한 마음이 드는 분이시니 말입니다.

언젠가 원정길 중간에 델로스 아폴론 신전에 들렀을 때 제단 옆에서 당신처럼 싱싱하고 젊은 종려나무의 어린 싹이 땅 속에서 돋아오는 것을 본 적이 있습니다. 그 어린 나무를 바라보며 큰 감동을 받아 그 자리에 멍하니 넋을 잃고 서 있었지요. 왜냐하면 그처럼 멋진 나무는 본 적이 없었으니까요.

꼭 그때처럼 지금도 나는 당신의 용모에 감동해서, 당신의 무릎에 손을 대고 도움을 청하는 것조차 진심으로 황송합니다. 그러나 여인이여, 나는 지금 말할 수 없이 괴로운 처지에 빠져 있답니다. 파도와 날쌘 질풍 때문에 오귀기에 섬에 오랫동안 갇혀 있다가 간신히 탈출했는데, 겨우 스무 날만에 포도주색 바다에서 난파되어 이리로 내동댕이쳐졌거든요. 아마 저를 향한 신의 재앙이 아직도 많이 남았나 봅니다.

그러니 부디 당신께서는 내게 동정과 연민을 베풀어 주십시오. 그 숱한 재난 끝에 처음으로 의지할 수 있는 분을 만난 것입니다. 그러니 고을로 가는 길을 알려주시고, 몸에 걸칠 누더기라도 좀 주십시오. 옷가지를 쌌던 보자기라도 좋습니다.

신들께서 당신이 원하시는 무슨 일이든지, 남편이든 저택이든 마음의 화합이든 모두 다 내려주시길! 남편과 아내가 마음을 하나로 합해 가정을 꾸려가는 것보다 더 훌륭하고 필요한 것은 없거든요. 심술궂은 적들에게는 몹시 못마땅한 일이겠지만 친구들에게는 기쁘고 경사스러운 일로서, 그것을 가장 잘 아시는 분은 당신들 자신이 아니겠습니까?"

그러자 흰 팔의 나우시카가 대답했다.

"당신은 낯선 분이시지만, 나쁜 분이나 바보는 아닌 것 같군요. 올림포스의 제우스 님께서는 인간들에게, 좋은 사람이건 나쁜 사람이건 나름의 행복을 나눠주시니, 아마 당신에게도 그러셨을 거예요. 그러니 지금 겪는 고난이 무엇이든 당신은 꾹 참고 지내야 하겠지요.

그러나 최소한 우리 나라에 계신 동안은, 입을 것이든 먹을 것이든 잠자리든 부족하지 않으실 거예요. 불행한 나그네에게 필요한 것이라면 무엇이든지요. 고을로 가는 길은 내가 가르쳐드릴 터이고, 주민들의 이름도 말씀드릴게요. 이곳은 파이아케스인의 땅이고, 나는 도량이 넓으신 알키노스 왕의 딸 나우시카입니다."

나우시카는 이렇게 말하고 나서 시녀들에게 분부했다.

"얘들아, 남자분을 보았다고 모두 도망간 게야? 이분은 적군이 아니야. 불사의 신들과 친밀한 파이아케스인의 마을에 적의를 품고 오는 인간은 없단다. 또 이곳은 인간 세계와 한참 동떨어진 파도가 일렁이는 대해의 한끝인데, 이곳까지 유랑하게 된 불행한 분이시니 우리가 이분을 돌봐드려야겠다. 낯선 손님과 나그네들은 모두 제우스께서 보내신 분이라지 않니. 그러니 그분들에게 줄 선물들이 훌륭하지 못하더라도 정성스러워야 한단다. 자, 어서 이 손님께 먹을 것 마실 것을 드리렴. 그리고 강물로 목욕을 시켜드려라. 바람이 없는 곳으로 모셔가서."

시녀들은 모두 멈춰 서더니 서로 격려해가며 공주의 분부대로 바람이 없는 장소에 오뒷세우스를 데려가서 앉혔다. 그리고 옷가지와 올리브유 항아리를 건네주었다.

"시녀들이여, 그럼 그 동안 저쪽에 가 계시오. 내가 내 손으로 소금기를 어깨에서부터 씻어버리고, 몸에 빈틈없이 올리브유를 바르고 오겠소. 정말이지, 참 오랫동안 피부에 기름도 바르지 못했소. 그러니 아름다운 아가씨들 앞에서 알몸을 보이기가 망설여지오."

그러자 시녀들은 공주에게로 돌아가서 그 말을 전했다. 오뒷세우스는 강물을 퍼서 몸에 부어서 소금기를 씻어내렸다. 소금기는 떡 벌어진 두 어깨에서부터 온 등에 잔뜩 묻어 있었다. 황량한 바다의 소금기가 말라붙어 있는 머리카락도 말끔히 씻어냈다.

오뒷세우스가 몸을 깨끗이 씻어 기름을 바르고 왕족이 입는 옷가지를 몸에 걸쳤을 때, 아테네는 그를 한층 더 키 크고 씩씩한 모습으로 보이게 하고, 머리카락도 히아신스 꽃처럼 탐스럽고 훌륭하게 흘러내리게 했다. 헤파이스토스와 아테네로부터 온갖 기술을 익힌 명공이 은그릇에 황금 테두리를 섬세하게 덧붙여 마무리하듯, 여신은 오뒷세우스의 머리와 두 어깨에 우아한 품격을 더해주었다. 그가 아름다움과 우아함에 빛나는 모습으로 바닷가로 걸어 내려가서 앉자, 아가씨들이 감탄하며 바라보았다. 공주가 시녀들에게 말했다.

"얘들아, 이분이 신과 가까운 파이아케스인 마을에 온 것은 올림포스 신들의 뜻일 거야. 왜냐하면 좀 전에는 그렇게 천한 분으로 보이더니, 이제는 저 넓은 하늘을 지배하시는 신들과 꼭 같은 모습이니까. 이런 분이 내 남편이라 불리며 이 고장에 머무신다면 정말 기쁘련만. 얘들아, 이분께 마실 것과 드실 것을 드리거라."

시녀들이 오뒷세우스 옆에 먹을 것과 마실 것을 가져다 놓았다. 오뒷세우스는 정신없이 마시고 먹었다. 그도 그럴 것이 벌써 한참을 음식에서 멀리 떨어져 있었던 것이다.

그가 식사를 마치자 나우시카는 옷가지를 개켜서 수레에 실었다. 노새들에게 다시 멍에를 씌운 후 자신도 그 수레에 올라타더니, 오뒷세우스에게 이렇게 말했다.

"손님, 이제 고을로 가실래요? 제가 당신을 내 아버지의 궁으로 모셔다드릴게요. 거기서 스케리아의 영주들을 모두 만나실 수 있어요. 그런데 그

전에 이렇게 하는 게 좋겠어요. 당신이 눈치 없는 분이 아니시기 때문에 말씀드립니다만, 우리가 시골길을 지날 때는 시녀들의 수레를 타고 제 뒤를 따라오세요. 그러다가 도성에 접어들면, 그 주변에 높다란 벽을 두른 탑이 있어요. 거기서는 고을 양쪽에 아름다운 항구가 내려다 보이고, 입구가 매우 좁고 양옆으로 넓은 거선들이 수없이 길 위에 끌어올려져 있어요. 시민들이 각자 자기 배를 놓아두는 곳이거든요. 거기에 포세이돈의 신전이 있고, 그 옆에 거석들을 땅 속에 묻어서 공들여 지은 시민들의 회의장도 있어요. 그 근처에서 사람들이 검은 배의 밧줄, 돛, 노나 무구 등을 손질해요. 파이아케스인들은 활을 쏘지 않고, 오로지 배를 모는 일에 종사하면서 최고의 항해술을 자랑으로 삼는 민족이라서 배 곁을 떠나지 않아요. 그러니 그곳에는 사람이 많을 텐데, 혹여 뜬소문이라도 날까 봐 걱정이 됩니다. 시민들 중에는 경망스러운 이도 있으니 자칫 짓궂은 말이 나지 않는다고 할 수 없어요.

'나우시카를 따라가는 훤칠한 낯선 사나이가 누구지? 어디서 저런 사나이를 찾아냈을까? 공주의 신랑감인가? 어찌어찌 헤매는 먼 나라 놈팡이 하나를 배에서 데려왔나 보군. 아무래도 근처 사람으로는 보이지 않거든. 공주의 기도에 의해 기원을 받은 신께서라도 하늘에서 내려왔는지도 모르지. 가만, 공주 자신이 어디 다른 고장에 나가서 남편감을 찾아온 건가? 정말이지, 공주는 파이아케스인들을 우습게 여긴다니까. 이렇게나 좋은 젊은이들이 많이 구혼하고 있는데 말이야.'

그런 뜬소문이 떠돌면 곤란해요. 나라도 그런 말이 떠도는 여자에 대해 건방지다고 생각해버릴 걸요. 더군다나 그 여자가 부모님이 승낙하고 베풀어주는 결혼식도 올리기 전에 남자와 교제한다면 말예요.

그러니까 손님, 아버지께 귀국 여행 준비를 부탁드리고 싶다면 제 말대로 하셔야 해요. 조금만 더 가면 길가에 아테네 여신의 숲이 있어요. 갯버들이 여러 그루 서 있고 샘물이 흐르는데, 그 둘레가 아버지의 장원이지요. 그곳 과수원에 있으면 고을에서 사람이 소리치면 그 목소리가 들려요. 그러니 당신은 그곳에서 잠시 기다려 주세요. 그러다가 우리가 궁전에 도착했을 때쯤 파이아케스 고을로 와서 알키노스의 성을 물으세요. 성은 어린아이도 다 알아요.

일단 성에 들어오면 곧장 가로질러 들어와서 어머니 곁으로 가세요. 어머니는 화로 옆에 앉아서 큰 기둥에 몸을 기대고 자줏빛 털실을 꼬고 계실 텐데, 그건 눈이 번쩍 뜨이는 훌륭한 물건입니다. 그 뒤에 시녀들이 앉아 있구요. 어머니의 대좌 곁에 나란히 놓인 대좌에 아버지가 앉으셔서 꼭 불사의 신과 같은 모습으로 포도주를 들고 계실 거예요. 그러나 당신은 반드시 어머니의 무릎을 끌어안으세요. 귀국의 기쁨을 빨리 맞고 싶다면 말이에요. 어머니가 당신에게 호의를 품으셔야, 당신이 가족들과 재회하고 훌륭한 집과 조국으로 돌아가려는 소망을 이룰 수 있어요."

그녀는 빠르게 말을 맺고는 번쩍이는 채찍을 들어 노새들을 몰았다. 노새는 재빠르게 강물의 흐름을 뒤에 남긴 채 신나게 두 발을 움직여 달렸다. 공주는 걸어오는 시녀들과 오뒷세우스가 따라올 수 있도록 조심스레 가죽 채찍을 휘두르며 나갔다.

이윽고 해는 저물고 그들은 세상에 이름 높은 아테네의 신성한 숲에 이르렀다. 오뒷세우스는 그곳에 앉아서 아테네에게 기도를 드렸다.

"아테네 여신이여, 이번에는 부디 제 기도를 들어주십시오. 지난번에 포세이돈께서 제 배를 산산조각 내셨을 때는 외면하셨으니까요. 제발 제가 파이아케스인들의 친절과 동정을 얻을 수 있게 도와주십시오."

팔라스 아테네는 그의 기도를 들었지만, 아버지 신의 형제인 포세이돈을 삼가는 마음에서 결코 오뒷세우스에게 모습을 보이지는 않았다. 포세이돈은 여전히 오뒷세우스에 대해서 화를 내고 있었으니까.

제7권

아레테 왕비에게 귀향을 간청하다

⁂

오뒷세우스는 나우시카 공주와 헤어져서 과수원에 잠시 숨어 있다가, 홀로 왕궁을 찾아나선다. 아테네 여신은 그가 더 이상 불필요한 논쟁에 휘말리지 않도록 짙은 안개로 감싸서 남의 눈에 띄지 않게 해주고, 물 긷는 처녀로 변해서 직접 왕궁까지 동행해 준다. 그러고는 오뒷세우스가 휘황찬란한 알키노스 왕의 궁전에 들어가서 아레테 왕비의 무릎에 매달려서 간청할 때, 안개를 깨끗이 걷어 준다. 그러자 다들 갑자기 나타난 나그네의 풍모에 깜짝 놀라면서 '신과 같은 신성한 존재'로 여기며 극진히 환대한다. 아레테 왕비가 나그네가 자신이 바느질한 옷을 입고 있어서 이상하게 여기며 묻자, 칼립소의 섬을 탈출해서 이곳에 난파되어 나우시카 공주를 만나기까지의 이야기를 간단히 들려준다. 그러자 알키노스 왕은 '내일 고향에 데려다 주겠다.'고 장담해서 오뒷세우스를 감격시킨다.

오뒷세우스가 이 모든 일이 아테네 여신의 보호로 일어난 일인 줄도 모르고 아테네에게 원망 섞인 기도를 늘어놓고 있을 때, 나우시카 공주는 궁전에 막 들어서고 있었다. 동생의 수레가 멎자 오라비들이 우르르 몰려나와서 노새의 멍에를 풀고 옷가지들을 내려서 집 안으로 날라주었다. 공주는 자신의 방이 있는 안채로 들어갔다. 공주의 유모 에우뤼메두사가 방에 불을 활활 피워서 따뜻하게 해주었다. 에우뤼메두사는 아페이레 사람으로,

노예로 잡혀서 배에 실려 왔다가 이곳 사람들에게 뽑혀서 알키노스 왕에게
바쳐졌다. 그녀는 나우시카를 아기 때부터 키워 왔다.

그즈음 기도를 마친 오뒷세우스도 도성으로 출발하려고 자리에서 일어
섰다. 아테네 여신이 그를 자욱한 안개로 휘감았다. 혹여 혈기왕성한 파이
아케스인 젊은이를 만나서 시비에 휘말릴 것을 염려한 배려였다. 그러다가
그가 도성에 막 들어설 때 물병을 든 젊은 처녀의 모습으로 그에게 걸어갔
다. 오뒷세우스가 여신에게 길을 물었다.

"여인이여, 알키노스의 성이 어디인지 알려주겠소? 나는 아득히 먼 타국
에서 극심한 고생 끝에 이곳에 방금 도착한 나그네라서, 이 나라에 대해서
아는 것이 하나도 없다오."

"나그네여, 알키노스의 성은 제 아버지의 집 근처예요. 그러니 저를 따라
오세요. 단 다른 누구에게도 눈길을 주거나 말을 걸지 마세요. 이 나라 사
람들은 낯선 손님의 방문에 익숙하지 않거든요. 항해술이 뛰어나기 때문에
주로 그들 자신이 바다를 건너가 나그네가 될 뿐이지요."

오뒷세우스가 여신의 발자국을 따라 걸음을 서두르는데, 그가 사람들 틈
을 헤치며 거리를 걸어가도 아무도 그를 보지 못했다. 오뒷세우스 주위로
무서울 만큼 많은 안개가 휘감겨 있기 때문이었다. 하지만 오뒷세우스는
그 사실을 전혀 몰랐기 때문에 걸으면서 항구며 날씬한 유선형 배들, 마을
회의장, 긴 성벽 등을 감탄하며 바라보았다. 마침내 매우 훌륭한 국왕의 성
에 이르렀다.

"나그네여, 여기가 알키노스 왕의 성입니다. 영주님들이 잔치를 벌이고
있는 광경이 보이지요? 자, 주저 말고 안으로 들어가세요. 기상이 훌륭한

분께는 무엇이든 하는 일마다 순조로운 법이니까요.

성에 들어가거든 맨 먼저 아레테 왕비님을 만나세요. 옛날에 기간토스들의 왕 에우뤼메돈께서 자신의 백성들이 너무 오만하자 친히 멸망시키시고 자신도 돌아가셨는데, 왕의 막내따님이 페리보이아이셨습니다. 페리보이아께서 대지를 뒤흔드는 포세이돈을 만나서 용모가 준수한 나우시토스를 낳으셨으니, 이분이 파이아케스인을 내내 다스리셨지요. 그에게는 두 아들 렉세노르와 알키노스가 있었고, 렉세노르의 따님이 아레테 왕비님이세요. 렉세노르가 젊어서 아폴론의 은활에 맞아 죽는 바람에 외동딸 아레테만 남자, 알키노스가 그녀를 소중히 여겨서 왕비로 맞으신 거랍니다.

이 세상 어느 여자도, 어떤 아내도 그토록 귀중하게 대접받지는 못했을 거예요. 왕께서 그리하시니 자녀들도, 백성들도 왕비님을 극진하게 대우해 드립니다. 그만큼 왕비님의 지혜도 뛰어나세요. 여인들 뿐 아니라 남자들의 싸움까지도 거뜬히 중재하시니까요. 그러니 그런 왕비께서 당신을 마음에 들어하시면, 당신의 귀향은 이루어질 것입니다."

아테네는 이렇게 말하고 아름다운 스케리아 섬을 떠났다. 여신은 황량한 바다를 건너고 마라톤 들판을 지나서 길이 널찍한 아테네로 가더니, 에렉테우스의 으리으리한 궁전으로 들어갔다.

한편 오뒷세우스는 지체 없이 알키노스의 궁전으로 들어서려다가, 문득 청동 대문 앞에서 머뭇거렸다. 고매한 알키노스 왕의 성에는 햇빛이나 달빛 같은 광채가 가득차 있었으니, 대문에서 안채까지 성벽이 온통 청동으로 발라졌고, 그 위 돌림띠는 푸른 에나멜로 장식되어 있었기 때문이다. 으리으리한 저택은 안채로 들어가는 곳에 순금의 겹문짝 칸막이가 있었고,

청동 문지방 위에 은 문설주가 있고, 문짝 위 상인방도 은에 손잡이는 황금이었다. 그 양쪽으로 황금 개들과 은 개들이 죽 늘어서 있으니, 헤파이스토스 신이 알키노스 왕의 궁전을 지키라고 만들어준 불로불사의 개들이었다. 홀 안 팔걸이의자가 사방 벽 쪽으로 입구부터 방에까지 잇따라 놓여 있는데, 시녀들이 정교한 솜씨로 짠 천으로 덮개를 만들어서 씌웠다.

파이아케스인 장로들은 여기에 모여서 연회를 즐기는 풍습이 있었다. 그래서 그곳은 언제든 음식들이 잔뜩 쌓여 있었다. 제단에는 황금 소년상이 두 손에 타오르는 횃불을 들고 서서, 밤마다 향연에 온 사람들을 위해 성 전체를 환히 밝혔다. 시녀들은 쉰 명이었는데, 그녀들이 모여 앉아서 황금빛 곡식을 맷돌로 곱게 갈거나 실을 뽑고 베를 짜는 모습은 늘씬한 냇버들 잎들이 웅성거리는 것 같았다. 파이아케스 남자들이 유달리 배 만드는 기술이 뛰어난 것처럼, 파이아케스 여자들은 베 짜는 재주가 능숙해서 빈틈없이 짜놓은 베폭을 보고 있자면 윤기 있는 기름 방울이 뚝뚝 떨어지는 것 같았다.

대문 가까운 곳의 안뜰은 4에이커나 되는 넓은 과수원이어서 배, 석류, 사과, 무화과, 올리브 등이 주렁주렁 열려 있었다. 그 나무들의 열매는 썩지도 않고 일년 내내 떨어지지도 않았고, 늘 부드러운 갈바람이 불어서 여기서는 꽃이 피고 저기서는 열매를 맺었다. 그래서 배는 배 위에서, 사과는 사과 위에서, 무화과는 무화과 위에서 끊임없이 익어나왔다. 포도송이도 끊임없이 주렁주렁 달렸기 때문에, 한쪽에서는 포도송이를 따고 다른 쪽에서는 포도송이를 햇볕에 말리고 다른 한편에서는 열매를 밟아서 즙을 짜냈다. 앞쪽에 꽃이 피었는데 바로 옆에서는 송이가 거무스름하게 익었다. 제일 아래쪽 이랑에는 채소들이 줄지어 심어졌고 갖가지 채소가 일년 내내 풍성하게 자랐다. 그 사이로 두 갈래의 샘물이 흘렀으니, 하나는 과수원 전체에 물을 대고, 또 하나는 반대편에서 안마당으로 들어가는 문지방 밑을 뚫고 나가 높이 솟은 성 안에 물을 보냈다. 거기서 마을 사람들은 물을 길어다 썼다. 알키노스 궁전에는 참으로 신들의 풍성한 혜택이 있었다.

오뒷세우스는 잠시 멈춰서서 넋을 놓고 바라보며 감탄하다가, 마침내 성의 문지방을 넘어서 안으로 들어갔다. 파이아케스인 장로들과 장군들은 잠자리에 들 무렵 잔을 들고 헤르메스 신에게 헌주하는 관습이 있었는데, 오뒷세우스가 마침 그 장소에 자욱한 안개에 둘러싸인 채 걸어 들어간 것이다. 오뒷세우스는 나우시카 공주와 물 긷는 처녀에게 들었던 대로 아레테 왕비 앞으로 걸어가서 무릎에 두 손을 얹었다.

그런데 그 순간 안개가 순식간에 말끔히 걷혔다. 사람들은 난데없이 나타난 오뒷세우스를 발견하고 깜짝 놀랐다. 오뒷세우스가 왕비에게 간청했다.

"렉세노르 왕의 따님 아레테여! 저는 왕과 왕비님의 무릎에 의지하려고 온갖 고난 끝에 이곳까지 찾아왔습니다. 이 연회에 참석하신 여러 손님들께도 신들이 복과 덕을 부어 주셔서, 여러분이 자녀들에게 재산과 명예와 덕을 물려주실 수 있기를! 부디 저에게 한시바삐 조국으로 돌아가도록 여행 채비를 해주십시오. 정말 얼마나 오랫동안 가족과 멀리 떨어진 채 고난을 겪어왔는지 모른답니다."

오뒷세우스는 이렇게 말하고 난롯불 옆 잿 속에 주저앉아 버렸다(탄원자의 관습). 아무도 입을 떼지 않았다.

한참만에야 가장 늙은 에케네오스가 입을 열었다. 노인은 언변이 좋고 옛날 일도 많이 알고 있었다.

"알키노스 왕이시여, 결코 이런 처사는 바르지 않습니다. 손님을 땅바닥에, 그것도 잿더미 속에 앉혀 두다니요. 저희는 모두 당신의 분부만 기다리고 있습니다. 자, 어서 손님을 일으켜서 은 팔걸이 안락의자에 앉히십시오. 그리고 시종들에게 명령하시어 포도주를 한 잔 따라주고, 탄원자들과 함께 하시는 제우스께도 헌주시키십시오. 하녀들에게는 저녁 식사를 빨리 내오게 하심이 좋겠습니다. 식품 저장실의 것들도 꺼내라고 하시고요."

그 말에 정신이 돌아온 듯 알키노스 왕이 얼른 오뒷세우스의 손을 잡아 끌더니, 특별히 사랑하는 아들 라오메돈을 일으켜 세우고 그 안락의자에 앉혔다. 시녀가 황금 주전자에 세수물을 담아 와서 은 대야에 붓고, 옆에 네 발 탁자를 펼쳐서 음식들을 풍성히 차렸다. 오뒷세우스는 푸짐한 요리들을 마시고 먹었다. 그러자 알키노스 왕이 전령에게 명령했다.

"폰토노스, 이제부터 제우스께 헌주할 수 있도록 혼주병의 술을 대청 안 모든 분에게 빠짐없이 따라 드려라."

폰토노스는 포도주를 물과 섞어서 모두에게 따랐다. 모두가 신들에게 헌주하고 양껏 마셨다. 그러자 다시 알키노스가 사람들에게 말했다.

"파이아케스인 장군들과 참모들이여, 이제 그만 잔치를 끝내고 각자 집으로 돌아가라. 내일 아침에 더 많은 장로들을 모아서 회의를 열어 손님을 성에서 대접하고, 신들께도 더 훌륭한 제물을 바칠 것이다. 그 후에 손님을 돌려보낼 절차를 의논하자. 이 손님이 오실 때처럼 고생하는 일 없이, 안전하고 즐겁게 곧바로 귀향할 수 있도록. 그 이후의 미래는 손님이 태어날 때실 잣는 여신들께서 정하셨던 대로 될 것이다.

그런데 만약 이분이 하늘에서 내려온 불사의 신이시라면, 이것은 신들께서 여느 때와는 다른 일을 꾀하고 계신 것이다. 왜냐하면 이제까지 신들은 늘 뚜렷이 모습을 나타내셨으니까. 헤카톰베를 바칠 때면 우리의 식탁에 모습을 드러내고 마주 앉으셨다. 여행길에서 마주쳐도 모습을 감추신 적이 없다. 우리는 퀴클롭스나 기간테스들만큼이나 신들과 가까운 사이니까."

그러자 지혜로운 오뒷세우스가 대답했다.

"알키노스 왕이시여, 그런 생각 마십시오. 저는 아무래도 저 넓디넓은 하늘을 지배하시는 신들보다 키도 체격도 부족한 사람입니다. 참으로 죽어야만 하는 인간임에 틀림없습니다. 세상 사람 중에서도 가장 큰 간난신고를 짊어졌다는 사람들과 꼭 같은 처지일 뿐입니다.

정말이지 더 많은 갖가지 재앙의 내력을 말씀드릴 수도 있습니다. 그렇지만 지금은 우선 저녁 식사부터 하는 것을 용서하십시오. 뱃속의 창자만큼 염치없는 것도 또 없네요. 아무리 흉중에 괴로움이 커도, 불문곡직하고 그저 제 생각만 해달라고 졸라대니까요. 늘 먹고 마시라고 자꾸만 졸라댑니다.

그럼 부디 당신들께선 새 아침이 되면, 이 불행한 나그네가 조국 땅을 밟을 수 있게 도와주십시오. 설령 아직도 엄청난 고난들이 남아 있다 해도, 고향에만 돌아갈 수 있다면 그 자리에서 죽어도 여한이 없겠습니다."

그 예의바른 언사는 모두의 마음을 기쁘게 해서, 다들 이 손님의 소원을 들어주자고 외쳐댔다. 그렇게 헌주가 끝나고 모두가 흡족하게 먹고 마시자, 다들 제 집으로 뿔뿔이 흩어졌다. 시녀들은 잔칫상의 그릇들을 챙겨서 날랐다.

그래서 대청에는 오뒷세우스와 아레테 왕비와 알키노스 왕만 남았다. 그때 아레테가 불쑥 질문을 던졌다. 오뒷세우스가 입고 있는 옷들이 자기가 시녀들과 손수 만든 옷인 것을 계속 눈여겨보고 있었던 것이다.

"나그네여, 이것부터 물어야겠네요. 당신은 도대체 누구시며 어디서 오셨습니까? 그 옷들은 어디서 났나요? 아까 분명히 바다 위를 헤맨 끝에 이곳에 닿았다고 하셨는데."

"왕비님, 어디서부터 말씀드려야 할까요. 신들이 내게 내리신 고난이 너무 많아서 일일이 다 말씀드리기 어렵지만, 최대한 자세히 말씀드리지요. 아득히 먼 바다 한가운데에 오귀기에라는 섬이 있습니다. 아틀라스의 따님인 님프 칼립소가 살고 있는 곳이지요. 그녀는 무척 아름답지만 그만큼 무서운 여신이어서 어떤 신도 그녀에게 가까이 다가가지 않았습니다. 그런데 어떤 신께서 저를 그녀 가까이로 데려갔던 것입니다. 제우스께서 번갯불로 내 배를 내리쳐 포도주색 바다 가운데서 산산조각을 내셨지요. 그래서 전우들은 모두 죽고 나만 배의 용골에 아흐레를 매달려 떠다닌 끝에 열흘째 밤에 오귀기에 섬에 닿았습니다. 여신은 나를 융숭히 대접해 주고 보호해 주고 불로불사를 약속했는데, 그래도 제 마음은 설득하지 못했습니다. 그곳에 7년이나 머물렀지만 칼립소가 내게 준 불멸의 옷자락을 늘 눈물로 적시고 있었지요.

그런데 8년째로 접어들자, 제우스의 명령이신지 여신이 갑자기 내게 돌아가라고 재촉했습니다. 나무 뗏목에 식량과 술을 잔뜩 싣고 신들의 옷까지 입혀 주더니, 따스한 순풍까지 보내 주었습니다. 그래서 저는 열이레 동안 바다 위로 돛을 달고 항해했고, 열여드레째 날에 이 섬을 발견했습니다. 하지만 짧은 희망 끝에 다시 산더미같은 고난이 닥쳐왔으니, 포세이돈 신께서 바다를 들끓게 해서 제 뗏목을 산산조각낸 것입니다.

그래서 나는 바람과 파도에 떠밀리며 헤엄쳐서 이곳까지 왔습니다. 집채만 한 파도 때문에 뭍에 오르기도 위험했지만 간신히 강 입구를 찾아서 한밤중에야 상륙했습니다. 강기슭에 낙엽을 쌓아둔 곳에서 선잠이 들었습니다. 이튿날 낮까지도 잠에 취해 있었는데, 그때 강기슭에서 시녀들과 장난치며 노는 나우시카 공주님을 만났습니다. 여러 여인들 중에서도 특별히 여신처럼 아름다운 공주님이셨습니다. 그래서 그분께 구원의 부탁을 드렸더니, 공주님은 어리신데도 사람을 대할 때의 태도가 믿을 수 없을 만큼 훌륭했습니다. 젊은이는 언제나 생각이 모자라는 행동을 하기가 예사인데 말이지요. 즉 제게 충분한 음식과 달콤한 포도주도 주셨고, 강물에서 목욕하고 바를 기름과 입을 옷까지 주셨습니다."

잠자코 듣고 있던 알키노스 왕이 입을 열었다.

"아니네, 듣자하니 내 딸은 전혀 합당한 처사를 한 것이 아니야. 손님이 청원하는데도 시녀들과 함께 직접 우리 집까지 모셔오지 않았으니까."

오뒷세우스는 공주가 난처하지 않도록 살짝 거짓말을 했다.

"왕이시여, 그 일로 훌륭한 따님을 나무라지 마십시오. 공주님은 시녀들과 함께 따라오라고 분부하셨지만 제가 너무 황송해서 거절했습니다. 왕께서 보시고 기분이 상할까 봐, 다른 시기심 많은 인간들이 보고 비난할까 봐 걱정되었기 때문입니다."

"나그네여, 그만한 일로 내가 화를 내지는 않네. 무슨 일에서나 정도를 아는 것이 상책이니까. 참으로 제우스 님이나 아테네 여신, 아폴론께서 당신처럼 훌륭한 분을 이곳에 내 사위로 머물게 해주신다면 고맙겠네. 그대가 기꺼이 이곳에 머문다면 궁전과 재산을 주겠네. 설령 거절하더라도 파이아케스인의 그 누구도 당신을 해치지 못하게 해주고. 그런 것은 제우스께서 결코 용서치 않으니까.

자, 그대가 안심하도록 그대를 보내줄 날짜를 말해주겠네. 바로 내일, 그대가 세상 모르고 잠들어 있을 때 우리 파이아케스인 뱃사람들이 배에 태워서 고향까지 데려다 주겠네. 그곳이 에우보이아 섬보다 훨씬 먼 곳이라도 문제 없네. 예전에 금발의 라다만튀스가 가이아(대지의 여신)의 아들 티튀오스를 만나고 싶다고 해서, 그를 그곳까지 실어다준 자들이 말하기를 그곳이 그렇게 멀다고 했지. 하지만 그들은 하루만에 피로한 줄도 모르고 귀가했네. 그러니 우리의 배와 항해술이 얼마나 뛰어난지 그대도 충분히 짐작하리라고 믿네."

오뒷세우스는 너무나 기뻐서 감사의 기도를 드렸다.

"제우스 신이시여, 알키노스 왕께서 방금 말씀하신 것이 모두 그대로 실행되도록 해주소서! 이분께서는 곡식이 무르익는 이 땅 위에서 불멸의 영예를 누리시고, 저는 고향으로 돌아가게 해주십시오."

두 사람이 담소를 나누는 동안, 아레테는 시녀들에게 손님의 침상을 준비시켰다. 시녀들이 대청에서 부지런히 횃불을 들고 나가서는 침상을 기둥마루에 마련하고, 보랏빛 깔개를 펴고 그 위에 덮을 수 있는 두꺼운 담요를 펴놓고는 오뒷세우스에게 말했다.

"손님, 침상이 준비되었으니 일어서십시오."

그 말을 듣자 오뒷세우스도 자는 게 좋겠다는 생각이 들었다. 그래서 얼른 몸을 눕히고 잠을 청했다. 알키노스 왕과 아레테 왕비는 궁의 내전으로 들었다.

제8권

알키노스 왕이 오뒷세우스를 의심하다

✦❈✦

알키노스 왕이 날이 밝는 대로 오뒷세우스의 출항 준비를 시작하고, 손님을 위한 잔치를 연다. 그런데 잔치 마당에 불려온 가객 데모도코스가 노래를 부르자 오뒷세우스가 울기 시작한다. 트로이아 전쟁에서 자신이 아킬레우스와 말다툼을 벌였던 이야기라서 그리움과 슬픔이 북받쳤던 것이다. 그러자 왕은 손님이 무안하지 않도록 재빨리 운동경기를 개최하는데, 파이아케스 족 젊은이들이 오뒷세우스의 능력을 무시하고 조롱하자 오뒷세우스가 화를 낸다. 이에 왕의 지시로 데모도코스가 '헤파이스토스에게 간통 현장을 들킨 아레스와 아프로디테' 이야기를 노래하게 하자, 오뒷세우스는 기분을 푼다. 왕은 손님에게 사과의 뜻을 더 분명하게 보여주려고 많은 선물을 주는 저녁 향연을 여는데, 이 자리에서 가객이 오뒷세우스의 부탁으로 트로이아 전쟁 마지막을 노래한다. 오뒷세우스의 지략으로 트로이아 목마를 만들어 최종 승리를 거머쥔 이야기를 마치 그 자리에 있었던 사람처럼 생생하게 노래한 것이다. 오뒷세우스는 또다시 오열하기 시작한다. 그러자 알키노스 왕이 노래를 멈추게 하고, 오뒷세우스에게 정체를 밝힐 것을 요구한다.

어느덧 밤이 다 지나고 장밋빛 손가락의 새벽의 여신이 동녘 하늘을 물들이기 시작하자, 알키노스와 오뒷세우스가 각자 잠자리에서 일어났다. 알키노스는 몸단장을 끝내자마자 손님을 데리고 바닷가 회의장으로 앞장서서 걸어갔다. 그들은 회의장에 이르자 매끈한 돌 위에 나란히 걸터앉았다.

한편 그 시각 아테네는 알키노스의 총명한 전령의 모습을 하고 길거리를 쉴 새 없이 돌아다니며 사람들을 불러모으고 있었다.

"스케리아를 다스리는 분들이여, 어젯밤 알키노스 왕의 궁전을 찾아온 손님의 이야기를 들으러 어서 빨리 회의장으로 가시오. 그는 바다를 줄곧 헤매다녔다는데, 키나 몸매가 흡사 불사의 신과 같답니다."

사람들은 여신의 속삭임에 마음이 움직여서 회의장으로 몰려갔다. 회의장이 금세 꽉 들어찼다. 과연 사람들은 모두 오뒷세우스를 보고 감탄했다. 아테네 여신이 그의 머리와 두 어깨에 품격 있는 아름다움을 부어 주고, 키도 한층 크고 체구도 당당하게 해주어서 파이아케스인들의 호감을 얻게 한 것이다.

알키노스 왕이 일어나서 이야기를 시작했다.

"파이아케스인의 지도자들이여, 지금부터 내 말을 잘 들어라. 여기 계신 이 손님이 머나먼 항해의 고생 끝에 내 집에 오셔서, 꼭 고향으로 돌려보내 달라고 간청했다. 아직 성함도 고향도 모르지만, 나는 우리가 이제까지 그래왔던 것처럼 손님의 부탁을 들어줄 것이다. 내 집에 찾아오는 손님은 제우스께서 보낸 것이니 말이다.

그러니 지금 젊은이들은 스스로 쉰두 명을 뽑아라. 그들은 바닷가로 나가서 튼튼한 배를 바다에 띄워 놓고 내 성으로 오라. 내가 좋은 음식을 베풀어줄 것이다. 홀장을 가진 영주들은 지금 나와 함께 내 성으로 가자. 손님을 위한 향연을 베풀 예정이니. 시종들은 가서 노래하는 데모도코스를 불러오라. 신께서 그에게 무슨 가락이든 마음내키는 대로 노래하면 사람들을 감동시키고 즐겁게 하는 재주를 주셨으니."

알키노스 왕은 자신의 뜻을 분명히 밝힌 후에 자리에서 일어났다. 그러자 홀장을 가진 영주들이 뒤따랐다. 전령은 가인을 부르러 달려나갔다. 쉰두 명의 젊은이들이 모여서 바닷가로 나가서, 검게 칠한 배를 바닷물 깊은 곳까지 끌어내리고, 돛대와 돛과 노를 실었다. 젊은이들은 배에 흰 돛을 펼쳐 올려서 모래사장에서 훨씬 떨어진 바다 위에 정박시켜 놓기까지 마친 후, 알키노스의 큰 궁전으로 향했다. 궁전의 양쪽 주랑과 홀은 이미 남녀노소 가리지 않고 수많은 사람들이 꽉 들어차 있었다.

알키노스는 양 열두 마리, 흰 송곳니가 난 돼지 여덟 마리, 허벅다리가 튼실한 황소 두 마리를 제물로 바쳤다. 제사가 끝나자 시종 여럿이 달려들어서 가죽을 벗기고 구워서 맛있는 요리로 만들었다.

그때 시종이 가인 데모도코스를 데리고 홀로 들어왔다. 노래의 여신은 이 가인을 특별히 귀히 여겨서 천상의 노래 실력을 주셨는데, 그 대가로 두 눈을 멀게 했다. 폰토노스가 은장식의 의자를 홀 한가운데의 큰 기둥 옆에 가져다 놓고 가인을 거기에 앉혔다. 그리고 기둥 못에 키타리스를 걸어준 후, 그곳에 있으니 필요할 때 잡으라고 알려주었다. 또 그 옆에 훌륭한 네 발 탁자와 빵 바구니, 포도주를 가득 따른 술잔을 놓아서 언제든지 자유로이 먹고 마시게 했다.

사람들이 다들 배불리 먹고 마셨을 때쯤, 데모도코스가 노래를 시작했다. 그 당시에 평판이 하늘에까지 미칠 정도로 유명한 노래였는데, 바로 오뒷세우스와 아킬레우스의 말다툼 장면을 묘사한 것이었다.

"언젠가 신들에게 바치는 성대한 잔치가 열렸을 때

라에르테스의 아들과 펠레우스의 아들이 심한 말을 주고받았네.

병사들의 군주인 아가멤논은 자기 휘하의 대장들끼리 심하게 다투는데도

웬일인지 속으로는 은근히 좋아했네. 왜냐하면

신탁을 받으러 퓌토 마을 델포이 아폴론 신전에 갔을 때

포이보스 아폴론이 그렇게 신탁했기 때문이었네.

아마 그때 신전의 돌 문지방을 넘어서 사당 안으로 들어섰을 때

이미 트로이아 전쟁을 일으키려는 제우스의 계책이 시작되었으리니.”

후대인들은 이러한 이야기를 가인의 노래로 즐기고 있었다.

그런데 오뒷세우스가 황급히 자줏빛 망토를 손으로 잡더니, 머리 위로부터 내려쓰는 척하면서 얼굴을 쓱 가렸다. 눈에서 주체할 수 없는 눈물이 흘러나오는 모양을 파이아케스인들에게 들키지 않기 위해서였다. 가인의 노래가 잠시 멎자 오뒷세우스도 몰래 눈물을 닦고 머리에서 망토를 벗은 다음, 술잔을 들어서 신들께 헌주하고 마셨다. 하지만 가인의 노래가 다시 시작될 때마다, 좌중은 흥겨워서 흥얼거리지만 오뒷세우스는 조용히 망토를 머리에 올려 써야 했다.

모두들 잔치에 취해서 나그네를 눈여겨보지 않았는데, 단 한 사람 알키노스 왕만은 그의 눈물을 눈치챘다. 바로 그의 옆에 앉아 있었기 때문에 땅이 꺼질 듯한 한숨 소리를 들었던 것이다. 그는 손님이 곤혹스러워하지 않게 하려고 노래를 중지시켰다.

“친애하는 파이아케스인들이여. 충분히 음식과 키타리스를 즐겼으면 그만 밖으로 나가서 경기를 해보자. 그러면 이 손님도 고향에 돌아간 후에 가

족들에게 우리 파이아케스인들이 얼마나 권투며 씨름, 넓이뛰기 등을 잘하는지 말해줄 수 있으리라."

왕이 우렁찬 제안을 끝내고 자리에서 일어서자, 모두들 따라 일어서서 회의장으로 이동했다. 데모도코스도 키타리스를 기둥의 못에 걸어 두고 시종의 인도를 받으며 따라나섰다. 회의장은 이미 사람들로 가득차 있었다. 그 중앙에 아크로네오스, 오퀴알스, 엘라토레우스, 나우테우스, 프림네우스, 앙키알로스, 에레토메우스, 폰테우스, 톤, 아나베시네오스, 테크톤의 손자이며 폴뤼네오스의 아들인 안피알로스 등등 스케리아의 유능한 젊은이들이 모두 나와서 서 있었다. 당연히 알키노스의 세 아들인 라오다마스, 할리오스, 클뤼토네우스도 참가했고, 용모나 키가 전 파이아케스인 중에서 라오다마스 다음으로 뛰어난 에우뤼알로스도 끼었다.

경기는 달리기부터 시작했다. 청년들이 모두 한덩이로 뒤엉켜서 벌판에 뽀얀 먼지를 일으키며 나는 듯이 달려갔다. 특히 재빠른 자는 인품이 훌륭한 클뤼토네우스로, 노새들이 하루 종일 밭을 가는 거리만큼 다른 사람들을 앞질러서 단숨에 결승선을 통과했다. 씨름에서는 에우뤼알로스가 우승했다. 원반 던지기에서는 엘라토레우스가 월등한 재주를 보였고, 권투에서는 알키노스의 씩씩한 아들 라오다마스가 승리를 거뒀다.

그런데 경기가 어지간히 무르익었을 때, 라오다마스가 일어나서 큰 소리로 제안했다.

"여러분, 손님에게 한번 여쭤볼까요? 어떤 경기를 좋아하고 어떤 재주가 있으신지 말이에요. 체구로 짐작컨대 결코 나약한 분은 아닌 듯합니다. 양쪽 허벅지나 정강이, 두 팔의 근육이 탄탄하고, 목덜미도 대단해 보이시니까요. 게다가 아직 젊음이 떠난 나이도 아닌 듯하고. 다만 고난이 지나치게 심했던지 수척해 보이시긴 하네요. 그렇겠지요. 아무리 무쇠같이 튼튼한 사나이라도 바다에 당하면 순식간에 몸이 상하겠지요."

에우뤼알로스도 맞장구쳤다.

"라오다마스, 자네의 제안이 정말로 시기적절하군. 자네가 손님에게 가서 직접 불러내면 어떻겠나?"

라오다마스는 곧장 한복판으로 나가 서서 오뒷세우스를 향해 말했다.

"손님, 자신 있는 재주가 있으면 여기 나와서 함께 경기를 해봅시다. 당신이 경기들을 좀 아신다면요. 사나이라면 자기 팔다리로 직접 이룩한 공명보다 더 큰 자랑은 없지요. 자, 당신 가슴속의 근심이나 걱정 따위는 내려놓고 내려오세요. 당신이 바라던 귀국일도 코앞으로 잡혔잖아요. 배는 진즉에 바다에 내려졌고, 뱃사람들도 모든 준비를 마치고 있답니다."

지혜 많은 오뒷세우스가 대답했다.

"라오다마스여, 어째서 그런 일로 나를 괴롭히오? 정말이지, 지금 내 마음은 근심이 너무 깊어서 경기에 흥미를 가질 여유가 없었소. 헤아릴 수 없이 많은 재난을 만나 갖은 고생을 겪었으니까. 그래서 이 경기장에 앉아 있는 지금 이 순간에도 오직 귀향의 순간만을 애타게 고대하고 있는 참이오."

하지만 이번에는 에우뤼알로스가 비아냥거렸다.

"아무래도 손님께서 도무지 경기에 자신이 없나 보군요. 당신은 그저 뱃사람 장사치들의 우두머리였나 봅니다. 배에 실어와서 팔 물건, 아니면 돌아갈 때 배를 가득 채워서 가져갈 물건만 생각하는, 그러니까 늘상 돈벌이만 궁리하는 사람 말이에요. 그래, 아무래도 이런 경기를 할 분 같이 보이지는 않네요."

그 말에 오뒷세우스가 눈을 치켜뜨며 에우뤼알로스를 조용히 노려보
았다.

"젊은이여, 방금 한 말은 아주 잘못되었소. 불량배들의 말투처럼. 정말로
신들께서는 용모와 분별과 언변 등의 좋은 능력을 한 사람들에게 다 부어
주시지는 않는가 보오. 용모가 조금 부족한 자가 신께서 주신 언변 때문에
사람들의 존경을 받는 경우가 많은 것처럼. 오히려 그런 자가 매력적인 말
솜씨로 어디서든 당당하고 모임에서도 광채가 나고 거리를 거닐 때 사람들
에게 신처럼 대접받지. 반대로 어떤 자는 신처럼 아름다운 용모를 가졌는
데, 말하는 품새가 턱없이 부족하기도 하오. 바로 당신이 고귀한 용모를 가
지고 있지만, 분별력에서는 많이 부족한 것처럼. 당신의 지혜롭지 않은 말
이 내 가슴을 동요시키오.

나는 결코 당신이 말한 것처럼 경기를 못 하는 사람이 아니오. 오히려 내
가 한창 젊을 때는 제법 으뜸으로 손꼽혔지. 이제는 숱한 재앙과 고난 때문
에 좌절되었지만. 그럴 수밖에. 늘 전쟁과 풍파 속에서 시달리며 살아가는
일은 너무 고통스러운 일이었거든. 하지만 좋소, 한번 경기에 참가해 보겠
소. 왜냐하면 당신의 말이 내게 충격을 주면서, 동시에 의욕도 불러일으켰
기 때문이지."

오뒷세우스는 망토를 걸친 채로 경기장으로 뛰어나가서 한층 크고 두껍
고 묵직한 원반을 집어들었다. 그것은 파이아케스인들이 던지기 내기에 쓰
는 것보다 훨씬 큰 것이었다. 라에르테스의 아들은 그것을 빙글빙글 휘둘
러서 내던졌다. 돌 원반이 위잉 무서운 굉음을 내며 날아가자, 파이아케스

인들이 겁을 먹고 다들 땅에 납작 엎드렸다. 원반은 순식간에 이전 사람의 최고기록 지점을 넘어서 한참을 더 날아갔다. 그러자 아테네 여신이 한 사나이로 변신해서 나타나서 떨어진 지점에 표시를 하고 소리쳤다.

"손님, 장님이라도 이 표지를 더듬어서 만져보면 알겠군요. 다른 많은 표지들과 섞여 있지 않고 훨씬 앞에 나와 있는 줄을요. 원반 던지기에서는 승리를 자신하셔도 좋습니다. 파이아케스인 그 누구도 여기까지 던지지 못했고, 더 도전해도 마찬가지일 겁니다."

오뒷세우스는 자신에게 호의적인 사람이 있는 것을 발견하고 기뻤다. 그래서 한층 가벼워진 마음으로 군중들에게 말했다.

"자, 지금부터는 저 원반으로 던져 보게. 그러면 내가 또 저만큼, 또는 더 큰 것을 던져서 이겨주겠소. 나와 겨루고 싶은 자는 어서 앞으로 나오시오. 권투든 씨름이든 달리기든 무엇이든 상대해줄 테니까. 라오다마스를 제외한 젊은이 중의 누구든 도전하시오. 라오다마스는 나를 맞아준 주인이니까. 나를 환대해준 자에게 맞서고 말싸움을 거는 건 분별없고 어리석은 자들이나 하는 짓이오. 그러니 그만 빼고 다른 이가 나선다면 누구라도 상대해 주겠소.

나는 대장부들의 경기라면 무엇이든 으뜸이었소. 훌륭하게 광을 낸 활에 화살을 메겨 당기면 백발백중 명중했소. 우리 군사와 적군이 마구 뒤엉켜서 싸우고 있을 때라도 문제 없었지. 아카이아 동지들이 일리오스 성 앞에서 고전할 때 나보다 궁술이 뛰어난 사람은 필로크레타스뿐이었소. 그분만 아니면 이 세상 사람 누구라도 이길 수 있소. 하지만 그 이전의 영웅들인 헤라클레스, 오이칼리아의 에우뤼토스 등과는 재주를 겨루지 않겠소. 에우뤼토스는 경솔하게 아폴론 신에게 활쏘기를 도전할 정도로 뛰어났으니까.
물론 그러다가 신의 노여움을 사서 요절했지만.

창던지기로 도전해도 아무도 나를 이길 수 없을 것이오.

다만 달리기라면 젊은이 중 누군가가 나보다 앞설 수는 있소. 왜냐하면
지금 나는 엄청난 풍파 때문에 너무도 심하게 상처를 입었고, 늘 음식이 부
족해서 배를 늘 굶주려 왔기 때문에, 다리에 힘이 많이 빠졌거든."

좌중이 쥐죽은 듯이 조용해졌다. 그러자 알키노스 왕이 일어났다.

"손님, 이 젊은이가 군중들 앞에서 버릇없이 굴어서 많이 불쾌하셨던 모
양이오. 그래서 당신의 힘과 실력을 보여서, 사리분별이 있는 자라면 당신
에게 함부로 말하지 못하게 하려 하시는군요. 하지만 내 말도 좀 들어주시
겠소? 앞으로 집에 돌아가서 부인과 아들들에게 식사 때라도 우리의 훌륭
한 점을 추억하실 수 있도록.

우리 파이아케스인들이 제우스 신께 받았다고 자부하는 재주는 권투나
씨름이 아니오. 그런 것에는 그다지 뛰어나지 않소. 그 대신 빨리 달리기와
항해에 관련한 일만큼은 그 누구도 따르지 못하오. 또 잔치나 키타리스나
춤을 사랑하고, 의복이나 따뜻한 목욕이나 편안한 잠자리 등을 마련하는
재주도 섬세하다오.

그러니 자, 스케리아의 무용수들이여, 어서 놀이를 시작하라. 이 손님이
고향으로 돌아가셨을 때, 우리의 우수한 항해술과 달리기와 춤과 노래를
이야기해 줄 수 있도록. 누가 빨리 성에 달려가서 키타리스를 가져오게."

왕의 명령이 떨어지자마자 시종이 궁전으로 달려갔다. 경기가 순조롭게
진행되도록 감독하던 장로 아홉 명도 자리에서 일어섰다. 그들은 예전부터

경기가 있을 때면 늘 진행을 맡았기 때문에, 금세 춤추기에 알맞은 넓은 장소를 마련하고 땅을 편평하게 골랐다. 그때 시종이 키타리스를 들고 헐레벌떡 돌아왔다. 가인 데모도코스가 키타리스를 받아들고 한복판으로 걸어나갔다. 그 양쪽에 아직 앳된 젊은이 둘이 나와서 춤을 추기 시작했다. 오뒷세우스는 그 율동에 감탄하며 바라보았다.

가인이 키타리스를 켜며 아레스와 아프로디테의 사랑 이야기를 노래하기 시작했다.

"아레스가 아프로디테에게 수많은 선물을 바치며 구애하니
아프로디테가 헤파이스토스의 궁전으로 아레스를 불렀네.
그들의 밀애를 보다 못한 헬리오스가 헤파이스토스에게 전령을 보내니
헤파이스토스는 분노를 가슴 속에 꾹 눌러서 감추고
대장간으로 가서 모루대 위에서 쇠사슬을 만들었네.
결코 풀리지도 않고 부서지지도 않는 쇠사슬이었네.
헤파이스토스는 쇠사슬을 자신의 침상으로 가지고 가서
침상의 네 기둥에 올가미처럼 두르고 대들보에서부터 늘어뜨리니
침대에 마치 촘촘한 거미줄이 쳐진 것처럼 되었네.
사슬은 워낙 교묘한 솜씨로 만들어졌기 때문에
축복받은 신인 아레스와 아프로디테의 눈에도 보이지 않았네.
헤파이스토스는 사슬망을 완성해 놓고는
렘노스 섬의 신니에스 족에게 가는 척 집을 나섰네.
그러자 황금 고삐를 가진 아레스가 순식간에 날아와서
아름다운 관을 쓴 퀴테라의 여신 아프로디테의 손을 잡았네.

마침 아프로디테도 제우스의 궁에 다녀오는 길이라서

아무것도 모르고 아레스를 침상으로 이끌었네.

그 순간 사슬로 만든 거미줄이 둘을 옭아맸네.

신묘한 손재주를 가진 신의 작품인 만큼

올가미는 두 남녀를 손가락 하나 까딱 못하게 꽁꽁 묶어버렸네.

그제서야 두 신은 함정에 걸렸음을 깨달았네.

그때 렘노스에 가는 척 숨어 있다가 헬리오스 전령의 전갈을 받은

헤파이스토스가 옆으로 다가와서 무시무시한 고함을 질렀네.

'아버지 신이신 제우스여, 그 밖의 불멸의 축복받은 신들이여,

다들 이리 와서 우스꽝스럽고도 흉측한 소행을 구경하시오!

제우스의 딸 아프로디테가 나를 절름발이라고 얕보고는

용모가 아름답고 두 다리가 멀쩡한 아레스 신과 정을 통하고 있구려.

내 부모가 원망스럽소. 이럴 거면 애당초 나를 낳지 말지.

두 신이 내 침대에서 동침하고 있는 꼴을 보고

어찌 속이 뒤집히지 않겠소. 정말이지 아주 잠깐이라도,

둘이 아무리 열렬히 사랑한대도, 이들을 이렇게 함께하게 두기 싫지만

아버지 신이 혼수품들을 내게 다 되돌려줄 때까지는

절대로 이 쇠사슬을 풀어주지 않을 것이오.

내가 이 파렴치한 여자를 위해 보내드린 것들 말이오.

참으로 당신의 따님은 용모는 아름답지만 마음은 헤픈 여자로군요.'

신들이 청동 바닥을 깐 성으로 하나둘 모여들었네.

대지를 뒤흔드는 포세이돈, 활을 멀리 쏘는 아폴론, 전령 헤르메스,

여신들은 아무도 오지 않았네. 남신들만 그 집 대문 앞에 모여 서서

침상에 묶인 두 남녀의 모습을 보며 낄낄대고 수군댔네.

'못된 소행은 오래 못 가고, 느림보가 날랜 자를 따라잡는다더니

올림포스에서 가장 느린 헤파이스토스가

올림포스에서 가장 걸음이 빠른 아레스를 붙잡았구나.

절묘한 솜씨로구나. 아레스가 간통의 벌금을 톡톡히 내겠구나.'

아폴론이 헤르메스에게 물었네.

'제우스의 아들이자 전령의 신이며 선한 복을 내리는 신인 그대여,

그대라면 쇠사슬에 꽁꽁 묶여서 망신을 당하더라도

황금의 아프로디테와 함께 있겠느냐.'

헤르메스가 대답했네.

'쇠사슬이 저 세 배만큼 칭칭 몸을 옥죄어도 상관없고

모든 남신들에 여신들까지 와서 구경해도 상관없네.

할 수만 있다면 황금의 아프로디테와 함께 있겠어.'

불사의 신들은 그렇게 두 신을 조롱하며 폭소를 터트렸네.

그러나 포세이돈만은 웃지 않고 심각한 모양으로 말했네.

'헤파이스토스, 이제 그만 저들을 풀어주게나.

그대가 요구하는 대로 저자가 불사의 신들 앞에서

당연히 그대에게 보상금을 치르게 할 테니까.'

헤파이스토스는 거부했네.

'내게 그런 것을 요구하지 마시오.

형편없는 놈들에 대한 보증은 형편없어지는 법.

아레스가 부채와 쇠사슬에서 벗어나 도망가버린대도

그 대신 내가 불사의 신들 앞에서 당신을 결박할 수도 없잖소?'

하지만 포세이돈은 진지하게 다시 약속했네

'만일 아레스가 빚을 갚지 않고 달아나 버리면

내가 대신 그 빚을 갚아주겠다고 맹세하지.'

그제서야 헤파이스토스도 신묘한 쇠사슬을 풀었네.

사슬이 풀리자마자 아레스는 곧장 날아올라서 트라키아로,

아프로디테는 키프로스 섬의 파포스로 도망갔네.

아프로디테의 신전에 있는 카리스 여신들이

여신에게 눈이 번쩍 뜨일 만큼 아름다운 옷을 내주었네."

가인의 노래는 격앙되었던 오뒷세우스의 마음을 다시 유쾌하고 즐겁게
만들어 주었다.

그러자 이번에는 알키노스 왕이 할리오스와 라오다마스에게 춤출 것을
명령했다. 둘은 무용수로서 서로에게 최고의 맞수였다. 두 사람은 폴뤼보
스가 만들어준 아름다운 공을 들고 춤추기 시작했다. 한 명이 몸을 뒤로 젖
히며 구름을 향해 던지면 다른 쪽이 땅에서 높이 뛰어올라 발이 땅에 닿기
도 전에 휙 받아들었다. 그 다음에는 풍부한 수확을 가져오는 대지에서 서
로 번갈아서 춤추며 공을 주고 받았다. 다른 청년들이 경기장에 서서 박자
를 맞추니 그 소리가 꽤 요란했다. 오뒷세우스가 알키노스에게 말했다.

"알키노스 왕이여, 당신이 호언장담하신 대로 과연 이곳 사람들의 춤은
놀랍습니다. 매우 경이롭고 아름답군요."

알키노스 왕은 매우 기뻐하며 파이아케스인들에게 말했다.

"파이아케스인의 영주들은 들어라. 이 손님이 큰 아량으로 그대들의 결례를 용서하셨다. 그러니 이분께 우리가 부끄럽지 않을 만큼의 선물을 드리자. 오늘 저녁 만찬장에 그대들 열두 명이 각각 하나씩 새 망토와 황금한 달란트씩을 선물로 가져오라. 나도 그대들과 똑같이 준비하겠다. 그러나 특별히 에우뤼알로스는 선물과 함께 직접 사과의 말을 해야 한다. 어쨌든 그가 말실수를 한 것은 틀림없으니까."

모두들 그 말에 동의했다. 에우뤼알로스도 왕에게 말했다.

"모든 사람들 중에서 으뜸이신 왕의 명령을 그대로 따르겠습니다. 저는 손님께 진심으로 사죄드리면서, 은 자루 청동 검과 상아 칼집을 바치겠습니다."

에우뤼알로스가 사과하자 오뒷세우스가 화답했다.

"당신에게도 행운이 있기를! 당신이 준 검을 훗날까지 잊지 않겠습니다."

그렇게 회의장에서의 경기를 모두 마치고 오뒷세우스와 알키노스 왕은 궁으로 돌아왔다. 잠시 후 다른 영주들의 시중들이 훌륭한 선물을 들고 하나둘 궁에 당도했다. 왕자들이 선물 보따리를 옆으로 가져가 쌓았다. 알키노스 왕이 아레테 왕비 곁의 대좌로 걸어가 앉으며 말했다.

"왕비여, 가장 좋은 함을 골라서 잘 손질한 옷과 속옷들을 챙겨 넣으시오. 또 청동 솥에 손님의 목욕물을 데우고, 손님이 목욕을 마치시면 저녁을 들면서 이 선물들을 찬찬히 보시게 합시다. 나는 소중한 황금 술잔을 내드리려 하오. 언제까지고 나를 추억하시면서 댁에서 신들께 헌주하시도록 말이오."

즉시 시녀들이 커다란 세발 무쇠솥을 내와서 활활 타오르는 불 위에 걸고 물을 데웠다. 아레테 왕비는 손님을 위해 매우 훌륭한 함을 가져다가 파이아케스인 영주들이 보내온 특별히 훌륭한 선물들을 챙겨넣었다. 또한 자기가 가지고 있던 아름다운 옷과 속옷도 함께 넣었다. 그러고는 오뒷세우스를 향해 권했다.

"손수 뚜껑을 살펴보시고 끈을 꽉 비끄러매십시오. 귀국하는 항해 도중에 까무룩 잠이 들더라도 혹시 잃어버리지 않도록 말입니다."

오뒷세우스는 이 말을 듣고 뚜껑을 단단히 덮고 매듭을 지어 비끄러매었다. 까다롭고 교묘하게 묶는 그 방법은, 예전에 키르케 여신에게 배운 것이었다. 매듭을 다 묶자 시녀가 그를 목욕탕으로 안내했다. 그는 참으로 오랜만에 따뜻한 목욕물에 만족스러운 목욕을 했다. 머리결이 탐스러운 칼립소의 집을 떠나온 뒤로 처음 받아보는 사치스럽고 정성어린 대접이었다. 시녀들이 목욕을 마친 그에게 올리브유를 발라 주고, 아름다운 망토와 외투를 걸쳐 주었다.

오뒷세우스는 몸단장을 하고 잔치 마당으로 돌아갔다. 아름다운 공주 나우시카가 홀의 거대한 기둥 옆에 기대 서 있다가, 손님을 보고 정답게 인사했다.

"귀향길에 안녕히 가세요, 손님. 고향에 돌아가셔도 가끔 저를 떠올려 주세요, 당신을 맨 먼저 구해준 사람을요."

"마음이 너그러운 알키노스 왕의 따님 나우시카여, 저는 진심으로 올림포스 신들에게 온 마음을 다해 기도하고 있습니다. 제발 고향에 돌아가게 해달라고요. 하지만 마침내 꿈에 그리던 고향에 돌아간 후에도, 나는 언제까지고 당신을 잊지 않겠습니다. 당신은 내 생명의 은인이십니다."

오뒷세우스는 알키노스 왕 곁으로 가서 안락의자에 앉았다. 마침 시종들이 구워서 잘게 자른 고기들을 분배하고 포도주를 혼합하는 참이었다. 가객 데모도코스도 어느새 잔치 마당 한복판의 기둥 옆 의자에 와 있었다. 오뒷세우스는 곁에 서 있는 한 시종에게 제 접시의 등심살 덩어리를 주면서 부탁했다. 뾰족한 엄니를 가진 맷돼지의 살점으로, 양쪽에는 푸짐한 비계가 붙어 있었다.

"이 고기를 데모도코스에게 가져다 드리시오. 내가 아직도 굶주림에서 벗어나지 못하고 있지만, 그래도 저분께는 경의를 표하고 싶소. 이 세상 누구보다도 가인은 명예와 존경을 받아 마땅하지. 예술의 신께서 그들에게 노래의 길을 알려주고 비호하시니까."

데모도코스는 시종이 손에 고깃점을 올려주자 매우 기뻐했다. 다들 자기 앞의 음식을 들기 시작했다. 다들 어지간히 먹고 마셨을 때, 오뒷세우스가 데모도코스에게 말했다.

"데모도코스여, 정말이지 많은 사람들 중에서도 나는 특히 당신을 찬미합니다. 그 천상의 노래 실력은 제우스의 따님이신 예술의 여신이 주셨나요, 아폴론 신이 주셨나요? 지난날 아카이아인이 겪었던 고난, 운명을 하나도 빠짐없이, 마치 당신이 그 자리에 함께 있었던 것처럼 생생하게 노래하니 말이오.

자, 이번에는 목마 이야기를 읊어 주시오. 에페이오스가 아테네 여신의 도움으로 목마를 만들고, 그 안에 무사들을 가득 숨겨서 일리오스를 공략했던 그 이야기를 말이오. 만약 그대가 그 내력까지 빈틈없는 사연으로 열

창할 수 있다면, 나는 지금 당장 모든 사람들에게 그대가 신께 노래의 힘을 받았노라고 외치겠소."

데모도코스는 한순간의 망설임도 없이 곧장 노래를 시작했다.

"아르고스군이 군막에 불을 지르고 배를 타고 출항했네.

그때 오뒷세우스 일행은 일리오스 앞 들판의 목마 속에 숨어 있었네.

트로이아인들은 거대한 목마를 보고 혼란에 빠졌네.

목마를 청동 칼로 당장 둘로 쪼개자고도 했고

언덕 끝으로 끌고 올라가서 절벽 아래로 던져서 박살내자고도 했고

이대로 거대한 봉납물로 신들에게 바치자고도 했네.

결국 세 번째 방법으로 결정하고는 목마를 일리오스 성안으로 들였네.

아아, 그것이 바로 그들의 멸망을 자초했다네.

목마 속에 트로이아인들을 살육할 아르고스 용사들이 들어앉아 있었으니까."

방랑시인은 그들이 목마에서 나오던 광경까지 자초지종을 세세히 노래했다. 아카이아 군사들은 목마에서 모조리 빠져나온 후 각자 미리 정했던 장소로 달려가서 일시에 총공격을 감행했는데, 오뒷세우스는 메넬라오스와 함께 데이포보스의 성으로 달려갔었다. 그들은 팔라스 아테네의 도움으로 승리를 거둘 수 있었다.

오뒷세우스는 이번에도 노래를 듣는 내내 마치 아내가 남편에게 안겨 울 듯 하염없이 눈물을 흘렸다. 이번에도 역시 바로 옆자리에 앉아 있던 알키노스 왕만 그 울음을 알아챘다. 그러자 왕은 또다시 노래를 멈추게 했다.

"데모도코스는 이제 키타리스 선율을 멈추라. 손님을 위해 베푼 잔치인

데, 노래가 시작된 후로 이 손님은 내내 비탄에 잠겨 있으니까.

하지만 이제는 손님도 이런 저런 핑계는 그만두고 진실을 말해 주시오. 세상에 이름 없는 자는 없으니, 이름부터 말해 보시오. 고향은 어디시오? 그것을 알려줘야 우리 배가 당신을 태워다 드릴 수 있으니까. 우리 파이아케스인이 어디든 갈 수 있는 최고의 뱃사람들이긴 하지만, 그래도 목적지를 알아야 구름과 안개의 바다를 뚫고 정확하게 항해할 수 있다오. 예전에 선왕 나우시토스께서 늘 말씀하셨소. 우리가 벌받고 방랑하는 죄인들까지 모조리 다 확실하게 귀향시켜 준다는 이유로 포세이돈께서 우리 민족을 미워하신다고 말이오. 그래서 언젠가는 해신께서 우리 배를 안개낀 앞바다에서 산산조각 내고, 큰 산으로 우리 고을 주위를 덮어버리실 거라 하셨소.

하지만 그런 일들이야 신들이 이루거나 그냥 내버려 두거나 하실 테니, 지금은 손님께서 분명히 대답해 주시오. 어디를 향해 당신은 바다를 떠다니셨는지, 이 세계의 어느 고장에 닿으셨는지, 누가 적의를 품고 난폭하고 불법으로 행동하고 누가 친절하고 신을 경외하고 올바르게 행동했는지.

트로이아 전쟁 이야기를 들으며 우는 까닭은 무엇이오? 그 성을 만드신 것도, 또 철저히 멸하신 것도 신이시라오. 그렇다면 혹시 혈육이나 다름 없는 친척이, 형제나 다름 없는 친구가 일리오스에서 전사하기라도 했소?"

제9권

외눈박이 거인 퀴클롭스의 눈을 찌른 사연

알키노스 왕의 추궁에 마침내 '라에르테스의 아들이자 이타케 섬의 현명한 영주, 오뒷세우스'가 자신의 지난 방랑기를 털어놓는다. 트로이아 목마 전략을 세워서 승리를 이끌어낸 일등공신 오뒷세우스, 하지만 제우스는 그의 귀향길을 북풍으로 가로막았다. 그래도 처음에는 '포도주가 맛있는 키코네스인의 섬', '연꽃잎을 피우고 환각에 빠지는 로토파고이인의 섬'을 잘 빠져나와서 항해를 계속했다. 하지만 그 다음으로 도착한 '외눈박이 거인 퀴클롭스의 섬'에서 그는 오래도록 고향에 돌아갈 수 없는 처지에 빠지고 말았다. 포세이돈의 아들인 폴뤼페모스의 동굴에 찾아갔다가 그에게 잡아먹힐 위기에 처하자, 거인의 외눈알을 막대로 찔러서 눈을 멀게 하고 탈출했던 것! 그러면서 처음에는 희랍 최고의 지략가답게 자신의 신분을 '아무도아니'라고 밝혀서 폴뤼페모스를 골탕먹였지만, 탈출하면서는 '오뒷세우스'라고 밝히며 으스댔다. 그러자 폴뤼페모스가 아버지에게 '오뒷세우스가 동료도 다 잃고 죽을 고생을 하게 해달라.'라고 기도했고, 포세이돈이 그 말대로 오뒷세우스의 앞길을 막기 시작한 것이다.

알키노스 왕이 직접 이름을 묻자 오뒷세우스도 더 이상 대답을 피하지 않았다.

"알키노스 왕이여, 가인의 낭송이 참으로 훌륭하군요. 음색이 신들에 비길 만합니다. 짐작컨대 이 풍성한 향연에 참석한 모든 분들도 그의 황홀한 노랫소리에 젖어 감사와 행복을 느꼈으리라고 생각합니다. 이처럼 풍성한 음식과 아름다운 음악이라니! 그래서 이 행복한 곳에서 내 슬픔과 재난을 꺼내 놓기가 망설여집니다. 하늘의 신들께서 내게 내린 고난은 너무나 많 았거든요.

하지만 왕께서 물으시니 기꺼이 대답해 드리겠습니다. 당신이 나중에 나를 친구로 기억하실 수 있도록 이름부터 말씀드릴까요? 나는 지략이 뛰어나다고 이름난 라에르테스의 아들 오뒷세우스입니다. 네리톤 산이 중앙에 우뚝 서 있는 이타케 섬 태생이지요. 그리스 반도의 최서단 바다에 야트막하게 떠 있는 섬나라예요. 주위에는 둘리키온, 사메, 자퀸토스 등의 섬들이 붙어 있고요.

이타케는 바위가 많은 험준한 땅이지만, 젊은이들이 높은 기상을 키우기에는 좋은 땅입니다. 내가 너무 오래 고향을 그리워하다 보니 그곳을 가장 즐겁고 달콤한 땅으로만 기억하는지도 모르겠네요. 나는 오랫동안 님프 칼립소의 섬 오귀기에 섬에 붙잡혀 있었거든요. 여신이 나를 남편으로 삼으려고 해서요. 그 전에는 아이아이에 섬의 키르케 여신도 저를 붙잡았답니다. 하지만 그들도 제 향수병을 지우지 못했습니다. 아무리 타지에서 부귀영화를 누리고 있어도 내 가족, 내 고국이 너무나 그리웠으니까요.

저의 파란만장한 방랑 생활은 저 트로이아 전쟁에서 시작되었습니다. 트로이아를 떠날 때 제우스 신께서 일으킨 풍랑 때문에 나는 키코네스인의 나라 이스마로스로 흘러들어갔습니다. 그래서 그곳을 정복한 후, 재빨리 전리품들을 나눠 주며 동료들에게 출항하자고 재촉했습니다. 불길한 예감이 들었거든요. 하지만 그들은 승리와 재물에 취해서는 바닷가에서 양들과 암소들을 도살해서 구워 먹으며 진탕 술을 퍼마셨습니다. 이스마로스의 생존자가 근처의 더 큰 키코네스인 마을로 달려가서 도움을 호소했고, 그들이 엄청난 전차와 보병을 앞세워서 요란하게 몰려오고 있는 줄은 꿈에도 모르고요.

적들이 봄철에 꽃이 만개하듯 눈앞에 들이닥쳤을 때에야 정신이 번쩍 들어서 청동 창을 던지며 분전했지만 역부족이었죠. 결국 많은 사람이 죽고 날이 저물 무렵에 일부만 간신히 배에 올라서 도망쳤습니다. 조금 안전한 바닷가로 빠져나간 후에 살펴보니 각 배에서 동료들이 여섯 명씩이나 죽었더군요. 나는 전사한 전우들의 이름을 일일이 세 번씩 불러서 넋을 위로한 후에 선단을 출항시켰습니다.

하지만 제우스는 저를 돌려보낼 생각이 없으셨는지 또다시 북풍을 보내셨습니다. 무시무시한 돌풍이 우리 선단을 덮쳤습니다. 대지와 태양을 다 덮을 만큼의 구름이 대낮에 한낮의 어둠을 쏟았지요. 선단은 뱃머리가 파도에 파묻힌 채 끌려갔고, 돛은 바람의 힘으로 세 갈래 네 갈래 갈기갈기 찢어졌지요. 배가 난파되기 일보직전이었습니다. 우리는 재빨리 모든 돛을 내리고 필사적으로 노에 매달려서 배를 가까운 육지 쪽으로 저었습니다. 난파의 공포에 벌벌 떨면서 꼬박 이틀 낮 이틀 밤을 선체 바닥에 눕다시피해서 항해해야 했지요. 그래도 사흘째 되는 날 아침부터 북풍이 잦아들기에 다시 흰 돛을 올리고, 키잡이들이 능숙하게 배를 몰기 시작했습니다. 모든 것이 순조로워서 그대로라면 금세 고향 땅을 밟았을 겁니다.

하지만 또다시 북풍이 파도와 조류를 몰고 왔으니, 배는 말레아 곶(펠로

폰네소스 반도의 남쪽 끝)을 돌 무렵 또다시 퀴테라 섬 옆으로 표류하기 시작했지요. 아흐레를 표류하다가 열흘째에 고기 대신 연밥(로토스. 아편과 같은 역할을 하는 것이어서, 이것을 먹으면 환각 상태에 빠져서 멍청하게 시간을 보내게 된다.)을 먹는 로토파고이인의 땅에 상륙했습니다. 나는 뭍에 내려서 물을 싣고 점심 식사를 하게 한 후, 정찰병을 내보냈습니다. 정찰병 두 명과 전령 한 명을 보냈지요. 그런데 그들은 로토파고이인들 사이로 들어가더니, 저들이 권하는 연밥을 맛보고 취해서는 귀환이나 보고 따위는 잊고 앉아 있더군요. 나는 그들을 강제로 끌고 와서 배 갑판 위에 묶게 했고, 다른 사람들까지 현혹될까 봐 걱정이 되어서 얼른 다시 배를 잿빛 바다로 출항시켰습니다.

되도록 그곳을 벗어나려는 생각에 최대한 빨리 직선으로 항해하자 한 섬이 나왔습니다. 무법자 퀴클롭스들의 섬이었는데, 그때는 그런 사정을 몰랐지요. 오히려 불사신들이 보살펴주고 있어서 씨 뿌리지 않고 밭 갈지 않아도 무엇이든 저절로 무성한 모습에 감탄하며 다가갔지요. 밀이며 보리며 포도 등을 제우스의 빗물이 저절로 키우는 풍요로운 곳이었어요. 그러니 퀴클롭스들은 함께 무언가를 의논할 필요가 없어서, 그저 산꼭대기 동굴에서 서로에게 무관심한 채로 따로 살아가고 있었습니다.

거기서 멀지도 가깝지도 않은 근해에 포구를 끼고 숲이 우거진 비탈진 섬이 있었지요. 사냥꾼도 고생스러워서 들어가지 않을 정도로 외지고 험해서, 야생 염소가 엄청나게 많은 곳이었습니다. 퀴클롭스들이 배가 없었기에 망정이지, 아마 배가 있었다면 수시로 건너가서 황무지로 만들어 버렸을 정도로, 그들의 섬보다도 훨씬 더 윤택한 땅이더군요. 없는 것이 없게 모든 꽃과 열매가 흐드러진 곳이었어요. 잿빛 바닷가 근처의 부드러운 습지에서는 포도나무가 늘 마르지 않고 열매를 맺었고, 밭은 갈지 않아도 폭삭하고 평평해서 경작하기 좋았습니다. 또 어찌나 기름진지 철마다 보리 농작물이 넘치게 많이 나왔습니다.

포구도 배가 정박하기에 안성맞춤이어서 배를 밧줄로 비끄러매거나 닻을 던져둘 필요도 없이 살짝 해변에 밀어올려 놓으면 되었고, 그 상태로 며칠이든 순풍이 올 때까지 기다리고 있기에도 좋은 곳이었습니다. 포구 앞 가장자리에 맑은 물이 흐르는 것은 동굴 밑에서 솟는 샘물 때문인데, 그 둘레에는 백양나무가 **빽빽**이 자라고 있었습니다.

어떤 신이 안내하셨는지 우리는 한치 앞도 안 보이는 캄캄한 밤에 그곳에 배를 댈 수 있었습니다. 자욱한 안개로 달빛도 없었으니 어떤 곳인지 전혀 모르는 상태로요. 무작정 배를 뭍에 올리고 돛을 내리고 해변에 누워서 새벽을 기다렸습니다.

다음 날 아침이 되자 산과 들의 님프들이 식사거리로 염소들을 몰아주지 않겠어요? 우리는 얼른 배에서 활과 창을 가져와서 세 무리로 나누어 사냥을 했습니다. 순식간에 엄청난 사냥감을 얻었지요. 열두 척의 배에 염소가 각각 아홉 마리씩 배당되었고, 내 배에는 특별히 열 마리가 실렸습니다. 그날은 해가 저물 때까지 하루 종일 실컷 고기와 술을 먹었습니다. 술은 키코네스인 마을을 함락시켰을 때 잔뜩 빼앗은 것이었습니다.

그때 만족하고 출항을 서둘렀어야 할 걸! 우리는 배가 부르고 술기운이 오르자 앞의 섬까지 욕심을 냈던 것입니다. 왜냐하면 바다 건너서까지 그곳의 양과 염소의 울음소리가 들리고, 연기 피워 올리는 모양도 보였거든요. 그래서 이튿날 새벽 내가 아직까지도 뼈에 사무치게 후회하는 제안을 던졌던 것입니다.

'여보게, 저쪽에는 어떤 자들이 사는지 가 보세. 극악무도한 무법자들의 땅인지, 아니면 신을 경외하고 나그네에게 친절한 자들이 사는지 말이야.'

다들 포만감에 젖어 행복한 상태였기 때문에 내 말에 찬성했습니다. 우리는 각자의 배에 올라서 닻줄을 풀고 잿빛 바다로 노를 저었지요. 그 섬 코앞까지 가자, 바닷가 연안에 있는 동굴에 담장이 쳐진 것이 보였습니다. 그 안에 양이며 염소들이 바글바글했고, 땅 속 깊이 박힌 돌들과 떡갈나무 가지들이 높게 뻗어 있고 엄청나게 큰 거인이 지키고 있더군요. 퀴클롭스였습니다. 그의 모습은 곡식을 먹고 사는 인간과 전혀 달랐습니다. 마치 산봉우리 중에서도 유독 높이 치솟은 데다가 숲도 무성하게 우거진 봉우리 같았습니다.

나는 일단 가장 힘이 센 열두 명으로 정찰조를 짜서 상륙했습니다. 염소 가죽 자루에 곡식이며 달콤한 포도주를 가득 담아서 들고서요. 그것은 이스마로스를 정복할 때, 영주이자 아폴론 신전의 제사장이던 마론에게 자신과 가족들을 보호해준 대가로 받은 것이었습니다. 그때 나는 개인적인 선물도 잔뜩 받았으니 황금 7달란트, 순은 혼주병, 그리고 두 귀 달린 단지 열두 개에 포도주 원액들이었어요. 특히나 넥타르가 이렇게 달콤할까 싶게 맛있는 포도주는 그 집안 대대로 내려오는 비법으로 만든 것이라는데, 누구라도 한 번 맛보면 도저히 잔을 내려놓지 못할 맛이었지요. 이 진홍빛 달콤한 원액 한 잔에 물 스무 잔을 섞어서 마시면, 그 어디서도 맛본 적 없는 황홀하고 감미로운 술맛에 취하게 되지요. 그 술을 잔뜩 담아간 것입니다.

우리 열두 명은 곧바로 동굴로 다가갔습니다. 아무도 없더군요. 낮에는 거인이 양과 염소를 몰고 풀을 먹이러 나가는 걸 우리가 몰랐던 것이죠. 우리는 주인이 없는 틈에 동굴 속 구석구석을 수색했습니다. 치즈가 여러 개의 바구니에 수북이 담겨 있었고, 무수한 울 속에 새끼 양과 새끼 염소가 같은 종끼리 나뉘어서 꽉 들어차 있었어요. 즉 이른 봄에 난 새끼들, 여름에 난 새끼들, 그리고 갓난 생명들이 제각기 다른 울에 갇혀 있었던 겁니다. 그릇마다 생젖이 넘치도록 가득했고, 젖을 담는 나무통이나 큰 대야가 젖을 짤 때 사용하려고 튼튼하게 만들어져 있는데, 그것들도 모두 가득차 있었습니다.

동료들이 치즈를 조금만 훔쳐가자고, 새끼 염소들과 새끼 양들을 몇 마리만 꺼내서 배로 데려가자고 졸랐습니다. 그렇게 했으면 좋았을 텐데! 내가 그들의 말을 거절한 것입니다.

"주인이 직접 선물해 줄 수도 있지 않나? 그러지 말고 잠시 앉아서 그를 기다려 보세."

동료들은 내 제안대로 기다리기로 했습니다. 우리는 불을 피워서 간단히 신들께 제물을 바친 후, 치즈를 조금 집어먹으며 동굴 주인을 기다렸지요. 해가 저물기 시작하자 저 멀리서 거대한 자가 바짝 말라서 땔감으로 좋은 큰 나무를 굴려오는 모습이 보였습니다. 그런데 소리가 어찌나 크고 요란하던지 우리는 갑자기 공포에 사로잡혔습니다. 그래서 후다닥 동굴 속으로 도망쳐 들어가 숨었지요.

퀴클롭스는 동굴에 도착하더니 양들을 간수하기 시작했습니다. 암컷은 동굴 안 우리에 넣고 수컷은 밖에 남겨두었어요. 그 직후에 커다란 돌을 들어울려서 동굴 입구를 꽉 막더군요. 스물두 대의 튼튼한 네 바퀴 짐수레가 달라붙어도 땅에서 들어올리지 못할 만큼 크고 울퉁불퉁한 바위로 말입니다. 그는 양과 염소의 젖을 짠 후에 새끼들을 어미 배 밑에 갖다 놓고, 방금 짜낸 흰 젖의 절반은 치즈로 만들 작정으로 응고시키고, 나머지 절반은 저녁 식사로 남겨 두었습니다. 그 외에도 이런저런 일들을 하더니 불을 피웠습니다. 그제서야 우리를 알아챘지요.

'어? 웬 놈들이냐? 처음 보는 놈들인데. 바다를 건너왔느냐? 볼일이 있어서 왔느냐, 아니면 그저 이 바다 저 바다 다니며 노략질이나 하는 해적이냐?'

목소리가 어찌나 큰지 우리들 마음을 쾅쾅 두드려서 찌그러뜨리는 듯한 기분이었습니다. 내가 가까스로 용기를 내서 대답했지요.

'우리는 트로이아에서 이타케로 항해하다가 풍랑에 휘말려서 표류하게 된 아카이아군입니다. 일리오스를 함락한 영예로운 아트레우스의 아들 아가멤논의 신하들이지요. 자랑스러운 무사들인 우리가 이곳까지 와서 당신 무릎에 매달리는 이유는, 당신이 타국에서 온 손님을 맞는 관습으로 우리를 맞아주시기를 청하기 위해서입니다. 제우스 신께서는 탄원자나 나그네를 보호하셔서, 그들을 해하는 자들에게 벌을 내리시지요. 그런즉 부디 훌륭하신 당신도 신들을 경외하는 마음으로 우리를 환대해서 선물을 주셨으면 합니다.'

그러나 퀴클롭스에게서 돌아온 대답은 가슴 철렁한 악담이었습니다.

'이런 얼빠진 놈을 봤나! 정말 머나먼 나라에서 흘러든 게 확실하구나. 나더러 신들을 두려워하라는 둥 환대하라는 둥 지껄이는 걸 보니까 말이야, 잘 들어. 우리 퀴클롭스는 제우스 무리들에게 아무 관심도 없어! 왜냐하면 우리가 훨씬 더 강하거든. 제우스의 미움을 사지 않기 위해 너희를 돌봐달라니 어림 없는 소리! 잔소리 말고 너희들이 타고 온 배를 어디에 두었는지나 말해라.'

정신이 다 아찔해지더군요. 배가 박살나면 어떻게 고향으로 돌아가겠어요. 그래서 저는 위기를 모면하려고 재빨리 말을 지어냈습니다.

'우리의 배는 포세이돈께서 암초로 박살내셨습니다. 사나운 파도가 우리 배를 암벽으로 돌진시켰거든요. 그 무시무시한 파멸에서 정말이지 간신히 살아나왔답니다.'

그러자 거인이 벌떡 일어서더니 동료 두 명을 강아지처럼 번쩍 들어올려 땅 위에 내동댕이치는 게 아닙니까? 순식간에 그들의 뇌수가 흙을 적셨고 우리는 얼어붙어서 꼼짝할 수가 없었습니다. 그는 태연하게 그들의 손발을 토막내더니 굶주린 황야의 사자처럼 내장과 살과 뼈를 모조리 씹어먹더군요. 아, 우리는 발을 동동 구르며 제우스께 두 손 들고 비는 것 외에는 아무것도 할 수가 없었습니다. 정말 공포스러운 시간이었지요. 거인은 배가 부르자 방금 짠 양젖을 입가심으로 쭉 마시더니 동굴 속 양들 사이에 몸을 길게 뻗고 드러누웠습니다.

나는 치가 떨려서 허벅지에 숨겨두었던 날카로운 칼을 뽑아서 당장 그놈의 횡경막이 간을 떠받치고 있는 언저리를 찌르려고 했습니다. 하지만 갑자기 동굴 입구를 막은 바윗덩어리가 생각나서 멈췄습니다. 거인이 죽어버리면 우리도 그곳에 꼼짝없이 갇혀서 죽을 게 아닙니까. 그래서 이러지도 못하고 저러지도 못한 채 그저 한숨을 내쉬고 오돌오돌 떨면서 날이 밝기를 기다렸습니다.

아침이 오자 그놈이 잠에서 깼습니다. 일어나서 불을 피우고 양젖을 짜고 새끼 양을 저마다의 어미 양에게 붙여 놓더니, 또다시 두 사람을 아침 식사로 먹어치웠습니다. 그러고는 입구 바위를 툭 쳐서, 마치 화살통 뚜껑이라도 되는 듯 바위를 굴려서 입구를 열고는 가축들을 내보내더니, 자신도 따라나가서 다시 바위로 입구를 막았습니다.

그때는 정말이지 마땅한 방법이 아무것도 떠오르지 않았습니다. 어찌나 답답하고 초조하던지요. 그때 양 우리 옆에 커다란 몽둥이가 떨어져 있는 것이 눈에 들어왔습니다. 아직 푸른 기운이 감도는 올리브 나무였으니 아마도 그놈이 말려서 가지고 다니려고 베어 온 모양인데, 우리들의 큰 배 돛대에 비길 만큼 길고 굵었습니다.

그것을 보자 한 가지 묘안이 떠올랐습니다. 나는 즉시 몽둥이를 여섯 자 길이로 잘라서 동료들에게 나눠 주며 '뾰족하게 깎으라.'고 시켰습니다. 몽둥이들이 다 깎이자 활활 타는 불에 달군 후에 동굴 속에 푸지게 쌓여 있는 똥더미 밑에 감춰 두었습니다. 그것으로 퀴클롭스가 잠들었을 때 외눈을 찌를 작정이었던 것입니다. 나와 함께 외눈 공격에 가담할 동료들을 제비로 뽑았습니다. 다행히 내가 뽑고 싶었던 가장 용감한 네 명이 뽑혔습니다.

우리는 굳은 결심으로 그놈을 기다렸죠. 저녁이 되자 어김없이 폴뤼페모스가 돌아와서 양과 염소를 동굴로 몰아넣었습니다. 그런데 어제와 달리 수놈도 바깥에 남기지 않고 다 들여놓더군요. 그러더니 동굴 입구를 큰 바위로 막고, 양과 염소의 젖을 짰습니다. 모든 것이 어제와 똑같은 순서였습니다. 어미와 새끼를 붙여놓더니, 다시 우리 중 두 명으로 저녁 식사를 차리려 했습니다.

바로 그때 내가 포도주를 담은 담쟁이덩굴 무늬가 있는 보시기를 두 손으로 공손히 받쳐들고 퀴클롭스에게 바짝 다가갔다.

'퀴클롭스여, 사람 고기를 드신다면 이 포도주를 함께 드세요. 당신께 나를 불쌍히 여겨서 고향으로 보내달라고 부탁하려고 내가 조금 가져온 것인데, 정말 맛있는 술이랍니다. 바깥에는 더 많이 있지요.'

다행히 거인은 내 술을 넙죽 받아먹더니 과연 포도주 맛에 반했습니다.

'한 사발 더 따라줘. 네 이름이 뭐지? 이 포도주를 더 가져다준다면 좋은 선물을 주겠어. 우리 땅에서도 제우스의 비로 포도가 무성히 영글어서 좋은 포도주가 나는데, 네 술은 그야말로 넥타르의 맛이로구나!'

나는 얼른 포도주를 더 따라 주었습니다. 세 번이나요. 아주 진한 포도주 원액을 세 번이나 연거푸 마시니까 그 거대한 몸뚱이도 취하기 시작하더군요. 그때 내가 부드러운 목소리로 말해 주었습니다.

'퀴클롭스여, 내 이름을 알려드리면 선물을 주신다고 하셨지요? 내 이름은 **아무도아니**(우테이스)입니다. 다들 나를 **아무도아니**라고 불러요.'

'그래? 그렇다면 내 선물은, **아무도아니**를 맨 나중에 먹는 것이다!'

그는 말을 마치자마자 풀썩 쓰러지더니 두툼한 목을 비스듬히 구부리고 이내 잠들었습니다. 나는 얼른 똥더미 밑에서 뾰족한 나무토막들을 꺼내서 불에 다시 달구기 시작했습니다. 우리는 서로를 격려하며 용기를 냈죠. 생나무 올리브 나무토막들은 금세 무시무시하리만큼 새빨갛게 달아올랐습니다. 내가 그것을 불에서 꺼내 들고 퀴클롭스에게 다가가자, 다른 세 명이 양옆으로 나란히 따라왔습니다.

우리는 다 함께 몽둥이를 거인의 외눈에 콱 찔러넣었습니다. 나는 아예 위에 올라타고 앉아서 나무토막을 빙글빙글 돌렸어요. 송곳으로 나무판에 구멍을 뚫듯이. 몽둥이 둘레에 피가 흐르고, 눈알과 눈썹이 열기로 타고, 몽둥이 한끝도 지글지글 타며 불씨가 사방으로 튀었습니다.

거인이 무시무시한 고함을 질렀습니다. 주위 바위가 쩡쩡 울리도록 무서운 소리였어요. 거인은 허우적대면서 제 눈의 몽둥이를 제 손으로 뽑아서 휙 내동댕이쳤어요. 그러더니 고통에 몸부림치며 무시무시한 비명을 질렀습니다. 강풍이 부는 근처 높은 동굴 속에 사는 퀴클롭스들이 놀라서 동굴 입구로 몰려왔습니다.

'폴뤼페모스, 야밤에 대체 웬 괴성이야? 잠이 다 깼잖아. 설마 인간이라도 와서 네 염소나 양을 훔쳐간 거야? 아니면 누가 너를 때려 죽이느냐? 그럴 인간이 있겠느냐만.'

'**아무도아니야**! 날 죽이려 하는 건 **아무도아니야**!'

'뭐라고? 아무도 아니라고? 그럼 큰 병에 걸린 모양이구나. 그런 거라면 제우스가 내린 벌일 테니까 그냥 아파야지 별 수 없어. 아버지께 고통을 덜어달라고 기도나 해봐.'

나는 통쾌해서 속으로 크게 웃었습니다. 폴뤼페모스는 고통에 몸부림치며 손으로 이쪽 저쪽 더듬어 가더니 문 어귀 바위를 열더군요. 동굴 입구가 열리자 양들이 한 마리씩 밖으로 나가기 시작했습니다. 거인은 문 어귀에서 두 손을 휘저으며 밖으로 빠져나가는 가축들을 직접 하나하나 손으로 붙잡아서 확인했어요.

하지만 나도 그 정도는 예측했기 때문에 다 방법을 궁리해 두었지요. 우선 거인의 침대에 감겨 있던 덩굴끈을 빼서, 덩치가 크고 진보랏빛 거무스름한 털이 굵고 빽빽한 숫양들을 세 마리씩 조용조용히 묶었습니다. 그러고는 세 마리 중 가운데 녀석의 배에 동지들을 바싹 매달리게 했어요. 세 마리의 양이 한 사람씩 운반하는 셈이지요. 나는 전체 무리 중에서도 가장 큰 녀석의 배 밑에 매달렸습니다. 겁이 나서 몸이 벌벌 떨렸지만 끈질기게 기다렸지요.

새벽이 다가오자 암양들이 퉁퉁 분 젖 때문에 괴로워서 울기 시작했습니다. 폴뤼페모스는 여전히 동굴 입구에 앉아서 밖으로 빠져나가는 숫양들의 잔등을 일일이 손으로 만져서 확인하고 있었지요. 다행히도 동료들은 무사히 다 빠져나갔지요. 마지막으로 나만 빠져나가면 끝나는 거였어요. 그때 폴뤼페모스가 내가 매달린 숫양의 등을 쓰다듬으며 이렇게 중얼거렸어요.

'어째서 네가 맨 뒤에 나가지? 항상 맨 앞에서 성큼성큼 걷고 뛰어서 부드러운 잔디풀은 혼자 싹 먹어치우던 녀석이. 냇가까지도 제일 먼저 달려가고, 저녁에도 앞장서서 집으로 돌아오고. 그런데 지금은 완전히 딴판으로 제일 뒤처져 있다니. 너도 주인이 눈멀어 버린 것이 슬픈가 보구나. **아무도아니**가 제 동료들과 함께 날 술로 홀려 놓고 장님으로 만든 것이 말이야. 아, 네가 말할 수 있다면 **아무도아니**가 어디로 달아났는지 내게 말해줄 텐데. 그러면 내가 그놈을 죽여 그 뇌수를 이 동굴 전체에, 이쪽 저쪽 땅바닥에 흩뿌려 버렸을 텐데. 그래야 눈은 멀어버렸어도 마음이라도 **아무도아니**의 재앙으로부터 회복될 것 같은데.'

다행히 그는 숫양을 밖으로 내보냈습니다. 나는 동굴로부터 조금 떨어진 곳에 이르러서야 양으로부터 떨어져 나와서 동료들을 양에서 풀어 주었습니다. 우리는 등 뒤를 살피면서 허겁지겁 양들을 배까지 몰고 갔지요.

동지들은 우리를 보고 반색하다가, 몇 명이 사라진 것을 발견하고 통곡하기 시작했습니다. 나는 즉시 눈썹을 치뜨고 고개를 저어서 울음을 멈추게 하고, 양과 염소들부터 얼른 배로 집어 넣고 배를 바다에 띄우게 했습니다. 우리가 부리나케 노를 저어 해변에서 소리쳐야 들릴 만큼의 연해로 빠져나왔을 때, 나는 비로소 퀴클롭스에게 조롱의 말을 퍼부었습니다.

'잘 듣거라, 퀴클롭스야! 나는 네가 잡아먹을 수 있는 호락호락한 상대가 아니다! 네 집을 찾아온 손님을 잡아먹는 막돼먹은 소행에 대해서, 제우스와 신들께서 반드시 네게 큰 벌을 내릴 것이다!'

그러자 폴뤼페모스가 약이 올라서 펄펄 뛰면서 산봉우리를 잡아뜯어 던지더군요. 그것이 뱃머리 바로 앞 바다에 첨벙 떨어지자, 큰 파도가 일면서 배가 조류에 휘말려 다시 퀴클로스의 땅으로 끌려가기 시작했습니다. 우리는 모두 사색이 되었습니다. 그래서 내가 두 손에 긴 작대기를 들고 옆으로 흘러가도록 물길을 밀면서, 동료들의 노 젓는 방향을 다급하게 지시했지요. 다행히 모두들 내 명령에 따라서 열심히 저은 결과, 배는 아까의 두 배 거리만큼 바다로 나갔습니다.

거기서 내가 다시 키클롭스를 약올리려고 하니까, 동료들이 기겁하며 나를 말렸습니다.

'오뒷세우스, 대체 왜 그러시오? 왜 난폭한 자를 더 성나게 건드리시오? 그자가 바윗돌을 또 던져서 우리 배가 육지로 끌려가면 어쩌려고요? 아까는 정말이지, 여기서 죽는구나 싶었소. 이번에 던져지는 돌덩이에 맞고 배

가 부서질 수도 있소!'

하지만 나는 분한 마음을 좀처럼 삭일 수가 없었습니다. 그래서 기어이 소리쳤지요.

'어이, 퀴클롭스! 혹시 누군가 인간이 찾아와서 왜 꼴사납게 눈이 멀었느냐고 묻거든, 라에르테스의 아들이자 이타케 섬의 영주인 오뒷세우스가 그리했다고 말하거라!'

그러자 퀴클롭스가 깜짝 놀라며 소리쳤습니다.

'뭐라고? 그게 정말이냐? 옛 신탁이 진짜로 실현되다니! 옛날 이곳에 의젓하고 키가 큰 예언자, 에우뤼모스의 아들 텔레노스가 살았다. 그는 늙어 죽을 때까지 우리 퀴클롭스들에게 점을 쳐줬는데, 그가 내게 예언하기를 오뒷세우스란 자에게 눈을 잃을 것이라고 했단 말이지! 그래서 늘 키 큰 대장부가 올까 봐 조심했는데, 이런 작달막하고 볼품 없고 힘도 약한 자의 포도주 따위에 맥없이 속다니!

하지만 나는 해신 포세이돈의 아들이다. 그러니 내 아버지가 내 눈쯤은 아무렇지 않게 고쳐주실 것이다. 아무도 못 해도 그분만은 하실 수 있지.'

나는 그 말에 죽어버린 동료들이 떠오르며 울컥해서, 더 약을 올렸습니다.

'포세이돈조차 너를 치료할 수 없도록, 내가 네 목숨을 확실히 끊어서 하데스의 집으로 보내버릴 걸 그랬구나!'

그러자 폴뤼페모스가 별이 가득한 하늘에 두 손을 내밀며 포세이돈에게 빌었습니다.

'대지를 떠받치는 검은 머리의 포세이돈이여, 제 소원을 들어주십시오. 참으로 내가 당신의 아들이라면, 부디 도시의 파괴자 오뒷세우스가 고향으로 돌아가지 못하게 해주십시오. 하지만 신들이 이미 그에게 돌아갈 운명을 허락하셨다면, 하다 못해 지독한 고생을 겪고 늦게 늦게 돌아가게라도 해주십시오. 동료들도 모두 잃고 비참하게 남의 배를 얻어타고, 귀국해서도 귀찮은 일들에 휘말리게 해주소서.'

그자의 기도를 포세이돈이 들어주신 겁니다. 거인이 아까보다 훨씬 더 큰 바위를 빙빙 돌리다가 온 힘을 다해서 냅다 던지니, 바위가 배 키를 맞출 듯 아슬아슬하게 넘어가더니 배 뒤편에 떨어졌소. 또다시 거대한 파도가 일어서 배가 저쪽 해안 육지로 밀려났습니다. 다행히 우리 동료들이 남아서 기다리던 섬에 닿은 것입니다.

우리는 그곳 해변에 도착하자 얼른 배를 모래사장으로 끌어올리고, 퀴클롭스의 양과 염소들을 모두 공평하게 나누어 가졌습니다. 특별히 내가 매달렸던 숫양은 모든 것을 다스리는 제우스에게 구워 바쳤구요. 하지만 이제 보니 신께서는 이 제물을 받지 않으시고, 내 동지들의 목숨을 앗아갈 궁리를 하셨던가 봅니다.

그때는 그런 사실을 까맣게 몰랐던 우리는 밤늦게 고기와 술을 먹고 마시고 놀며 바닷가에서 잠들었다가, 새벽에 밝자 얼른 닻줄을 풀어서 항해를 시작했습니다. 마음이 즐겁기도 하고 아프기도 했는데, 죽음에서 벗어난 안도감과 잃어버린 동료들에 대한 슬픔 때문이었습니다."

제10권

마녀 키르케의 섬에 눌러앉은 사연

퀴클롭스의 섬에서 탈출한 오뒷세우스는 바람의 신 아이올로스 왕이 다스리는 아이올리에 섬에 도착한다. 다행히 아이올로스는 오뒷세우스의 귀향을 적극적으로 도와주고, 자신이 가진 모든 종류의 바람까지 가죽 주머니에 담아서 선물한다. 마침내 오뒷세우스는 이타케 섬이 건너다보이는 근해까지 도착한다. 그런데 이때 오뒷세우스가 긴장이 풀려 잠들고 부하들이 바람 주머니를 몰래 여는 바람에, 그들의 배는 순식간에 아이올리에 섬으로 되돌아가고 만다. 그러자 아이올로스는 오뒷세우스가 신의 저주를 받았다고 여기고 두 번째의 도움을 거절한다. 엎친 데 덮친 격으로 오뒷세우스는 바다로 내쫓기자마자 텔레퓔로스 섬의 기간테스들에게 공격을 받아서 12척을 잃고 단 1척, 46명만 살아남는다. 허겁지겁 다시 도착한 곳이 키르케 여신이 사는 아이아이에 섬이었다. 키르케는 마법으로 사람들을 돼지로 바꾸곤 했는데, 오뒷세우스 일행은 헤르메스의 도움으로 위기를 모면한다. 하지만 키르케에게 홀려서 1년을 허송세월한다. 오뒷세우스가 마침내 정신을 차리고 귀국하겠다고 하자, 키르케는 저승에 내려가서 테베의 눈먼 예언자 테이레시아스의 신탁을 받아오라고 말한다.

오뒷세우스의 파란만장한 모험 이야기는 계속 이어졌다.

"우리는 구사일생으로 퀴클롭스의 섬을 떠난 후, 힙포테스의 아들 아이올로스가 사는 외딴 섬 아이올리에에 이르렀습니다. 바다 한가운데 떠 있는 절해고도이지요. 주위로 빈틈없이 청동 성벽이 빙 둘러싸고, 그 밑에는 붙잡을 곳이라고는 없이 매끈한 암벽이 솟아 있었어요.

아이올로스 왕은 아들 여섯, 딸 여섯이 모두 함께 모여 살면서 가족끼리 항상 향연을 즐기며 지내고 있었습니다. 그래서 궁전은 항상 고기 굽는 연기가 자욱했고, 잔치 음식들이 쌓여 있었고, 안마당은 즐거운 웃음으로 떠들썩했지요.

우리는 그곳에서 꼬박 한 달을 머물며 극진한 대접을 받았습니다. 아이올로스는 우리가 들려주는 일리오스 이야기, 아르고의 배들 이야기, 아카이아인들의 귀국 이야기 등을 흥미로워하면서 귀국 여행 준비를 흔쾌히 맡아주었습니다.

드디어 출항하게 되는 날, 한껏 들뜬 내게 아이올로스가 가죽 자루를 하나 내밀었습니다. 아홉 살배기 암소의 가죽을 벗겨 만든 것인데, 제우스의 바람지기답게 그 안에 온갖 휘몰아치는 바람들을 넣어준 것이었습니다. 자루의 주둥이는 혹여 바람이 새어나와서 휘몰아치지 않도록 은끈으로 단단히 묶여 있었습니다.

우리의 배는 부드러운 서풍을 안고 출항해서, 아흐레 밤낮을 순조롭게 항해했습니다. 드디어 열흘째가 되자 저 멀리 고국땅이 보이더군요. 아, 그때의 감동을 어떻게 표현할 수 있을까요. 항해 내내 한시도 마음을 못 놓고 항로 결정부터 노젓기 박자까지 일일이 다 간섭하고 감독했던 마음이 일순간 풀리더군요.

그러자 나도 모르게 잠에 빠져들었습니다. 내가 잠든 모습을 보자 노를 젓던 선원들이 자기들끼리 쑥덕거리기 시작했습니다.

'오뒷세우스는 어느 도시 어느 나라에 가건 누구에게나 존경받고 사랑받는구나! 듣기로는 트로이아에서도 보물을 꽤 많이 얻었다는데, 똑같은 여행을 한 우리의 손에는 아무것도 없고. 그런데 그는 아이올로스에게까지 선물 보따리를 받았어. 대체 얼마나 귀한 금은보화로 가득 채웠으면 한 번도 열고 보여주지를 않을까? 여보게들, 우리 잠깐만 자루를 열고 구경해 보세.'

그들은 쑥덕공론을 벌이다가 기어이 가죽 주머니의 끈을 풀었습니다. 그 순간 온갖 방향의 바람이 한꺼번에 쏟아져 나왔습니다. 그 어마어마한 힘에 우리 배는 이타케 앞바다에서 단숨에 열흘 전에 출발했던 아이올리에 섬 근해까지 날려갔습니다.

소란함에 잠에서 깬 나는 사태를 알고서 망연자실했지요. 너무 허무해서 그냥 그대로 바닷속에 빠져 죽어버릴까 싶을 정도였습니다. 간신히 마음은 추스렸지만 머리를 싸매고 배 밑에 내려가 누워버렸습니다. 동료들도 신음했어요.

배는 기어이 아이올리에 섬까지 되밀려 갔습니다. 우리는 다시 그 땅에 내렸고, 물을 길어다가 배 곁에서 식사를 했습니다. 식사를 마친 후 나는 동료 한 명과 함께 다시 아이올로스 궁전으로 갔습니다. 왕은 왕비와 자녀들과 함께 식사를 하다가 대문간에 나타난 우리를 발견하고 깜짝 놀라서 소리쳤지요.

'오뒷세우스여, 이게 대체 어찌된 일이오? 악령이 당신을 덮치지 않고서야, 내가 그토록 모든 준비를 다 해서 보내 주었는데도 희망하는 곳에 닿지

를 못하고 돌아왔소?'

나는 비통한 마음을 누르고 설명했습니다.

'나를 불행에 빠뜨린 건 괘씸한 나의 동료들과 심술궂은 잠입니다. 왕이여, 저를 한 번만 더 도와주십시오. 그만한 힘을 가지고 계시니까요.'

그러나 그들은 아무 대답도 하지 않았습니다. 잠시 후 날아온 건 아이올로스의 호통이었지요.

'이 섬에서 썩 물러가시오. 생명이 붙은 것들 중에서 가장 괘씸한 자여! 나는 축복받은 신들께 미움을 받는 사내를 돌봐 줄 의무가 없소. 썩 나가!'

우리는 그렇게 쫓겨났습니다. 더 없이 무거운 마음을 안고 배를 띄울 수밖에 없었지요. 그나마도 이번에는 바람 한 점 불지 않아서, 동료들은 모두 노젓기로 기진맥진해져 버렸습니다.

힘겹게 엿새를 항해한 후 이레째에, 우리는 라모스 왕이 건설한 라이스트뤼고네스 족의 마을 텔레퓔로스에 도착했습니다. 그곳은 가축을 몰고 나가는 목자와, 가축을 몰고 들어오는 목자가 서로 인사하는 곳이었습니다. 잠 없는 사람은 한 번은 양을, 한 번은 소를 쳐서 돈을 두 배로 벌 수 있었지요. 그만큼 밤의 길과 낮의 길이 가깝기 때문이었지요.

우리는 텔레퓔로스에서 유명한 항구로 들어갔는데, 좌우가 가파른 암벽이어서 낭떠러지처럼 되어 있고, 포구의 통로는 양쪽에서 곶이 돌출되어서 매우 좁았습니다. 동료들은 배를 포구 깊숙이 매었습니다. 그곳이 파도가 없어서 아주 잔잔하고 평온했기 때문입니다.

하지만 나는 어쩐지 꺼림칙한 마음에 내 배를 포구 바깥에 세우고 굵은 밧줄로 맸습니다. 그러고는 근처 언덕으로 올라가서 주위를 살펴보았지요.

소와 사람이 경작한 밭이 전혀 없고 멀리서 한 줄기 연기가 피어오르는 것만 보였습니다. 나는 대체 어떤 이들이 어떤 빵을 먹으며 살고 있는지 살펴보고 오도록 정찰대를 세 명 내보냈습니다.

정찰대는 길을 나서서 곧 잘 닦여진 길로 들어섰는데, 숲의 나무들을 도시로 실어나르는 수레들이 오가는 길이었습니다. 그들은 마을 앞에서 물 긷는 처녀를 만났는데, 그녀는 라이스트뤼고네스 족의 왕 안티파테스의 딸이었습니다. 동료들은 그런 줄 전혀 몰랐기 때문에 처녀에게 다가가서 이곳 왕이 어떤 분이신지 물었습니다. 처녀는 아버님의 궁전을 가리키며 궁전으로 데려갔습니다.

그런데 그곳에서 왕비를 왕현하고 다들 깜짝 놀랐습니다. 덩치가 얼마나 큰지 산봉우리만 했거든요. 그들의 반응에 화가 난 왕비는 급히 회의장에 있는 남편을 불렀고, 순식간에 안티파테스가 나타나서 그들 중 한 명을 다짜고짜 붙잡아서 식탁에 올렸습니다. 다른 두 명은 허둥지둥 도망쳐 왔지요.

그러자 안티파테스 왕이 전 마을 사람들을 소집해서 쫓아왔습니다. 기간테스(gigantes. 올림포스 천궁의 신들보다 훨씬 덩치가 큰 신들)들이 수를 헤아릴 수 없이 많이 모여서 항구로 나오더니, 배를 향해 집채만 한 바위들을 마구 집어던졌습니다. 삽시간에 배들이 부서졌고, 선원들이 맞아 죽는 비명 소리가 포구를 가득 채웠습니다. 기간테스들은 죽은 동료들을 물고기처럼 작살로 찔러서 식사거리로 가져가더군요.

나는 멀리서 그 모습을 목격하고 혼비백산해서 검으로 배를 묶은 밧줄을 끊고 노 젓기를 재촉했습니다. 그래서 내 배는 가까스로 재앙을 피하고 빠져나왔지만, 다른 배들은 포구에서 그대로 궤멸하고 말았습니다.

우리는 슬픈 와중에도 계속 도망가서 아이아이에 섬이라는 곳에 도착했습니다. 그곳은 파멸을 꾀하는 아이에테스와 자매이자, 태양신 헬리오스와 오케아노스의 딸 페르세의 딸인, 인간의 음성을 지닌 키르케 여신의 섬이었습니다. 우리는 간신히 그곳 포구에 배를 댄 후에, 이틀 밤낮을 누워서 앓았습니다.

나는 사흘째 아침에 억지로 몸을 일으켜서 인간의 흔적을 찾아보려고 밖으로 나왔습니다. 높은 언덕에 올라가서 살펴보니, 넓은 길이 이어진 저 너머에서 연기가 피어오르고 있었습니다. 나는 동료들을 연이어 잃은 뒤라서 고심했지만, 그래도 정찰을 내보내는 수밖에 방법이 없었습니다. 그래서 마음을 정하고 부지런히 배로 돌아가는데, 나를 가엾게 여기신 어떤 신께서 뿔이 우뚝한 큰 사슴을 한 마리 보내 주셨습니다. 사슴은 숲 속 초지에서 놀다가 뙤약볕에 지쳐서 강으로 물을 마시러 내려오고 있었지요. 나는 녀석의 잔등 한복판 척추를 겨냥해서 창을 던졌습니다. 사슴은 외마디 비명을 지르고 흙먼지 속에 쓰러져 숨이 끊어졌습니다. 나는 사슴 몸통에 한 발을 올리고 창을 뽑은 후, 가지들과 버들가지로 여섯 자 가량의 길이로 줄을 단단히 꼬아서 짐승의 네 다리를 묶었습니다. 어깨에 둘러메고도 창을 지팡이 삼아 걸어야만 옮길 수 있는 커다란 녀석이었습니다. 나는 배 앞에 도착하자마자 짐승을 내동댕이치며, 동지들의 사기를 북돋웠습니다.

'여보게들, 우리는 아직 저승에 갈 운명이 아니라네. 아직도 우리에게는 빠른 배와 마실 것과, 또 이렇게 먹을 것이 있지 않은가.'

그때까지도 옷을 뒤집어쓰고 힘없이 누워 있던 동료들이 사슴을 보더니 깜짝 놀라서 일어났습니다. 곧 다들 즐겁게 요리를 시작했지요. 밤늦도록 달콤한 술과 함께 사슴 고기를 배터지게 먹으니 원기가 회복되더군요. 우리는 그대로 바닷가에 쓰러져 잠들었다가 새벽에 깼습니다.

그때 내가 동료들에게 이렇게 말했지요.

'여보게들, 대체 어디가 서쪽이고 어디가 동쪽인지 알 수가 없네. 그러니 이렇게 해보세. 아까 언덕에 올라가서 주위를 빙 둘러보니, 주위는 바다로 둘러싸여 있는데 섬 한가운데에서 빽빽한 나무 숲 너머로 연기가 하나 피어오르더란 말이야.'

내 말에 모두들 가슴이 메어지는지 눈물을 뚝뚝 흘렸습니다. 거인 퀴클롭스며 아이올리에의 아이올로스 왕이며 라이스트뤼고네스의 안티파테스 왕이 떠올랐기 때문입니다. 그러나 운다고 해결될 일이 아니었지요. 그래서 나는 동료들을 두 무리로 나눠서, 한쪽은 내가 지휘하고 다른 쪽은 에우륄로코스가 인솔하게 했습니다. 그러고는 제비뽑기로 정찰대를 뽑았습니다. 그 결과 에우륄로코스와 스물두 명이 떠나고, 나와 다른 스물두 명의 동지들이 비통한 마음으로 뒤에 남았습니다.

그들은 한참을 걷다가 계곡 사이 전망 좋은 숲 속에서 잘 깎은 돌로 만든 키르케의 성을 발견했지요. 특이한 점은 주변에 야생의 늑대와 사자가 많았는데, 키르케가 약초를 먹여서 마법을 걸어 놓았기 때문에 맹수이면서도 꼭 애완견처럼 꼬리를 흔들며 재롱을 피웠습니다.

하지만 동료들은 그들의 억센 발톱만 보고 공포에 질려 궁전 대문간으로 몰려갔습니다. 그때 키르케의 고운 노랫소리가 들렸습니다. 베틀 앞에 앉아서 고운 베를 짜면서 부르는 노래였지요. 가장 용맹한 무사라서 나도 특별히 총애하고 아끼는 폴리테스가 말했습니다.

'베틀 앞을 왔다갔다하며 고운 노래를 부르는 이가 여인인지 여신인지 알아봅시다.'

다들 동의하고 큰소리를 쳤지요. 그녀가 이내 나와서 빛나는 쌍여닫이문을 밀어서 열더니 그들을 안으로 들였습니다. 다들 아무 생각 없이 들어가는데, 에우륄로코스만은 수상한 기운에 슬쩍 뒤로 빠졌지요. 키르케는 스물 두 명을 궁전 안으로 데리고 들어가서 편안한 의자들에 앉히더니, 치즈와 보릿가루와 벌꿀과 프람네 산에서 난 포도주를 대접했습니다.

그런데 그 음식들은 키르케가 마법의 약을 탄 것들이었습니다. 고향 생각을 싹 잊게 하는 것이었지요. 키르케는 동료들이 음식을 다 먹자, 그들을 지팡이로 툭툭 쳤습니다. 그들은 정신은 그대로인 채로 돼지의 얼굴과 몸집과 털과 음성으로 변했습니다. 키르케는 그들을 돼지우리에 가두고, 도토리며 층층나무 열매 따위를 먹이로 던져 주었습니다. 흙 위에서 뒹구는 돼지들의 먹이를 말이지요.

한편 에우륄로코스는 전속력으로 배를 향해 달려왔습니다. 동료들의 어처구니없는 변고에 놀라서 말문이 꽉 막혀 있었지만, 두 눈에서 눈물을 하염없이 흘리고 있었습니다. 우리는 그 눈물을 수상히 여겨서 따져 묻고 상황을 깨달았습니다. 나는 즉각 어깨에 청동 칼과 활과 화살을 메고, 에우륄로코스에게 길을 안내하라고 명령했지요. 그런데 그는 두 손으로 내 무릎에 매달려 이렇게 간청했습니다.

'저는 안 가겠습니다. 제게 가자고 강요하지 마세요. 당신도 나처럼 직감하고 있지 않습니까? 가면 동료들을 구하기는 커녕 당신까지도 못 돌아올

거라는 걸. 차라리 남은 우리들이라도 채비를 갖추고 빨리 달아납시다. 아직 재앙을 면할 수 있을지도 모르니까요.'

'에우륄로코스여, 정 그렇다면 자네는 여기 남아 있게. 음식과 포도주를 들면서. 하지만 나는 가보겠네. 안 갈 수가 없어.'

나는 그대로 섬 중앙으로 향했습니다. 그런데 내가 신성한 계곡들을 지나서 마법사 키르케의 궁에 막 닿으려는데, 저쪽에서 황금 지팡이를 짚은 헤르메스 신이 다가왔습니다. 이제 갓 수염이 나기 시작하는 한창때 젊은 이의 모습으로요. 그가 내 손을 꽉 잡고 이름을 불렀습니다.

'오뒷세우스! 어허, 이 불운한 자여! 이 언덕길을 홀로 올라서 또 어디를 바삐 가는가? 이곳 지리도 모르면서. 자네 부하들은 키르케의 성에 돼지가 되어 갇혀 있네. 옳거니, 그들을 구출하러 가는군. 하지만 가면 반드시 자네까지 붙잡히네. 자, 내 이야기대로 하게. 이 약초를 가지고 가서 키르케가 내주는 음식들에 몰래 섞게. 키르케는 음식에 마법약을 타는데, 이 약초가 그걸 막아줄 거야. 또 키르케가 긴 지팡이로 툭툭 치거든, 재빨리 허리춤에서 칼을 빼들고 덤벼들게. 죽일 듯이 무섭게. 그러면 그녀는 겁을 먹고 침대로 데려갈 걸세. 그러면 자네를 향한 어떤 흉계도 꾀하지 않을 것을 먼저 맹세하라고 하게. 벌거벗어서 몸에서 무기가 없을 때 비겁하게 공격할 생각을 품지 말라고.'

헤르메스께서는 땅에서 약초를 뽑아서 건네주었습니다. 그것은 뿌리가 검고 꽃이 흰 풀로, 신들은 몰뤼라고 부르는 것이었습니다. 그러고 나서 헤르메스 신은 올림포스 천궁을 향해 날아올랐습니다.

나는 키르케의 성으로 향했지요. 하지만 가는 내내 마음이 이 생각 저 생각으로 어지러웠습니다. 성의 대문에 당도해서 큰소리로 외치자, 여신이 빛나는 문을 열고 나를 안으로 안내했습니다. 나는 여전히 번민하며 뒤를 따라갔는데, 그녀는 나를 은장식 안락의자에 앉히고 황금 술잔에 혼합액을 따라주었습니다. 그 속에 못된 약을 넣었겠지요. 나는 그것을 마셨지만 마법에 걸리지 않았습니다. 그 사실을 모르는 키르케가 나를 지팡이로 마구 치며 말했습니다.

'자, 이제 돼지우리로 가서 친구들과 함께 자거라.'

그때 나는 날카로운 칼을 빼들고 키르케를 향해 펄쩍 덤벼들었습니다. 키르케가 비명을 지르며 내 무릎에 매달렸습니다. 눈에서는 눈물이 흐르고 목소리가 떨려나오더군요.

'대체 당신은 누구이신가요? 나의 마법초를 마시고도 마법에 걸리지 않다니. 가만, 당신이 바로 오뒷세우스로군요! 황금 지팡이를 가진 아르고스의 살해자(헤르메스)가 조만간 당신이 올 거라고 늘 말했지요. 트로이아로부터 귀국하는 도중에 들를 거라고요. 자, 그 칼은 어서 칼집에 도로 넣으세요. 제가 당신께 사랑과 잠 속에서 서로 믿는 법을 알려 드리지요.'

그녀는 과연 나를 침대로 이끌었습니다. 그래서 내가 이렇게 대답했지요.

'키르케여, 내 친구들을 돼지로 만들어 놓은 당신을 어떻게 믿을 수가 있겠소? 침실로 가자니, 내가 무기를 다 풀면 흉계를 꾸미려는 것이 아니요? 천만의 말씀, 나는 결코 당신 침대에 오르지 않을 겁니다. 당신이 나를 향해서 더 이상 흉계를 꾸미지 않는다는 맹세를 해주기 전에는요.'

여신은 곧바로 내가 요구한 맹세를 했습니다. 나는 키르케의 침상에 들었지요.

그동안 궁전 안에서는 시녀 넷이 바쁘게 일하고 있었습니다. 그들은 샘물과 원시림과 강에서 태어난 요정들이었지요. 한 명은 안락의자 위에 자줏빛 깔개를 펴고 그 밑에 삼베를 깔았습니다. 다른 여자는 의자 앞에 은으로 만든 네발 탁자를 펴고 황금 바구니를 올려놓았고요. 세 번째 여자는 은혼주병에 사람의 마음을 녹이는 달콤한 술과 황금 술잔을 내왔지요. 거기에 네 번째 여자가 커다란 세발솥 밑에 불을 활활 피우고 물을 부어서 데우기 시작했습니다. 나는 그 물에 기분 좋은 목욕을 했습니다. 나의 팔다리에서 진한 피로가 말끔히 씻겨 내려갔습니다.

목욕을 끝내고 올리브유까지 다 바른 후, 그녀가 내준 아름다운 옷을 입고 은장식의 안락의자에 앉았습니다. 시녀가 황금 주전자에 세수물을 담아와서 은 대야에 붓고, 옆에 반들반들 닦은 탁자를 폈습니다. 우두머리 시녀가 그 위에 갖가지 음식을 내왔지요. 그들이 내게 식사를 권하는데, 나는 아무래도 마음이 내키지 않아서 다른 일을 생각하며 앉아 있었습니다. 내가 먹을 것에 손도 대지 않고 가만히 생각에 잠겨 있자, 키르케가 다가와서 정색을 하고 말하더군요.

'오뒷세우스여, 어째서 벙어리처럼 앉아만 계시나요? 마음이 괴로운 듯 음식물에 전혀 손도 대지 않으시네요. 아무 걱정 마세요. 당신께는 아무런 흉계도 꾸미지 않기로 이미 굳게 맹세했잖아요.'

'키르케여, 마음이 올바른 자라면 어찌 친구들이 자유의 몸이 되지 못했는데 음식이 목으로 넘어가겠소. 그대가 진심으로 내가 먹고 마시기를 바란다면, 부디 그들을 자유롭게 해주시오. 내 눈으로 볼 수 있도록 바로 지금 이 자리에서.'

그러자 키르케는 지팡이를 들고 나가서 돼지우리 문을 밀어젖히고는 아홉 살배기 수퇘지들을 밖으로 내몰았습니다. 그들이 서로 마주 보고 서 있는 사이로 키르케가 돌아다니며 약초를 바르자, 그 몸에서 털들이 말끔히 빠지더니 전보다도 더 젊고 준수한 남자들로 다시 태어났습니다. 동료들은 나를 알아보고 반가이 내 손에 매달려 울고불고 했습니다. 궁전이 떠나갈 듯 요란한 울음소리가 키르케의 마음에도 연민을 불러일으켰는지, 키르케가 내게 다가와 이렇게 말했습니다.

'라에르테스의 아들 오뒷세우스여, 지금 배를 뭍으로 끌어올리고, 소지품과 선구들을 동굴 속에 넣은 후, 다들 함께 이곳으로 돌아오시지요.'

나의 모험심 많은 마음은 그 말에 동의했습니다. 그래서 얼른 배로 돌아갔더니, 스물세 명의 동료들이 눈물이 글썽해서 서로 슬퍼하고 있다가 내 주위로 우르르 몰려들었습니다. 마치 시골 목장에서 송아지들이 어미소가 돌아오자 기뻐서 울며 달려가는 것처럼.

'오뒷세우스, 당신이 돌아오니 고향 이타케에 도착한 것만큼이나 기쁘오. 다른 친구들은 어찌되었소?'

나는 다정한 말투로 대답했지요.

'다 잘되었네. 그러니 다들 지금 배를 육지로 끌어올리게. 소지품과 선구까지 동굴에 다 넣고, 나를 따라나서게. 지금 다들 키르케의 궁전에서 먹고 마시며 우리를 기다리고 있다네. 음식들이 얼마나 맛있는지 몰라.'

내 말에 다들 즐거워하는데, 에우륄로코스만은 반대했습니다.

'불쌍한 자들아, 어디로 가겠다고? 어째서 자네들은 재앙 속으로 자청해서 걸어 들어가려 하지? 키르케가 한 사람도 빠뜨리지 않고 돼지나 늑대나 사자로 만들어 버릴 텐데, 그렇게 변해서 기꺼이 그녀의 성을 지키겠는가? 퀴클롭스 때를 잊었는가, 무모한 오뒷세우스 때문에 죽었던 친구들을?'

그자의 말에 나는 분노가 솟구쳤습니다. 아까운 부하이지만 그만 칼로 머리를 쳐버릴까 고민할 정도로요. 그러나 다른 동지들이 부드러운 말로 나를 회유했습니다.

'오뒷세우스, 에우륄로코스에게 그냥 배를 지키게 하면 되지 않겠나. 그러면 지금 당장 당신의 길안내로 우리는 키르케의 성에 갈 수 있겠어.'

나는 그 말을 따랐습니다. 우리는 섬 안쪽을 향해 나섰습니다. 결국 에우륄로코스도 따라왔는데, 내가 너무 화를 내니까 벌을 받을까 봐 겁이 났겠지요.

그동안 궁전 안 친구들을 키르케에게 받은 새 옷으로 갈아입고 있었습니다. 그러다가 우리가 도착하자 모두들 얼싸안고 대성통곡을 했습니다. 키르케가 내게 말했습니다.

'이제는 더 이상 울고불고할 일이 없을 거예요. 물고기 가득한 바다에서 당신들이 얼마나 고난을 겪었는지, 또 뭍에서 성질이 고약한 자들을 만나 얼마나 끔찍한 고생을 했는지 나도 잘 알고 있답니다. 그러니 어서 요리와 포도주를 즐기세요. 여러분이 처음 고향 이타케 섬을 출발했을 때처럼 다시 한번 가슴속에 기운이 솟구칠 때까지 말이에요. 지금 당신네들은 딱하게도 늘 고달픈 유랑만을 걱정하느라 전혀 명랑한 기분을 갖지 못하고 지쳐 있네요.'

나는 키르케의 설득에 넘어갔습니다. 그래서 고기와 술과 향연으로 꼬박 1년이나 허송세월을 했지요. 계절이 한 바퀴를 돌자 몇몇 친구들이 나를 불러낼 정도로요.

'자네는 고향을 까맣게 잊었는가? 신탁에 의하면 당신은 무사히 몸을 보존하고, 훌륭하게 지어진 성과 고국으로 돌아갈 수 있는 운명이었네. 안 그런가?'

정신이 번쩍 들더군요. 그래서 그날 밤, 여느 때처럼 하루 종일 날이 저물 때까지 들어앉아 많은 고기와 맛있는 술로 향연을 즐기다가 깜깜한 밤이 되었을 때 키르케에게 말했습니다.

'키르케여, 전에 내게 맹세한 약속을 지켜주시오. 고향으로 보내준다던 약속 말이요. 이제 그만 고향에 돌아가고 싶소. 다른 동료들도 마찬가지고요. 그들은 당신이 자리를 뜨기만 하면 내 주위에 몰려들어서 울고불고하며 통사정을 해댄다오.'

'오뒷세우스여, 억지로 이곳에 머무를 필요는 없습니다. 하지만 정 귀향하고 싶거든 다른 여행부터 마치고 오셔야 해요. 바로 하데스와 페르세포네의 궁전으로 내려가서 테베 사람 장님 예언자인 테이레시아스의 혼령에게 신탁을 받아오는 일입니다. 다른 혼백들은 그저 그림자처럼 날아다닐 뿐이지만, 페르세포네가 그에게만은 죽어서도 여전한 예언력을 허락했거든요.'

저승에 다녀오라니요. 나는 맥이 풀려서 울음이 터졌습니다. 더 살아갈 힘이 하나도 남아 있지 않았습니다. 하지만 한참을 뒹굴며 슬퍼하고 나니 다시 용기가 생기더군요.

'키르케여, 하데스의 집까지는 어떻게 가야 합니까? 배로 가면 됩니까?'

'저승에 가시려면 바다에 배를 띄우고 돛대를 세우고 흰 돛을 단 후, 그냥 가만히 앉아 있으면 됩니다. 그러면 북풍의 입김이 배를 오케아노스(큰 바다) 여기저기로 몰고 다니다가, 풀이 무성한 페르세포네 원시림으로 데려다줄 거니까요. 그곳을 더 지나가면 스틱스(증오) 강의 지류인 플레게톤 (불) 강과 코키토스(시름) 강이 나오는데, 바위 낭떠러지에서 아케론(비통) 강으로 떨어져서 합쳐지지요.

그대는 그곳에 내려서 가로 세로 한 발자국쯤의 크기로 구멍을 파고, 혼백들을 위해 헌주하세요. 꿀우유, 포도주, 물, 흰 보릿가루 순서로 부은 후 혼백들에게 간절히 애원하세요. 이타케에 돌아가면 새끼를 낳지 않은 암소 중 가장 훌륭한 것을 제물로 바칠 것인데, 장작을 모조리 보물들로 장식해서 태우고, 테이레시아스에게는 특별히 가장 좋은 새까만 수놈을 바치겠다고요. 혼백들에게 맹세와 기도를 마치고 나면, 숫양 한 마리와 검은 암양 한 마리를 그 자리에서 목을 비틀어서 제물로 바치세요. 그것들의 머리는 에레보스를 향해야 합니다(혼령들에게 바쳐지는 제물이므로 머리를 아래 방향으로 한다는 뜻).

그때 혼백들이 갑자기 우르르 몰려들 거예요. 하지만 당신은 그때를 놓치지 말고 청동 검에 목이 잘린 양들의 가죽을 벗겨 완전히 태우면서, 동료들에게 하데스 왕과 페르세포네 왕비에게 기도하라고 시키고, 당신은 검을 빼들고 테이레시아스가 올 때까지 혼백들이 피를 마시지 못하게 막아야 해요. 그제서야 예언가가 다가와서 말해줄 겁니다. 당신의 남은 여정과 귀향에 대해서.'

얼마 뒤 황금 의자에 앉은 새벽의 여신이 오자, 키르케는 내게 옷을 입혀주고 스스로는 얇고 아름다운 은빛 천을 걸치고 허리에 금띠를 두르고 머리에 베일을 썼습니다. 나는 궁을 가로질러서 동지들에게 다가가 한 사람 한 사람을 격려했습니다.

'우리가 한가하게 코 골며 단잠을 잘 때가 아니라네. 자, 그만 떠나세.'

그들은 모두 용자답게 내 말을 따랐습니다. 하지만 몇몇은 안타깝게도 낙오되고 말았습니다. 가장 젊은 엘페노르라는 자는 전투에서도 몸을 사리고 어리석더니, 이때도 다른 동료들과 함께 술을 잔뜩 마시고 시원한 곳을 찾아서 키르케 궁전 지붕 위에 올라가 잠드는 바람에, 우리가 출발한다고 소리치는 소리에 잠이 깨서는 지붕이라는 것을 잊고 그대로 뛰어내리다가 땅으로 떨어졌거든요. 그는 목뼈가 부러져서 즉사했습니다.

나는 궁전을 나와서 바닷가로 향하는 길 위에서야 부하들에게 사실대로 말했습니다.

'자네들은 지금 우리가 고향으로 간다고 생각하겠지. 하지만 그보다 먼저 들러야 할 곳이 있네. 하데스와 페르세포네의 궁으로 내려가서 테베 사람 테이레시아스의 예언을 듣고 와야 한다네.'

그러자 그들은 모두들 제자리에 풀썩 주저앉으며 머리털을 쥐어뜯었습니다. 누군들 안 그렇겠습니까. 그러나 아무리 울고불고한들 무슨 소용이 있겠습니까. 땅이 꺼져라 한숨을 내쉬며 바닷가까지 가자, 벌써 키르케가 배 옆에 검은 새끼 암양을 묶어두고 기다리고 있었습니다."

제11권

예언자 테이레시아스를 만나러
저승까지 내려간 사연

❧❧❧

오뒷세우스의 귀향에 대한 의지는 시간이 지날수록 강해졌다. 그래서 그는 목숨을 걸고 저승까지 내려간다. 저승에 있는 테베 장님 예언자 테이레시아스만이 안전한 귀향의 방법을 알고 있기 때문이었다. 저승은 세계의 끝인 오케아노스 근처의 강물을 타고 들어가는 길에 있었다. 오뒷세우스는 키르케가 알려준 대로 제물을 바치고 피 냄새를 풍기며 기다린다. 피 냄새를 맡은 온갖 망자들의 혼백이 우르르 몰려들어서 아우성치기 시작하자, 머리끝이 쭈뼛 서도록 공포를 느낀다. 하지만 꾹 참고 버티자 마침내 테이레시아스가 다가와서 이타케에 돌아갈 방법을 알려준다. 바로 헬레오스의 가축을 절대로 잡아먹지 말라는 것! 오뒷세우스가 저승 이야기까지 해주며 이야기를 끝내려 하자, 알키노스 왕과 아레테 왕비는 더 많은 선물을 약속하며 하루만 더 머물며 이야기를 해달라고 조른다. 이에 오뒷세우스는 희랍 최고 스캔들의 주인공인 아가멤논, 트로이아 전쟁의 불운아 아킬레우스, 제우스의 아들 헤라클레스를 본 이야기를 해주고, 무한지옥 타르타로스에서 고생하는 시쉬포스 등의 상황도 알려준다.

지혜로운 오뒷세우스의 이야기는 누구도 예상 못한 고난의 여정으로 치닫기 시작했다. 신들이 내린 재앙이 어찌나 컸던지, 그는 꿈에 그리던 고국에 가기 위해서 자신과 부하들의 목숨을 모두 걸고 저승까지 가서 방법을 알아와야만 했던 것이다.

"우리는 배를 빛나는 바다로 끌어내리고, 돛대와 돛을 실었습니다. 제물로 바쳐야 할 양과 염소까지 싣고 괴로움의 눈물을 뚝뚝 흘리며 승선했지요. 우리는 용총줄을 일일이 배 안에 정비하고서 각자 제자리에 앉았습니다. 키르케가 뱃머리 뒤쪽에서 순풍을 돛에 잔뜩 보내 주니, 키잡이가 키로 배를 조정하듯 바람이 팽팽한 돛을 통해서 정확하게 바닷길을 가르며 하루 종일 바다를 달렸지요.

어둠이 지기 시작할 때, 배는 세상 끝인 오케아노스(Oceanos. 큰바다의 신 혹은 큰바다. 서양에서는 지브롤터 해협을 지나서 대서양으로 나가는 길목 부근이 세상의 끝이라고 생각했다.)에 도착했습니다. 킴메리오이인의 도시가 있는 그곳은 늘 안개와 구름에 덮여 있어서, 태양신 헬리오스조차 그들을 꿰뚫어 내려다본 적이 없다더군요. 우리는 그곳에 배를 대고 양들을 끌어낸 뒤, 키르케가 알려준 지점까지 걸었습니다.

그곳에서 페리메데스와 에우륄로코스가 제물들을 붙잡고, 내가 단도로 길이 넓이 한 발 정도의 구덩이를 파고 그 주위에 헌주했습니다. 꿀우유, 포도주, 물, 흰 보릿가루 순서로 뿌리며 혼백들에게 간절히 기도했지요. 이타케로 돌아가면 새끼를 낳지 않은 암소 중에서도 가장 훌륭한 놈을 제물로 바치고, 장작을 보물로 장식해서 태우겠다고요. 또 테이레시아스에게는 가장 훌륭한 흑색 숫양을 바치겠다고요.

기도를 마친 후에 구덩이 위에서 양들의 목을 베니, 거무스름한 피가 떨어진 곳에 혼백들이 몰려들기 시작했습니다. 그런데 새색시며, 총각이며,

박복하게 고생만 하다 죽은 노인이며, 착하디착한 처녀로서 슬픔을 가슴에 품은 아가씨며, 전쟁터에서 창이나 칼에 찔려 피투성이로 죽은 무사들까지 몰려와서 아우성치는 모습이 어찌나 공포스럽던지 우리는 새파랗게 질려버렸지요. 그래서 나는 얼른 동지들에게 기도를 시키고, 양들의 껍질을 벗겨 제물로 태운 후, 단도를 빼들고 혼백들이 피에 접근하는 것을 막았습니다.

그런데 맨 먼저 찾아온 것은 엘페노르였습니다. 바로 얼마 전에 지붕에서 떨어져 죽은 동료 말입니다. 우리는 급히 출발해야 했기 때문에 시신을 그대로 내버려둔 채 왔었기에, 그의 모습에 측은한 마음이 들어서 눈물이 흘렀습니다.

'엘페노르 자네가 어째서 이곳에 있는가. 나는 배를 타고 왔는데, 그대는 이 어두운 저승까지 맨발로 걸어서 나보다 먼저 당도했구나.'

'신이 내게 주신 사나운 운명과 포도주의 힘이지요. 오뒷세우스여, 당신 부인과 당신의 아버지, 또 아들의 이름을 걸고 제게 맹세해 주십시오. 아이아이에 섬에 나를 그냥 놔두지 않고 꼭 화장해서 바닷가에 무덤을 만들어 주겠다고요. 후세인들이 이 불운했던 사내를 기억할 수 있도록. 무덤 위에는 꼭 내가 살아 있을 때 동지들과 함께 사용하던 노를 세워 주십시오.'

'불행한 친구여, 그런 일은 내가 꼭 해주겠네.'

나는 이런 음산한 말들을 주고받으면서도 피 위에 단도를 내밀고서 망령들을 쫓아내고 있었습니다. 그런데 이때 내 어머니, 고매한 아우톨뤼코스의 딸 안티클레이아가 오셨습니다. 아아, 내가 출정할 때 살아 계셨던 어머니를 저승에서 뵙다니! 나는 가슴이 미어졌습니다. 그래도 테이레시아스를 만나기 전까지는 쫓아내야만 했지요.

그러자 드디어 테베 사람 테이레시아스가 황금 지팡이를 짚고 나타났습니다.

'라에르테스의 아들 오뒷세우스여, 불행한 사나이여, 왜 또 태양빛을 버리고 찾아왔는가. 망령들이며 이 꼴사나운 고장을 보려고 왔는가? 이제는 그 구덩이에서 검을 치우고 비켜서게. 내가 피를 마시고 틀림없는 신탁을 말해줄 테니까.'

나는 그제서야 은 자루의 검을 칼집에 넣었습니다. 예언자는 거무튀튀한 피를 마시더니 나를 보며 말했습니다.

'명예로운 오뒷세우스여, 그대는 달콤하고 즐거운 귀국을 원하지. 그러나 신께서는 그대의 귀국을 괴롭고 어려운 일로 만들고 계시네. 왜냐하면 그대가 외눈박이 퀴클롭스를 장님으로 만든 일로 포세이돈이 그대에게 깊은 원한을 품었거든. 그러니 그대와 동료들은 정신을 바짝 차려야 돌아갈 수 있네.

그대가 주의해야 할 것은 딱 한 가지라네. 짙푸른 바다를 무사히 빠져나가서 트리나키에 섬까지 가게 된다면, 그곳의 암소와 양 떼들을 절대로 해치지 않는 것이지. 왜냐하면 그것들은 태양신 헬리오스의 것이니까. 그것만 지키면 힘든 일은 있겠지만 반드시 고향에 돌아갈 거라네. 하지만 명심하게, 그 가축들을 해치면 파멸뿐이네. 운좋게 그대는 간신히 파멸을 피한대도 부하들은 다 죽을 거야. 아주 오랜 시간 후에 남의 배를 얻어 타는 형편없는 몰골로 귀국할 것이라네. 또 집에 돌아가서도 그대의 재산을 탕진하고 있는 불한당들을 볼 테고.

하지만 그대는 귀향하자마자 그들을 응징할 수 있는데, 그 직후에는 손에 딱 맞는 노 하나를 들고 길을 나서서 바다라는 걸 모르는 인간들을 만날 때까지 가야 하네. 그들은 소금 간 없이 음식을 먹고, 배라든지 노라든지 하는 것을 모른다네. 더 뚜렷한 표시를 알려 주지. 낯선 길손이 나타나 말하기를, 그대가 어깨에 곡식을 까부르는 키를 메고 있다고 할 것이네. 그러면 곧바로 노를 땅에 박아 놓고, 즉시 포세이돈에게 숫양 한 마리와 황소한 마리와 수퇘지 한 마리를 바치고, 집으로 돌아가 정식으로 헤카톰베를 바치게.

그대에게도 바다 밖으로부터 죽음이 찾아올 것이네. 조용하고 다정한 죽음이 말이야. 그대가 노령으로 아주 쇠약해졌을 때에. 주위에 온통 행복한 자들로 둘러싸여서 말일세. 이상과 같이 틀림없는 예언을 그대에게 해두는 바이네.'

그의 예언에 나는 이렇게 대답했습니다.

'테이레시아스여, 그것이 신들이 정한 것이라면 따르겠습니다. 그런데 한 가지만 더 말해 주십시오. 저기에 내 어머니의 혼백이 보이는데, 피 옆에 말없이 앉아서 자식을 바로 쳐다보려고도 않으십니다. 대체 어떻게 해야 내가 당신의 아들이라고 알려드릴 수 있나요?'

'아주 간단하지. 혼백을 피에 접근하게 내버려 두면 거짓 없는 진실의 말을 들을 거야. 그대가 접근을 막으면 물러갈 것이고.'

테이레시아스의 혼백은 그렇게 신탁을 모두 털어놓고는 하데스 궁전으로 가버렸습니다. 나는 그 자리에 계속 서서 어머니가 피웅덩이로 다가오실 때까지 기다렸지요. 그러자 어머니가 나를 알아보고 울먹이셨습니다.

'내 아들아, 살아서는 올 수 없는 이 지하에 어떻게 내려왔느냐? 세상 끝의 오케아노스 강은 도저히 건널 수 없이 넓고 거센데. 트로이아로부터 이곳까지 그토록 오래 헤맸더냐? 이타케에는 못 돌아갔구나. 집과 아내도 여태 보지 못했겠구나.'

'어머니, 바로 그 때문에 테베 사람 테이레시아스의 신탁을 받으러 왔습니다. 트로이아로 원정을 떠났던 이후로 이타케 땅을 아직까지도 밟지 못하고 있기 때문이지요. 저는 이곳에서 나가서 꼭 고향에 돌아갈 겁니다. 그러니 어머니가 제게 대답해 주세요. 도대체 어떤 슬픈 죽음의 운명이 어머니의 생명을 앗아갔습니까? 긴 병환이 있으셨나요, 아니면 아르테미스 여신의 화살에 맞으셨나요? 아버지와 내 아들 텔레마코스의 소식도 알려주세요. 고향 사람들은 아직 저를 기억하고 있나요? 제가 돌아오는 것을 포기하고 다른 사나이를 왕위에 앉히지는 않았나요? 아내 페넬로페가 텔레마코스와 함께 집을 지키고 있나요, 아니면 이미 다른 사나이에게로 떠나버렸나요?'

'네 아내는 아직도 네 생각에 밤낮으로 눈물을 흘리며 세월을 보내고 있단다. 아직 왕위도 너를 위해 비워져 있고, 그 덕분에 텔레마코스는 왕의 영지에서 지내고 있지. 네 아버지는 시골로 들어가서 좀처럼 마을에 내려오지 않고 계신단다. 푹신한 침대, 털외투, 보드라운 깔개 하나 없이 한겨울에 집에서 하인들과 함께 불 옆 잿더미 속에서 주무시지. 여름이 오면 포도밭 비탈진 모서리에 떨어져 쌓인 나뭇잎더미에 쓰러져 자고. 왜냐하면 네 귀국을 기다리다가 지쳐서 너무 큰 비탄에 빠지셨기 때문이야. 게다가 이제는 누구도 피할 수 없는 노년에 접어드셨으니까.

나를 덮친 것도 자연스러운 세월이었단다. 여신의 화살이나 병이 나를 쓰러뜨린 게 아니야. 오히려 그보다는 돌아오지 않는 다정한 내 아들을 기다리는 애타는 마음이 내 생명을 다하게 했어.'

나는 어머니의 혼백을 붙잡고 싶어서 세 번이나 달려들었지요. 하지만 그때마다 어머니는 그림자처럼 꿈처럼 내 손을 빠져나가 날아가셨습니다. 슬픔이 너무 짙어져서 나는 절규했습니다.

'어머니, 내가 이토록 당신을 붙잡으려 하는데 도대체 왜 저를 기다려 주지 않으세요? 저승에서나마 그리운 두 팔로 얼싸안고 싶은데. 아니, 당신은 페르세포네가 나를 더욱 통탄스럽게 만들려고 보낸 환상인가요?'

'아, 당치도 않은 소리. 내 아들아, 인간 중에서도 유달리 불행한 사람아! 결코 제우스의 따님이 너를 괴롭히는 게 아니라, 이것이 인간이 겪어야 할 운명이란다. 생명이 흰 뼈를 떠나면, 힘줄이 살과 뼈에 붙어 있지 않고 맹렬한 불길에 타버리기 때문에 영혼은 꿈처럼 날아가야 하는 거야. 그러니 그대는 한시바삐 광명의 세계를 찾아가거라. 훗날 이런 얘기를 네 아내에게 전할 수 있도록 잘 기억해 두거라.'

내가 어머니와 이야기를 주고받는 동안, 존엄한 신분의 부인이며 따님의 망령들이 거무칙칙한 피를 향해 떼를 지어 몰려들었습니다. 나는 그들의 사연도 들어보고 싶어서, 여전히 단도를 들고 한 번에 한 영혼씩만 피를 마시도록 했습니다.

맨 처음 다가온 이는 살모네우스의 딸 튀로였습니다. 그녀는 아이올로스의 아들 크레테우스의 아내였는데, 아름답기 그지없는 에니페우스 강의 신을 사모해서 가끔 강기슭에 찾아갔습니다. 그런데 포세이돈이 에니페우스의 모습으로 가서 그녀 곁에 눕고는, 주위를 파도로 산처럼 둘러싸서 가린 채 그녀와 사랑을 나눴습니다. 그녀가 잠에서 깨자 신은 그녀의 손을 꼭 잡으며 말했지요.

'튀로여, 우리의 사랑이 맺어진 것을 기뻐하라. 돌고 도는 세월에 의해 일 년이 가면 그대는 눈부신 아기를 얻으리라. 신들과의 인연이란 결코 헛된 것이 아니니까 그대는 그 어린 것들을 보살펴 기르라. 지금은 집으로 돌아가 남에게 말하지 말고 이름도 밝히지 말라. 나는 대지를 뒤흔드는 포세이돈이다.'

신은 말을 끝내고는 파도가 일렁이는 바다로 들어가 버렸습니다. 과연 튀로는 펠리아스와 넬레우스를 잉태하여 낳았으니, 펠리아스는 자라서 양을 치는 이올코스의 왕이 되었고, 넬레우스는 모래사장이 많은 퓔로스의 왕이 되었습니다. 하지만 튀로는 크레테우스의 아들인 아이손, 페레스, 아뮈타온도 낳았지요.

튀로가 물러가자 아소포스 하신의 딸 안티오페가 왔습니다. 그녀는 황송하게도 제우스의 팔에 안겨 밤을 지내고 암피온과 제토스를 낳았는데, 그들이 처음으로 일곱 성문의 테베를 건설하고 성을 지었다고 합니다. 테베는 평지이기 때문에 높은 성벽을 짓지 않으면 살 수가 없는 곳이지요.

암피트리온의 아내 알크메네도 다가왔습니다. 제우스 대신을 만나서 사자처럼 용감한 헤라클레스를 낳은 여자입니다. 그러자 헤라클레스의 아내, 크레이온의 딸 메가레도 찾아왔습니다.

오이디푸스의 어머니인 아름다운 에피카스테도 만났습니다. 그녀는 아무것도 모르고 자기 아들을 남편으로 가지는 엄청난 짓을 저질렀습니다.

오이디푸스가 제 아버지를 살해하고 어머니인 그녀와 결혼했으니까요. 신들은 얼마 후 그 사실을 사람들에게 널리 알렸습니다. 그러니 오이디푸스는 카드모스의 후예(테베 시민)들을 다스리며 엄청난 고통에 시달렸고, 에피카스테는 높은 천장에서 드리워진 새끼줄에 스스로 목을 메서 하데스로 내려왔습니다.

뛰어나게 아름다운 클로리스도 만났지요. 그녀는 이아소스의 아들 암피온의 막내딸인데, 암피온은 예전 미뉘아이인의 도시 오르코메노스를 다스리는 왕이었습니다. 그녀는 자신에게 한눈에 반해서 엄청난 혼수품으로 구애한 넬레우스와 결혼해서 필로스의 왕비가 되었고, 네스토르와 크로미오스와 페리클뤼메노스라는 훌륭한 아들들을 낳았습니다. 또 빼어나게 아름다운 페로도 낳았으니 넬레우스가 너무나 예뻐한 나머지 '퓔라케에서 이피클로스의 다루기 힘든 소 떼들을 되찾아 오는 자에게만 시집보내겠다.'면서 그녀에게 구애하는 모든 젊은이들을 내쳤습니다. 뛰어난 점쟁이인 아뮈타온의 아들 멜람푸스만이 소 떼를 몰아오겠다고 장담하고 갔지만, 목자들에게 붙잡혀 사슬에 묶이는 고생스러운 포로가 됩니다. 하지만 마침내 날이 가고 달이 가서 해가 바뀌어 그 계절이 돌아왔을 때, 그는 이피클레스에게 신탁을 명확하게 풀이해 주고 풀려나지요.

레다와도 만났습니다. 튄다레오스의 부인 말입니다. 그녀는 쌍둥이 아들, 즉 말을 길들이는 카스토르와 권투 잘하는 폴뤼데우케스를 낳았는데, 그들은 살아 있어도 대지 속에 갇혀 있었습니다. 그래서 둘이 교대로 지상으로 올라와서 살았고, 그 때문에 신과 같은 영예를 누렸지요.

알로에우스의 아내 이피메데이아는 포세이돈의 아들을 둘 낳았다고 했습니다. 오토스와 에피알테스가 그들인데, 둘 다 인간 중에서 가장 키가 크고 인물이 출중한 오리온 다음으로 미남이었습니다. 그들은 아홉 살 때 몸통이 아홉 자에 키가 아홉 발이나 되어서, 올림포스 천궁에 쳐들어가겠다면서 올림포스 산 위에 옷사 산을 쌓고 그 위에 펠리온 산을 포개려고 했답니다. 단명하지 않고 성년이 될 때까지 살았더라면 아마도 그 일을 성취했을 지도 모르지요. 하지만 레토의 아들 아폴론이 그들이 턱수염이 나기도 전에 죽여버렸습니다.

파이드라, 프로크리스, 아리아드네도 만났습니다. 아리아드네는 요술을 하는 미노스의 딸로, 테세우스를 따라서 아테네로 오려고 했다가 낙소스 섬에서 디오니소스의 증언 때문에 아르테미스 여신에게 살해당했지요. 또 마이라와 클뤼메네와 에리퓔레도 보았어요. 에리퓔레는 황금 목걸이에 소중한 남편을 팔았던 여자이지요.

하지만 나는 더 이상은 그때 만났던 아내며 딸들에 대해 일일이 이야기하지 않으렵니다. 그러기 전에 소중한 밤이 다 샐 테니까요. 자, 이제 나는 배의 동지들에게 가든지 그냥 이대로 있든지, 어쨌든 잠자리에 들어야겠습니다."

오뒷세우스가 말을 마쳤다. 하지만 홀 전체는 마술에 걸려서 정지된 듯했다. 한참만에야 아레테 여왕이 말문을 열었다.

"파이아케스인들이여, 그대들은 이분의 생김새와 키와 지혜가 어떻다고 생각하십니까? 이분이 나의 손님이기는 하지만, 이곳의 통치에 참여하고 있는 여러분의 손님이기도 합니다. 그러니 이분을 서둘러서 떠나보내지 말고 선물을 아낌없이 줍시다. 신의 축복으로 당신들 집에는 많은 보물들이 간직되어 있으니까요."

최고령자인 장로 에케네오스가 말했다.

"여러분, 사려깊은 왕비께서는 결코 우리의 목적이나 예측에서 벗어난 것을 말씀하시지 않으십니다. 알키노스 왕께서도 그렇게 말씀하신다면 그 분부에 따르는 게 좋겠습니다."

그 말에 대해 알키노스 왕이 목청을 높였다.

"에케네오스여, 그대의 말이 참으로 옳다. 자, 노를 잘 젓는 파이아케스 인의 왕으로서 명령한다. 그대들은 내일 아침까지 더 많은 선물을 가지고 이곳으로 오거라. 또한 손님께서는 귀국을 서두르는 마음이 크신 줄 잘 알지만, 하루만 더 기다려 주시기를 청하오."

오뒷세우스가 대답했다.

"알키노스 왕이여, 모든 사람들 중에서도 특별히 뛰어나신 당신께서 송환과 선물을 받아서 1년 후에 가라고 하셔도 그 분부에 따르겠습니다. 두 손 가득 선물을 들고 돌아가면 이타케 사람들도 나를 한층 더 존경하고 사랑할 테니까요."

"오뒷세우스여, 우리는 그대가 적당히 수다나 떨어서 우리를 속이는 사기꾼이라고 생각하지 않네. 사실 이 검은 대지 위에서 나그네로 떠도는 이들 중에는 출처를 알 수 없는 거짓말을 해대는 자들도 많다네. 하지만 그대의 이야기에는 지혜가 들어 있구려. 당신은 빈틈없는 말솜씨, 확고한 분별, 그리고 가인이 노래하듯 한 유려함으로 아르고스 군사들과 그대의 간난신고를 이야기해 주었네.

자, 그러니 나의 질문에도 솔직히 답해 주시오. 저승에서 일리오스에서 죽었던 당신의 동료들도 만났소? 요즘은 말할 수 없이 밤이 긴데다가 아직 은 잠잘 때도 아니오. 그러니 그 신기한 사건들을 더 말해 주시오. 나는 새 벽까지 계속된대도 버티고 당신의 이야기를 들을 수 있소."

"모든 사람 중에서도 탁월하신 알키노스 왕이여, 당신께서 바라신다면 기꺼이 이야기를 더 꺼내 놓겠습니다. 그 애처로운 이야기를, 내 전우들의 수난 이야기를요. 트로이아의 전투에서 살아남고도 한 못된 여자의 변덕 때문에 귀국하다가 죽어버린 사람들을요.

영리한 저승의 왕비 페르세포네가 피 구덩이로 몰려 왔던 부인들의 망령 을 제각기 흩어버리자, 아트레우스의 아들 아가멤논의 혼백이 고뇌하며 찾 아왔습니다. 그 주위에는 아이기스토스의 집에서 그와 함께 죽은 망령들이 동행하고 있었습니다. 그는 곧바로 나를 알아보고는 통곡하더군요. 손을 내밀어 내 팔을 잡으려고 몹시도 애쓰면서요. 하지만 혼령이 나를 잡을 수 는 없었지요. 그 모습이 너무 측은해서 나도 모르게 눈물이 흘렀습니다.

'병사들의 왕 아가멤논이여, 긴 고뇌를 가져오는 그 어떤 죽음의 운명이 당신을 멸망시켰단 말이오? 포세이돈 신이 끔찍한 폭풍을 심술궂게 몰아 쳐서 당신을 파멸시켰소, 아니면 육지에서 소 떼나 양 떼를 얻으려는 음흉 한 놈들이 당신을 해쳤소? 그것도 아니라면 도성과 여자들을 얻으려고 뜻 밖의 적군이라도 쳐들어왔던 겁니까?'

'제우스의 후손이며 라에르테스의 아들인 오뒷세우스여, 그런 이유라면 차라리 행복하겠네. 나는 바로 아이기스토스와 저주받을 내 아내 클뤼타임 네스트라의 흉계에 빠져서 살해당했다네. 그자는 나를 제 집으로 초대해서 음식을 차려주더니 잔치가 한창 무르익었을 때 나를 습격했네. 소가 구유에 머리를 들이밀고 여물을 먹을 때 도살하듯이. 내 부하들까지 전부 다 살해했어. 혼인 잔치나 연회 음식상을 차리기 위해 도살되는 흰 송곳니를 가진 돼지 새끼들처럼. 그대도 전쟁터에서 백병전이나 격전에서 죽는 무사들을 많이 보았겠지. 하지만 이런 꼴의 죽음을 보면 통한과 회한이 느껴질 거라네. 혼주병과 산해진미가 널려 있는 와중에 피투성이로 쓰러진 우리의 시신을 본다면 말이야.

그러나 무엇보다도 프리아모스의 딸 카산드라의 비명 소리가 아직까지도 귀에 맴돈다네. 너무 애처로워서 차마 들을 수 없을 정도였지. 클뤼타임네스트라가 뛰어나와서 바로 내 옆에 서 있는 그녀를 찔렀거든. 내가 두 손을 들어 막으려고 했지만, 이미 칼을 맞은 팔에는 힘이 하나도 남아 있지 않아서 그대로 땅에 떨어졌어. 그 짐승의 탈을 쓴 여자는 저승길로 떠나는 내 눈을 감겨줄 생각조차 않더군. 세상에 남편을 살해할 음모를 꾸미는 여자보다 더 무섭고 뻔뻔한 자가 있을까. 오, 정말이지 나는 집에만 돌아가면 아이들과 온 가족이 나를 기쁘게 맞아줄 줄로만 알았는데. 그 못된 여자가 자기 자신에게나 앞으로 태어날 모든 여성들에게 치욕을 퍼부었단 말일세.'

나는 그의 불행을 위로할 말을 찾을 수가 없었습니다.

'넓은 하늘을 호령하는 제우스 신은 여인의 간계로 아트레우스의 후손을 끔찍이도 미워하시는군요. 헬레네 때문에 그토록 많은 전우가 죽어갔는데, 클뤼타임네스트라까지 그대를 해치게 하시다니.'

아가멤논은 억울함을 털어놓을 대상도 없었던 갑갑함을 나에게 다 풀어냈습니다.

'그러니 자네도 여성에게 결코 친절하면 안 돼. 알고 있는 것을 다 털어놓지 말고, 중요한 것들은 어느 정도 숨기게. 하기야 오뒷세우스 자네가 아내에게 죽임을 당하는 일은 없겠지만. 이카리오스의 따님인 페넬로페는 현명하고 분별력이 있는 여인이니까. 원정을 떠날 때 그녀가 앳된 새색시로 젖먹이를 가슴에 안고 배웅했었는데. 아마 이제는 장로들의 회의에도 참석하겠지. 참 자네는 행복한 사람이로군. 돌아가면 아들과 실컷 얼싸안을 수 있을 테니. 내 아내는 아들을 실컷 보여주기는커녕 서둘러서 나부터 죽여 없앴으니. 아니야, 자네도 알 수 없는 거라네. 그러니 내 충고를 잘 새겨듣게. 고향에 닿거든 버젓이 항구로 들어가지 말고 몰래 숨어들란 말이네. 여자란 결코 믿을 게 못 되니까.

그건 그렇게 혹시 내 아들 소식을 알고 있는가? 오르코메노스든 퓔로스든 메넬라오스의 스파르타에든 가 있겠지? 오레스테스가 아직 이곳에 오지는 않았으니 살아 있는 것만은 확실할 텐데 말이야.'

'아가멤논이여, 그런 일은 내게 묻지 마십시오. 나는 그 아이의 생사를 모르는데, 허튼소리를 하는 것은 나쁘니까요.'

우리 둘은 서글픈 담소를 나누며 하염없이 눈물을 흘렸습니다.

그러자 아킬레우스와 파트로클로스와 안틸로코스와 아이아스의 망령도 다가왔어요. 아이아스는 아킬레우스 다음가는 미남이었지요. 아킬레우스가 한눈에 나를 알아보더군요.

'오뒷세우스! 자네 참 대담한 사내로군. 어떻게 저승에 올 생각을 다 했단 말인가? 이곳은 사려분별 없는 망령들이 사는 곳, 사자들의 환영이 사는 곳이란 말이야.'

'아카이아인 중에서도 특히 뛰어난 펠레우스의 아들이여, 나는 테이레시아스를 만나러 왔소. 고향 이타케로 돌아가는 방법을 그만 알고 있거든. 나는 아직 아카이아 근처에도 닿지 못하고 방랑하는 처지라오. 아킬레우스여, 자네만큼 행복한 자는 이제까지도 앞으로도 없을 거야. 자네는 살아서는 우리 아르고스군에게 신처럼 존경받더니, 죽어서도 이 저승에서 망령들에게 권위를 인정받고 있으니 말이야. 죽었다고 다 한탄할 일만은 아니로군.'

'이 친구야, 제발 내 죽음을 위로하려고 하지 말게. 들에서 품팔이를 하는 소작인으로 살더라도 지상으로 돌아가고 싶은 마음이 간절하니까. 버젓한 내 밭뙈기 하나 없이 가난하더라도 죽은 혼백들의 군주로 군림하는 것보다 낫단 말일세.

그나저나 내 아들 소식은 좀 아는가? 그가 대장으로서 전쟁에 참전했는지 아니면 참전을 그만뒀는지. 내 아버지 펠레우스는 좀 어떠신가? 뮈르미도네스인 사이에서 여전히 존경받고 계신지, 아니면 팔다리 움직이기도 힘든 늙은이라고 프티아와 펠라스 전체에서 따돌림을 받으시지는 않는지. 만약 내가 저 태양 밑에서 트로이아 전투를 승리로 이끈 용사로서 부친을 도울 수만 있다면, 아버지를 협박하거나 위협하는 자들에게 한달음에 달려가 처단할 텐데.'

그러나 나는 여전히 대답할 말이 없었습니다.

'아킬레우스여, 나는 명예로운 펠레우스 님의 소식을 전혀 모르네. 하지만 자네 아들 네옵톨레모스 소식은 알아. 내가 직접 그를 배에 태워서 스퀴로스 섬에서 트로이아로 데려갔지 않나. 트로이아에서는 전투를 의논할 때 항상 가장 먼저 현명한 의견을 냈지. 네스토르와 나만큼이나 훌륭한 계책들이었어. 직접 전투에 나서면 항상 앞장서서 으뜸가는 무용을 발휘했기 때문에, 텔레포스 왕의 아들 에우뤼필로코스를 비롯한 많은 적장을 죽였지. 그자의 부하들인 케테이오이족 중에서 멤논 다음가는 미남이었고 말이야. 또 우리가 에페이오스가 공들여 만든 목마 속에 들어갈 때 내가 문을 열고 닫으며 지휘했는데, 다른 아카이아인들은 팔다리를 덜덜 떨고 눈물을 흘려도 그만은 결코 얼굴이 창백해져서 눈물을 짜는 일이 없었네. 오히려 칼과 창을 거머쥐면서 트로이아인을 무찌르게 목마 밖으로 내보내 달라고 졸랐지. 끝내 프리아모스의 도성을 함락시켰을 때 훌륭한 자기 몫의 상품까지 타서 승선했단 말이야. 창에 찔리거나 격투에서 얻은 상처 하나 없이.'

내 말에 걸음이 빠른 아이아코스의 손자 아킬레우스가 큰걸음으로 아스포델로스가 우거진 벌판으로 비틀비틀 사라졌습니다. 아들이 으뜸가는 용사라는 말을 듣고 무척 흐뭇해진 모양이었습니다.

다른 망령들도 식구들 소식을 계속 물어보더군요. 그런데 텔라몬의 아들 아이아스만 멀찍이 떨어져서 서 있었습니다. 아킬레우스의 갑주를 차지하는 실랑이 때 내게 진 것이 아직도 분했던 모양이었습니다. 아킬레우스의 어머니인 테티스 여신이 제안하고, 트로이아 처녀들과 팔라스 아테네 여신이 판결한 내기에서 말입니다. 하지만 이제 와 생각하면 그런 승부 따위에 연연하지 말고 차라리 질 것을 그랬습니다. 그까짓 갑주가 뭐라고 이렇게 훌륭한 무사가 자살하는 사태가 벌어졌으니까요. 나는 미안한 마음이 들어서 그에게 다정하게 말을 걸었습니다.

'텔라몬의 아들이여. 설마 자네 아직까지 그 갑옷 승부 때문에 노여움을 품고 있는 건가? 제우스께서 아카이아에 대한 재앙으로 그 갑옷을 내걸게 하셨던 거야. 우리가 강력한 수호탑인 자네를 잃도록 말이야. 우리는 아킬레우스를 잃은 것만큼이나 자네를 잃은 일이 가슴아프다네. 그러니 제발 화를 풀고 이리 와서 내 말을 듣게.'

하지만 그는 전혀 대답하지 않고 그대로 다른 혼백들과 함께 어둠으로 사라졌습니다. 그를 붙잡고 말을 시킬 수도 있었을 텐데, 바로 그때 미노스가 눈에 들어왔지요. 제우스의 아들이 황금 홀을 휘두르며 망령들을 심판하고, 그 주위에 서거나 걸터앉아서 판결을 기다리며 서성대는 혼백들이 하데스의 넓은 궁전을 가득 채운 모습을요.

거인 오리온도 보였습니다. 그는 수선화가 만발한 들판에서 절대로 부서지지 않는 청동 몽둥이를 휘둘러서 자신이 생전에 죽였던 들짐승들을 한곳으로 몰고 있었죠.

가이아의 아들 티튀오스도 만났습니다. 그는 땅에 누워 있었는데 누운 키가 1킬로미터나 되었습니다. 그의 양쪽에 독수리들이 앉아서 간을 쪼아먹는데, 그는 그것을 손으로 막을 수 없었지요. 제우스의 여인인 레토 여신이 무도장이 있는 파노페우스에서 퓌토로 갈 때 그녀를 납치하려 했던 행실 때문에 벌을 받는 것이었습니다.

나는 탄탈로스의 참혹한 고통도 목격했습니다. 그는 늪 속에 들어가 있고 턱 밑까지 물이 찰랑대는데, 목이 말라도 물을 못 마시고 있었습니다. 노인이 물을 마시려고 몸을 굽히면 그 많던 물이 깨끗이 마르고 마른 땅이 되었기 때문입니다. 높은 나무에는 배며 석류며 사과며 무화과며 올리브 등의 나무 열매도 주렁주렁 달렸는데, 그것 역시 노인이 따려고 손을 내밀면 바람이 가지들을 구름 위로 올려버리는 식이었습니다.

시쉬포스도 보았습니다. 그는 거대한 바위를 언덕 위로 밀어올리기 위해서 쩔쩔매고 있었는데, 힘겹게 다 올려 놓으면 그 염치없는 돌덩이는 제자리인 평지로 또르르 굴러떨어졌습니다. 그러면 그는 또다시 바위를 밀어올렸으니, 온몸에서 땀이 비오듯 쏟아졌고 먼지를 눈도 못 뜰 지경으로 뒤집어쓰고 있었습니다.

천하장사 헤라클레스도 보았습니다. 그의 경우는 혼백이 아니라 환영이었지요. 왜냐하면 그의 혼백은 올림포스 천궁에서 불사인 신들과 함께 잔치를 즐기며 제우스와 헤라의 딸인 헤베와 결혼해서 지내고 있었으니까요. 이 환영 주위로 놀라서 사방팔방 도망치는 새 떼처럼 망령들의 환성이 소란스럽게 터져나왔습니다. 그는 어두운 밤처럼 활을 손에 들고 시위에는 화살을 메긴 채 당장 쏘려는 듯 무서운 눈초리로 노려보았습니다. 가슴에 방패를 비끄러맨 띠에는 황금으로 곰, 맷돼지, 눈빛이 활활 타는 사자, 전장이며 살육의 아수라장 등이 신묘한 솜씨로 새겨져 있었습니다. 헤라클레스는 금방 나를 알아보고 비통해했습니다.

'불쌍한 오뒷세우스여, 그대도 내가 태양빛 밑에서 늘 짊어졌던 액운의 운명에게 끌려다니는 모양이구려. 나는 제우스의 아들인데도 나보다 훨씬 천한 인간에게 굴욕을 당하지 않았나. 세상에, 그 칠삭둥이 에우뤼스테우스 놈은 나를 골탕먹이려고 저승개 케르베로스(삼두구)를 데려오라고까지 했단 말이야. 어쨌든 나는 그 개를 저승에서 끌고 나갔는데, 그때 헤르메스와 아테나가 나를 호송해 주었지.'

그는 말을 마치더니 다시 저승 깊숙한 곳으로 들어갔는데, 나는 그 자리에 꼼짝 않고 서서 혹시 다른 영웅의 혼백이 또 나오지나 않을까 기다리고 있었습니다. 아마 더 기다렸다면 분명히 내가 더 만나고 싶었던 사람들, 테세우스나 페이리토스 같은 이들도 나왔을 겁니다. 하지만 그 전에 헤아릴 수 없이 많은 망령들이 모여와서 괴성을 질러대는 바람에 나는 극심한 공포에 사로잡혀 버렸습니다. 페르세포네가 무서운 괴물 고르곤의 목이라도 보내오면 어쩌나 해서요. 그래서 서둘러서 배로 되돌아가 동지들을 재촉해서 얼른 닻줄을 풀었습니다. 대양의 조류가 배를 운반하고, 나중에는 순풍까지 불어서 노를 저을 필요가 전혀 없었지요."

제12권

태양신의 소를 잡아먹은 벌로
칼립소의 섬에 갇힌 사연

✿❀❀✿

오뒷세우스가 목숨을 걸고 저승까지 다녀오자, 키르케는 그의 의지에 탄복해서 주의사항을 상세히 알려준다. 그래서 뱃사람을 홀려서 암초에 난파시키는 세이렌 자매의 노랫소리가 들리자, 오뒷세우스는 부하들의 귀를 밀랍으로 막고 자신의 몸은 돛대에 묶어서 통과한다. 머리 여섯 개짜리 스퀼라와 바다 심연의 소용돌이인 카립디스가 마주 보고 있는 해협에서는 배가 전부 카립디스에게 빨려들어가서 죽는 것 대신, 동료 여섯 명이 스퀼라에게 잡아먹히는 길을 택한다. 드디어 마지막 관문인 트리나키에 섬에 도달한다. 그곳에서 '태양신의 가축'만 해하지 않으면 곧바로 집에 도착할 수 있었다. 오뒷세우스는 실수가 생기지 않게 하려고 그 섬을 그냥 통과하자고 하는데, 동료를 잃고 상심한 동료들은 반발하면서 기어이 그 섬에 상륙한다. 아니나 다를까 그들이 섬에 상륙하자마자 제우스가 한 달간 폭풍을 보내서 출항을 막았고, 식량이 떨어지자 동료들이 태양신의 소들을 잡아먹고 만다. 결국 허겁지겁 도망치려던 그들의 배는 벼락을 맞아 침몰하고, 오뒷세우스만 간신히 생존해서 칼립소의 섬 오귀기에로 간다.

밤이 깊은 만큼 오뒷세우스의 저승길 이야기도 끝나가고 있었다.

"다행히 우리의 배는 하데스로부터 조류와 순풍을 타고 순조롭게 아이아이에 섬에 이르렀습니다. 우리는 안심하고 바닷가에 내려서 잠들었습니다.

다음날 새벽, 나는 부하들 몇 명을 키르케의 궁전으로 보내서 엘페노르의 시체를 가져오게 하고, 남은 이들끼리는 재목을 베었습니다. 우리는 눈물을 비오듯 쏟으며 쓰라린 가슴으로 그의 장례식을 치렀습니다. 시신과 소지품들을 다 태우고, 그 위에 무덤을 쌓은 후, 그의 손때가 묻은 노를 묘표로 세웠습니다.

장례가 치러지는 동안 키르케가 바닷가로 달려왔습니다. 시녀들에게 빵과 고기와 포도주 등을 잔뜩 들려서요. 그녀가 우리들 한가운데 서서 이렇게 말했습니다.

'산 목숨으로 하데스의 궁에 내려가다니, 당신들은 참 지독한 사람들이에요. 다른 사람들은 한 번밖에 죽지 않는데 두 번이나 죽어보려고요. 자, 여기서 하루 종일이라도 음식을 드시고 포도주를 마시세요. 그러면 내일 아침 일찍 큰 배를 내드리고, 남은 난관들을 하나하나 자세히 알려드리지요. 그 어떤 귀찮은 계책에도 걸리지 않도록.'

우리는 이번에도 그녀의 설득에 쉽게 넘어갔습니다.

그런데 어둠이 내려 모두들 배의 닻줄 옆에 누워 잠을 청하자, 키르케가 내 손을 잡고 조금 떨어진 곳으로 데려가더니 저승에서의 일들을 한 가지 한 가지 따져 물었습니다. 나는 다 정확하게 답해 주었지요. 그러자 키르케가 내게 말했습니다.

'그렇군요. 자, 그럼 앞으로의 일들을 알려줄 테니 잘 기억하세요. 당신은 이곳에서 떠난 후 가장 먼저 세이렌 자매를 만납니다. 그녀들은 가까이 접근하는 사람들을 마법의 노래로 흐려서 죽인답니다. 무턱대고 가까이 갔다가는 세이렌 자매의 노랫소리에 넋이 나가서 암초에 난파되거든요. 그러니 그곳에서는 아무것도 듣지 말고 옆으로 빠져서 빠르게 달려가세요. 노랫소리를 막으려면 꿀벌집 밀랍을 연하게 이겨서 부하들의 귀에 바르세요. 당신은 원한다면 그 노랫소리를 들어도 되는데, 반드시 부하들을 시켜서 당신의 손발을 돛대 밑에 꽁꽁 묶은 후여야 해요. 당신이 밧줄을 풀어달라고 간청할수록 더 칭칭 묶으라는 당부도 잊지 마세요.

세이렌 자매의 섬을 무사히 빠져나가면, 두 갈래 길이 나옵니다. 어느 쪽 길을 택할지는 알려드리지 않겠어요. 스스로 잘 생각해서 정하세요. 한쪽은 신들이 플랑크타이 바위들(떠도는 바위들. 에게해와 흑해 사이의 보스포루스 해협을 의미한다. 예전부터 물살이 세서 통과하기 힘든 곳으로 유명하다.)이라고 부르는데, 배들이 휘말리면 송두리째 산산조각나는 곳입니다. 제우스에게 암브로시아를 가져가는 비둘기조차 안전하지 않기 때문에 대신께서도 늘 두 마리씩 쌍으로 보내실 정도로 위험하기로 악명이 높아요. 왜냐하면 암초가 있는데, 검푸른 눈을 가진 암피트리테(포세이돈의 아내)가 큰 파도를 암초 방향으로 밀어보내고 있기 때문이에요. 지금까지 통과한 것은 단 한 척, 아르고스에서 황금 양털을 찾으러 콜키스(흑해 주변 나라)로 갔던 영웅 이아손의 아르고 호뿐이었어요. 그때도 사실은 암초에 부딪칠 상황이었는데, 헤라 여신이 이아손을 특별히 돌봐준 것이었답니다.

그러니까 다른쪽 길을 택하셔야 해요. 그쪽에는 두 개의 높은 바위 절벽이 있어요. 한 봉우리는 무척 높고 뾰족해서 꼭대기가 항상 검은 구름에 가려져 있어요. 여름이든 가을이든 하늘이 아무리 맑은 날에도 안 보이지요.

게다가 바위는 다듬은 듯 어찌나 매끈한지 도저히 인간이 기어오를 수도 없어요. 그 바위 절벽의 한복판에 자욱한 안개로 뒤덮인 동굴이 있습니다. 입구가 서쪽 어둠의 방향으로 나 있는데, 당신들은 그곳을 순식간에 지나가야 합니다. 동굴과의 거리는 아무리 힘이 센 궁수가 활을 쏴도 이르지 않을 만큼 꽤 되니까 안심해도 되지만요. 왜냐하면 그 굴에는 갓 태어난 사랑스러운 강아지 소리를 내지만 치가 떨리게 간사하고 악독한 괴물 스퀼라가 살고 있거든요. 일단 그 모습이 너무 흉측해서 신들도 보면 기분이 나빠질 정도에요. 무서운 머리가 달린 목이 여섯 개에, 발이 열두 개나 됩니다. 치아는 세 줄로 빈틈없이 나 있는데, 거기서 검은 죽음의 빛이 나요. 스퀼라는 몸 아래 부분은 굴 속에 숨기고 목만 동굴에서 빠져나와 바위 주변을 헤매면서 먹이를 찾습니다. 암피트리테가 키우는 물표범이나 물개 따위의 큼직한 것으로요. 그래서 그곳에서 어물쩡대던 뱃사람들은 모조리 스퀼라에게 머리를 낚아채여서 죽고 말았답니다.

그러나 진짜 문제는 동굴에서 한없이 떨어져서 지나갈 수도 없다는 것입니다. 왜냐하면 다른쪽 바위에는 크고 무성한 무화과나무가 있는데, 그 가지와 잎 아래에 날마다 세 번씩 엄청난 양의 물을 토해내고 세 번씩 무서운 힘으로 검은 물을 빨아들이는 괴물 카립디스가 있기 때문입니다. 카립디스가 물을 빨아들이는 시각에는 거기에 있으면 안 돼요. 일단 빨려들어가면 포세이돈도 구해 주지 못하거든요.

그러니 배는 최대한 스퀼라가 있는 바위 쪽에 붙어서 지나가야 해요. 동료들을 다 잃을 것인지, 여섯 명만 잃을 것인지 결정해야 한다는 말입니다.'

'키르케여, 어째서 스퀼라든 카립디스든 그 저주스러운 괴물들을 피할

용한 방법은 알려주지 않소?'

'어리석은 자여, 성급하게 또다시 전쟁을 하려고 하나요? 신들께도 양보하지 않겠다는 겁니까? 스퀼라는 죽을 운명인 인간이 아니고 불사의 해악입니다. 무서울 정도로 악착스럽고 포악하고 패배하는 일이 결코 없는, 정말 어찌할 도리가 없는 놈이에요. 그러니 그 손아귀를 빠져나가는 것은 불가능합니다. 그저 재빨리 도망치는 게 상책이지요. 당신이 괜시리 공명심이 일어서 싸워보겠다고, 바위 옆에서 갑옷을 입으며 꾸물거리면 이미 그놈에게 당신 머리는 채인 것과 마찬가지입니다. 당신과 다른 다섯 동료들을 한꺼번에요. 그러니 여섯 명의 동료를 희생해서 재빠르게 빠져나갈 궁리만 하세요. 그후에 스퀼라의 어머니인 크라티스에게 도움을 청하세요. 그녀가 스퀼라가 다시 덤벼드는 것을 막아줄 테니까요.

스퀼라와 카립디스의 횡포에서 벗어나면 당신은 비로소 테이레시아스가 말했던 곳, 트리나키에 섬에 닿게 됩니다. 태양신 헬리오스가 자신의 소떼와 양 떼들을 방목하는 곳이에요. 소 떼도 양 떼도 각각 일곱 무리씩 있고, 각 무리는 오십 마리씩입니다. 그것들은 새끼를 낳지도 않고 죽지도 않는 것들로, 파에투사와 람페티에라는 님프들이 기르고 있어요. 네아이라가 태양신 헬리오스의 두 딸을 낳아서 기른 후, 아버지의 재산을 지키라고 트리나키에 섬으로 보냈거든요. 이 가축들에게 해악을 입히지 않고 통과한다면, 당신의 고난은 완전히 끝납니다. 다음 도착지는 꿈에 그리던 이타케가 되는 거예요. 그러나 만약 해를 입히면 파멸을 면치 못할 것입니다. 간신히 파멸의 구렁텅이를 빠져나간대도 부하들을 다 잃고 만신창이가 되어서 귀국할 뿐이고요.'

그 동안 새벽이 찾아왔습니다. 나는 즉시 동료들에게 돌아가서 배를 띄웠습니다. 키르케가 순풍을 돛폭 가득 보내준 덕분에, 우리는 돛줄을 그냥 늘어뜨려 놓고 쉬었습니다. 바람이 조타수처럼 배를 순조롭게 몰았으니까요. 하지만 나는 동료들에게 괴로운 소식을 전해야만 했습니다.

'여보게, 키르케의 말에 따르면 아직 우리에 대한 시험은 끝나지 않은 모양이네. 자, 잘 듣게. 맨 먼저 이상야릇한 세이렌 자매들이 사는 꽃 피고 아름다운 초원이 나오면서 노랫소리가 들릴 거야. 하지만 자네들은 절대로 그 노래를 들으면 안 돼. 노랫소리가 사람을 홀려서 조난당하기 일쑤라는 거야. 하지만 나는 노랫소리가 끝났는지 잘 들으면서 명령을 내려야 하니까, 자네들이 나를 돛대에 꽁꽁 묶게. 만약 내가 풀어달라고 호통치거나 애원해도 무시해야 해. 아니, 오히려 더 꽁꽁 묶어야 하네.'

배를 몰아주던 순풍이 세이렌 자매들의 섬에 도착하자 갑자기 뚝 그쳤습니다. 우리는 황급히 돛을 걷고 일제히 노를 들고 힘차게 젓기 시작했습니다. 나는 서둘러서 꿀벌집 덩어리를 청동 검으로 잘게 쪼개고 손으로 뭉갰습니다. 헬리오스의 빛 덕분에 밀랍은 부드럽게 녹더군요. 나는 그것을 선원들의 귀에 차례차례 발랐습니다. 선원들은 배 정중앙의 돛대에 나의 손발을 묶고, 다시 자리에 앉아서 노를 저었습니다.

아니나 다를까 사람이 고함을 치면 들릴 정도의 거리가 되자, 세이렌 자매들이 배가 온 것을 알아차리고 높은 소리로 합창하기 시작했습니다.

'가까이 오세요, 칭찬이 자자한 오뒷세우스여, 아카이아 무사들의 꽃이여. 당신의 배를 보내 주세요. 저희의 노랫소리를 들어주세요. 저희들의 입에서 달콤하게 울려퍼지는 노랫소리도 듣지 않고 이곳을 지나가다니요. 우리 노래를 듣고 마음을 위로받고 현명해지지 않는 사람이 없답니다. 우리는 트로이아에서 아르고스 군대와 트로이아 군대가 신들의 뜻에 따라 겪었던 고난을 모두 알고 있지요. 우리는 모르는 일이 없어요.'

노랫소리가 어찌나 아름답던지 나는 마음이 유혹되어서 더 듣고 싶어졌습니다. 그래서 눈짓으로 밧줄을 풀어달라고 사정했는데, 동료들은 몸을 구부린 채 묵묵히 노만 저었지요. 페리메데스와 에우륄로코스는 일어나서 나를 여러 겹 더 묶었어요. 그들은 세이렌 자매들의 섬에서 멀찍이 떨어진 곳까지 와서야, 귀의 밀랍덩어리를 떼고 나를 풀어 주었습니다.

그런데 그때 안개와 큰 파도가 배를 덮쳤습니다. 엄청난 굉음이 울렸지요. 너무 순식간에 일어난 일이라서 모두들 공포에 사로잡혀 자기도 모르게 노 젓기를 중단했어요. 그러자 배도 딱 정지했습니다. 나는 배 안을 이리 뛰고 저리 뛰면서 선원들 하나하나를 일일이 격려했어요.

'여보게, 우리가 겪어온 온갖 재난을 떠올려 보게. 퀴클롭스를 기억해 봐. 그에 비하면 이 정도는 아무것도 아니란 말이네. 그 거인이 우리를 가두고 잡아먹을 때도 나의 용기와 분별력으로 벗어나지 않았는가? 자, 이번에도 얼른 내가 시키는 대로 하게. 다들 자기 노 자리로 돌아가서 노로 파도를 때리게. 제우스께서 이 재난을 모면할 방법을 알려주실 때까지. 그리고 키잡이여, 자네는 얼른 키를 잡고 저기 보이는 안개와 파도의 바깥쪽으로 배를 돌려서 빼내게. 그 후에 뾰족한 바위 옆을 따라가야 해. 자칫 방심해서 그 바위 옆 뱃길을 놓치면 우리는 파멸이니 명심하게.'

선원들은 일제히 내 명령에 따랐습니다. 나는 끝내 스퀼라는 알려주지 않았습니다. 이 정도에도 겁에 질려서 우왕좌왕하는 부하들에게 스퀼라 얘기를 했다가는 아예 노를 내팽개치고 배 밑바닥으로 내려가 숨어버릴까 봐 염려가 되었기 때문입니다.

그런데 나는 키르케의 지시사항을 하나 까먹고 있었습니다. 절대로 무장하지 말라는 것을 말이지요. 나는 갑옷으로 바꿔 입고 긴 창 두 개를 양손에 거머쥐고서, 뱃머리 갑판 사이를 초조하게 왔다갔다 거닐면서 괴물을 처치하려고 벼르고 있었던 것입니다.

우리는 두 개의 바위 사이 해협에 도착했습니다. 높은 절벽 중간 동굴에 스퀼라가 있고, 야트막한 바위에서 우람하게 잘 자란 나무 아래 바닷속의 카립디스가 있는 곳을요. 정말이지 카립디스가 물을 토해낼 때는 가마솥에서 물이 펄펄 끓어오르듯 구름에 가려 있는 절벽 봉우리의 꼭대기까지 물보라가 날아오르더군요. 반대로 짠 바닷물을 빨아들일 때는 심연이 드러날 정도로 물이 깊고 넓게 소용돌이쳐서 주변의 바위들이 으르렁거렸습니다. 선원들은 모두 카립디스의 위력에 겁을 집어먹고 벌벌 떨었습니다.

그런데 그때 스퀼라가 배에서 가장 힘이 센 여섯 명을 휙 낚아챘습니다. 내가 아차 하고 뒤돌아 보았을 때는 이미 하늘 높이 끌려가는 사람들의 손발만 보였어요. 그들은 최후의 안간힘으로 가슴이 터져라 내 이름을 부르짖고 있었습니다. 바다로 튀어나온 바위 위에서 어부가 굉장히 긴 낚싯대로 고기를 낚아올릴 소 뿔을 바닷속에 던져 넣었다가, 그렇게 낚아올린 고기가 입을 빠끔거리며 몸부림치는 것을 잡아서 땅에다 내던지듯, 스퀼라는 방금 전까지 우리 곁에 있던 동료 여섯 명을 바위 위에 내던졌습니다. 동료들이 외마디 비명을 지르며 나를 향해서 최후의 손길을 내밀었지만, 스퀼라는 눈 깜짝할 사이에 그들을 통째로 삼켜버렸습니다. 여태껏 바다를 항해하며 겪었던 온갖 고난들 중에서도 가장 참혹한 광경이었습니다.

우리는 여섯 명의 목숨을 대가로 치러서 스퀼라와 카립디스를 통과해서, 태양신의 섬 트리나키에 도착했습니다. 과연 망망대해의 작은 섬인데도, 그곳의 첫인상은 외양간으로 돌아가는 소와 양들의 우렁찬 울음소리였습니다. 나는 테이레시아스와 키르케의 충고를 떠올렸습니다. 그들은 둘 다 내게 태양신의 섬을 조심하라고 신신당부했지요. 그래서 나는 동료들에게 어렵게 입을 뗐습니다.

'여보게들, 잠깐 슬픔을 접어 두고 내 이야기를 듣게. 왜냐하면 저승의 테이레시아스나 아이아이에 섬의 키르케가 둘 다 똑같은 예언을 했기 때문이네. 그것이 무엇이냐면, 우리가 저 태양신의 섬을 피해 가야 한다는 것이네. 안 그러면 재앙이 닥친다고 말이야. 그러니 저리 가까이 가지 말고 어서 옆으로 빠져나가세.'

사람들이 실망하는 모습이 보였습니다. 에우뤼로코스는 대뜸 간사스러운 말로 대꾸했습니다.

'오뒷세우스, 당신은 정말 이기적인 사람이요. 당신이야 마치 몸이 쇠로 되어 있기라도 한 듯이 힘도 세고 지칠 줄을 모르지만, 우리들을 보시오. 이렇게 피로와 졸음에 지쳐 있는데도 뭍에 상륙시키지 않겠다고? 저 섬에서 저녁 식사를 맛있게 할 수 있을 텐데 그대로 지나쳐서 밤새 빈 속으로 노를 저으라고? 한밤중에는 배를 해치는 거센 바람이 여러 방향에서 한꺼번에 부는데, 그때는 무슨 힘으로 피하란 말이오? 돌풍이 불면, 마파람이나 맞바람이 불면 어떻게 하라는 말이오. 신들의 뜻과 관계없이 특별히 배만 파괴하는 바람들을 피하려면 엄청난 힘이 필요한데.

자, 그러지 말고 캄캄한 밤의 권유에 따라서, 저 섬에 상륙해서 배 옆에서 저녁을 지어 먹고 수면을 취한 후 내일 아침 일찍 출항하면 어떻겠소.'

다들 에우뤼로코스의 말에 동요했습니다. 나는 신께서 꾸미는 재앙을 확실히 느꼈죠. 그래서 더 쩌렁쩌렁한 목소리로 말했습니다.

'에우뤼로코스여, 나를 협박하는구나. 내 편은 나뿐인 걸 알고 말이야. 그렇다면 모두 내게 굳은 맹세를 해다오. 키르케 여신이 싸준 식량은 실컷 먹어도 좋으니, 절대로 저 소 떼나 양 떼를 죽이지 않겠다고.'

동료들은 모두 고개를 열렬히 끄덕였습니다. 우리는 넓은 포구로 들어서서 배를 샘물 근방에 정박시키고, 육지에 내려서 저녁 식사를 지었습니다. 모두 실컷 마시고 먹어서 배가 부르자, 스퀼라에게 산 채로 잡아먹힌 친구들이 생각나서 울었습니다. 그러다가 다들 달콤한 잠에 빠져들었습니다.

그런데 밤이 끝나 하늘의 별들도 사라져갈 때 제우스께서 무서운 돌풍과 구름을 불러일으켰습니다. 뭍과 바다가 모두 짙은 구름으로 뒤덮이고 하늘이 캄캄한 밤으로 휩싸였습니다. 그래서 얼마 뒤 일찍 일어나는 장밋빛 손가락을 한 새벽의 여신이 나타났지만, 우리는 출항하지 못하고 배를 빈 동굴 속으로 끌어올려야 했습니다. 그곳에는 님프들의 무도장과 집들이 있었습니다. 나는 그때 동료들에게 다시 한번 다짐을 받았지요.

'여보게들, 배에 먹을 것과 마실 것이 아직도 많이 있으니 절대로 가축을 해치면 안 되네. 헬리오스의 재산을 훔치면 무슨 재앙을 받을지 모른단 말일세.'

그러나 돌풍은 한 달이나 이어졌습니다. 그것도 동풍과 남풍만 불었습니다. 우리는 식량을 아껴 먹으려고 애썼지만 결국 식량과 포도주가 바닥났습니다. 그래서 물고기와 날짐승을 닥치는 대로 잡아먹었습니다.

나는 절박해졌습니다. 그래서 신들에게 간절히 기도하기 시작했지요. 우리를 제발 귀국시켜 달라고요. 외딴 곳에 들어가 손을 깨끗이 씻고 바람이 불지 않는 그늘 속에서 무릎을 꿇고 올림포스 천궁의 모든 신들에게 기도를 올렸습니다. 그런데 신들은 오히려 내 눈 위에 달콤한 잠을 내렸습니다. 에우륄로코스가 다른 동료들을 선동할 수 있도록 말입니다.

'정말이지 우리의 고생이 이만저만이 아니다. 죽음은 아무리 비참한 인간이라도 겁낼 텐데, 지금 우리는 그중에서도 가장 비참하게 굶어 죽기 일보직전이란 말이야. 이대로는 안 되겠네. 지금 태양신의 소를 한 마리를 잡아서 제물로 바치세. 이타케에 무사히 귀국하자마자 헬리오스께 훌륭한 신전을 지어드리고 훌륭한 제물을 잔뜩 바치겠다고 하면 되지 않겠나? 그렇게 약속해도 신이 여전히 소를 죽였다고 화내면서 우리 배를 침몰시킨다면, 나는 차라리 이 쓸쓸한 섬에서 기진맥진 죽어가느니 파도를 향해 입을 벌려 실컷 물이라도 마시면서 죽겠네.'

다들 에우륄로코스의 말에 찬성했습니다. 때마침 배 근처 초원에서 넓은 이마에 큰 뿔을 가진 소 떼들이 풀을 뜯고 있었습니다. 태양신의 소 떼 속에서도 가장 훌륭한 무리였습니다. 부하들은 두 마리를 데려와서, 다 먹어버려서 없는 흰 보릿가루 대신 떡갈나무의 어린 잎을 뜯어서 던지며 제사를 드렸습니다. 빙 둘러서서 기도를 하고 제물의 목을 친 후, 껍질을 벗기고 다리를 자르고 기름으로 덮어 이중으로 싸서 구웠습니다. 그 위에 부을 술도 떨어져서 물을 붓고 모든 내장을 구웠습니다. 다음은 다리고기를 구워 맛보았습니다. 나머지 부분도 잘게 썰어 꼬치로 만들어서 불에 얹었습니다.

나는 그즈음 잠에서 깨어 서둘러 돌아오다가 배 근방에서 고기 굽는 냄새를 맡았습니다. 나는 걷잡을 수 없이 크게 탄식하며 불사의 신들에게 호소하였습니다.

'제우스여, 영원히 행복하게 사는 신들이여. 당신들이 나를 무참한 잠으로 유혹해서 엄청난 파멸에 떨어뜨렸군요. 그 동안 부하들이 큰일을 저지르도록!'

한편 긴 옷의 람페티에가 헬리오스에게 올라가서 소가 죽은 일을 보고했습니다. 헬리오스는 즉각 진노해서 다른 신들에게 말했습니다.

'제우스 대신이여, 그리고 영원히 행복하게 사는 모든 신들이여, 라에르테스의 아들 오뒷세우스의 동료들을 처벌해 주시오. 그들은 무례하고 교만하게 내 소를 죽였습니다. 별이 반짝이는 하늘로 올라갈 때나 하늘에서 땅으로 다시 돌아올 때 언제나 바라보며 낙으로 삼는 내 소를 말이지요. 만일 그들에게 소를 해친 벌을 내려주지 않으면, 나는 이제 땅 위에서 사라져서 저승으로 들어가 망령들 사이에서 빛나렵니다.'

'헬리오스, 제발 이대로 불사의 신들 사이에서 빛나 주게. 죽음의 숙명을 지닌 인간들을 위해서도 밀을 키우는 논밭 위에서 빛나 주게. 그들의 배는 내가 당장 번갯불로 쳐서 포도주색 바다 한복판에다 산산조각으로 부숴버릴 테니까.'

나는 이 사연을 칼립소에게 들었는데, 여신은 헤르메스 신에게 들었다고 했습니다. 나는 서둘러 배 곁으로 가서 한 사람 한 사람을 책망했지만, 이미 엎질러진 물이었습니다. 과연 얼마 지나지 않아서 불길한 징조들이 나타났습니다. 소의 껍질이 기어다니고, 꼬치에 꽂아둔 살점들이 소리를 지르고, 불에 구운 고깃덩어리들도 소처럼 울었습니다. 하지만 지독한 굶주림에 눈이 뒤집힌 부하들은 그러고도 엿새 동안이나 더 헬리오스의 소를 잡아먹었습니다.

그런데 7일째에 돌풍이 갑자기 잠잠해졌습니다. 지금 생각해 보면 제우스가 주는 시련이라는 것이 너무 뻔한데, 당시에 마음 급한 우리들은 그저 다행이라는 생각만 하면서 재빨리 돛을 올리고 출항했습니다. 하지만 배가 섬에서 완전히 멀어지자마자, 검은 구름이 몰려와서 어둠이 깔리고 사방의 돌풍이 모조리 찾아왔습니다. 돛줄이 끊어지고, 돛대가 넘어지고, 밧줄이 모두 풀려서 떠내려갔습니다. 돛대가 배고물에 있던 노잡이의 머리로 떨어져서 두개골을 박살냈습니다. 그의 몸은 해녀처럼 갑판에서 바다로 떨어졌고, 용감했던 그 영혼은 육신을 떠났습니다. 그 순간 제우스의 벼락이 우레소리와 함께 배에 떨어졌습니다. 배는 빙그르르 돌면서 유황불 냄새로 가득 찼고, 동지들은 배에서 떨어져 물새 떼처럼 검은 배 주변과 물결에 휩쓸려갔습니다.

나는 배 위에서 몇 번이고 앞뒤를 오르락내리락하며 고군분투했습니다. 큰 파도가 배의 용골에서 옆 벽을 앗아갈 때까지 말입니다. 물결이 용골을 싹 쓸어가는 동안, 용골에 넘어뜨린 그 돛대 위에 쇠가죽으로 만든 밧줄이 보여서 나는 그 밧줄로 돛대와 용골이 떨어지지 않게 단단히 묶었습니다. 그러고는 그 위에 앉아 저주스러운 바람이 부는 대로 떠내려갔습니다.

이윽고 돌풍이 잠잠해지고 바람의 방향이 반대로 바뀌었습니다. 태양이 조금씩 떠오르며 주변이 보이기 시작하자, 나는 소스라치게 놀랐습니다.

배가 밤새 표류하다가 스퀼라의 암초와 카립디스의 소용돌이 사이에 이른 것입니다. 게다가 마침 카립디스가 소금물을 빨아들이기 시작할 때였습니다. 나는 정신없이 그곳의 키 큰 야생 무화과나무를 향해 펄쩍 뛰어서 박쥐처럼 붙잡고 매달렸습니다. 어디에도 발을 안전하게 디딜 수가 없었습니다. 나무 밑동은 저 멀리 아래에, 나뭇가지는 하늘 높이 있었으니까요. 길고 큰 가지는 카립디스의 그림자를 만들고 있었습니다. 나는 다시 한번 그 커다란 소용돌이가 돛대와 용골을 토해내 줄 것을 초조하게 기다렸습니다.

한참만에 돛대와 용골이 나타났습니다. 재판관이 재판을 바라는 젊은이들의 많은 사건에 판결을 끝낼 무렵이 되어 저녁 만찬을 위해 자리에서 일어나는 것처럼 재목은 카립디스로부터 바깥으로 떠올랐습니다. 나는 대뜸 그 위로 몸을 날렸습니다. 철퍼덕 소리를 내면서 바다에 떨어졌는데, 다행히 재목의 길이가 꽤 길어서 얼른 잡고 올라앉을 수 있었습니다. 나는 노 대신 손으로 물결을 젓기 시작했습니다. 제우스께서 이번에는 스퀼라가 나를 보지 못하게 해주었습니다. 안 그랬다면 나는 그때 틀림없이 잡아먹히고 말았을 겁니다.

그로부터 아흐레를 나는 정처없이 표류했고, 열흘째가 되는 날 밤 오귀기에 섬에 닿았습니다. 여신 칼립소의 섬에요. 여기서부터는 왕과 왕비께 어제 궁에서 이미 말씀드렸으니, 되풀이할 필요는 없을 것 같습니다."

제13권

오뒷세우스, 마침내 고향에 도착하지만……

오뒷세우스의 표류담에 감동한 알키노스 왕은 더 많은 선물을 주고, 당장 이튿날 선원들을 시켜서 이타케 섬에 데려다준다. 선원들은 만 하루만에 이타케에 도착, 잠든 오뒷세우스를 깨우지 않고 살며시 포구에 내려놓고 돌아간다. 이 모습에 포세이돈이 격분, 그들의 배를 스케리아 섬 앞바다에서 돌로 만들어 버린다. 그후로 파이아케스인들은 무조건 나그네의 귀향을 돕던 일을 그만둔다. 한편 이타케의 바닷가에서 잠에서 깬 오뒷세우스는 낯선 풍경에 어리둥절해하다가 절망한다. 아테네 여신이 그를 보호하려고 모든 것을 안개로 감싸서 낯설게 만들었기 때문이었다. 아테네는 그의 앞에 나타나서 '이곳은 이타케이지만, 곧바로 집으로 돌아가지 말고 돼지치기의 오두막에 가서 전략을 짜야 한다.'라고 알려준 후, 아무도 알아보지 못하도록 오뒷세우스를 거지 늙은이 행색으로 바꿔 준다. 오뒷세우스는 하마터면 자신도 아가멤논처럼 살해될 뻔했음을 깨닫고 두말없이 여신의 말을 따른다.

마침내 오뒷세우스의 기나긴 표류담이 끝났다. 아무도 입을 열지 않았다. 어두컴컴한 궁전 안이 마치 마술에 걸린 듯했다. 그 정적을 알키노스 왕이 깨뜨렸다.

"오뒷세우스여, 비록 극심한 고난들을 겪었지만 우리 궁전에 온 이상 당신의 유랑은 끝났소. 파이아케스인의 원로들이여, 또 만찬에서 원로들과 똑같은 포도주를 대접받는 자들이여, 우리가 이 손님을 위한 선물을 준비하자. 나는 좋은 옷들, 정교하게 만든 황금 물건들, 그리고 여러분들이 보내준 선물들까지 다 함께 나무 궤짝에 담아 두었다. 거기에 우리 전 백성들의 마음의 뜻으로 작은 솥이라도 하나씩 더 보태기로 하자. 나중에 국민들로부터 세금을 거두어서 보충하면 되니까. 개개인이 선물을 하기는 힘든 일이니까."

모두가 알키노스 왕의 말에 만족의 뜻을 표하고 각자의 집으로 돌아갔다. 그리고 새벽이 되자 손님을 태울 배로 청동 그릇들을 가져갔다. 알키노스 왕은 배의 정비 상태를 손수 점검하고, 이 선물들을 노 젓는 자리 아래에 챙겨 넣고, 선원들이 노를 저을 때 불편함이 없도록 마음을 써주었다. 그런 다음, 궁전에서 마지막 만찬을 베풀었다.

알키노스 왕이 제우스에게 암소 한 마리를 제물로 올렸다. 넓적다리뼈들이 다 타자 남은 고기들을 구워서 다 함께 즐겁게 식사를 즐겼다. 가인 데모도코스의 노래도 빠지지 않았다.

하지만 오뒷세우스는 태양이 빨리 지기를 바라며 자꾸 하늘을 올려다봤다. 마음이 온통 귀국에 대한 기대감으로 꽉차 있었기 때문이었다. 마치 두 마리 황소에게 쟁기를 단단히 채워서 휴경지를 하루 종일 갈도록 끌고 다닌 농부가, 이윽고 해가 저물어 지친 몸을 이끌고 돌아갈 저녁 식탁을 고대하는 것처럼 말이다. 이토록 오뒷세우스에게는 일몰이 반가운 일이었다. 그래서 파이아케스인들에게, 특히 알키노스 왕에게 호소했다.

"알키노스 왕이여, 파이아케스인들이여, 당신들이 지금 신들께 제물을 바치고 저를 호송해 주십니다. 내가 고대하는 귀국을 도와주고 선물까지 마련해 주신 행동을 신들께서 축복하시기를! 저는 무사히 집에 돌아가서 아내와 가족들을 만날 수 있기를! 여러분들 또한 계속 이곳에서 부인과 자녀들과 함께 행복한 삶을 누리시기를! 신들께서 모든 복과 덕을 내려주셔서 당신네 나라에 재앙이 찾아드는 일도 막아주기를 빕니다."

사람들은 손님의 적절한 인사에 기뻐했다. 알키노스 왕이 시종에게 명령했다.

"폰토노스여, 혼주병에 좋은 술을 섞어서 여기 모든 이에게 나눠 드려라. 제우스 대신께 헌주한 후 손님을 속히 고국으로 호송해 줄 것이니까."

폰토노스는 마음을 흥겹게 하는 좋은 술을 물과 섞어서 모든 사람에게 골고루 부었다. 모두들 제자리에서 넓은 하늘을 지배하는 신들에게 신주를 바쳤다. 오뒷세우스가 일어나면서 아레테 왕비에게 술잔을 바치며 찬양했다.

"아레테 왕비여, 안녕히 계십시오. 늙음과 죽음이 찾아올 때까지 이 세상의 모든 부귀와 영광이 당신과 함께 하시길 빕니다. 이제 나는 이곳을 떠납니다만 당신은 이 궁전에서 아들, 백성들, 특히 알키노스 왕과 즐겁게 지내십시오."

마침내 오뒷세우스가 궁궐을 나섰다. 알키노스 왕의 전령이 배가 있는 바닷가로 그를 안내했다. 아레테 왕비의 여종들이 깨끗한 옷가지들, 튼튼한 궤짝, 곡식과 포도주 등을 들고 뒤따라왔다. 전송하러 배 곁에 나와 있던 사람들이 그것들을 받아서 배에 실었다. 배의 고물 쪽 갑판에는 오뒷세우스가 잠들 수 있게 두터운 모포를 깔아 주었다.

오뒷세우스는 승선하더니 아무 말 없이 모포 위에 누웠다. 그러자 선원들이 각기 익숙하게 자기 노 젓는 자리를 찾아가 앉으며 배를 묶어둔 밧줄을 풀었다. 그들이 몸을 뒤로 젖히면서 힘차게 노를 젓기 시작하자, 오뒷세우스의 눈꺼풀 위에 달콤한 잠이 떨어졌다. 절대로 깨지 않는 달디단, 죽음과도 같은 잠이.

들판을 달릴 때 사두마차의 수말들이 가죽 채찍을 맞으며 발굽을 높이 차올리며 달려나가듯, 뱃머리는 높이 치솟고 배꼬리에서 파도가 으르렁거렸다. 배는 순조롭고 줄기차게 달려나갔다. 배는 날짐승 중에서 가장 날쌘 솔개도 못 따라갈 만큼 재빠르게 물살을 가르며 신처럼 지혜로운 용사를 싣고 달렸다. 그는 실로 갖은 고초를 겪고, 용사들의 많은 전쟁과 힘든 파도를 경험했지만, 지금은 과거의 모든 고난을 잊고 정말 꼼짝도 않고 곤히 잠들어 있었다.

가장 빛나는 별, 새벽의 명성이 솟아날 즈음 배는 드디어 이타케 섬 가까이에 이르렀다. 이타케에는 바다노인의 이름을 따서 포르퀴스 포구라고 불리는 곳이 있는데, 그곳에 두 개의 곶이 돌출해 있었다. 해변은 깎아지른 낭떠러지이고 포구 쪽은 낮고 평탄하니, 그것이 앞바다에서 거칠게 불어오는 바람과 큰 파도를 막는 울타리 구실을 했다. 그래서 이 포구에서는 배들이 밧줄을 매지 않고 정박했다.

포구의 가장 안쪽 부둣가에 긴 잎이 무성한 올리브 나무가 있고, 그 옆에 어둠침침한 동굴이 있으며, 그 속에 마르지 않는 샘물이 흘렀다. 돌 혼주병과 술병이 굴러다니고 꿀벌집도 있었다. 돌로 만든 긴 베틀도 있는데, 이것으로 님프들이 얇은 자줏빛 베를 짰다. 동굴 입구는 두 개였는데, 북향 입구는 사람이 들어갈 수 있었고 남향 입구는 신들만 드나들 수 있는 통로였다.

그들은 훌륭한 선원들답게 거침없이 포구 안으로 배를 몰았다. 배가 너무 속도를 낸 탓에 배 몸통의 절반이나 육지로 올라왔다. 노잡이들이 그만큼 힘차게 배를 몬 것이다. 그들은 갑판 위 모포 위에서 담요를 덮고 아직까지 정신없이 잠들어 있는 오뒷세우스를 그대로 들어올려서 바닷가 모래사장에 내려놓았다. 그러고는 파이아케스의 장로들이 보낸 많은 보물들은 길에서 떨어진 한적한 곳에 한데 숨기듯 쌓아 주고 배를 되돌렸다.

하지만 포세이돈은 자신이 오뒷세우스에게 했던 위협들을 기억하고 있었기 때문에, 제우스에게 의도를 물었다.

"제우스여, 앞으로 어떤 신이 나를 존경하겠소? 인간인 파이아케스인들조차 나를 존경하지 않는데. 나는 오뒷세우스가 온갖 고난을 겪은 뒤 고향으로 돌아간다고 말했지, 그에게서 귀국의 길을 빼앗을 생각은 없었습니다. 당신도 그렇게 하라고 애초에 승낙했소. 그런데 지금 저들이 오뒷세우스를 이타케 섬에 데려다주고 청동과 황금으로 된 선물들을 산더미 같이 주고 있구려. 그가 트로이아에서 얻었던 것들조차 미치지 못할 만큼 많은 것을."

"포세이돈이여, 대체 무슨 말인가? 그대를 업신여기는 신은 절대로 없을걸세. 가장 나이가 많은데다가 성품까지 바른 분에게 무례할 리가 있겠나. 인간들 중에서 누군가가 완력이나 권력을 믿고 그대에게 경의를 표하지 않으면 언제든 스스로 보복하지 않나. 그러니 그대가 하고 싶은 대로 하게."

"먹구름을 일으키는 신이여, 나는 지금 당장에라도 그 말대로 하고 싶소. 그러나 언제나 당신의 분노가 신경쓰이는 게 사실이오. 좋소, 지금 나는 오뒷세우스를 데려다주고 돌아가는 파이아케스인들의 배를 안개 낀 바다에서 부숴버리겠소. 저들이 앞으로는 사람을 호송해 주는 일을 영영 삼가도록. 그들의 성도 큰 산으로 둘러싸 버릴 것이오."

"친애하는 신이여, 이렇게 하면 어떻겠나? 모든 사람이 섬에 다가오는 배를 보고 있을 때, 그 배를 뭍 가까운 곳에서 돌로 바꿔버리면 사람들이 깜짝 놀랄 테지. 그러면 그들의 성을 양쪽에서 산으로 둘러싸는 결과와 같지 않겠나?"

포세이돈은 이 말에 수긍하고 재빨리 스케리아 섬으로 갔다. 그곳에서 잠시 기다리자 얼마 후 배가 나타났다. 포세이돈은 그 배를 돌로 바꾸고, 아래를 향해 손바닥으로 내려쳐서 바다 밑으로 뿌리를 박게 하고 사라졌다. 파이아케스인들이 비명을 질렀다.

"이게 도대체 무슨 일인가? 배가 고향으로 돌아오다가 앞바다에서 돌이 되어 발이 묶이다니!"

아무도 영문을 알지 못했다. 알키노스 왕만이 고개를 끄덕이며 긴 탄식을 내뱉었다.

"옛날 내 아버님의 신탁이 실현되었구나. 바다를 다스리는 포세이돈께서 우리 파이아케스인이 모든 사람들을 안전하게 호송해 주는 것에 노여움을 품었으니, 언젠가 호송을 마치고 돌아오는 배가 흐릿하게 안개 낀 바다 위에서 부숴지고 도성이 큰 산으로 둘러싸일 거라고 하셨거든!

백성들이여, 내 말을 잘 듣거라. 앞으로는 그 어떤 사람이 찾아와 호송을 부탁해도 거절해야 한다. 그리고 포세이돈 신께 좋은 암소 열두 마리를 제물로 바치자. 신이 자비를 베풀어서 도성을 산으로 둘러싸는 일만은 없도록 해달라고!"

모두들 서둘러서 신에게 기도를 올렸다. 파이아케스 장로들은 제단 주변에 나란히 서서 기도했다.

한편 오뒷세우스는 그토록 그리던 고향 땅에서 잠을 깼으나, 너무 오랫동안 떠나 있었고 아테네 여신이 주변을 안개로 덮어 놓았기 때문에 선뜻 알아볼 수가 없었다. 아테네는 그를 다른 이들이 발견하지 못하게 숨겨두고, 그가 잠에서 깬 후 앞으로의 일을 상의하려고 했다. 그러려면 불한당같은 구혼자들에게 보복을 가하기 전에는 아내도 시민들도 친척도 그를 알아보지 못해야 했다. 그래서 그에게도 옛 영지의 모든 것이 달라보이게 만들었다. 오뒷세우스의 눈에는 오솔길도 포구도 바위며 수목의 형세도 낯설었다. 그는 손바닥으로 두 다리를 내리치며 울부짖었다.

"아, 비참하구나. 이번에는 도대체 어떤 인간들의 나라인가. 무법자에 무례한 불한당들의 나라는 아니기를. 대체 이 많은 보물들을 어디로 옮겨야 좋단 말이냐. 차라리 그냥 스케리아 섬에 놔두고 올 걸. 그랬다면 나를 환대해서 고향에 보내줄 영주를 만날 수도 있었을 텐데. 괜히 가져 와서 가져 갈 곳도 없고 그렇다고 이대로 내버려둘 수도 없는 처지라니. 자칫 잘못해서 다른 사람들이 훔쳐가지 않게 해야 하는데.

아니지, 그보다도 파이아케스 장로들은 분별 있고 지혜로운 이들인 줄 알았더니 나를 엉뚱한 나라로 보내버리다니 도대체 무슨 일인가. 멀리서도 한눈에 알아볼 수 있는 나의 이타케로 데려다준다더니 약속을 저버렸어. 나그네를 보호하는 제우스 신께서 저들에게 벌을 내려 주시기를!"

오뒷세우스는 선물들 중에서 없어진 것이 없는지 살펴보았다. 솥과 옷감과 궤짝들의 숫자를 세니, 없어진 것은 없었다.

그는 물결이 출렁이는 이타케의 바닷가를 거닐면서 이타케를 그리워했다. 그 옆으로 아테네 여신이 갔다. 영주의 아들처럼 멋진 체격에, 좋은 망토를 두 겹으로 포개서 양치기처럼 걸치고서. 살이 포동포동한 발에는 샌들을 신고 손에는 단창을 들었다.

사람을 만나자 오뒷세우스는 반가워서 얼른 다가갔다.

"반가운 이여, 당신은 내가 이 땅에 와서 처음 만나는 분입니다. 아무쪼록 나를 적대시하지 마시고, 내 몸과 이 물건들을 보호해 주십시오. 신들께 기도하듯 당신의 무릎에 매달려 부탁하겠습니다. 부디 제게 분명하게 알려 주시오. 이곳은 어느 곳 어떤 나라입니까? 어떤 이들이 살고 있나요? 섬인가요, 아니면 대륙의 해변가인가요?"

"나그네여, 정말 먼 곳에서 방금 오셨나 보군요. 아무것도 모르시다니. 이곳은 동쪽 땅에 사는 이들부터 해 지는 서쪽 마을 사람들까지 모르는 사람이 없는 섬입니다. 평지가 울퉁불퉁해서 말이 달리기에는 적합하지 않지만, 땅이 넓지는 않아도 비옥해서 놀랄 만큼 곡식도 포도도 많이 나옵니다. 언제나 비와 안개가 충분히 내려서 양과 소를 치기도 좋지요. 나무들도 여러 종류가 무성하고 일년 내내 물이 나오는 샘도 있어요. 그러니 이타케 섬의 이름이 트로이아까지 알려져 있지요. 아카이아로부터 꽤 먼 곳인데도 말입니다."

오뒷세우스는 자기가 고향에 돌아와 있음을 알게 되자 속으로 떨 듯이 기뻤다. 그렇지만 본심은 숨기고 이렇게 말했다.

"그렇군요. 이타케 섬 이야기는 크레타 섬에서도 익히 들었습니다. 그래서 제가 이런 재물들을 가져온 것이지요. 나는 자식들에게도 이만큼의 재물을 남겨놓고 도망나온 길이랍니다. 왜냐하면 이도메네우스 왕의 아들 오르실로코스를 죽였거든요. 원 세상에, 내가 육지의 싸움터와 바다의 모진 풍파 속에서 갖은 고초와 위험을 무릅쓰고 트로이아에서 가져온 전리품을 그자가 빼앗으려 하잖아요? 내가 트로이아에서 그의 아버지의 시중 들기를 거부하고 대장으로서 군대를 지휘했기 때문이라나.

그래서 나는 동지 한 명과 길섶에 매복해 있다가 그가 밭에서 돌아올 때 청동 창으로 찔렀지요. 칠흑 같이 캄캄한 밤이어서 아무도 우리를 못 봤기에, 나는 재빨리 페니키아인들의 배를 찾아가 전리품을 충분히 내주며 퓔로스나 엘리스로 태워달라고 했던 참입니다.

그런데 강풍이 불어서 배가 엉뚱하게도 이곳으로 흘러오지 뭡니까? 포구에 배도 간신히 댔기 때문에 저녁 식사도 잊고 해변가에 내려서 곯아떨어졌습니다. 내가 아직 잠들어 있을 때 페니키아 상인들은 먼저 잠에서 깨서 내 물건들을 모두 내려놓고 시돈 해변으로 돌아간 모양이고요. 그래서 내가 이렇게 홀로 어리둥절해 있던 중이라오."

아테네는 미소를 지으며 부드러운 손길로 그를 어루만졌다.

"교활하고 능청스런 사나이여, 그토록 그리던 고향에 돌아와서도 사람을 속이는 계략을 그만두지 않는구나. 이제 기만은 그만두라. 지혜와 꾀에 있어서, 인간 중에서는 그대가 최고이고, 신들 중에서는 내가 가장 유명하니까. 설마 그대가 재앙을 만날 때마다 도와주고 보호해준 나, 팔라스 아테네를 모르지는 않을 것이다. 내가 파이아케스인들이 당신에게 친절을 베풀어 이곳까지 호송해 주도록 했다.

자, 지금 그대 앞에 나타난 것은 이 보물을 숨기는 방법을 의논하기 위해서이다. 또 앞으로 집에서 겪게 될 운명의 번뇌를 하나하나 다 알려주기 위해서이다. 그러려면 일단 아무에게도 그대의 귀국을 알리면 안 된다. 아무리 불쾌하고 난폭한 일이 생겨도 꾹 참아 넘겨야 한다."

오뒷세우스는 깜짝 놀랐지만, 한편으로는 여전히 의심을 거두지 못하고 물어보았다.

"여신이여, 가장 지혜로운 인간도 당신이 팔라스 아테네이심을 알아차리기는 어렵습니다. 왜냐하면 당신은 온갖 모습으로 변하시니까요. 나는 트로이아에서 당신이 제게 베풀어 주신 친절을 분명히 기억하고 있습니다. 하지만 프리아모스의 도성을 점령한 후에 아카이아군이 바다 위에서 뿔뿔이 헤어진 이후로는 당신을 한 번도 보지 못했기 때문에, 우리 배에 타서 제 고난을 돕고 계신 줄은 몰랐습니다. 그래서 정말 외롭게 신들께서 나를 재앙에서 해방시켜 주실 날을 애태워 기다리며 유랑해 왔습니다. 그렇군요, 여신께서 파이아케스인들의 나라에서 저를 격려하고 궁까지 안내해 주셨군요.

그렇다면 이번에도 당신 아버지, 탄원자들의 수호신 제우스의 무릎에 매달려 간청합니다. 지금 저를 놀리려고 거짓말을 하시는 겁니까? 왜냐하면 저는 이곳이 너무 낯설게 느껴지거든요. 이곳이 이타케인지 아닌지 솔직하게 말씀해주십시오."

팔라스 아테네는 오뒷세우스를 안심시켰다.

"아직도 그런 걱정을 하고 있구나. 보통은 오랜 방랑 끝에 고향에 도착했다는 소리를 들으면 앞뒤 생각 않고 집으로 달려가서 아내와 아이들을 만날 것이다. 그런데 그대는 그러지 않는다. 자, 그대가 그토록 의심을 풀지 않으니 내가 지금 이타케의 모습을 보여주겠다. 여기는 바다노인의 포구 포르퀴스이다. 이 동굴에서 당신이 님프들에게 수차례 제물을 봉납했다. 저기 숲이 울창한 네리톤 산이 보이고."

여신이 안개를 걷었다. 오뒷세우스는 그제서야 기뻐하며 발밑 흙에 입을 맞추고 님프들에게 기도했다.

"냇가의 님프들이여, 제우스의 딸들인 당신들과 다시 만나리라고는 생각지도 못했습니다. 제발 저의 지극한 기원을 받아주시면 틀림없이 예전처럼 풍성한 제물을 바치겠습니다. 만약 제우스의 따님께서 내가 오래 살아서 귀여운 아들이 장성하는 것을 보게 해주시면."

"안심하라, 그런 일은 걱정 말라. 그보다는 지금 당장 보물들을 동굴에 숨겨라. 그것들을 무사하게 지키려면."

그러자 오뒷세우스는 황금과 청동의 선물들, 훌륭한 옷들을 동굴로 옮겼다. 아테네가 동굴 입구를 바위로 막았다. 그후에 그들은 올리브 나무 밑에 앉아서 구혼자들을 파멸시킬 방법을 궁리했다.

"제우스의 후손인 라에르테스의 아들이여, 그들은 3년간 당신의 성에서 뻔뻔스럽게 주인 행세를 하면서 당신 부인에게 구혼하고 있다. 페넬로페는 하는 수 없이 그들에게 희망의 말을 거짓으로 해주면서 당신의 귀국을 손꼽아 기다리고 있다."

"아테네 여신이여, 당신이 차근차근 설명해 주지 않으셨더라면 나도 아가멤논처럼 내 집에서 비참한 죽음을 맞을 뻔했습니다. 그렇다면 제가 어떤 꾀를 써야 할까요? 부디 트로이아에서처럼 제 곁에서 대담한 용기를 주십시오. 빛나는 눈빛의 여신이여, 그렇게만 해주시면 저는 삼백 명의 장정들과도 맞붙어 싸워 이기겠습니다."

"내가 한시도 그대에게서 눈을 떼지 않고 도와줄 것이다. 머지 않아 그대의 재산을 탕진하고 있는 구혼자들의 피와 머릿골이 땅바닥에 흩뿌려질 것이다. 그러기 위해서 일단 그대를 아무도 못 알아보도록 바꿔 주마. 손발의 고운 살결을 거칠게 하고, 금발도 바꾸고, 그 맑은 눈동자를 뿌옇게 만들고, 옷도 누더기로 바꿔 주겠다. 누가 봐도 너무나 추한 사람으로 보이도록.

그 모습으로 우선 돼지치기 에우마이오스에게 가거라. 그는 변함없이 당신에게 충성스러워서 페넬로페와 텔레마코스에게도 충성을 다하고 있었다. 돼지들이 코락스 바위와 아레투사 샘 근처에서 검은 물과 도토리를 양껏 먹으며 살찌고 있으니, 그는 그 주변에 살고 있다. 그대는 돼지치기 집에 머물면서 이것저것 자세히 물어보거라. 그러면 나는 스파르타로 가 있는 텔레마코스를 불러오겠다. 그대 소식을 물으려고 라케다이몬의 메넬라오스를 찾아간 그 아이를."

"당신은 사정을 다 알고 있었으면서 왜 그 아이에게 말해주지 않으셨습니까? 혹시 그 아이도 거친 바다 위를 여기저기 헤매게 하시려는 겁니까? 그 동안 우리집 재산은 불한당 같은 구혼자들이 다 없애버리고."

"그 아이에 대해서는 걱정하지 말라. 내가 그 땅에 가서 명예를 얻어오도록 보낸 것이니까. 텔레마코스는 아무런 사고 없이 메넬라오스의 집에서 태산 같은 선물을 받고 편안히 지내고 있다. 구혼자들 무리가 그가 돌아올 때 처치하려고 매복하고 있지만 다 허사일 테니까. 그 전에 구혼자들 중에

몇 명이 더 먼저 죽어서 땅에 묻힐 것이다."

아테네 여신은 이렇게 말하고 지팡이로 그를 건드렸다. 그러자 오뒷세우스는 쭈글쭈글한 피부에 부스스한 머리에 뿌연 눈동자의 누더기옷 노인으로 변했다. 여신은 그의 어깨에 사슴 가죽을 걸쳐 주고, 긴 끈이 달린 너덜너덜한 바구니까지 손에 들려 주었다. 그러더니 곧바로 라케다이몬의 텔레마코스를 향해 떠났다.

제14권

돼지치기 에우마이오스

❧❧❧

돼지치기 에우마이오스는 따듯한 햇살 아래서 가죽 신발을 만들고 있다가, 거지 행색의 노인이 들어서는 모습을 본다. 그는 노인이 주인 오뒷세우스일 것이라고는 꿈에도 생각 못하고, 손님을 따듯하게 대접하는 희랍의 풍습에 따라 노인에게 음식과 잠자리를 내준다. 그러면서도 주인이 부재 중이어서 더 좋은 고기와 포도주를 주지 못해서 미안해한다. 또 주인의 집을 점령하고 재산을 탕진하고 있는 구혼자들에 대한 분노를 드러내고 하소연한다. 오뒷세우스는 한결같은 마음으로 충성하고 있는 에우마이오스에게 감동한다. 하지만 아테네의 지시에 따라서 자신의 신분을 밝히지 않고, 또다시 그럴 듯한 이야기를 지어내서 '나는 크레타 왕의 서자로, 해적을 만나 노예로 팔려 떠돌던 중에 오뒷세우스가 곧 귀국할 것임을 들었다.'라고 말한다. 하지만 돼지치기는 화내면서 '손님에 대한 대접은 소홀히 하지 않을 테니까, 괜한 거짓말로 주인마님을 괴롭히지 말라.'라고 따끔하게 꾸짖는다.

오뒷세우스는 포구로부터 일부러 숲이 우거진 울퉁불퉁한 오솔길을 골라서, 아테네 여신이 돼지치기 집이라고 일러준 곳으로 향했다. 돼지치기의 집은 사방이 탁 트여서 잘 내려다보이고, 높은 울타리로 둘러싼 널찍한 안마당이 있었다. 돼지치기 에우마이오스는 바깥 문턱에 앉아 있었다. 그는 오뒷세우스의 하인들 중에서 가장 충성스러운 자였다. 그래서 안주인이

나 라에르테스 노인도 모르게 이 안뜰을 손수 만들고 출타한 주인의 돼지들을 키웠다. 돌을 깎아서 차곡차곡 쌓고, 위에 가시덩굴로 지붕을 씌우고, 둘레에 검은 떡갈나무 재목을 쪼개서 빽빽이 말뚝으로 박아서 돼지우리 열두 칸을 지었다. 각 칸에 암돼지가 쉰 마리씩 갇혀서 바닥에 누워 있었다. 수돼지는 우리 밖에서 길렀는데 숫자가 훨씬 적었다. 구혼자들이 수돼지만 골라서 먹어치웠기 때문이었다. 그래도 아직은 수돼지가 삼백예순 마리나 남아 있었다. 우리 옆에는 사나운 개 네 마리가 누워서 돼지들을 지키고 있었다.

돼지치기는 좋은 빛깔의 쇠가죽을 제 발에 맞게 재단해서 샌들을 만들고 있었다. 다른 일꾼 세 명은 돼지들을 몰고 이리저리 나가 있었고, 한 명은 구혼자들이 배불리 먹을 돼지를 갖다 바치러 갔다.

그때 개들이 웬 거지 노인이 들어오는 것을 보더니 미친 듯이 짖으며 덤벼들었다. 노인은 놀라서 지팡이를 떨어뜨리고 땅바닥에 털썩 주저앉았다. 돼지치기는 쇠가죽을 내팽개치고 재빨리 뛰어가서 네 마리를 꾸짖어 쫓아냈다.

"손님, 이놈들이 하마터면 당신을 물어뜯을 뻔했네요. 그랬더라면 당신이 나를 얼마나 원망하고 저주했을까요. 안 그래도 내게는 신들이 안겨준 다른 고생과 탄식들이 한가득인데. 신과 같은 우리 주인님을 걱정하는 일 말이에요. 내가 열심히 살찌운 돼지는 무뢰한들이 다 먹어치우고, 우리 주인님은 먹을 것을 찾아서 방랑하고 계신답니다. 낯선 고장 낯선 사람들 사이를 말이에요. 그것도 아직 살아서 햇빛을 보고 계시다면요.

이런 얘기는 해서 무엇 하겠소. 아무튼 나를 따라오십시오. 집 안으로 들어갑시다. 밥과 술을 드릴 테니, 다 드신 후에 당신이 누구인지 어디서 왔는지 말해 주세요.”

돼지치기는 앞장서서 오두막으로 들어가더니, 바닥에 나무 잔가지들을 잔뜩 깔고 그 위에 염소 가죽을 펴서 손님을 그 위에 앉혔다. 그것은 털이 잔뜩 붙고 부드러워서 그 자신이 잠자리로 사용하는 것이었다. 오뒷세우스는 그의 환대가 매우 기뻤다.

“주인 양반, 제우스와 불사인 신들께서 당신이 가장 희망하는 것을 이뤄 주시기를 비오. 손님을 이렇게 융숭하게 대접해 주시는 보답으로요.”

“손님, 나는 아무리 형편없는 행색으로 온 사람이라도 업신여기지 않아요. 타지인이나 동냥치들도 모두 제우스께서 보낸 자들이니까요. 하지만 내 살림살이가 이러니 베풀 수 있는 것이 별로 없어서 안타깝네요. 더 큰 것들은 내 주인의 권한인데, 그분이 안 계셔서 물어볼 수가 없으니 더 조심스러운 형편이랍니다.

아마도 신들께서 내 주인의 귀국을 막아 버리셨나 봅니다. 그분이라면 틀림없이 충성스러운 하인에게 물건이나 땅을 후하게 나눠 주셨을 텐데. 에잇, 헬레네 일족들이 싹 다 망해 버렸으면! 수많은 무사들의 목숨을 앗아 갔으니까요. 내 주인님도 아가멤논에게 보답하려고 일리오스로 가셨다가 영영 못 돌아오고 계시고.”

돼지치기는 겉옷을 띠로 질끈 졸라매 입더니 마당으로 나갔다. 돼지우리에서 두 마리를 끌어내서 죽이더니, 불로 털을 태우고 고기를 썰어 꼬챙이에 꿰어 불에 구웠다. 김이 모락모락 나는 고기 위에 흰 보릿가루를 뿌려서 손님 앞에 내놓았다. 또 담쟁이 무늬가 새겨진 잔에 물로 희석시킨 포도주도 따라주었다.

"하인들이 먹는 새끼 돼지뿐이지만, 그래도 어서 드십시오. 살찐 수퇘지는 저 무례하고 무법자인 구혼자들이 죄다 먹어치워서……. 신들은 그런 자들은 벌하고, 올바르고 분별 있는 인간을 칭찬하시지요.

그런데 말입니다, 그런 극악무도한 놈들이라도 제우스의 도움으로 승리해서 전리품을 잔뜩 얻었을 때, 혹시 또다른 신은 심판을 내리지 않을까 해서 불안해하거든요? 그런데 저 구혼자들은 주인님이 돌아가신 것을 확실히 알고 있는 것 같아요. 불한당처럼 굴면서도 전혀 신을 두려워하지 않고 당당하니까 말입니다.

그들이 주인님의 돼지들을 얼마나 많이 도살하는지 아십니까? 포도주는 물 마시듯 마셔대고. 우리 영주님의 재산은 정말 대단했단 말입니다. 이타케 섬은 물론이고 본토까지 합해도 주인님이 최고의 부자였어요. 암, 웬만한 부자 스무 명의 재산을 다 합쳐도 못 따라갔지. 대충 어림잡아 세어 봐도 본토에 소며 돼지며 양들이 각각 스무 무리씩에, 이 섬에서도 저쪽 끄트머리에 염소 떼가 열하나니, 그것들을 지키는 나 같은 목자들만도 얼마나 많았는데요.

그런데 우리는 지금 그중 가장 살진 녀석들을 매일 그놈들에게 갖다 바치는 신세라오. 나도 여기서 돼지를 한 마리씩 보내고 있고."

오뒷세우스는 입으로 게걸스럽게 음식을 먹어치우면서도, 귀로는 돼지치기의 넋두리를 귀담아 들었다. 에우마이오스는 손님이 한껏 배불리 식사를 끝내자, 자신의 잔에 포도주를 가득 따라서 건네주었다. 오뒷세우스가 감사의 인사를 했다.

"친절한 분이여, 당신에게 후한 보수를 주었다는 그 부유하고 세력 있는 주인이 누구시오? 아까 아가멤논을 따라서 트로이아로 가셨다고 했는데, 그렇다면 내가 알 수도 있소. 아마 어딘가에서 그분을 만났거나 그분의 소식을 들었을 게요. 나는 꽤 많은 곳을 돌아다녔다오."

"손님, 그런 말씀은 꺼내지도 마세요. 안그래도 예전에 숱한 나그네들이 마님을 찾아갔는데, 그때마다 마님은 귀하게 대접한 후 슬픔의 눈물을 흘리시며 자초지종을 물으셨지요. 그런데 방랑자들이란 조금이라도 후한 대접을 받으려고 아무 거짓말이나 지어내기를 서슴지 않더군요. 그래, 당신도 이야기를 꾸며대겠다는 말입니까? 뻔뻔하게 옷가지나 좀 얻어보려는 생각으로요?

잘 들으세요. 내 주인님 오뒷세우스의 혼령은 이미 저 세상으로 떠나서 살갗을 개나 새들에게 뜯기신 게 틀림없습니다. 아니면 바다 한가운데에서 물고기 밥이 되어서 뼈가 모래사장에 파묻혀 있든지. 가족 모두에게, 또 내게도 근심과 슬픔을 잔뜩 남겨 놓으시고서요.

아아, 이제 다시는, 설령 내가 나고 자란 부모님의 집으로 돌아간대도 그렇게 인자한 분은 다시는 못 만날 겁니다. 부모님이 돌아가셨대도 이토록 슬프지는 않겠어요. 그분의 이름을 부르는 것만으로도 그리워서 가슴이 메이는군요. 나를 남달리 염려하고 위해주셨던 분. 그래서 나는 그분이 떠나셨어도 여전히 그분을 내 주인님으로 생각하고 있답니다."

"아, 오뒷세우스! 친절한 자여, 내가 맹세하는데 당신의 오뒷세우스 님은 돌아온다오. 기쁜 소식을 전한 것에 대한 상금은 그분이 성으로 돌아오신 후에 주시구려. 나는 가난 때문에 아무 말이나 지껄여대는 것을 저승의 대문만큼이나 싫어하오. 자, 제우스 대신과 나를 접대해 주는 이 식탁과 금간데 없는 오뒷세우스 저택의 화로에 맹세코, 내 말은 1년 안에 고스란히 사실로 실현될 것이오. 이 달이 지나고 새 달이 되면 오뒷세우스가 돌아와서 저 구혼자들에게 복수를 할 거란 말이오.”

“아니! 영감, 당신에게 줄 사례금은 없어요. 오뒷세우스 님은 안 돌아오시니까. 자, 그냥 이 포도주나 더 마시면서 다른 이야기나 합시다. 누가 주인님을 상기시키기만 해도 가슴이 쓰려서 원……. 그래도 그분이 돌아오신다면, 나와 페넬로페 님과 라에르테스 영감님과 텔레마코스 님의 소망처럼 오뒷세우스 님이 돌아오신다면 정말 좋겠군.

하지만 요새는 사실 텔레마코스 님이 더 걱정입니다. 신들께서 그분을 길러내시는지 아버지가 안 계신 중에도 용모나 모습이 돋보이게 자라나시기에 부친 못지않은 용사가 될 거라 기대했는데, 어떤 신이 농간을 부렸는지 갑자기 분별력을 잃고 퓔로스로 떠났다지 뭡니까. 돌아오는 길에 매복이 있는 줄도 모르고.

아아, 이런 이야기도 그만 집어치웁시다. 붙들리든지 말든지 하겠지. 크로노스의 아들이 보호해 주실지도 모르고.

그보다는 영감, 당신이 겪었다는 고생담이나 얘기해 주시구려. 대체 당신은 누구이고 어디서 왔습니까?”

“내 이야기를 해보라고? 지금 이 오두막에 우리 둘이 오랫동안 앉아서 먹고 마실 술이 넉넉하오? 나는 1년 내내라도 이야기할 수 있다오. 내 비록 지금 몰골이 이렇지만, 사실 크레타 섬 영주의 아들이거든. 정확하게는 첩의 소생이지. 하지만 휠라코스의 아들 카스토르는 나를 정실 소생들과 똑같이 대했소. 카스토르는 부와 명예와 또 훌륭한 아들들 때문에 크레타에서 신처럼 존경을 받았다오.

그러나 그가 하데스로 내려간 후 아들들이 제비를 뽑아 유산을 나누니, 당연히 서자인 내게는 아주 조금만 주었소. 그래도 집 한 채는 되었기에 나는 아내를 맞았다오. 땅이 많은 집안 딸이었소. 그 집안에서 내가 싸움에서 물러서거나 도망가는 사내가 아니라는 점을 높이 본 것이지. 지금은 지독한 고생들 때문에 그 기상을 다 잃었지만, 어쨌든 이 허우대를 보시면 그래도 한창때는 그런 사람이었다고 짐작할 게요.

나는 아레스와 아테네께서 용기와 전술을 내려주셔서 늘 매복조로서 적진을 돌파하는 용사였소. 늘 죽음을 두려워하지 않고 앞장서서 달려나가 적군을 무찔렀소. 남들이 양식이나 살림살이에 신경쓸 때, 나는 노나 배나 창과 칼 따위에 마음을 빼앗겼고, 아홉 번이나 출정해서 전리품을 잔뜩 얻어왔다오. 그러니 금세 재산을 모았고, 전 크레타에 용장으로서의 평판을 얻었소.

그랬더니 제우스 신께서 계획하신 저 트로이아 원정 군단이 조직될 때 사람들이 내 이름을 이도메네우스에게 알렸다오. 왕의 명령이니 거역할 수가 없어서 트로이아로 갔다가 낭패를 당했지요. 그 원정이 10년이나 걸린 데다가, 그나마도 돌아올 때는 다 뿔뿔이 흩어져 버렸으니까.

그런데 제우스의 재앙은 그게 끝이 아니었소. 아내와 아이들 곁으로 돌아온 지 한 달만에 아이굽토스로 가야 했거든. 나는 배 아홉 척과 뱃사람들을 모으고, 엿새 동안 신들에게 제사를 지낸 후 이레째에 크레타를 떠났소. 다행히 배는 순풍을 안고 스르르 바다를 가르며 나가서, 단 한 명의 동료도 잃지 않고 닷새만에 나일 강에 도착했소. 나는 일단 강 어귀에 배를 정박하고 정찰대를 내보냈소.

그런데 혈기왕성한 그들이 사고를 칠 줄이야. 아이귑토스인들의 밭을 마구 짓밟고 남자들을 살해하고 여자와 아이들을 끌고온 것이오. 그 소문이 삽시간에 도성에 알려졌고, 날이 밝자마자 성에서 보병과 기병이 쏟아져나와 평원을 가득 메웠지. 그 광경이 어찌나 무시무시하던지, 우리는 다들 칼에 찔려 죽거나 포로가 되어 강제 노동에 끌려갔소. 하지만 지금 생각해 보면 차라리 나도 그때 그곳에서 최후를 맞았으면 좋았을 것을! 왜냐하면 제우스의 더 큰 재앙이 남아 있었거든.

최후의 순간에 나는 투구를 벗어던지고 방패와 창도 내팽개친 후 아이귑토스 왕의 마차로 가서 무릎을 붙잡고 입을 맞췄다오. 눈물을 흘리면서. 왕은 나를 측은히 여겼고, 또 나그네를 보호하는 제우스 신을 두려워했소. 그래서 수많은 병사들이 서슬 푸르게 물푸레나무 창을 쥐고 덤벼드는 것을 다 막아주면서 마차에 태워 성으로 데려갔소. 나는 그곳에 칠 년간 머물면서 아이귑토스인들에게 많은 선물을 받았다오.

그러다가 팔 년째에 페니키아인 상인이 나를 자기 집으로 초대하더군. 나는 흔쾌히 페니키아로 갔소. 그렇게 다시 일 년쯤 지난 어느 날 리비아로 함께 장사하러 가자더군. 그때까지도 별 생각없이 리비아행 배를 탔지. 그런데 알고보니 그가 막대한 돈을 받고 나를 팔아넘긴 것이오. 그는 사실 고약한 사기꾼이었고 처음부터 그럴 생각으로 나를 데려간 것이었지.

배가 크레타 앞바다를 지날 때, 제우스가 북풍을 보내고 벼락을 내리쳤습니다. 배가 벼락을 맞고 빙글빙글 돌자, 유황 냄새가 가득한 와중에 선원들은 바다로 떨어졌지요. 하지만 제우스께서 나만은 손을 돛대에 꽁꽁 묶어서 살려주셨소. 가는 돛대에 꽉 묶인 채 저주스러운 바람이 부는 대로 흘러다녔소. 표류 열흘째 밤, 큰 파도가 나를 테스프로티아 바닷가로 밀었소. 바닷가에 쓰러져 있는 나를 왕자가 발견해서 궁전으로 데려갔지. 테스프로티아의 왕 페이돈은 나를 노예가 아닌 손님으로 대접했소. 잘 입혀 주고 잘 먹여 주고.

바로 거기서 내가 오뒷세우스 이야기를 들었다오. 왕이 오뒷세우스도 대접해서 보냈다는 이야기를 말이오. 심지어 청동이며 황금이며 철이며 등등 오뒷세우스가 선물로 얻어 모았다는 갖가지 재물까지 보여주더군. 자손을 10대까지도 거뜬히 키워낼 정도로 엄청난 양이었소. 왕은 오뒷세우스를 호송해줄 배와 선원들까지 준비해 두었다고 했소. 다만 잠시 오뒷세우스가 도도네에 다녀오겠다며 나간 중이라는 거요. 그곳에 있는 제우스의 나무인 떡갈나무에게 '고향 이타케에 돌아갈 방법'에 대한 신탁을 들어볼 거라나. 이미 십 년이나 떠나 있었으니 지금 떠들썩하게 돌아가는 게 맞는지, 아니면 몰래 가야 하는지 알아봐야 한다면서.

그래서 나를 먼저 보내준 것이오. 마침 테스프로티아 사람들의 배가 보리가 많은 둘리키온으로 떠나게 되자, 왕이 나를 그곳 아카스토스 왕에게 정중히 호송해 주라고 명령했소. 그런데 빌어먹을 뱃놈들, 그들이 또 음모를 꾸미지 않았겠소. 배가 먼 바다로 나갔을 때 나를 또 노예로 팔아먹으려 했단 말이오. 내 옷을 벗기고 누더기를 던져주더군. 당신이 지금 보고 있는 바로 이 옷을.

저녁때 이타케에 다다르자, 선원들은 배 안에서 나를 용총줄로 단단하게 묶어두고 자신들은 바닷가에 내려서 저녁 식사를 하더군. 그런데 신께서 내 밧줄을 풀어주셨으니, 나는 머리에 누더기 천을 감아 얼굴을 감추고 미끌미끌한 짐내리기 미끄럼대를 타고 바닷물이 가슴에 찰 정도까지 미끄러 져내려, 양팔로 헤엄쳐서 그들의 시야에서 벗어났소. 그래서 저 우거진 숲 으로 기어올라 엉거주춤 숨어 있노라니까, 선원들이 고함치며 이리저리 뛰 어다니더군. 다행히 얼마 뒤 포기하고 떠나버렸소. 이제 보니 내가 쉽게 몸 을 숨길 수 있었던 것도, 분별 있는 양반의 오두막 가까이로 이끄신 것도 다 신의 뜻이었나 보오."

"아, 참으로 불쌍한 손님이시구려. 참으로 내 가슴을 뒤흔들어 놓으시네 요. 당신이 얼마나 많이 고생하고 방랑했는지 알겠어요.

하지만 오뒷세우스 님 이야기는 어째 이치에 맞지 않는 것 같네요. 왜 거 짓말을 꾸며냈지요? 우리 주인님은 신들의 미움을 받았다니까. 트로이아 전쟁에서도 쓰러뜨리지 않고, 가족들의 품에서도 쓰러뜨리지 않은 채 없애 버렸단 말이에요. 트로이아에서 죽었다면 전 아카이아인이 애도할 만한 무 덤이 만들어졌을 것이고, 집에서 죽었다면 아들을 위해서 큰 영예를 얻으 셨을 텐데, 그냥 폭풍의 정령에게 휩쓸려 가서 이름이 잊혀져버렸단 말입 니다!

나는 이전에 아이톨리아 사나이의 사기극을 겪은 후로는 아예 따져 묻 고 싶은 생각조차 싹 사라졌어요. 그는 사람을 여럿 죽여서 이리저리 방랑 하다가 우리집에 왔다고 했지요. 내가 얼이 빠졌지, 그를 제법 친절하게 돌 봐주었단 말입니다. 그랬더니 그가 '크레타 이도메네우스 왕 밑에서 오뒷 세우스 님을 보았는데, 태풍을 만나 부서진 배를 손보고 있더라.'라고 하는 겁니다. 여름이나 늦어도 초가을이면 막대한 재보를 가지고 부하들과 함께 돌아올 거라는 소리까지 거침없이 하더군요.

그러니 노인장, 내 환심을 사려는 거짓말은 그만두세요. 나는 제우스 신을 경외하고 당신을 가엾게 여기기 때문에 그런 거짓말을 하지 않아도 잘 대접해줄 테니까."

"당신은 사람을 좀처럼 못 믿는구려! 내가 이렇게 맹세하는데도. 그럼 서로 약속을 하나 하겠소? 올림포스 천궁의 신들을 증인으로 삼아서. 만약 당신 주인이 돌아오면 내게 깨끗한 옷을 입혀 주고 둘리키온까지 보내 주고, 주인이 돌아오지 않으면 하인들을 시켜서 나를 절벽에서 떠밀어 버리기로."

"영감, 내가 당신을 내 오두막에 데려와서 대접까지 해놓고 죽이면 세상 사람들이 뭐라 하겠어요? 제발 그냥 얌전히 앉아 있다가 저녁이나 드세요. 곧 동료들이 오두막으로 돌아와서 맛있는 식사를 만들어낼 테니까."

얼마 안 있어서 다른 돼지치기들이 돼지를 몰고 돌아왔다. 그들은 우선 돼지들을 각자의 우리 속에 가뒀는데, 돼지 울음소리가 엄청나게 소란했다. 에우마이오스가 동료들을 불렀다.

"여보게들, 가장 좋은 돼지를 한 마리 데려오게. 먼 나라에서 오신 손님을 위해 제물로 바치고 대접을 해야겠어. 겸사겸사 우리도 맛있는 것 좀 먹어보고. 우리는 엉뚱한 구혼자들의 배나 불려줄 돼지들을 키우면서, 너무 많은 고생을 참아왔거든. 그놈들은 값도 물지 않고 엄청나게 먹어대는데."

그는 도끼로 장작을 쪼갰다. 부하들이 살진 다섯 살배기 수퇘지를 데려와 화덕 옆에 세웠다. 돼지치기 에우마이오스는 불사의 신들을 잊지 않았다. 본디 마음이 순하고 착한 사나이였던 것이다. 그는 의식의 첫 순서로 돼지 머리의 털을 잘라서 불 속에 던지고, 모든 신들을 향해 주인이신 오뒷세우스가 자기 성으로 돌아올 수 있게 해달라고 기도했다. 그후에 쪼개지 않은 참나무 토막을 번쩍 치켜들었다가 탁 내리쳐서 돼지의 목숨을 끊었다. 그는 돼지 멱을 따고, 털을 그슬리고, 돼지를 토막토막 자른 후, 각 다리에서 생살코기를 조금씩 떼어서 푸짐한 비계살 속에 던졌다. 나머지 부분은 잘게 썰어서 꼬챙이에 꿰어 불에 얹고 조심스럽게 구워서 접시 위에 쌓았다.

돼지치기는 그 고기더미를 일곱 몫으로 나누더니 하나는 님프들에게, 하나는 헤르메스 신에게 바치고, 나머지 다섯 몫을 각자에게 분배했다. 이때 특별히 돼지의 등심 부위 살코기는 고스란히 손님인 거지 노인 오뒷세우스에게 주었다. 오뒷세우스는 마음이 흐뭇했다.

"에우마이오스여, 제우스께서 나를 대하는 것과 같이 부디 당신도 보살펴주시길 바라오. 넝마를 걸친 나까지도 환대해 주시니 더욱 그런 생각이 드는구려."

"그런 생각은 그만두고, 그냥 많이 잡수세요. 손님이 즐거워하시면 그것으로 됐지요. 신께서는 사람이 마음에 간절히 소원한다고 들어주시는 게 아니라, 그저 신의 뜻대로 들어주시거나 안 들어주시거나 하니까요."

그는 제물인 고기를 구워 바친 후, 빨갛게 반짝이는 술을 땅에 붓고, 그 잔을 오뒷세우스에게 넘겨주었다. 그러고서야 그가 자리에 앉자, 메사울리오스가 모두에게 음식을 나눠 주었다. 에우마이오스는 주인이 없는 동안 안주인이나 라에르테스 영감의 도움을 받지 않고, 어렵게 모은 제 돈으로 메사울리오스를 사노예로 샀다. 그는 타포스인들이 끌고 다니던 노예였다. 배가 고팠는지 다들 서둘러서 음식에 손을 뻗었다. 어지간히들 배가 부르자 하나둘씩 잠이 몰려오는지 자리를 떴다. 메사울리오스가 가루 음식인 빵 따위를 식탁에서 치우기 시작했다.

밤이 되었는데 달이 없어 몹시 어두운 밤이었다. 밤새도록 제우스가 비를 뿌렸고, 거기에 서풍도 끊임없이 습기를 몰아왔다. 오뒷세우스는 자신에게 시종일관 무척 친절한 돼지치기 에우마이오스의 마음을 떠보기로 했다.

"에우마이오스여, 갑자기 간절하게 하고 싶은 말이 떠올랐소. 이거 참, 술기운이 사람을 자꾸만 독촉해서 참으로 미치게 하는 게지. 똑똑한 사람도 악쓰고 노래하고 박장대소하거나 춤추게도 만드니 말이지. 게다가 말하지 않아도 좋을 것까지 남들에게 말하고. 그러나 이미 꺼낸 말이니 마저 하지요.

이전에 트로이아에서 내가 매복 군사들을 거느리고 있을 때 말이요, 지휘관이 오뒷세우스와 메넬라오스였다오. 지금과 달리 그때는 젊고 튼튼했기 때문에, 그들이 나를 세 번째 지휘관으로 선출해서 데려갔어요. 일리오스의 험준한 성벽이 보이는 지점까지 접근해서, 변두리 빽빽한 숲과 갈대밭과 늪 근처에 방패로 몸을 가리고 엉거주춤하게 숨어 있었소. 매복은 밤까지 이어졌지.

그런데 눈이 퍼붓기 시작하는데, 북풍이 어찌나 매섭던지 몸이 꽁꽁 얼어붙더군. 방패 둘레에 고드름이 죽 달릴 정도였다오. 그래도 다른이들은 어깨를 방패로 가리고 편안히 잠들었는데, 나는 떠날 때 분별없이 외투를 동지들에게 주고 왔던 바람에 벌벌 떨었지. 그렇게까지 추워지리라고는 생각지 못했기 때문에, 얇은 겉옷만 걸치고 방패 하나만 든 채 따라나섰더란 말이오.

그럭저럭 밤이 삼경이 다 되어, 별들도 중천에서 옮겨 내려갈 즈음이 되자 도저히 더는 못 버티겠더군. 그래서 하는 수 없이 가까이에 있는 오뒷세우스를 팔꿈치로 쿡쿡 찔렀다오.

'제우스의 후손이며 라에르테스의 아들인 지혜 많은 오뒷세우스여, 이제 나는 살아 있는 인간 틈에 낄 수 없을 것 같습니다. 도저히 이 추위를 견딜 수가 없네요. 외투도 없이 오다니, 정말이지 신께서는 나를 놀리셨나 봅니다. 하지만 이제 와서는 어쩔 수 없는 처지가 되고 말았습니다.'

오뒷세우스는 잠결인데도 내 말을 주의깊게 들은 모양이오. 그래서 이렇게 말하더군. 회의나 전투에서 명령을 내리는 그분다운 태도로 말이오.

'아무 소리 말고 있게. 아카이아 군사 중 누구도 자네의 그 말을 들으면 안 되네.'

그렇게 말하고는 팔꿈치 위에 턱을 괴면서 다른 군사들에게 말했다네.

'여보게들, 내가 영몽을 꾸었지. 이것을 빨리 군사들의 우두머리인 아트레우스의 아들 아가멤논에게 전해야겠어. 그런데 지금 우리는 너무 먼곳까지 와 있군. 그러니 누가 보고하러 가주었으면 좋겠네. 선단에서 더 많은 병사들을 이곳으로 보내줄 수 없겠느냐고.'

그러자 안도라이몬의 아들 토아스가 벌떡 일어서더니 자줏빛 외투를 벗어던지고 선단으로 달려가더군. 그래서 고맙게도 나는 그의 옷을 뒤집어쓰고 아침까지 누워 있었네. 그때처럼 지금도 젊고 힘이 세다면 아마 누구든지 친절한 마음씨와 또 훌륭한 인물에 대한 존경심으로 나에게 망토를 주었겠지. 그러나 지금은 내가 누더기 같은 옷을 입어서 모두가 업신여긴단 말이지."

돼지치기 에우마이오스는 이렇게 대답했다.

"영감님, 지금 당신이 말한 건 참으로 좋은 이야기입니다. 결코 주제넘은 이야기도 아니었으며 쓸데없는 이야기도 아니었어요. 그 덕분에 당신은 입을 것부터 시작해서 뭐 하나 부족함이 없게 될 거예요. 재수 나쁜 탄원자가 아닌 사람이 가질 수 있는 물건이라면, 영감님은 반드시 가지게 될 것이란 말입니다. 오늘 밤에는요.

하지만 내일 아침이 되면 당신은 다시 당신 자신의 누더기만 걸치셔야 합니다. 왜냐하면 우리는 망토도 많지 않고 갈아입을 속옷도 없거든요. 각자가 한벌씩밖에는 입고 있지 않아요. 하지만 오뒷세우스의 사랑하는 아들이 돌아오면, 직접 망토나 속옷을 입을 수 있도록 해주고, 당신 마음이 내키는 대로 어디건 가게 해줄 거예요."

그는 얼른 일어나서 바로 불 옆에 오뒷세우스를 위한 잠자리를 깔아 주고, 이불로 양과 염소 가죽을 펴 주었다. 오뒷세우스는 거기에 몸을 뉘었다. 그러자 그의 몸 위에 크고 두꺼운 망토를 씌워 주었는데, 그것은 돼지치기가 추운 바람이 불 경우에 갈아입으려고 마련해 두었던 것이었다. 오뒷세우스는 그대로 잠이 들었다.

그러나 에우마이오스는 돼지들과 떨어져 자기가 싫어서 외출복을 다시 입고 밖으로 나갔다. 그는 주인이 집에 없어도 그 재산을 알뜰살뜰 보살피는 것이었다. 에우마이오스는 검을 어깨에 멘 다음, 바람막이 망토를 위에서부터 뒤집어썼다. 그 위에 살찐 숫염소 털가죽을 걸치고, 야생 이리나 불량배들로부터 몸을 지킬 때 쓰는 날카로운 투창을 손에 들었다. 그러고는 흰이빨의 돼지들이 자는 으슥한 바윗그늘, 북풍을 피한 아늑한 장소로 가서 누웠다.

제15권

텔레마코스가 무사히 귀국하다

아테네 여신은 오뒷세우스를 돼지치기의 오두막으로 보낸 후, 곧장 스파르타 메넬라오스의 궁전에서 잠들어 있는 텔레마코스의 꿈으로 날아간다. 그래서 '구혼자들의 매복을 피해서 당장 귀국하되, 먼저 돼지치기의 오두막에 들르라.'라고 알려준다. 텔레마코스는 그 길로 스파르타를 떠나서 퓔로스 앞바다에 정박해둔 배로 돌아가서 출항한다. 이때 아르고스의 예언자 테오클뤼메노스가 동행하는데, 이타케에 도착하기 직전에 새점을 치더니 곧 구혼자들을 몰아낼 것이 확실하다고 말해 준다. 이 말에 용기를 얻은 텔레마코스는 아테네 여신이 시킨 대로 매복을 피해서 무사히 포르퀴스 항구에 도착한 후, 그길로 돼지치기의 오두막으로 간다. 한편 오뒷세우스는 돼지치기 에우마이오스가 자신에게 어디까지 충성하고 있는지 알아보려고 계속 마음을 떠보는데, 이에 에우마이오스가 자신의 사연을 밝힌다. 그는 쉬리에 섬 영주의 아들이었다가 페니키아 해적들에게 납치되어 이곳으로 왔는데, 오뒷세우스의 부모가 그를 데려다가 훌륭하게 키워준 것이었다.

오뒷세우스가 돼지치기의 오두막에 간 사이, 팔라스 아테네는 라케다이몬으로 갔다. 오뒷세우스의 훌륭한 아들에게 어서 귀국하라고 알려주기 위해서였다. 텔레마코스는 페이시스트라토스와 함께 메넬라오스의 궁궐 홀에 잠자리를 깔고 누워 있었다. 그런데 네스토르의 아들은 깊은 잠에 빠져 있는 반면, 오뒷세우스의 아들은 향기로운 밤 내내 아버지에 대한 근심으로 눈을 말똥말똥 뜨고 있었다. 아테네가 살며시 그 곁으로 다가갔다.

"텔레마코스여, 딱하게도 집 떠나 타국 땅을 돌아다니고 있구나. 저 기고만장하고 무례한 사나이들의 손에 가산을 내팽개쳐 두고서 아버지의 소식을 찾으려고. 하지만 그들이 가산을 몽땅 없앤 후에 돌아가면 모처럼의 여행이 아무 의미가 없다.

그러니 이제 그만 메넬라오스를 독촉해서 집으로 돌아가거라. 어머니 페넬로페가 부모님과 형제들의 재혼 강요에 떠밀려서, 가장 많은 혼수품을 보낸 에우뤼마코스와 재혼해 버리기 전에 돌아가야 한다. 어머니가 자칫 지쳐서 전 재산을 가지고 새 남편에게 가버리면 정말 큰일이다. 여자는 남편을 부유하게 만드는 일만 생각해서, 전남편의 자식 생각 따위는 까맣게 잊어버릴 수 있거든. 그러니 네가 얼른 돌아가서, 시녀 중에서도 가장 믿음직한 사람에게 가사일을 넘겨주는 게 옳다. 신들이 네게 훌륭한 아내를 점지해 주실 때까지는 말이다.

그런데 돌아갈 때 이 점을 꼭 명심해야 한다. 구혼자 무리들이 이타케 섬과 사모스 섬 사이의 해협에 매복하고 있다. 네가 고향 섬에 발을 딛기 전에 죽여 없애버리려고. 그러니 그대는 돌아갈 때 배를 그 섬들에서 멀찌감치 떨어진 항로로 몰아라. 너를 아끼는 신이 순풍을 보내줄 것이니 밤에도 쉬지 말고 돛을 달고 달리거라.

그래서 다행히 이타케 섬 포르퀴스 포구에 이르거든, 그대만 혼자 살짝 내리고 다른 선원들은 계속 배를 몰고 마을 쪽 항구로 더 다가가게 시켜라. 그대는 성으로 가기 전에 반드시 선하고 충성된 돼지치기 에우마이오스의 오두막으로 가서 하룻밤을 지내야 한다. 페넬로페에게 생환 소식을 전하는 건 이튿날 새벽 동이 트자마자 에우마이오스를 성으로 보내면 된다."

여신은 이렇게 말하고 올림포스 천궁으로 올라갔다. 잠이 싹 달아난 텔레마코스는 네스토르의 아들을 툭툭 쳐서 포근한 잠에서 깨웠다.

"눈을 떠요, 페이시스트라토스. 지금 당장 말들을 수레에 매고 길을 떠나야 합니다."

"텔레마코스, 그건 당치도 않은 소리요. 아무리 갈 길이 급해도 그렇지 이렇게 어두운 밤에 어떻게 말을 몬단 말이요? 자, 조금만 있으면 날이 밝으니 조금만 기다리시오. 내 아버지께서 선물들을 수레에 싣고 정다운 작별의 인사를 해줄 때까지만 말이오. 폐를 끼쳤던 손님은 친절을 베풀어 준 주인을 언제까지나 잊지 못하는 법이니까."

그 사이에 황금 의자에 앉은 새벽의 여신이 찾아왔다. 그러자 씩씩한 메넬라오스가 머리카락이 아름다운 헬레네의 곁을 떠나서 두 청년에게 다가왔다. 그 모습을 보고 텔레마코스는 서둘러서 옷을 걸치고 망토까지 딱 걸친 후, 문밖에 나가서 그를 맞이했다.

"아트레우스의 아들이자 제우스 신의 후손이며 병사들의 우두머리이신 메넬라오스여, 저는 이만 사랑하는 조국으로 돌아갈까 합니다. 간밤부터 제 마음이 귀향을 간절히 바라고 있습니다."

메넬라오스 왕이 대답했다.

"텔레마코스여, 그렇다면 자네를 오래 붙잡지 않겠네. 손님 대접에 소홀해서도 안 되지만 지나치게 집착해서도 안 되는 법이니까. 무슨 일이든 정도껏 하는 것이 현명한 처사이니까. 귀국을 원치 않는 손님을 급히 보내는 것도, 다급히 떠나야 하는 손님을 굳이 만류하는 것도 똑같이 잘못된 행동이라네. 손님에 대해서는 묵는 동안 정중하게 대접하고, 가고 싶어 할 때 홀가분하게 보내드려야 올바른 일이야.

그러니 잠깐만 기다리게. 훌륭한 선물 꾸러미들을 얼른 수레에 실어줄 때까지만. 그동안 시녀들에게 음식들을 준비시킬 테니까 배불리 먹고 있게. 그것이 우리에게도 명예가 되고 자네에게도 이득이 된다네. 돌아갈 때 혹시 아르고스며 헬라스 지역들을 두루 돌아서 갈 예정이라면, 좋은 말과 수레를 기꺼이 내주겠네. 길안내를 하도록 아들도 동행시켜 주겠어. 가만, 이 선물들 외에 가져가고 싶은 것이 있다면 말하게. 멋진 청동 세발솥이든 냄비든 황금 술잔이든 노새든 무엇이든 말이야."

그 말에 대해 현명한 텔레마코스가 대답했다.

"메넬라오스 님, 저는 곧바로 고국으로 돌아가려 합니다. 떠나올 때 집안을 돌볼 사람을 남겨 놓지 못했거든요. 아버지를 찾아 헤매다가 내가 죽어 버리거나, 집안의 보물을 도둑맞는다면 큰일이지요."

그 말에 메넬라오스는 고개를 끄덕여 동의하고는, 즉시 시녀들에게 명령해서 대청에 아침 만찬을 준비시켰다. 그때 보에토스의 아들 에테오네우스가 막 잠자리에서 일어나서 입궁한 모습이 보이자, 메넬라오스는 그에게 불을 피워 고기를 구으라고 시켰다.

그러고는 아내 헬레네와 아들 메가펜테스를 데리고 보물을 쌓아 둔 광으로 갔다. 텔레마코스에게 더 좋은 선물을 주고 싶어서였다. 메넬라오스는 두 귀가 달린 술잔을, 아들 메가펜테스는 은 혼주병을 골랐다. 헬레네는 그녀가 손수 만든 화려한 옷들로 그득한 옷장으로 가더니, 옷장 가장 깊은 곳에서 한 벌을 꺼냈다. 섬세하고 화려한 자수가 넓게 놓여지고, 옷감이 별처럼 반짝거리는 아름다운 옷이었다. 세 사람은 각자의 선물을 들고 텔레마코스에게 갔다.

금발의 메넬라오스가 말했다.

"텔레마코스여, 헤라 여신의 남편인 천둥을 울리시는 제우스께서 자네의 귀국을 자네의 바람대로 실현해 주시기를 빌겠네. 나는 나의 보물들 중에서도 가장 아끼고 가장 비싼 것을 주겠네. 헤파이스토스 신이 만든 은 혼주병인데, 세공이 섬세하고 테두리에 황금을 두른 것이라네. 내가 트로이아에서 귀국할 때 시돈에 잠시 들렀는데, 그때 파이디모스 왕이 준 선물이지. 그것을 이 황금 술잔과 함께 주겠어."

메넬라오스가 텔레마코스의 손에 두 귀가 달린 술잔을 건네주고, 메가펜테스가 눈부신 은 혼주병을 내밀었다. 볼이 아름다운 헬레네는 두 손으로 옷가지를 받쳐들고 옆으로 다가갔다.

"도련님, 나도 이걸 선물로 드리지요. 제가 손수 만든 것인데, 진정으로 바라고 기다리는 결혼식 날 그대의 신부에게 입히세요. 그때까지는 어머님 방에 간직해 두시고요. 도련님이 아무 탈 없이 고향땅 성에 닿으시기를 바랍니다."

텔레마코스는 헬레네의 옷까지 받아들었다. 그와 페이시스트라토스는 그 선물들을 감탄하며 바라보았다. 금발의 메넬라오스가 두 사람을 데리고 가서 안락의자에 앉혔다. 시녀가 황금 주전자에 세수물을 담아 와서 은 대야에 부었다. 옆에는 잘 닦은 탁자를 펴놓았다. 공손한 우두머리 시녀가 빵을 날라다가 올려 놓았고, 뒤이어 갖가지 요리 접시들이 나왔다. 옆에서는 보에토스의 아들이 구워서 잘라 놓은 고기를 골고루 돌렸고, 메넬라오스의 아들은 술을 따르며 돌아다녔다. 이윽고 모두들 열심히 식사를 했다.

식사가 끝나자 텔레마코스와 페이시스트라토스는 아담한 쌍두마차에 올라탔다. 마차는 현관으로부터 소리가 높이 울리는 주랑을 달려갔다. 그런데 두 사람 뒤에서 메넬라오스가 오른손에 포도주를 담은 황금 술잔을 들고 뒤쫓아 왔다. 그들이 신들에게 헌주한 후 출발시키려는 마음에서였다. 그것을 보고 둘은 마차를 멈춰 세웠다.

왕은 술잔을 높이 들어서 인사했다.

"그럼 잘 가게. 용사들의 어진 왕이신 네스토르 님께도 안부를 전해 주게. 트로이아 전투에서 내게 아버님이나 다름없이 다정하셨지."

텔레마코스가 얼른 대답했다.

"말씀대로 당도하자마자 그 어른에게 그대로 말씀드리겠습니다. 참으로 저도 이타케에 귀국해서 아버지 오뒷세우스를 만나 자랑할 수 있다면 얼마나 좋을까요. 왕께서 해주신 따뜻한 환대와 선물로 주신 훌륭한 보물들을요."

이때 독수리 한 마리가 안뜰에서 키운 새하얀 집 거위를 낚아채서 오른쪽으로 날아갔다. 남자나 여자 모두 소리를 지르며 그 뒤를 쫓았는데, 독수리는 그들이 가까이로 오자마자 앞으로 해서 오른쪽으로 사라졌다. 이 광경에 모두가 길조라고 기뻐했다. 네스토르의 아들 페이시스트라토스가 말을 꺼냈다.

"제우스가 돌보시는 메넬라오스 왕이시여, 부디 말씀해 주십시오. 이 신기한 징조가 우리 두 사람을 위한 것인가요, 아니면 왕을 위한 것인가요?"

군신 아레스의 친구인 메넬라오스는 올바른 대답을 이리저리 궁리했다. 그러자 긴 치맛자락을 끄는 헬레네가 앞질러 말했다.

"여러분, 나는 저 새점을 이렇게 풀이합니다. 집 거위를 산 독수리가 채어갔지요? 제 둥지와 새끼들을 산에 남겨 두고서 말입니다. 오뒷세우스도 숱한 재앙을 겪으며 사방팔방을 떠돌고 있지만 끝내는 고국으로 돌아와 보복을 할 겁니다. 혹시 벌써 돌아와 구혼자들한테 재앙을 주려고 일을 꾸미고 있는 중인지도 모르지요."

"제우스께서 제발 그렇게 해주셨으면! 그러면 집에 가서 신에게 기도하며, 왕비님께도 똑같이 기도드리겠습니다."

텔레마코스가 이렇게 말하고 채찍을 내리쳤다. 그러자 말들이 두 어깨의 멍에를 신나게 흔들거리면서 고을을 벗어나 들판으로 빨리 달렸다. 하루 종일 달려서 해가 저물고 모든 거리에 어둠이 내렸을 때, 두 사람은 알페이오스 하신이 낳은 오르실로코스의 아들 디오클레스의 마을 파라이에 당도했다. 그들은 디오클레스의 환대를 받으며 거기서 하룻밤을 보냈다. 그러고는 다음날 둘은 다시 말을 타고 달려서 순식간에 퓔로스에 도착했다.

그때 텔레마코스가 페이시스트라토스에게 당부했다.

"네스토르의 아들이여, 어떻게 해야 당신은 내가 이제 말하려는 것을 약속하고 실천해 주실는지요. 우리는 처음부터 인연이 깊은 주객 사이로, 조상 대대로 친밀한 집안인 것을 자랑으로 여겨왔습니다. 게다가 우리는 같은 연배고요. 더구나 이번 여행은 우리를 한층 한마음으로 협력하게 해주었지요.

그러니 제우스가 보살피시는 분이여, 제발 나를 배 곁에 내려 주십시오.

당신 아버님이 계신 성까지 가면 나를 대접해 주시려고 저택에 억지로 머무르게 붙잡으실 텐데, 그러면 곤란합니다. 나로서는 어쩔 수 없이 빨리 귀국해야만 하는 사정이 있습니다."

페이시스트라토스는 텔레마코스의 처지를 이해했다. 그래서 마차를 돌려서 배가 있는 해안가로 돌아가서, 옷이며 황금 등 메넬라오스가 준 선물을 배에 실었다. 그러면서 텔레마코스를 재촉했다.

"지금 어서 배에 오르시오. 선원들에게도 승선하라고 명령하고요. 내가 집으로 돌아가서 아버님께 말씀드리기 전에 말입니다. 나는 내 아버지를 잘 알아요. 그분은 무조건 나를 꾸짖으시면서 그대를 데리러 이곳까지 쫓아오실 겁니다. 그러고는 절대로 성까지 혼자 돌아가실 리가 없어요. 손님을 그냥 보내는 일은 그분이 생각하시기에 몹시 노여운 일이니까요."

페이시스트라토스는 말을 마치자마자 갈기도 아름다운 말들을 되돌려서, 다시 필로스의 성으로 향했다. 텔레마코스는 황급히 선원들을 불러 모았다.

"여러분, 어서 선구들을 챙겨서 승선하시오. 지금 곧바로 출항할 것이니까!"

모두들 그의 명령에 따라서 일사천리로 배에 올라서 노 젓는 자리에 나란히 앉았다.

그런데 그들이 바삐 출항 준비를 마치고, 뱃머리 옆에 서서 아테네 여신께 안전한 항해를 기원하고 있을 때 한 사나이가 다가왔다. 그는 멜람푸스 집안의 자손 테오클뤼메노스로, 아르고스에서 사람을 죽이고 도망쳐 온 점쟁이였다.

멜람푸스는 예전에 퓔로스에서 양 떼를 키우며 매우 큰 저택에서 부유하게 살았는데, 위대하지만 폭군이기도 했던 넬레우스가 테살리아의 퓔라케 성에 감금하고 재산을 전부 빼앗았다. 멜람푸스가 에리뉘스 여신들이 내린 운명에 걸려서 넬레우스의 딸을 유혹했기 때문이었다. 하지만 그가 1년만에 소 떼를 몰고 퓔라케에서 퓔로스로 돌아가니, 넬레우스가 부당한 처우들을 보상하고 멜람푸스의 형인 비아스와 딸 페로를 결혼시켰다.

하지만 멜람푸스는 또다시 아르고스로 이주했으니, 아르고스에서 점쟁이로 살아갈 운명이었기 때문이었다. 그는 거기서 결혼하고 높다란 지붕의 성을 짓고, 안티파테스와 만티오스라는 씩씩한 두 아들을 낳았다.

안티파테스는 마음이 너그러운 오이클레스를 낳았고, 오이클레스는 병사들의 지도자 암피아라오스를 낳으니, 제우스와 아폴론이 그를 특별히 귀여워했다. 그러나 아내가 뇌물을 받음으로써 늙기도 전에 테베에서 전사해 버렸다. 그에게는 알크마이온과 암필로코스라는 두 아들이 있었다.

한편 만티오스는 폴뤼페이데스와 클레이토스라는 두 아들이 있는데, 황금의자에 앉은 새벽의 여신이 클레이토스의 아름다움에 반해서 그를 유괴했다. 아폴론은 자신이 귀여워하던 암피아라오스가 죽은 후 폴뤼페이데스를 인간 중에서도 가장 우수한 점쟁이로 만들었다. 그런데 폴뤼페이데스는 자기 아버지에게 원한을 품고 휘페레시로 이주해서, 그곳에 뿌리를 박고 살았다.

텔레마코스에게 다가온 자는 바로 폴뤼페이데스의 아들 테오클뤼메노스였다. 테오클뤼메노스는 배 옆에서 기도하고 헌주하고 있는 텔레마코스에게 애원했다.

"당신에게 간절히 부탁합니다. 그대가 헌주하고 있는 신들의 가호와, 당신의 동료 선원들의 이름을 걸고 묻노니, 제발 솔직하게 대답해 주십시오. 당신이 어떤 가문의 누구십니까, 부모님은 누구시고 어떤 나라에서 오셨습니까?"

"나는 이타케 사람으로, 거룩한 오뒷세우스의 아들 텔레마코스입니다. 나는 오래 전에 소식이 끊기고 돌아오지 않는 아버지의 소식을 수소문하기 위해 선원들과 배를 타고 이곳에 왔습니다."

그러자 테오클뤼메노스가 말했다.

"나는 같은 족속을 죽이고 고향 아르고스를 떠난 길입니다. 말을 기르기로 유명한 아르고스에는 그자의 형제나 친척들이 많고, 다들 대단한 권세를 쥐고 있는 형편이어서, 복수를 당할까 봐 떠돌이가 되었지요. 그러니 당신의 배에 나를 태워 주지 않겠소? 아무래도 나를 죽이려는 무리들이 바짝 뒤쫓아온 것 같거든요."

영리한 텔레마코스가 승낙했다.

"그렇게 하시오. 당신이 원하지 않으면 결코 배에서 쫓아내지 않겠소. 자, 따라오십시오. 고향에 닿으면 할 수 있는 데까지는 환영해 드리겠습니다."

텔레마코스가 그에게서 청동 창을 받아 배 바닥에 놓았다. 그러고는 자신은 뱃머리에 앉고 옆자리에 테오클뤼메노스를 앉혔다. 텔레마코스의 명령에 따라 사람들이 밧줄을 풀고 전나무 돛대를 세우고 튼튼한 쇠가죽 끈으로 흰 돛을 올렸다. 그 돛으로 아테네 여신이 순풍을 시원하게 보내 주었다. 한시라도 빨리 목적지에 닿게 하려고.

배가 크루노이와 칼키스의 앞바다를 지나갔다. 해가 저물어 어둠이 바다를 뒤덮기 시작할 때, 배는 제우스의 순풍을 타고 페아이 항구를 지나쳐서, 에페이오이인들이 사는 엘리스 앞바다를 통과했다. 거기서 다시 근처 섬들을 향해 가는 텔레마코스의 마음은 근심으로 가득했다. 죽음을 모면할 수 있을까, 아니면 구혼자들에게 사로잡혀 죽게 될까를 염려하느라고.

그때 오뒷세우스와 충직한 돼지치기 에우마이오스는 막 저녁 식사를 하는 참이었다. 그 옆에서는 다른 사내들이 저녁을 먹고 있었다. 충분히 먹은 후 오뒷세우스는 또다시 돼지치기의 마음을 떠보기로 했다. 자기를 변함없이 대접하며 그대로 오두막에 머물도록 권할 것인지, 아니면 거리로 나가도록 재촉할 것인지 궁금했던 것이다.

"여러분, 나는 내일 아침 고을로 구걸을 떠날까 하오. 계속 당신들의 양식을 축내고 있을 수는 없으니까. 그러니 내게 자세히 일러 주시고 유능한 안내자를 좀 딸려 주시오. 일단 마을에만 도착하면 혼자 거리거리를 다니면서 누군가의 술 한 잔 밀가루 빵 하나의 적선이라도 받아볼 것이오.

그러다가 오뒷세우스 님의 궁전에 이르면 페넬로페 님께 소식을 전해드리고. 혹시 우쭐거리는 구혼자들 틈에 끼여들어서 그들의 식사를 얻어먹을 수 있으면 더 좋겠고. 그건 정말 맛있는 요리이겠지. 나는 얼마든지 그들 사이에서 그들이 원하는 역할을 해낼 수 있소. 전령의 신 헤르메스 님 덕분에 나는 시중드는 일을 그 누구도 따를 수 없을 만큼 잘하거든. 불 피우기, 마른 장작 패기, 고기를 썰고 굽기 등등 고귀한 신분의 사람들의 술시중 드는 일이면 무엇이든."

그러자 돼지치기 에우마이오스가 크게 화를 냈다.

"손님, 대체 그 무슨 엉뚱한 생각이오? 당신은 그 자리에서 그대로 죽을 겁니다. 구혼자들 틈에 끼고 싶다니, 진심은 아니겠죠? 그들이 건방지고 난폭한 것은 하늘에까지 전해져 있어요. 그러니 그들의 종 노릇은 결코 만만한 일이 아니란 말입니다. 또한 젊고 고운 망토와 속옷을 입은 사람이어야 해요. 늘 머리를 매끈하게 손질하고 얼굴이 번지르르한 사람들이라야 그들의 시중을 들 수 있다구요. 또 식탁은 항상 반들반들하게 닦아 놓고, 그 위 빵이며 갖가지 고기며 포도주를 잔뜩 차려 놔야 해요.

그러니 아무 소리 말고 여기 있으세요. 아무도 당신이 여기 머문다고 푸대접하지 않을 테니까요. 나뿐만 아니라 여기 있는 그 누구도 군말이 없을 거요. 주인이신 오뒷세우스의 사랑하는 아드님이 돌아오시면 그분이 망토며 속옷 등 의복을 내주시고, 어디든 당신이 가고 싶은 대로 보내 주실 겁니다."

"에우마이오스여, 당신이 내게 베풀어 주신 것만큼 제우스 신께서도 당신을 염려해 주시기를 기도하오. 나의 고달픈 방랑을, 이 괴로운 한탄을 덜어주셨으니 말이오. 정말이지 어쩔 수 없어서 떠돌아다니는 유랑 생활만큼 인간에게 괴로운 일도 달리 또 없을 게요. 이 원수같은 배곯이 때문에 궁지에 몰리니까.

그런데 당신은 나를 만류하면서도 여전히 그분을 기다리라고 하시는군요. 얘기를 듣다 보니 그 존엄한 오뒷세우스 님의 어머니와 아버지는 대체 어떤 분이신지 궁금해졌소. 두 분의 나이가 꽤 많을 텐데 아직 태양 아래 건재하신가, 아니면 이미 저승길로 떠나버리셨나?"

에우마이오스가 한숨을 푹 내쉬며 대답했다.

"라에르테스 님은 아직 생존해 계시는데, 이제 그만 숨을 거두게 해달라고 제우스 님께 기도하시고 있다고 해요. 그럴 수밖에요, 한번 떠난 채 돌아올 줄 모르는 아들 때문에 몹시 애통한 데다가, 부인까지 돌아가신 상심이 겹쳐서 더 심하게 늙으셨거든요. 큰마님께서도 역시 아들을 밤낮으로 그리다가 애처롭게 돌아가셨지요. 이곳 모든 사람들이며 내 주위 사람들도 모두들 그분이 더 사시기를 바랐는데.

더군다나 내게는 그분의 안부를 묻고 찾아뵙는 일이 특별히 더 기뻤지요. 왜냐하면 큰마님께서는 나를 막내따님 크티메네 님과 함께 길러 주셨거든요. 정말 조금의 차별도 없이 키워 주셔서, 우아하게 자란 막내따님도 내게 참 잘해 주셨지요. 혼기가 차자 아가씨는 훌륭한 혼수품을 받고 사메로 시집을 보내시고, 나는 매우 좋은 옷가지를 입히고 발에 샌들을 신겨서 시골로 보내셨어요. 그분이 돌아가시며 나를 그렇게 사랑해 주시던 분은 없어졌지요.

그렇다고 이곳에서의 생활이 불만이라는 것은 아니에요. 그런대로 내게는 신들께서 일의 효과를 크게 늘려 주셨거든요. 늘 내가 공들여온 것을요. 그리하여 그 중에서 양식도 대고 마시는 술도 나왔으며, 귀중한 분들에 대한 시주도 했지요. 하지만 아무도, 마님이 해주셨듯이 말만으로라도 위로를 해주는 사람은 없어요."

오뒷세우스가 대답했습니다.

"아아, 가엾게도 어려서부터 돼지치기가 된 에우마이오스여, 당신도 고향과 양친의 슬하를 떠나 무척 떠돌아다녔군. 어서 이야기를 계속하시구려. 길이 넓고 무사들이 사는 도성을 함락당했을 때, 부모님은 살아 계셨소? 아니면 당신이 소나 양 떼 옆에 혼자 있는 걸 못된 해적들이 납치해서 이 고장에 비싼 값에 팔아넘긴 것이오?"

"손님, 그런 사연을 물으시니, 그럼 조용히 들어보세요. 마음을 달래며 앉아 술이나 드시면서요. 마침 이맘때는 밤이 말할 수 없이 긴데다, 잠도 잘 안 오는 날씨여서 이야기를 즐기기에는 꼭 좋은 때이지요. 사실 지금은 잠자리에 들어도 잠도 오지 않잖아요? 어차피 지나친 잠은 정신을 흐리게 하기도 하구요. 자, 졸린 사람들은 밖에 나가서 자세요. 날이 새면 아침을 먹고 돼지를 치러 나가야 하니까. 손님과 나는 오두막 안에서 술과 요리를 놓고 서로 괴로웠던 지난날을 되새기며 이야기를 나누며 즐겨 봅시다. 왜냐하면 정말 사방팔방 떠돌아다닌 별별 고생담들이 시간이 흐르면 도리어 즐거운 추억으로 떠오르기도 하니까요.

자, 손님이 듣고 싶어하는 이야기를 지금부터 해볼게요. 쉬리에라는 섬을 들어보셨지요? 태양이 방향을 바꾸는 오르튀기아 섬 뒤쪽에 있어요. 광활하게 넓지는 않지만 평화로운 섬으로서 소와 염소를 키우기에 좋은 목장이 있어요. 포도주도 풍부하게 나고 밀의 수확도 많아요. 가뭄도 전염병도 전혀 없지요. 그저 노쇠해지면 아폴론과 아르테미스가 함께 오셔서 화살로 우아하게 쏘아 죽일 뿐입니다. 그곳에 마을이 두 개 있었는데, 둘 다 내 아버지가 다스리셨습니다. 오르메노스의 아들인 크테시오스가 바로 내 아버지이십니다.

어느날 소문난 장사꾼인 페니키아 뱃사람들이 찾아왔어요. 노리개 종류를 검은 배에다 산처럼 싣고서요. 그런데 아버지 저택에 페니키아 태생의 여자가 있었어요. 얼굴이 아름답고 키가 늘씬하며 손재주가 좋은 여자였는데, 이 사기꾼 장사치들이 그녀를 얼렁뚱땅 그럴듯하게 구슬러서 꼬신 겁니다. 그녀가 빨래터로 나갔을 때 붙잡아서 사랑을 나누니, 그런 경우에는 아무리 행실이 바른 여인이라도 마음이 흔들리게 되잖소. 그때 그자가 그녀에게 어디에 사는지를 꼬치꼬치 물어봤지요. 그녀는 우리 아버지의 저택을 가리켰어요.

'나는 청동이 많이 나는 시돈 출생으로, 아주 부자인 아뤼바스의 딸이에요. 그런데 들판에 놀러 나갔다가 타포스 섬 해적들에게 유괴되어, 바다를 건너와 저 저택에 팔렸지요.'

페니키아 사나이는 그녀에게 달콤하게 속삭였지요.

'그렇다면 우리가 고향으로 데려다 줄까? 고향에 가서 부모님을 만날 수 있게 말이야. 아직 부유하게 잘 살고 있는 부모님들에게 말이야.'

'좋아요! 당신이 나를 아무 탈 없이 무사히 우리집까지 데려다 주겠다고 굳게 약속해 주신다면요.'

그는 동료 선원들까지 불러와서 여자가 원하는 맹세와 서약을 했지요. 그러자 여자가 세부적인 주의사항을 알려 주었어요.

'앞으로 당신들은 절대로 내게 말을 걸어서는 안 됩니다. 우물가에서 물 긷는 나를 봐도 모른 척하세요. 누군가 목격하고 주인마님께 고하면, 그분은 나를 의심하고 결박지어서 가둬둘 거예요. 당신들도 죽이려 하실 테고요. 그러니 우선 귀국길에 필요한 물건들이나 서둘러 사들이고, 배에 짐을 가득 채운 후에 내게 연락을 하세요. 그러면 내 손이 닿는 데 있는 금이란 금은 모두 훔쳐내 올 테니까요.

그리고 또 한 가지 좋은 배삯으로 가져올 게 있어요. 바로 마님의 아들이에요. 내가 돌보는 아이인데 무척 영리한 아이랍니다. 그 아이는 내가 가자고 하면 선뜻 밖으로 따라나설 거예요. 그 아이를 배로 데려갈게요. 그 아이는 당신들에게 대단한 이익이 될 거예요. 그저 다른 외국인에게 팔기만 하더라도 말이죠.'

페니키아 장사치들은 꼬박 1년간 내 고장에 묵으면서 많은 물건들은 구해서 사들였답니다. 이윽고 배에 짐이 가득 차자 그들은 여자에게 연락을 했어요. 그러고는 교활한 사나이가 우리 아버님 저택을 찾아왔지요. 그가 호박 알이 군데군데 박힌 황금 목걸이를 가져 오니까, 어머님과 시녀들이 탐이 나서 만지작거리면서 흥정을 했어요. 사나이가 페니키아 여자에게 몰래 눈짓을 하고 배로 돌아가자, 여자는 내 손을 잡고 저택 밖으로 나갔는데, 마침 그때 사랑방에는 잔치상이 차려져 있었어요. 내 아버지에게 봉사하던 분들의 잔치였는데, 그때 마침 백성들과 회담을 하러 회의장에 가서 자리를 비운 터였어요. 그러자 여자는 얼른 술잔 세 개를 품에 숨겨서 들고 나왔어요. 철부지인 내 손을 같이 잡고.

그동안 해가 저물고 길에는 어둠이 찾아들었지요. 그녀가 곧장 항구로 찾아가니, 거기에는 페니키아인의 배가 출항 준비를 마치고 서 있었소. 그들은 서둘러 돛을 올렸고 순풍을 안고 순조롭게 바다를 가르며 나아갔죠. 하지만 꼭 7일째가 되는 날, 아르테미스 여신이 그 여자를 화살로 쏘아서 죽이셨습니다. 그녀는 바닷새처럼 배 밑바닥에 요란한 소리를 내면서 쓰러졌어요. 선원들은 그녀를 바다표범이며 물고기들의 밥이 되라고 바닷속에 던져 버렸고, 나는 홀로 남아 무척 서글픈 처지에 빠지게 되었소. 그렇게 배가 이타케 섬에 정박했을 때, 그런 나를 라에르테스 님이 발견하고 자기 재물을 치르고 사신 겁니다. 이렇게 해서 나는 이 고장에 살게 되었지요."

제우스의 후손인 오뒷세우스가 대답했다.

"에우마이오스여, 당신의 이야기에 가슴이 너무 아프군요. 그래, 얼마나 괴로웠소. 하지만 그래도 제우스 님은 당신에게 재앙과 행운을 함께 주셨네요. 엄청난 시련을 주셨지만 그 대신 착한 주인을 만나게 하셨으니까요. 착하다마다. 먹을 것 마실 것 다 주는 편안한 생활 아니오. 그에 비하면 나는 인간이 사는 곳이라면 수도 없이 쫓아다닌 끝에 여기까지 불려왔다오."

둘은 밤을 꼬박 새우다시피 이야기를 주고받다가 동이 터서야 잠깐 눈을 붙였다.

한편 텔레마코스 일행은 배가 육지 가까이 가자 돛을 내리고 돛대를 치운 다음, 노를 저어 선창까지 갔다. 그리고 닻을 던져 밧줄을 잘 비끄러매었다. 그들은 배에서 나와 바닷가에 내려서자 붉은 포도주와 함께 식사를 했다. 식사가 어지간히 끝나자 텔레마코스가 선원들에게 명령했다.

"여러분은 배를 항구까지 더 몰고 가십시오. 나는 여기서 내려서 농장을 찾아가야 하오. 거기 있다가 저녁때 일이 되어가는 걸 봐가면서 마을로 가겠소. 당신들에게는 내일 아침에 여행 품삯으로 고기랑 달콤한 포도주를 한턱 대접하리라."

그러자 테오클뤼메노스가 말했다.

"저는 어디로 가야 합니까? 바위 많은 이타케 섬을 지배하시는 분 중에 누구의 집에 의지해야 할까요? 곧장 당신 어머님이 계시는 성으로 갈까요?"

"다른 때라면 나는 두말 않고 우리 집으로 가시도록 하겠어요. 우리 집은 손님이 머무시기에 불편함이 없으니까요. 하지만 당신 자신을 위해서 현재의 처지로는 좀 난처합니다. 나도 집에 없고 어머니께서도 당신을 만나주지 않으실 테니까요. 요즘은 구혼자들 때문에 집에서도 방에서 거의 안 나오시거든요. 항상 안채 2층에서 베만 짜고 계세요. 그러니 다른 사람의 이름을 알려드리리다."

텔레마코스가 미처 말끝을 맺기도 전에 오른쪽으로 새가 한 마리 날아갔다. 아폴론의 심부름꾼인 매였는데, 발에 비둘기를 차고 있었다. 그러자 테오클뤼메노스가 그를 동지들에게서 조금 떨어진 곳으로 불러 놓고 손을 덥석 잡으면서 이름을 불렀다.

"텔레마코스 님, 저 새가 당신의 오른쪽으로 날아온 것은 틀림없이 신의 계시입니다. 당신 집안 이외에 주권을 잡는 데 적합한 집안이란 있을 수 없습니다. 당신들이 영원히 권력을 잡으실 겁니다."

"그 말씀이 실현된다면 다행이겠습니다. 그렇게만 된다면 당신은 내게서 우정과 많은 선물을 받게 될 겁니다. 누구든지 당신을 만난 사람을 부러워할 만큼의 것을요."

이렇게 말하고 충실한 동지 페이라이오스에게 지시했다.

"클뤼티오스의 아들 페이라이오스여, 자네는 퓔로스까지 동행했던 동지들 중에서도 무슨 일에나 가장 믿음직했었지. 그러니 이번에도 이 손님을 자네 집으로 모시고 가서 깍듯이 대접해 주지 않겠나? 내가 집에 들어갈 때까지만 말이야."

창술로 이름난 페이라이오스가 대답했다.

"텔레마코스여, 손님을 실례되지 않게 잘 모시겠습니다."

텔레마코스는 그제서야 안심하고, 배에 올라서 청동 창을 집어들고 다시 내렸다. 다른 선원들은 승선해서 배를 마을에서 건너다보이도록 몰아가기 시작했다. 텔레마코스는 그 모습을 지켜보다가 서둘러서 돼지치기의 오두막으로 발걸음을 재촉했다.

제16권

이십 년만에 만난 아버지와 아들

✣✣✣

오뒷세우스가 돼지치기와 함께 아침 식사를 준비하고 있을 때, 텔레마코스가 도착한다. 아들은 초라한 노인이 아버지일 것이라고는 꿈에도 생각하지 못하고, 돼지치기에게 그간의 상황을 알려 주고 어머니에게 몰래 자신의 귀국을 전해 달라고 부탁한다. 돼지치기가 달려나가자, 아테네가 나타나서 오뒷세우스의 모습을 다시 원래대로 바꿔 준다. 그러자 텔레마코스는 모습을 마음대로 바꾸는 노인이 신이라고 여기고 두려워하다가, 아버지임을 깨닫고 부둥켜안고 운다. 트로이아 전쟁 십 년, 그리고 방랑 생활 십 년을 거쳐, 이십 년만에 만난 아들은 갓난아기에서 늠름한 청년이 되어 있었다. 오뒷세우스는 든든함을 느끼며 아들과 함께 구혼자들을 물리칠 계략을 짠다. 한편 구혼자 일행은 텔레마코스의 귀향을 알아차리고, 마을 사람들에게 자신들의 암살 계획이 알려질까 봐 당황한다. 그래서 구혼자들의 주동자격인 안티노스와 에우뤼마코스는 텔레마코스가 궁전에 도착하기 전에 길에서 매복했다가 죽이자고 주장한다. 이 두 번째 음모를 전해들은 페넬로페는 아들 걱정에 밤잠을 이루지 못한다.

오뒷세우스와 돼지치기는 불을 피워서 아침 식사 준비를 하고 있었다. 일꾼들은 이미 돼지 떼를 몰고 나가고 없었다. 그때 텔레마코스가 집 가까이에 이르렀다. 그러자 오뒷세우스에게는 몹시도 짖어대던 개들이 조용히 꼬리를 치며 다가갔다. 오뒷세우스가 그런 기적을 알아차리고 에우마이오스에게 말했다.

"누가 이쪽으로 오는데, 개들이 짖지 않고 꼬리치는 걸 보니 친척이나 이웃인가 보오."

미처 그 말을 끝맺기도 전에 사랑하는 아들이 문가에 와 있었다. 돼지치기가 놀라서 손에 들고 있던 포도주와 물그릇을 땅에 떨어뜨리고 넘어지듯 뛰어나가더니, 텔레마코스의 얼굴과 눈과 손에 입맞추며 눈물을 왈칵 쏟았다. 마치 사랑하는 아들이 먼 나라에서 십 년 만에 돌아온 것을 버선발로 맞는 아버지처럼, 늦둥이 외아들이 어떤 말썽을 피워도 달갑게 받는 아비의 모양으로. 갸륵한 돼지치기는 젊은이의 가슴에 매달려 마치 죽을 고비를 넘기고 온 사람을 본 듯이 흐느꼈다.

"도련님, 돌아오셨군요. 퓔로스로 떠나셨다는 말씀을 듣고 사랑스러운 도련님을 이젠 아주 못 뵙는 줄 알았습니다. 자, 어서 들어가세요. 좀처럼 농장에 안 오시고 마을에만 계셔서 일꾼들을 만나본 적이 없으시지요?"

"그렇게 할까요? 나는 지금 막 도착했답니다. 집에 가기 전에 직접 아저씨를 만나서 그간의 상황들을 들어보려고 이곳으로 먼저 왔어요. 어머니는 아직 섬에 머물고 계신가요? 벌써 다른 사나이와 결혼해서 떠나시는 바람에 아버지의 침상이 이부자리 하나 없이 차갑게 식어버린 건 아닌지."

"마님은 굳건한 마음으로 성에 머물고 계십니다. 하지만 밤이나 낮이나 눈물이 마를 사이 없이 한탄으로 세월을 보내시지요."

돼지치기는 대답해 주면서 그에게서 청동 촉을 단 창을 받아들었다. 텔레마코스는 돌 문지방을 넘어서 안으로 들어가다가 노인을 발견했다. 노인이 일어서며 자리를 비켜주려 하자 돼지치기가 만류했다.

"그대로 앉아 계십시오, 손님. 우리는 다른 자리를 마련하면 됩니다."

그 말에 오뒷세우스는 다시 제자리로 가서 앉았다. 돼지치기가 푸른 잔가지들을 깔고 그 위에 양 가죽을 덮자, 오뒷세우스의 사랑하는 아들이 그 위에 앉았다. 돼지치기는 어제 먹다 남은 고기 접시, 빵 바구니, 꿀처럼 달콤한 포도주까지 내와서 음식을 권했다. 그러더니 오뒷세우스 맞은편에 앉았다. 모두가 식탁에 바쁘게 손을 내밀며 배를 채웠다.

먹고 마시는 데 어지간히 싫증이 났을 때, 텔레마코스가 충직한 돼지치기에게 물었다.

"아저씨, 이 손님은 누구세요? 어떤 뱃사람들이 어디서 이타케 섬까지 모셔왔나요? 이곳까지 절대로 걸어오셨을 리는 없으니까."

"물론이죠. 제가 자초지종을 말씀드릴게요. 이분은 크레타 섬 사람으로 여러 곳을 떠돌고 있답니다. 테스프로티아 사람들의 배에서 도망쳐서 내 오두막으로 찾아들었지요. 이제 제가 그를 도련님께 넘겨드릴 테니, 알아서 선처하십시오."

"에우마이오스 아저씨, 그 말을 들으니 내 마음이 괴롭네요. 내 처지에 어떻게 손님을 집에 모시나요. 난 아직 어리고 힘도 없어서, 누가 시비를 걸어와도 물리칠 수 없어요. 게다가 어머니 마음도 갈팡질팡하시는 것 같아요. 남편의 침상과 온 마을의 의견을 좇아 이대로 아들 곁에 머물러 집을 지킬 것인지, 아니면 벌써부터 구혼해 오던 아카이아인 가운데 혼수품을 가장 많이 보내는 사나이를 따라갈 것인가 하고요.

하지만 아저씨의 손님께 의복은 내드리겠어요. 양날검과 신발도 드려서 어디든 마음 내키는 곳으로 가시도록 해드릴게요. 아니면 아저씨가 원하시면 이곳에 머물게 하세요. 아저씨들 몫이 없어지지 않도록 옷과 식량은 넉넉하게 보내드릴 테니까요. 어쨌든 이분을 구혼자들 틈에 있게 할 수는 없어요. 이만저만 못된 놈들이라야죠. 생떼를 쓰며 시비를 걸 거예요. 그러면 정말 곤란해질 거예요. 아무리 강철 같은 사람이라도 그런 자들을 상대하기는 어려울 거예요. 너무 세고 무례하니까."

이때 참을성 있는 오뒷세우스가 끼어들었다.

"말씀 도중에 끼어들어서 죄송합니다만, 듣고 있자니 정말 분통이 터지는군요. 그런 자들이 성에 몰려와서 이렇게 훌륭한 분을 없애려는 못된 계책을 꾸민다니요. 그것은 당신이 스스로 포기하셨기 때문인가요, 아니면 섬 전체 사람들이 신의 계시를 받아서 당신에게 적의를 품은 건가요? 아니면 혹시 형제간에 크게 말다툼이라도 하셨나요? 형제란 아무리 크게 다투었어도 결국은 당신과 힘을 합쳐서 싸워 줄 사람들이잖아요. 만약 내가 지금 당신만큼의 젊음을 가졌거나, 그 훌륭하시다는 오뒷세우스 님의 아들이거나, 아니면 아예 방랑길에서 돌아온 바로 그 오뒷세우스라면 무슨 걱정이 있을까요.

자, 아직 희망이 있습니다. 내 말이 거짓이라면 내 목을 쳐도 좋아요. 바로 내가 라에르테스의 아들 오뒷세우스의 성으로 가서 그 재앙들을 쓸어버리지 못한다면 말입니다. 그러나 만약 그들이 모두 한 무리가 되어서 혼자인 나를 제압한다면, 그때는 그들이 나그네에게 푸대접을 하고, 시녀들을 못된 방법으로 저택 이리저리 끌고 다니고, 마구 퍼마셔서 술동이를 바닥내고, 식량을 헤프게 먹어치우는 꼴을 보느니, 그대로 죽겠습니다."

텔레마코스는 노인의 격앙된 어조에 조금 놀랐다.

"손님, 내가 자초지종을 말씀드리지요. 온 섬 사람들이 내게 적의를 품은 것이 아닙니다. 형제들이 나를 나무라는 것은 더더욱 아니구요. 크로노스의 아들께서는 우리 집안을 고독하게 만드셨거든요. 증조부 아르케이시오스께서 라에르테스 한 분만을 낳고, 조부 라에르테스는 외아들 오뒷세우스만을 두셨는데, 오뒷세우스 역시 나 하나만 낳으셨습니다. 게다가 성을 떠나서 십여 년간 돌아오지 않고 계시니 부자간의 정도 못 나누고 있습니다.

그래서 지금 속이 시커먼 놈들이 성에 잔뜩 몰려와 있지요. 둘리키온이나 사메나 숲이 울창한 자퀸토스 등의 섬에서 세도가 당당한 호족들이 몰려 왔고, 바위가 많은 이곳 이타케 섬의 유력가문 자제들도 모조리 어머님에게 구혼한다면서 몰려 와서, 우리 성에 머물며 가산을 마구 털어먹는 참이랍니다.

어머님은 달리 뾰족한 수가 없어서, 꺼림칙한 그 결혼을 승낙도 거절도 못 하고 어정쩡한 상태로 지내고 계십니다. 하지만 이렇게 그들이 우리 재산을 갉아먹다가는 아마 곧 나는 빈털터리 거렁뱅이 신세가 될 겁니다. 그 모든 것들이 신들의 뜻에 달리신 것이긴 하지만요.

그나저나 에우마이오스 아저씨, 지금 어머니께 가서서 내가 퓔로스에서 무사히 돌아왔다고 알려 주시겠어요? 나는 당분간 여기 머물 작정입니다. 아저씨도 그냥 소식만 전하고 금방 이곳으로 돌아오세요. 아카이아인 누구도 눈치채지 못하도록. 나를 벼르는 사람들도 많이 있으니까요."

돼지치기 에우마이오스는 그 말에 동의했다.

"그러지요. 어련하신 말씀이시겠습니까. 그런데 가는 길에 불쌍하신 라에르테스 님께도 들러서 알려드릴까요? 얼마 전까지는 아들 오뒷세우스 님 생각에 비탄에 젖으셨어도 밭일도 감독하고 일꾼들과 식사와 술도 드셨는데, 도련님이 배를 타고 필로스로 떠나신 뒤로는 아예 두문불출한 채 곡기까지 끊어버리셨어요. 그저 탄식하고 울고 계셔서 뼈만 앙상하게 되셨습니다."

"아, 가엾은 할아버지! 정말 가슴이 너무 아프네요. 하지만 그래도 할 수 없어요. 잠시만 미뤄 두세요. 당분간은 어머니 외에는 제가 돌아왔다는 사실을 아무도 알아서는 안 됩니다. 그러니 성에서 곧장 이곳으로 돌아오세요. 할아버지를 찾아서 시골길을 돌아다니지 말고. 그 대신 어머니께 가사 책임을 맡은 나이 든 하녀를 보내드리게 하세요. 그녀가 할아버지께 자연스럽게 소식을 전할 수 있도록요."

돼지치기가 부리나케 샌들을 꿰신고 고을로 떠나자마나, 아테네 여신이 다가왔다. 키가 늘씬하고 아름다우며 눈부신 재주를 갖춘 부인의 모습으로 오두막 문 맞은편에 섰다. 그러나 그 모습이 텔레마코스에게는 전혀 보이지 않았다. 오뒷세우스와 개들만 그 모습을 보았는데, 개들은 짖지도 못하고 낑낑대며 구석으로 숨어들었다.

여신이 눈썹을 움직여서 신호하자, 존엄한 오뒷세우스는 곧 알아차리고 안마당으로 나갔다. 아테네 여신이 오뒷세우스 앞에 서서 말했다.

"제우스의 후손이자 라에르테스의 아들이며 지략이 뛰어난 오뒷세우스여, 지금 그대 아들에게 숨김없이 이야기하라. 그래서 둘이 함께 구혼자들을 몰락시킬 방법을 궁리해서 도시로 내려가라. 나는 내내 그대들에게서 멀리 떨어져 있지 않을 것이다. 나는 지금 싸우기를 열망하고 있다."

아테네가 말을 끝내면서 황금 지팡이로 오뒷세우스를 쳤다. 그러자 오뒷세우스의 모습이 변했다. 처음에는 누더기옷이 말쑥한 망토와 겉옷으로 변했고, 쭈글쭈글했던 피부와 왜소한 몸집이 젊고 건장한 체격에 까무잡잡한 피부로 변했다. 턱과 볼의 주름살이 펴지면서 턱수염도 거무스름하게 났다. 그러자 여신은 하늘로 올라갔다.

오뒷세우스가 바뀐 모습으로 오두막에 들어가자 아들은 신인 줄 알고 두려워서 눈길을 돌렸다.

"손님의 모습이 조금 전과는 아주 딴판입니다. 입고 계신 옷도 피부빛도 달라졌네요. 광대한 하늘나라에 사시는 어느 신이신가요. 부디 자비를 베푸소서. 제가 당신께 제물과 황금 그릇을 바치겠습니다. 그러니 부디 저를 용서하십시오."

"얘야, 나는 신이 아니란다. 어찌 내가 신에 비해질 수 있으랴. 나는 바로 네 아버지 오뒷세우스다. 너를 죽도록 고생하게 만든 그 아버지 말이다. 뭇인간들에게 난폭한 짓을 당하면서도 이렇게 살아서 돌아온 너의 아버지란다."

오뒷세우스가 아들에게 입을 맞추었다. 그러자 참고 참았던 눈물이 터졌다. 눈물은 볼을 타고 흘러내려서 땅바닥에 뚝뚝 떨어졌다.

그러나 텔레마코스는 그를 의심했다.

"당신이 내 아버지 오뒷세우스라고요? 신께서 저를 놀리시는 건가, 더 슬퍼하며 탄식하라고. 아무리 재간이 좋아도 인간이 이런 일을 꾸밀 수는 없는데. 지혜로 젊음을 가졌다가 없앴다가 할 수는 없다고. 바로 전까지 늙고 초라했던 노인네가 갑자기 광대한 하늘나라의 신과 꼭 같은 모습으로 나타나다니!"

"텔레마코스야, 네가 꿈에도 그리던 아버지가 돌아왔는데도 지나치게 의심하거나 놀라는 것도 옳지 않단다. 내가 바로 너의 아버지다. 수없는 재앙을 받으며 온갖 곳을 떠돌다가 이십 년 만에 비로소 고향땅을 밟은 거야. 내 모습을 바꾸신 분은 전리품을 거두시는 아테네 여신이다. 좀 전에 그분이 와서 나를 이렇게 바꿔 놓으셨지. 광대한 하늘에 계시는 신들께는 죽어야 하는 인간의 모습을 바꾸는 것쯤은 아무것도 아니니까."

오뒷세우스는 이렇게 말하고 자리에 앉았다. 그제서야 텔레마코스가 훌륭한 아버지 앞에 쓰러지듯 매달리며 통곡했다. 두 사람은 꼭 같이 그리움에 북받쳐서 부둥켜안고 엉엉 울었다. 그들은 둥지에 둔 새끼들을 농부에게 빼앗긴 바다독수리나 발톱 굽은 콘도르보다 더 애처롭게 울었다. 텔레마코스가 아버지에게 말을 걸지 않았더라면, 아마 슬퍼만 하다가 해가 저물었을 것이다.

"아버지, 그런데 대체 무슨 배편으로 돌아오셨어요? 어떤 분들이 아버지를 이타케까지 모셔왔나요?"

"궁금하겠지. 나를 데려다준 사람들은 항해술이 뛰어나기로 유명한 파이아케스인들이야. 그들은 자기 마을에 찾아온 나그네는 누구든지 다 호송해 준단다. 나는 그들의 배에 올라 금세 잠들었는데, 깨어 보니 어느새 이타케 바닷가에 엄청난 선물들과 함께 내려져 있었다. 지금 그 보물들은 아테네 여신의 지시대로 동굴에 감춰 두었지. 여신께서 내게 돼지치기의 오두막으로 가서 괘씸한 놈들을 해치울 방법을 궁리하라고 하셨단다.

그러니 이번에는 네가 나에게 말해다오. 대체 어떤 녀석들이 구혼자가 되어 내 집에 함부로 거하고 있느냐? 어떤 놈들이 몇이나 되는지 알아야 내가 계책을 세워볼 수 있어. 우리 둘이 해치울지, 아니면 다른 사람들의 도움을 받을지."

"아버지의 높은 평판은 예전부터 늘 들어왔습니다. 창술로 백전백승의 무사이시고, 모의에서도 남달리 지모가 뛰어나신 분이라고요. 그러나 그렇다 해도 지금 하도 엄청난 말씀을 하셔서 그만 제 가슴이 서늘해졌습니다. 우리 둘만으로 그 많은 사람들을 당해낼 재간이 되겠냐고요?

구혼자들은 열 명, 스무 명 정도가 아니에요. 둘리키온 섬에서만 젊은 영주 쉰두 명과 시중꾼 여섯 명이 따라왔어요. 사메에서는 용사들만 스물네 명, 자퀸토스에서는 스무 명이 왔구요. 이타케 안에서도 열두 명이 왔는데, 모두들 하나같이 뛰어난 무사들입니다. 그들 곁에 전령 메돈과 가인, 또 고기 써는 재주가 능숙한 부하 두 명이 항상 붙어 있습니다. 그러니 그들이 모두 한자리에 있을 때 맞서면, 그들에게 앙갚음을 하기는 커녕 오히려 무서운 앙갚음을 당하게 될 거예요.

아버지, 가능한 한 복수를 도와줄 사람을 잘 물색하셔야 합니다. 누구든지 우리를 진심으로 열렬히 감싸며 보호해 줄 사람을요."

오뒷세우스는 빙그레 웃으며 어린 아들을 안심시켰다.

"내가 말해줄 테니 정신을 바짝 차리고 들거라. 우리 둘만이 아니다. 우리 곁에는 아테네 여신, 그리고 제우스 대신까지 함께하실 것이다. 그런데도 다른 협조자를 더 물색해야 할까?"

"제우스와 아테네께서 우리를 도와주신다구요? 그분들은 높은 구름 속에 앉아 계시면서도, 인간들뿐만 아니라 불사의 신들조차 지배하실 정도로

막강하시잖아요."

"구혼자들과의 전투가 벌어지면 두 분 신께서는 먼 하늘에 앉아서 구경만 하지는 않으실 게다. 그러니 걱정하지 말고, 날이 밝는 대로 서둘러 집으로 돌아가거라. 그러면 나도 돼지치기 에우마이오스를 따라서 한심한 거렁뱅이 늙은이 행세를 하며 성에 가겠다. 그때 오만방자한 구혼자 무리들이 나를 내쫓으려고 온갖 못된 짓을 할 텐데, 너는 내가 푸대접당하는 모습에 아무리 화가 나도 꾹 참거라. 그들이 내 다리를 잡고 집 안에서 끌어내건, 연장으로 두들겨 패더라도 절대로 나서지 말아라. 너는 끝까지 못 본 체해야 돼. 어리석은 짓은 그만두라고 조용히 타이르는 정도로 그쳐라. 물론 그 녀석들은 귓등으로도 안 듣겠지만, 그것이 그들에게 운명의 날이 닥쳤다는 증거이다.

그리고 또 한 가지를 명심하거라. 아테네 여신께서 내 마음에 넌지시 신호를 보내실 텐데, 그때 내가 너에게 머리를 끄덕이는 것으로 알려주거든 너는 즉시 집 안에 있는 무기들을 모조리 광 속 깊숙이 숨겨라. 구혼자 놈들이 무기가 없어진 것을 눈치채고 캐물으면 적당히 얼버무리고.

'연기를 쐬지 않는 곳에 넣어 두었어요. 오뒷세우스가 트로이아로 떠날 때와는 전혀 비교도 안 되게 망가졌더라고요. 센 불기운을 너무 오래 직접 받은 탓이지요. 게다가 제우스께서 내 마음에 한 가지를 일깨워 주셨는데, 당신들이 자칫 술취한 끝에 다투고 서로 상처를 입히면 잔치가 엉망이 될까 봐 걱정이 되었어요. 쇠붙이란 으레 무사들을 끌어들이는 힘이 있으니까요.'

이런 식으로 말이다. 그때 우리가 사용할 검과 창을 딱 두 개씩만 남겨서 숨겨 두어라. 쇠가죽 방패도 두 개 여차할 때 달려가 집어들 수 있는 곳에 준비해 두고. 그러면 팔라스 아테네와 제우스께서 알아서 그들을 무너지게 하실 거야.

가장 중요한 것은, 그 어떤 경우에도 바로 나 오뒷세우스가 집에 들어와 있다는 사실을 아무에게도 말하지 않는 것이다! 내 아버지 라에르테스에게도, 돼지치기 에우마이오스에게도, 시녀들에게도, 심지어 네 어머니 페넬로페에게도 절대로 말하면 안 돼! 왜냐하면 그 동안 너와 내가 그들의 마음을 떠봐야 하기 때문이다. 누가 가장 우리 둘을 아끼고 어려워하는지, 누가 못된 마음을 먹고 너를 업신여기고 없애려고 하는지를 말이다."

"아버지, 제 마음은 나중에라도 언젠가 아시게 될 거예요. 저는 생각함에 있어서 결코 경솔하지 않습니다. 그런데 지금 말씀하신 일은 아무래도 무리라고 생각되니, 다시 생각해 보셨으면 합니다. 한 사람 한 사람 모두를 떠보려면 시간이 아주 많이 걸리는데, 그 동안 이미 녀석들이 재산을 바닥낼 수도 있어요. 그자들은 아주 제멋대로이고, 오만하고, 염치가 없거든요. 여인들을 조사해 보시는 건 좋아요. 집 안에서 괘씸한 짓을 하는 자가 있는지를요. 하지만 농장 일꾼들을 조사하는 일은 그만두셨으면 합니다. 그런 일은 제우스 신께서 나중에라도 조짐을 알려 주시겠지요."

두 사람은 이렇게 여러 가지 말을 주고받았다.

한편 텔레마코스가 필로스에서 타고온 배는 텔레마코스를 내려준 후에 항해를 계속해서 이타케 시내로 돌아왔다. 선원들은 포구 안에 깊숙히 당도하자, 배를 육지로 끌어올리고 선구들을 다 땅으로 내린 후, 훌륭한 선물들을 클뤼티오스의 저택으로 가져갔다.

또 오뒷세우스의 성으로 전령을 보내서 페넬로페에게 텔레마코스 소식을 전하게 했다. 우아한 여주인이 아들의 생사를 걱정하며 눈물 흘리는 일을 막기 위해서이다. 그렇게 전령과 돼지치기 두 사람은, 마님께 텔레마코스의 소식을 알리는 꼭 같은 임무를 띠고 가는 길에 만났다.

전령은 마중나온 시녀들에게 말했다.

"마님께 알리시오, 사랑하는 아드님이 돌아오셨다고."

그러나 돼지치기는 페넬로페 바로 앞까지 가서, 그녀의 사랑하는 아들이 일러준 대로 하나도 빠짐없이 말씀드렸다. 그러고는 곧장 성을 빠져나와서 돼지들에게로 돌아갔다.

구혼자들도 텔레마코스의 귀국 소식을 들었다. 그러자 그들은 그들답지 않게 풀이 죽어서 골치를 앓고 있었다. 그들은 조용히 홀을 나서서 안뜰의 높다란 벽을 따라 밖으로 나와서 대문 앞에 모였다. 폴뤼보스의 아들 에우뤼마코스가 말문을 열었다.

"허, 참으로 맹랑한 소행이 보란 듯이 벌어졌군. 텔레마코스의 이번 여행 말이야. 그 녀석이 해낼 줄은 꿈에도 생각하지 않았는데. 아무튼 얼른 바다로 배를 내서 매복하고 있는 동지들에게 어서 알려 주고 데려오세."

그런데 미처 그 말이 끝나기도 전에 암피노모스가 제자리에서 몸을 돌려서 뒤를 돌아보고, 포구 깊숙한 곳에 막 닻을 내린 배에서 매복을 떠났던 구혼자들이 내리는 모습을 발견했다. 그는 빙그레 웃으면서 말했다.

"그럴 필요 없네. 어떤 신이 귀띔해 주셨던지, 아니면 그들이 직접 텔레마코스의 배가 지나가는 것을 보았는지 모르겠지만, 그들이 이미 모두 고을에 와 있는데."

그 말에 모두들 벌떡 일어나서 바닷가로 나갔다. 선원들이 배를 육지로 끌어올리고, 몇몇은 선구들을 뭍으로 나르고 있었다. 구혼자들은 당장 회의장으로 몰려가서, 젊은이고 늙은이고 타인은 얼씬도 못 하게 하고 회의를 했다.

에우페이테스의 아들 안티노스는 화가 머리끝까지 나서 씩씩댔다.

"이게 대체 무슨 꼴인지! 밤낮으로 서로 교대로 파수를 봤는데, 칼바람이 불어도 곶에 나가서 열심히 망을 봤는데, 대체 어떤 신이 그 녀석들을 빼돌리신 거지? 우리는 해가 져도 육지에서 밤을 지내지 않고 계속 배 위에서 길목을 지켰단 말이네. 텔레마코스를 확실히 죽여버릴 굳은 각오로. 그런데 어느 틈에 신께서 그놈을 고향으로 데려오신 거야!

안 되지, 텔레마코스를 꼼짝 없이 파멸시킬 계책을 다시 세우세. 그 녀석이 살아 있는 한 우리 목적은 결코 달성할 수 없다는 걸 잘 알잖나. 우리는 마을 사람들로부터 전폭적인 지지를 받고 있지 못하니까 얼른 손을 써야해. 그 녀석은 눈치가 빠르고 영리한 데다가 부지런하니까, 아카이아인의 회합을 소집해 버리면 골치 아파져. 지난번에 보지 않았나, 회의에서 당돌하게 우리에게 대드는 모습을! 그러니 장담하는데 이번에도 틀림없이 모두가 모인 자리에서 큰소리로 떠들어댈 걸세. 우리가 그를 살해하려고 했다고! 그러면 시민들은 우리를 죽일 놈들이라고 욕하겠지. 그들이 우리에게 해를 입히거나 섬에서 추방이라도 시키면 큰일이야.

그러니 우리가 선수를 쳐야 하네. 고을 밖이나 도중에서 그 녀석을 붙잡는 거야. 그리고 그 녀석의 재산이며 물품을 적당히 나눠 갖는 거야. 성은 페넬로페의 결혼 상대가 가지라지. 나의 이런 제안이 못마땅하다면, 그 녀석이 그냥 제 아버지의 재산을 다 물려받게 내버려 두겠다면, 우리는 이만 여기서 그의 재산을 축내는 짓은 그만두세. 각자 집으로 돌아가서 마련할 수 있는 만큼의 혼수품으로 신부를 얻지. 그녀가 가장 예물을 많이 주고 천운이 닿은 남자를 택해서 결혼하지 않겠나.”

좌중이 쥐죽은 듯이 조용해졌다. 그때 아레토스의 아들인 니소스 왕의 아들 암피노모스가 이야기를 이어갔다. 그는 밀과 풀이 풍부한 둘리키안에서 구혼자들을 인솔해 온 사람인데, 마음씨가 착하고 분별력이 있어서 페넬로페가 그의 말은 신뢰하고 좋아했다. 그가 모두가 안전할 수 있도록 제안했다.

“여러분, 나는 텔레마코스는 죽이지 않았으면 하오. 왕자의 핏줄을 죽이는 건 도리에 없는 일이오. 그러니 우선 신들의 의견을 물어보는 게 어떻겠소? 만약 제우스 대신이 허락의 신탁을 보여 주신다면 그때는 나도 살해 계획을 적극 지지하겠지만, 그렇지 않다면 이 논의는 즉각 중단합시다.”

사람들이 모두 암피노모스의 제안에 찬성했다. 그래서 그길로 오뒷세우스의 성으로 돌아가서 각자 안락의자에 자리를 잡고 앉았다.

한편 총명한 페넬로페는 전과는 다르게, 못된 짓을 일삼는 구혼자들 앞에 모습을 드러냈다. 전령 메돈에게서 그들의 두 번째 계략을 전해들었기 때문이었다. 그녀는 베일을 쓰고 시녀들을 거느리고 귀부인다운 위엄을 가지고 홀의 기둥 옆에 가서 섰다. 그녀는 구혼자들 앞에서 안티노스를 비난했다.

“안티노스, 당신은 아주 횡포하고 못된 음모를 꾸미는 분입니다. 이타케 사람들은 당신이 같은 연배들 중에서는 모사나 언변이 최고라고들 하지요. 하지만 당신은 당신은 그런 분이 아니죠. 그저 미치광이일 뿐이에요. 대체 왜 그렇게 텔레마코스를 죽이려고 듭니까? 더구나 예전에 입은 은혜도 저버리고 말입니다. 그것은 제우스 님이 증인을 서실 거예요. 그대가 텔레마코스를 향해 재앙을 꾸미는 건 신의 뜻을 범하고 의리에도 어긋나는 일입니다.

당신은 벌써 잊으셨나요? 당신 아버님이 자기 백성들의 노여움을 사고 이곳으로 도망쳐 왔을 때, 우리 백성들도 격분했었지요. 왜냐하면 그대의 아버지가 다포스 섬 해적들과 어울려다니며 우리의 동맹국인 테스프로티아 사람들을 해치고 괴롭혔기 때문이지요. 그래서 다들 그를 죽이고 재산도 빼앗아 파먹겠다고 분노했지요. 그러나 오뒷세우스가 사람들을 만류해서 당신 가족을 살리셨습니다.

그런데 당신은 지금 그런 은인의 재산을 비열하게 파먹어대고, 그의 아내에게 구혼을 하고 그 아들은 죽이겠다고 나서다니요. 제발 그만두십시오. 다른 이들에게도 그렇게 명령하세요."

그 말에 폴뤼보스의 아들 에우뤼마코스가 대답했다.

"이카리오스의 따님 페넬로페여, 안심하십시오. 그런 일이라면 조금도 마음쓰지 않으셔도 됩니다. 적어도 내가 두 눈 뜨고 살아 있는 한은 당신 아들 텔레마코스에게 손대려는 인간이 결코 없게 할 테니까요. 만약 이 자리에서 그런 인간이 나온다면 그는 내 창에 찔려 검은 피를 흘릴 겁니다. 오뒷세우스는 무릎에 나를 앉히고 구운 고기를 손으로 먹여 주고 포도주를 대주시곤 했답니다. 그런 분의 아들이니 텔레마코스는 내게도 소중한 사람입니다. 신들의 뜻이라면 피할 도리가 없겠지만, 결코 구혼자들에게 살해 당하리라는 걱정은 하지 마십시오."

하지만 그는 말과 다르게 텔레마코스를 살해할 마음을 내내 품고 있었다. 페넬로페 역시 그런 줄 알고 있었기 때문에, 휘황찬란한 2층 방으로 올라가서 걱정으로 내내 울었다. 빛나는 눈의 여신 아테네가 눈꺼풀 위에 잠을 내려줄 때까지.

돼지치기는 저녁때에야 오뒷세우스 부자가 기다리는 오두막에 도착했다. 그는 곧 한 살배기 돼지를 죽여서 저녁 식사를 차렸다. 아테네가 살그머니 오뒷세우스 곁으로 가서 지팡이로 쳐서 얼른 초라한 노인의 모습으로 바꿔 주었다. 아직은 돼지치기가 제 주인을 알아보고 저 혼자만 가슴속에 간직하기 힘들어서 페넬로페에게 알리면 안 되었기 때문이다. 다행히 텔레마코스가 에우마이오스에게 먼저 말을 걸었다.

"아저씨, 이제 오세요? 마을에는 대체 어떤 소문들이 떠돌고 있나요? 나를 암살하려고 나갔던 매복조들은 다시 궁으로 돌아와 있던가요?"

"마을을 돌아다닐 겨를이 없었습니다. 소식을 전하고 얼른 돌아오려는 마음이 급했거든요. 도련님 동료들의 전령이 저와 동시에 닿았는데, 그가 먼저 마님께 소식을 알려드렸어요. 그런데 제가 한 가지 목격한 것은 있습니다. 도성 저만치 위쪽의 헤르메스의 언덕을 지나올 때 저 멀리 항구에 배가 한 척 들어오는 것을 보았습니다. 창과 방패가 빽빽한 걸로 보아서 남자들이 많이 탔던가 봅니다. 아마 그 배가 매복 갔던 무리들 아닐까요?"

그 말을 듣고 텔레마코스는 아버지와 서로 눈짓을 하고 미소지었다. 그러나 돼지치기는 그것을 보지 못하고 혼자 심난한 마음에 한숨을 쉬었다.

이윽고 저녁 식사 준비가 끝나자, 모두 함께 식사를 즐겼다. 실컷 마시고 먹고 마신 후에는 제각기 잠자리를 찾아서 잠이 베풀어주는 은혜를 그 몸으로 누렸다.

제17권

오뒷세우스,
자기 집에서 구혼자들에게 얻어맞다

이튿날 아침이 밝자마자 텔레마코스는 아버지와의 약속대로 일단 귀가한다. 구혼자들은 텔레마코스의 등장에 동요한다. 어머니 페넬로페는 위험한 여행을 상의도 없이 떠난 아들을 나무란다. 그러자 텔레마코스가 메넬라오스에게서 아버지의 생존을 들었다고 말하고, 그가 데려온 새점쟁이 테오클뤼메노스는 '오뒷세우스는 이미이 성에 들어와 있다.'라고 예언한다. 이때 오뒷세우스는 에우마이오스에게 '구걸을가고 싶다.'라고 졸라서 성내 마을로 향한다. 하지만 그토록 그리워하던 고향 마을에서 그에게 돌아오는 건 조롱뿐이었다. 구혼자들과 한편인 염소몰이 멜란테오스는거지 행색의 그를 보고 냅다 발길질을 한다. 연회장의 안티노스는 음식을 축내지 말고 썩 물러가라고 역정을 내다가 '오뒷세우스의 음식으로 마치 제 것처럼 인색하게군다.'라는 당돌한 핀잔을 듣고 딱딱한 의자 발판을 집어던진다. 텔레마코스는 아버지가 맞는 모습에 마음이 아팠지만, 더 큰 계획을 위해 꾹 참는다. 한편 이 시끄러운소동을 전해들은 페넬로페는 돼지치기에게 손님이 누구인지 물었고 '그가 오뒷세우스 님의 최근 소식을 알고 있다고 주장한다.'라는 말에 당장 불러오라고 명한다. 그러나 오뒷세우스는 아직은 부인을 만날 때가 아니어서, 핑계를 대며 가지 않는다.

이튿날 텔레마코스는 새벽 일찍 샌들을 신고 손에 꼭 맞는 창을 집어들고는, 돼지치기에게 말했다.

"아저씨, 저는 지금 어머니께 갑니다. 아무래도 내 얼굴을 직접 보시기 전까지는 근심을 그치지 않으실 테니까요. 그래서 부탁드리는데, 사정이 딱한 이 손님을 고을까지 데려다 주세요. 그러면 그가 빵이며 술 등을 직접 동냥해서 얻을 수 있겠지요. 아무래도 지금 제 형편으로는 나그네들에게 호의를 베푸는 일이 부담스럽네요. 이렇게 말하면 손님이 화를 내실지도 모르지만, 거짓 약속을 하면 나중에 더 화가 나시지 않겠어요?"

그러자 지혜 많은 오뒷세우스가 대답했다.

"아닙니다, 나리. 나도 여기 남아서 얻어먹느니 거렁뱅이답게 고을이며 시골길을 다니며 구걸해 먹는 것이 훨씬 마음이 편합니다. 동정심 많은 이들이 먹을 것을 나눠 주지 않겠어요? 나는 이미 젊지 않아서, 축사에서 지시를 따라 일하기는 벅차답니다. 그러니 마을로 나가 동냥을 하렵니다. 여기서 조금만 더 불을 쬐다가 햇살이 더 많아지면 출발하지요. 옷이 허름해서 새벽 이슬을 맞으며 길을 나서면 병이 나기 쉽거든요."

그러자 텔레마코스는 아버지와 미리 이야기했던 대로 마당을 나섰다. 그는 구혼자들에게 복수하는 상상을 하면서 빠른 걸음으로 걸었다.

성에 도착해서 창을 높은 기둥에 기대 놓고 문지방을 넘어 들어가자, 유모 에우뤼클레이아가 조각이 새겨진 큰 의자에 가죽 깔개를 놓고 있다가 알아보고는 울먹이며 달려왔다. 시녀들도 기뻐하며 달려와서 얼굴과 어깨 등에 입을 맞추었다. 그러자 페넬로페도 한달음에 달려나왔다. 아르테미스나 아프로디테 여신처럼 아름다운 모습이었다. 그녀는 눈물을 글썽이며 사랑하는 아들을 두 팔로 껴안고 아름다운 얼굴과 두 눈에 입을 맞추었다.

"사랑스럽고 자랑스러운 내 아들아, 네가 돌아왔구나! 나는 너를 영영 못보는 줄로만 알았단다. 내 승낙도 없이 아버지 소식을 묻겠다며 퓔로스로 떠났다기에 말이야. 어서 말해 보려무나. 어떤 일을 보고 들었느냐?"

"어머니, 부디 제 마음을 흔들어서 눈물이 나게 하지 마세요. 저는 그야말로 아슬아슬한 파멸의 고비를 넘어왔답니다. 그러니 어머니께서는 우선 목욕을 하고 깨끗한 옷으로 갈아입으신 다음, 시녀들과 함께 2층으로 올라가서 모든 신께 기도해 주세요. 제우스께서 우리의 복수를 성공시켜 주신다면 가장 훌륭한 헤카톰베를 바치겠노라고요. 저는 회의장으로 가서 퓔로스에서 돌아올 때 데려온 손님을 모셔오겠습니다. 지금 페이라이오스가 저 대신 그 손님을 대접하고 있거든요."

페넬로페는 즉시 목욕을 하고 깨끗한 옷으로 갈아입은 후 2층에 올라가서 제우스에게 정성껏 기도했다.

텔레마코스는 창을 쥐고 바삐 홀을 가로질러 갔다. 개 두 마리가 그 뒤를 따랐다. 아테네 여신이 그에게 눈부실 정도로 품위를 부어 주었기 때문에, 사람들은 모두 그가 다가오는 모습을 바라보며 감탄했다. 구혼자들은 달갑지 않지만 거짓 표정을 꾸며서 온갖 칭송을 늘어놓으며 그에게 다가섰다. 하지만 텔레마코스는 자기를 둘러싼 구혼자들을 물리치고 아버지의 친구분들인 멘토르, 안티포스, 할리테르세스 곁으로 가서 앉았다. 그들이 반가워하며 텔레마코스에게 이것저것 자세히 물었다.

그때 창술이 뛰어난 페이라이오스가 손님과 함께 회의장으로 들어왔다. 텔레마코스가 곁으로 다가가자 페이라이오스가 먼저 말을 걸었다.

"텔레마코스, 시녀들을 우리 집으로 보내게. 메넬라오스 님이 주신 선물들을 이리 가져와야 하니까."

"페이라이오스, 아직 나는 상황이 어찌될지 확신이 없네. 만약 저 오만한 구혼자들이 나를 소리 없이 죽여서 재산이고 뭐고 저희들끼리 분배해 가진다면, 나는 그 선물들을 저들에게 빼앗기느니 그냥 자네가 가지기를 바라네. 그러나 내가 저들에게 살육과 죽음의 운명을 안겨 준다면, 그때는 기쁘게 그 선물들을 이리 옮겨 오지."

텔레마코스는 말을 마치면서 여행으로 지친 손님을 집 안으로 데리고 들어갔다. 시녀들이 목욕 준비를 해주었다. 그들은 망토를 소파며 안락의자에 벗어 놓고 반들반들한 욕조에 들어가서 씻고, 몸에 올리브유를 바른 다음 깨끗한 옷으로 갈아입었다. 그들이 소파에 걸터앉자, 다른 시녀가 황금 주전자에 세수물을 가져와서 은 대야에 부었다. 옆에 매끈한 네 발 탁자가 퍼지고 조심성 있는 우두머리 시녀가 빵과 많은 음식을 내왔다. 페넬로페가 내려와서 소파에 몸을 기대고 실감기 얼레를 돌리면서 맞은편 기둥 옆에 자리를 잡았다. 그들이 충분히 배부르게 먹고 마시자 페넬로페가 말했다.

"아들아, 나는 이제 그만 2층에 올라가 눕고 싶구나. 오뒷세우스 님께서 아트레우스 댁 분들과 일리오스로 떠나신 뒤로는 근심과 걱정과 슬픔이 가신 날이 없어서 말이다. 게다가 너마저 어찌된 까닭인지 아버지의 귀국에 대해 이렇다 할 말 한마디 시원스레 해주지 않으니, 기고만장한 구혼자들이 몰려들기 전에 올라가련다."

텔레마코스는 아버지를 만나서 들뜬 마음에 아직 어머니께 아무 말씀도

드리지 않았음을 깨달았다.

"어머니, 저는 퓔로스로 가서 네스토르 님을 뵈었습니다. 그분은 저를 오랜만에 돌아온 아들처럼 융숭하게 대접해 주셨어요. 명예로운 아들들과 함께요. 그러나 아버지의 생사는 들은 바가 없으셔서, 저를 훌륭한 수레에 태워서 아트레우스의 아들 메넬라오스 님에게 보내셨어요. 거기서 아르고스의 헬레네 님도 뵈었네요. 그분 때문에 아르고스 군사와 트로이아 군사가 싸웠던 것이라면서요.

어쨌든 금발의 메넬라오스 님이 왜 라케다이몬에 왔느냐고 물으셔서 제가 사실대로 말씀드렸지요. 그러니 이렇게 격분하셨어요.

'뭐라고? 강직한 마음씨를 가진 대장부의 침상에 겁쟁이들이 함부로 기어오르려 하다니. 암사슴이 갓 낳은 젖먹이 새끼들을 재우려고 사자 굴에 넣어 놓고 아기풀이 수북한 언덕과 골짜기를 찾으러 들판으로 나간 것과 같구나. 나중에 사자가 제 굴로 돌아와서는 모자를 모두 비참한 운명으로 몰아넣겠지. 오뒷세우스도 그들을 참혹한 죽음의 운명으로 몰아넣을 걸세. 오뒷세우스가 예전에 레스보스에서 필로멜레이데스를 씨름에서 번쩍 들어서 내동댕이쳐서 아르고스인들이 환호했듯이 말이야. 아버지 신이신 제우스 님과 아테네 여신과 아폴론 신이시여, 부디 오뒷세우스가 그 힘을 되살려서 저들을 처단하게 도와 주시기를! 그러면 녀석들은 모두 죽음의 운명과 쓰라린 결혼을 하게 될 텐데.

자네가 내게 간절히 묻는 그 일에 대해서는 얼버무리거나 속이는 일 없이, 바다노인에게 들었던 사연을 하나도 보태거나 빼지 않고 정확하게 말해 주겠네. 바다노인은 오뒷세우스가 님프 칼립소의 섬에 갇혀 있는 것을 보았다고 했네. 칼립소가 자네 아버지를 강제로 변변한 배 하나 없는 망망 대해 외딴 섬에 가둬 두었기 때문에, 오뒷세우스는 도저히 고향으로 돌아 갈 수 없는 신세였더라는 거야.'

저는 메넬라오스 님의 대답을 듣고 돌아온 참입니다. 불사의 신들께서 보내주신 순풍을 타고 그리운 고향으로 총총히 돌아왔지요."

이 말에 페넬로페가 동요했다.

그러자 테오클뤼메노스가 말했다.

"현명하신 라에르테스의 아들 오뒷세우스의 부인이여, 메넬라오스는 여 행 중에 전해 들은 것일 뿐이지요. 제가 정확하게 신탁을 전해드릴 테니 잘 들으십시오. 제우스 신께 맹세코, 오뒷세우스 님은 이미 이곳 고향땅에 계 십니다. 그리고 저 구혼자들의 악랄한 소행도 이미 알고 계셔서 그들에게 내릴 재앙을 궁리하고 계십니다. 제가 배 위에서 읽어본 새점이 그러했습 니다."

페넬로페는 한껏 기대에 부풀어서 대답했다.

"손님, 정말 그 말씀대로만 된다면 얼마나 좋을까요. 그리만 된다면 저는 당신에게 누구나 부러워할 만큼 엄청난 선물과 환대를 해드릴 겁니다."

한편 구혼자들은 오뒷세우스의 성 앞 평지에서 평소와 다름없이 안하무 인의 태도로 원반 던지기, 창 던지기 등을 하며 놀고 있었다. 그러다가 점 심때가 되어 변두리 시골로 가축을 몰고 나갔던 하인들이 돌아올 때, 메돈 이 다가와서 식사를 권했다.

"젊은 양반들, 운동경기로 마음이 충분히 위로가 되었을 테니, 이제 다 함께 집으로 들어가서 식사를 하시지요. 제때 식사를 하는 것은 중요하답니다."

그 말에 따라 구혼자들은 일제히 일어나 홀로 몰려갔다. 그들은 망토를 벗어서 소파와 안락의자 등에 함부로 던져 놓고, 큼직한 양과 살찐 염소를 제물로 잡았다. 살찐 암돼지와 암소도 만찬을 위해 도살했다.

그즈음 돼지치기 오두막에서는 오뒷세우스와 돼지치기가 함께 외출 채비를 하고 있었다. 에우마이오스가 오뒷세우스를 재촉했다.

"손님, 도련님 말씀대로 마을로 들어갈 생각이라면 지금 출발합시다. 내 맘 같아서는 그냥 이대로 오두막지기로 남아 주면 좋겠다 싶지만, 도련님 생각이 그러시니 말이지요. 자, 어서 떠납시다. 해도 어지간히 기울었으니 얼마 안가 저녁때가 되면 추위도 한층 더해질 거요."

"그럽시다. 지금부터 당신이 길을 안내해 주구려. 그런데 혹시 나무 막대기가 하나 있소? 길이 험하다는데 혹 미끄러질까 봐 염려가 되어서 말이오."

그는 이렇게 말하며 두 어깨에 볼품없는 바랑을 걸머메었다. 그것은 거의 넝마나 다름없고, 끈은 새끼줄로 된 것이었다. 에우마이오스가 쓰기 좋은 지팡이를 내주었다. 그리하여 둘은 길을 떠나고, 오두막에는 개들과 일꾼들이 남아서 집을 지켰다.

그들은 울퉁불퉁한 길을 따라 한참 걸어서 마을 근처 맑은 우물가에 도착했다. 그것은 이타코스, 네리토스, 폴뤽토르가 만든 마을 공동 우물이었다. 높은 바위에서 떨어지는 찬물 웅덩이의 주변으로 백양나무 숲이 빙 둘러서 우거져 있었다. 그 위쪽에 님프들을 위한 제단이 있어서, 그곳을 지나는 나그네들은 모두 거기서 제물을 바치고 기도를 올렸다.

거기서 돌리오스의 아들 멜란테오스와 딱 마주쳤다. 그는 구혼자들의 만찬용 염소를 끌고 성으로 가는 길이었다. 그는 덩치가 큰 염소 서너 마리를 다른 목동 두 명과 함께 몰고 있었다. 그가 오뒷세우스 일행에게 시비를 걸고 욕설을 퍼부었다.

"저놈들 봐라. 꾀죄죄한 놈이 저랑 똑같이 꾀죄죄한 놈을 달고 가네. 신들은 하여튼 끼리끼리 맞춰 놓으신단 말이야. 밥통 같은 돼지치기 놈아, 거렁뱅이를 끌고 어디로 가는 길이냐? 거렁뱅이란 이 집 저 집 문전걸식을 해서 잔치를 엉망으로 만드는 놈이란 말이야. 검이 아니라 빵 조각 따위에 굽신거리고 말이지. 이 녀석을 내게 주면 오두막지기를 시키고 짐승 우리를 청소시키고 여물을 먹게 일을 시키면서, 양젖 가라앉힌 웃물이라도 먹여서 허벅지를 살찌워 줄 텐데! 아니지, 이런 녀석들은 제 주제도 모르고 시건방지게 고분고분 일을 않고, 그저 굽신거리며 구걸을 다녀서 쪼르륵 소리나는 뱃속 채울 궁리만 하지. 내가 장담하는데, 오뒷세우스의 궁에 들어가는 날엔 무사님들 손에서 수없이 발판이 날아가서 갈빗대가 부러지고 말 걸."

그들은 비아냥대면서 오뒷세우스의 허리를 걷어차고 지나갔다. 오뒷세우스는 두 다리에 힘을 딱 주고서 넘어지지 않고 버텼다. 하지만 가슴속은 울분으로 와르르 무너져내렸다.

'저자들을 쫓아가 지팡이로 후려쳐 죽일까, 번쩍 들어올려서 땅바닥에 메다꽂을까.'

하지만 지금 그럴 수는 없는 일이어서 꾹 눌러 참았다. 돼지치기 에우마이오스는 사정도 모르고 그를 노려보면서 나무라더니, 두 손을 높이 들어 기도했다.

"우물을 지키시는 님프들이여, 제우스 신의 따님이신 당신들께 오뒷세우스가 넘쳐흐르는 기름에 새끼양이며 새끼염소의 허벅다리살을 구워 바친 적이 있다면, 제발 이 소원을 들어 주십시오. 아무쪼록 신들께서 그분을 데려다 주시기를! 그렇게만 된다면 저 녀석들의 만행도 산산조각이 날 텐데. 지금은 몹시 뻐기며 건방지게 놀고, 늘 거리 거리를 쏘다니며 염소들을 엉망으로 만들어 놓지만 말입니다."

그 말을 염소몰이 멜란티오스가 들었다.

"뭐라고 입을 놀리느냐, 이 돼먹지 못한 궁리나 하는 천한 놈아. 내 언젠가 너를 배에 실어서 이타케에서 먼 곳으로 팔아넘겨 재물을 얻고야 말겠다. 오뒷세우스의 귀국은 말도 안 되는 소리, 오늘이라도 텔레마코스가 아폴론의 은활에 맞아 죽든지 구혼자들 손에 살해되면 속이 시원하겠네."

염소몰이들은 묵묵히 걷는 두 사람을 뒤에 남겨두고 빠른 걸음으로 성에 도착했다. 멜란티오스가 평소에 그를 아끼는 에우뤼마코스의 맞은편 자리에 가서 앉자, 시중드는 자들이 그의 앞에 고기와 음식을 놓아주었다.

그때 오뒷세우스와 돼지치기도 성에 도착했다. 홀로 들어서는데 두 사람 주위로 키타리스 소리가 높이 울려퍼졌다. 페미오스가 구혼자들을 위해 키타리스를 뜯으며 노래를 시작한 것이다. 오뒷세우스는 돼지치기의 손을 잡으면서 말했다.

"어이쿠, 참 훌륭한 궁전이로군. 과연 오뒷세우스 님의 성은 수많은 성 중에서도 눈에 띄오. 대들보가 여럿 겹쳐진 데다가 안뜰도 참으로 훌륭하고. 벽이며 둘러친 차양이며. 게다가 저 겹대문은 아름다우면서도 웅장해서 그 누구도 저곳을 지나 함부로 안으로 넘어갈 수 없겠구려. 이 잔치는 또 어떤가. 비계 굽는 냄새가 이렇게 코를 찌르고 키타리스 소리가 들리오. 잔치의 반려로 신께서 정해 놓으신 그 키타리스 소리가요."

"벌써 알아채셨네요. 그럼 이제 어떻게 할지 생각해 봅시다. 노인장이 먼저 들어가서 구혼자들 틈에 끼어들면 나는 여기서 기다릴게요. 아니면 내가 먼저 들어갈까요? 하지만 그렇더라도 당신도 금방 따라 들어와야 해요. 누군가 자네를 보면 막 집어던지고 때릴 테니까."

"잘 알아들었소. 그럼 당신이 먼저 들어가시오. 나는 얻어맞고 걷어채이는 것쯤은 이골이 났다오. 바다나 전쟁에서 재난이라면 지겨울 만큼 겪어 봤으니까. 그런데 정말 놀라운 건 말이요, 그런 것보다도 꾸르륵거리는 배창자란 놈이 가장 끈질기고 치사하다는 거야. 어떻게 눌러볼 재간이 없단 말이오. 결국 온갖 고생이며 망신을 당하는 이유가 이놈인 경우가 다반사 아니겠소. 배를 타고 망망대해를 넘어 적국까지 가는 이유도 결국 이놈의 배창자 때문이니."

두 사람이 수군거리고 있을 때, 그 곁에서 잠자던 개가 머리와 꼬리를 치켜들었다. 오뒷세우스가 갓 태어났을 때부터 손수 기르던 개 아르고스였다. 오뒷세우스가 일리오스로 떠나기 전에는 사슴이나 토끼 사냥에 데리고 다녔지만, 요즘은 돌봐 주는 주인이 없으니 성 문밖 노새나 소들이 산더미처럼 배설해 놓은 두엄더미에서 지냈다. 하인들이 넓은 농장에 거름으로 쓰려고 날라갈 때까지 쌓아 둔 것이었다. 아르고스는 그 속에서 개벼룩이 끓는 몰골로 누워 있다가, 오뒷세우스의 모습과 음성에 꼬리를 치고 귀를 쫑긋거렸다. 하지만 기력이 없어서 주인에게 달려가지는 못했다. 오뒷세우스는 그 모습에 몰래 눈물을 훔쳤다.

"에우마이오스, 저 개가 비록 두엄더미 속에 파묻혀 있기는 해도, 생김새가 꽤 훌륭하구려. 그런데 생김새처럼 달리기도 빠르오, 아니면 그냥 나리님이 상머리에서 기르려고 생김새만 그럴듯한 것이오? 나리들은 체면과 겉치레를 위해 곧잘 그런 개를 기르니까 말이오."

"아르고스는 주인님의 개였지요. 제 주인이 트로이아로 떠날 무렵의 이 녀석을 보았다면 당신은 그 재빠른 다리에 감탄했을 걸요. 깊은 숲 속에서 무엇을 쫓든지 끝까지 따라가서 놓치는 일이 없었으니까요. 발자국을 따라가는 재주가 특히 뛰어났지요. 그런데 이제는 형편없는 꼬락서니가 되고 말았어요. 주인이 고국을 떠나 타국에서 돌아가시니, 여자들은 이 개에게 관심도 없어 밥도 안 준다오. 하인 녀석들이란 주인이 있어서 단단히 통제하지 않으면 규칙적으로 움직이려 들지 않거든요. 사람이 노예가 되면 그 능력의 절반을 천둥을 울리시는 제우스 신이 걷어가 버리신다더니."

이렇게 말하며 그는 근사한 성으로 들어가, 이내 오만한 구혼자들이 있는 홀로 향했다. 그때 이십 년 만에 오뒷세우스를 만난 아르고스는 검은 죽음의 운명에 들었다.

돼지치기의 등장은 그를 초조하게 기다리고 있던 텔레마코스의 눈에 즉시 띄었다. 그래서 돼지치기에게 눈짓을 보냈다. 에우마이코스는 눈에 띄는 의자를 집어들고 텔레마코스 식탁 맞은편으로 가져가서 앉았는데, 고기를 굽고 나누는 자가 앉는 의자였다. 한 시종이 돼지치기 앞에 고기와 빵을 갖다주었다.

곧이어 오뒷세우스가 늙은 거렁뱅이 행색으로 지팡이에 의지해서 홀에 들어섰다. 그는 문 바로 안쪽 물푸레나무 문지방 위 측백나무 기둥에 기대어 걸터앉았다. 그 기둥은 목수가 솜씨있게 밀고, 먹줄을 쳐서 똑바로 다듬은 것이었다. 텔레마코스는 돼지치기를 옆으로 불러서 빵을 덩어리째 내주고 고기를 듬뿍 퍼주며 말했다.

"아저씨, 이걸 저 손님께 갖다 드리면서 '구혼자들이 있는 곳을 구석구석 돌면서 동냥하라.'라고 하세요. 궁한 사람은 체면이고 뭐고 돌아볼 여유가 없는 법이니까요."

돼지치기는 오뒷세우스의 곁으로 다가가서 조용히 그 말을 전했다.

"손님, 도련님이 이걸 드리라는군요. 그리고 구혼자들 자리를 빠짐없이 돌면서 음식을 구걸하라고 하시네요. 동냥아치에게 체면 따위는 필요없는 것이라고요."

그 말에 대해 지혜로운 오뒷세우스는 기도로써 말했다.

"제우스 신이여, 부디 텔레마코스 님이 인간들 중에서도 가장 복받은 분이 되시고 그가 마음속에 애타게 바라시는 일들이 모두 성취되시도록 도와주소서."

오뒷세우스는 빵과 고기를 두 손으로 받아서 그대로 발 밑 거적데기 동냥자루 위에 놓았다. 그리고 가인이 노래 부르는 동안 그것들을 먹었다. 노랫소리가 그치자 구혼자들의 시끄러운 식사 소리가 온 홀을 떠들썩하게 했다. 그때 아테네 여신까지 나타나서 오뒷세우스를 재촉했다. 구걸을 하면서 누가 분수를 지키는 올바른 사람인지, 누가 무례하고 교활한 자인지 판단하라고 말이다. 그러나 여신은 사실 그들을 단 한 사람도 보호할 생각이 없었다.

마침내 오뒷세우스가 오른편에서부터 구걸을 시작했다. 마치 오랫동안 거지 생활을 해온 것처럼 능숙하게 사방으로 손을 내밀었다. 그러자 다들 무심코 이것저것 집어주었는데, 그러면서도 얼굴이 낯서니까 누구인지 물었다. 그때 염소지기 멜란티오스가 나섰다.

"세상에서도 이름 높은 왕비님의 구혼자들이여, 이 낯선 사내는 제가 조금 전에 보았던 자입니다. 돼지치기가 데려오고 있던 걸요. 하지만 누구인지는 밝히지 않았답니다."

그러자 안티노스가 돼지치기를 나무랐다.

"이봐, 자네는 대체 왜 이 사내를 마을까지 데려왔나? 잔치를 망쳐 놓는 거렁뱅이들은 이미 이곳에도 충분히 많아. 그 녀석들이 여기 몰려와서 자네 나리의 음식을 축내는 것으로는 부족하던가? 그래서 이놈마저 불러들였어?"

돼지치기가 대답했다.

"안티노스 님, 그 말씀은 점잖지 못하시군요. 어느 쓸개빠진 녀석이 타국까지 가서 낯선 손님을 끌어온단 말입니까. 고을을 위해 일할 사람이나 점쟁이, 의사, 목수, 가인 같은 사람도 아닌데요. 제 재산을 축내려고 일부러 거렁뱅이를 부르는 사람은 없습니다. 정말이지 당신은 모든 구혼자들 중에서도 특히 유별나게 오뒷세우스의 하인들에게 가혹하게 구는군요. 특히 나한테요. 하지만 나는 그냥 못 들은 척 하겠소이다. 페넬로페 님과 텔레마코스 님이 성 안에 계시는 한은 그런 일에 개의치 않겠다는 말이오."

영리한 텔레마코스가 조심스럽게 그 말을 가로막았다.

"아저씨, 저자에게 길게 대꾸하지 마세요. 안티노스는 항상 우리에게 비아냥대고 시비 걸고, 다른 자들까지 그러라고 부추기니까."

그러더니 안티노스에게 고개를 돌려서 거침없이 말하기 시작했다.

"안티노스여, 당신은 참으로 아버지가 자식을 걱정하듯 내 걱정을 많이도 해주는구려. 내게 저 손님을 홀에서 내쫓으라고 하니까. 하지만 나는 그렇게 하지 않겠소. 그것은 신의 뜻에도 어긋나니까.

그보다는 차라리 당신이 저 사람에게 먹을 것을 좀 주면 어떻겠소? 나나 내 어머니, 하인들의 눈치를 볼 필요는 없소이다. 우리는 그런 생각을 조금도 않고 있으니까. 아마 당신이 싫은 거겠지. 내 음식을 당신 것처럼 생각하고 있으니, 남에게 주느니 당신 배가 터지도록 먹어 버리고 싶을 테니까."

안티노스가 화를 냈다.

"텔레마코스, 건방진 소리 그만해. 멋대로 기고만장해서 무슨 돼먹지 않은 소리를 지껄이는 거야. 다른 구혼자들이 하나같이 그자에게 베풀어 주었으니, 그만하면 적어도 석 달은 이 저택에 얼씬도 않아도 될 양이란 말이야."

안티노스는 식사 내내 다리를 올려놓았던 발판을 들었다. 아닌 게 아니라 다른 사람들이 집어 준 음식으로 오뒷세우스의 동냥 자루는 그득했다. 그래서 오뒷세우스는 문간으로 가서 이것들을 먹고 마실까 하다가, 일부러 안티노스 옆으로 다가갔다.

"적선하십시오, 나리. 보아하니 이 중에서도 가장 높은 아카이아인 영주님인 듯하니, 남들보다 두둑이 적선하십시오. 그래주시면 나는 넓은 대륙의 구석구석까지 당신의 이름을 알리렵니다.

전에는 나도 남들처럼 버젓이 집을 가지고 넉넉하게 살았죠. 그래서 떠돌아다니는 사람에게 수없이 동냥을 베풀었습니다. 일꾼들이 헤아릴 수 없을 만큼 많았고, 부자 소리 들을 만한 온갖 재물들을 듬뿍 가지고 있었어요. 그런데 제우스께서 그걸 빼앗아갔답니다. 확실히 그분의 뜻이었어요. 나를 해적들과 함께 사방팔방 떠돌다가 아이귑토스로 가게 하셨거든요.

나는 오랜 여행길에 몸을 망쳤어요. 또 나일강 어귀에 정박했을 때는 일부 선원들에게 정찰하고 오게 했더니, 그들이 우쭐해져서는 그만 아이귑토스인들의 논밭을 망치고 여자나 아이들을 납치하고 남자들을 마구 죽여 버린 겁니다. 그래서 그들의 비명 소리를 들은 아이귑토스인들이 무기를 들고 새벽이 밝자마자 우리 배로 까맣게 몰려왔지요. 그런데 그때 제우스께서 동지들에게서 용기를 싹 거둬버리셔서 그들은 제대로 싸우지도 않고 날카로운 청동 칼에 맞아 죽어갔답니다. 혹 살아남았어도 싹 노예로 팔려 갔는데, 나는 때마침 그곳을 방문한 이아소스의 아들 드메토르에게 팔려서 키프로스로 끌려갔던 겁니다. 그 사람은 키프로스 섬에서 위세 깨나 떨치던 자였죠. 거기서부터는 보시는 바와 같이 이 모양으로 별별 고난을 다 겪어서 여기까지 온 참입니다."

안티노스는 짜증이 머리끝까지 치솟아서 고함을 쳤다.

"대체 어떤 신이 이런 귀찮은 놈을 잔치를 망칠 생각으로 보낸 거야! 거지놈아, 내 식탁에서 멀찍이 그냥 그 한가운데 서 있거라. 안 그러면 아이귑토스니 키프로스를 다시 보게 될 거야. 거지 주제에 어지간히 뻔뻔하고 몰염치한 놈이네. 이놈아, 다들 네게 음식을 푸짐하게 나눠준 것은 어차피 제 것이 아니기 때문이야. 남의 물건으로 선심 쓸 때는 누구든 절제하거나 눈치 보지 않아."

오뒷세우스가 약간 물러섰다.

"그게 무슨 말이오. 당신은 보기와는 달리 사려분별을 갖지 못하신 모양이군요. 그렇다면 당신도 지금 남의 집 음식을 멋대로 먹고 있는 처지에, 그 중에서 빵 한 조각도 내게 줄 수 없단 말이오?"

안티노스는 눈을 치켜뜨며 괴성을 지르며 발판을 집어던졌다.

"네 이놈, 네가 온전하게 이곳을 빠져나갈 줄 아느냐? 내게 그런 모욕까지 퍼붓고서."

발판이 날아가서 오뒷세우스의 오른쪽 어깨를 후려갈겼다. 오뒷세우스는 바위처럼 꿋꿋이 서서 버텼다. 신음소리도 내지 않고 그저 조용히 머리를 가로저을 뿐이었다. 오뒷세우스는 문턱으로 돌아가서 어지간히 가득 찬 동냥자루를 땅에 내려놓고 앉더니 구혼자에게 외쳤다.

"세상에 이름 높은 왕비님의 구혼자들이여, 내 말을 똑똑히 들으시오. 남자가 자기 재산을 지키려고, 자기의 소나 양들을 지키려고 남과 싸우다가 맞았을 때는 마음에 한탄이나 슬픔의 생각이 들지 않습니다. 그러나 나는 이 망할 놈의 배창자 때문에 안티노스에게 맞았소. 참, 인간에게 별별 재앙을 다 가져오는 원수 같은 놈이지요. 그러니 혹 거지들을 비호하시는 신이나 복수의 신이 계시다면, 부디 안티노스가 혼례도 하기 전에 죽음의 운명을 당하도록 빕니다."

에우페이테스의 아들 안티노스가 노여움에 펄펄 뛰었다.

"얌전히 처먹거나 썩 꺼져라, 떠돌이 거지야. 내게 떠벌린 말 때문에 젊은이들한테 팔다리를 붙잡혀서 온 홀 안을 끌려다니며 살갗이 짓이겨지는 꼴을 당하기 전에."

이 못된 소리에 성미 급한 젊은이조차 한마디씩 보탰다.

"안티노스, 불행한 떠돌이를 때린 것은 자네가 실수했네. 재앙을 부른 거나 다름없어. 만약 이 사나이가 신이라면 말이야. 신들이 타국에서 온 부랑자 행색으로 방방곡곡 찾아다니신다고 들었네. 사치에 눈이 어두워 못된 짓을 일삼는 이와, 법을 지키는 올바른 이를 가려내시려고."

하지만 안티노스는 아무 얘기도 듣고 있지 않았다. 텔레마코스는 아버지가 얻어맞는 것을 보고 울화가 치밀었지만, 잠자코 머리를 숙여 울분을 삭였다.

한편 페넬로페도 홀에서 바깥 상황을 전해 듣고 시녀들에게 말했다.

"제발 은활의 신 아폴론께서 그렇게 그 사람을 때리시면 좋겠구나!"

우두머리 시녀인 늙은 에우뤼노메가 말했다.

"부디 우리의 이 기도가 실현될 때가 오기를 빕니다. 그렇게만 된다면 여기 있는 남정네들 어느 한 사람도 아름다운 의자에 앉아 새벽까지 목숨을 지탱할 수 없게 될 거예요."

"에우뤼노메, 모두가 보기 싫은 사람들뿐이야. 나쁜 음모들만 꾸미고 있어. 특히 안티노스는 검은 죽음의 신 같은 사람이야. 불행한 타국인이 이 성에 찾아와서 그들에게 구걸을 했는데, 다른 이들은 뭐든 집어줘서 자루를 채워 주는데 그자만 발판으로 오른쪽 등덜미를 때렸다지 뭔가."

페넬로페는 돼지치기 에우마이오스를 불렀다.

"에우마이오스여, 그 손님을 내 앞으로 데려 오게. 묻고 싶은 말이 있으니 말이네. 혹 어디선가 오뒷세우스 님 이야기를 들었는지, 만난 적은 없는지를 말일세. 어지간히 여러 나라를 돌아다닌 모양이니."

"왕비님, 그자의 말은 틀림없이 마님의 마음을 완전히 사로잡을 것입니다. 그런데요, 그는 배에서 내리자마자 맨 먼저 제게로 와서 사흘 밤낮이나 머물렀는데도, 아직 자기 이야기를 시원스럽게 다 하지 않았어요. 마치 가인이 사람들을 목마르게 하듯이요. 가인은 신들의 이야기를 듣고 세상 사람들에게 다정하고 아련한 노래로 불러주며 애닯게 하지요. 그자가 꼭 그렇게 저를 사로잡았답니다.

그는 자기가 오뒷세우스 님 집안과 친밀한 크레타 섬 사람이라고 했습니다. 그 섬을 다스리는 미노스 왕의 친척이래요. 그랬다가 갖은 고난을 다 겪으며 떠돌아다닌 끝에 이곳에 닿은 모양인데, 오뒷세우스 님에 대한 최근의 소식을 들었다고 자꾸만 우깁니다. 테스프로티아 사람들의 풍성한 고을에 무사히 살아 계시다고요. 그리고 아주 많은 재물을 가지고 댁으로 오시는 중이라고요."

그 말에 페넬로페가 더 재촉했다.

"어서 모셔 오게, 어서. 그 말을 직접 들어봐야겠네. 저 무리들은 문 앞에 앉아서 즐기게 놔두고. 저들은 공짜로 남의 재산을 야금야금 먹어 없애는 기분이 아주 유쾌한 모양이야. 매일 우리 집의 양과 소와 염소를 잡아 잔치를 벌이다니. 이게 다 집안을 지켜주실 오뒷세우스 님이 안 계신 탓이네. 그이만 돌아오신다면, 앉은 자리에서 아들과 힘을 합쳐 저들의 난폭하고 못된 짓을 벌하시고 보복하실 거야."

그때 텔레마코스가 크게 재채기를 했는데, 그 소리가 저택 전체에 울렸다. 그 소리를 들은 페넬로페는 소리내어 웃으며 에우마이오스를 다시 한번 재촉했다.

"자, 어서 손님을 모셔 오게. 들었는가, 내 아들이 내가 한 말에 대해 좋은 행운이 온다고 재채기하는 것을. 이제 저들에게는 죽음이 찾아올 거야. 한 사람도 죽음의 운명을 빠져나가지 못할 거야. 내가 자네에게 단단히 일러두는데, 만약 그 손님의 말이 틀림없다는 걸 알게 최고급 옷들을 선물로 내주겠네."

돼지치기가 곧바로 오뒷세우스에게 달려가서 귓속말을 했다.

"손님, 텔레마코스의 어머니이신 안주인 페넬로페 님이 당신을 부르십니다. 자나깨나 걱정하시는 주인님의 소식을 물으시려나 봅니다. 당신 말이 다 사실이라면 좋은 옷을 내주신다고 하시니, 그러면 당신은 고을 전체를 돌아다니면서 구걸해서 배를 채울 수 있지 않겠소?"

"그렇고말고. 오뒷세우스 님도 나만큼이나 서럽고 쓰라린 고난을 당하신 것을 내가 아주 잘 알고 있으니, 지금 당장이라도 안주인께 말씀드릴 수 있소. 그런데 다만 저 난폭한 구혼자 무리들 눈이 두렵구려. 조금 전에도 보지 않았소, 내가 아무 잘못도 없이 구타를 당하는 모습을. 그런데도 텔레마코스 님도, 그 누구도 내 편을 들어주지 않다니.

그러니 페넬로페 님께 '해가 지고 아무도 남일에 신경쓰지 않을 때' 찾아뵙겠다고 전하시오. 그때 다 말씀드린다고. 이 댁 나리께서 돌아오시는 날짜까지도."

돼지치기가 그 말을 전하려고 안으로 들어가니, 페넬로페가 급한 마음에 문지방을 넘어서는 그에게 물었다.

"에우마이오스여, 왜 혼자 오느냐? 누군가 두려운 사람이 있어서 안 온 다더냐? 아니면 별 이유 없이 안으로 들어오는 것이 껄끄럽다더냐? 문전걸 식하는 처지에 너무 조심성이 있는 것도 딱한 일이군."

"자신을 구하기 위해서는 누구든 아마 그렇게 생각하겠지요. 우쭐거리 면서 못된 짓을 일삼는 자들의 횡포를 피할 생각에서요. 마님께 해질녘까 지만 기다려 주십사 하더군요. 제 생각에 마님을 위해서도 그게 좋겠습니 다. 마님 혼자서 손님한테 조용히 말을 묻고 들어보시도록요."

"어떤 신분인지는 모르겠지만, 그 타국에서 온 손님의 의견을 소홀히 할 수는 없지. 또 죽어야 할 인간 가운데에서 안티노스만큼 못되고 악랄한 짓 을 꾸미는 이가 없으니 걱정도 되고."

갸륵한 돼지치기는 구혼자들이 북적이는 홀로 돌아가서, 텔레마코스에 게 다가가 귓속말을 했다.

"도련님, 저는 이제 가보겠습니다. 돼지며 오두막이며 살림살이들을 지 키러요. 그게 도련님과 저의 생활 밑천이 아닙니까? 그러니 이쪽 일은 도련 님이 알아서 처리하십시오.

우선 무엇보다도 도련님 자신에 아무 탈이 없도록 하시고요. 마음속으로 충분히 생각하고 행동하십시오. 못된 짓을 꾸미는 아카이아인이 아주 많으 니까요. 하지만 그 무리들은 제우스 신께서 멸망시키실 겁니다. 저는 그렇 게 믿습니다."

영리한 텔레마코스가 대답했다.

"그렇게 할게요. 그럼 아저씨는 저녁 식사를 마치고 떠났다가, 내일 아침 일찍 또 살찐 제물을 끌고 오세요. 이곳의 모든 일은 나와 불사의 신들께 맡기고."

돼지치기는 다시 의자에 걸터앉아서 배불리 먹고 마신 후, 잔치 자리를 떠났다. 다른 무리들은 여전히 춤과 노래로 흥겨웠다. 이미 날도 다 저문 저녁이 되었다.

제18권

적과 친구를 가려내다

◆◆◆◆◆

거지 이로스가 나타나서 오뒷세우스에게 썩 물러가라고 호통을 친다. 그는 먹을 것만 주면 어떤 심부름도 해주는 자라서, 구혼자들의 비위를 맞추고 싶었던 것이다. 안티노스는 좋은 여흥거리라면서 둘의 주먹싸움을 부추긴다. 하지만 오뒷세우스는 한방에 그를 제압하고, 성 안으로 들어와서 마음속으로 적과 친구를 가려내기 시작한다. 거지 노인을 향해서는 시종들조차 주인 앞에서 쓰고 있던 가면을 벗고 무례하고 악한 마음을 그대로 드러낸다. 구혼자 무리들은 오뒷세우스가 서서히 저주의 말을 직접 내뱉기 시작하고, 특히 어린 텔레마코스가 '집으로 가라.'라고 명령하자 크게 당황한다.

이때 연회장에 진짜 거지가 나타났다. 이타케의 거리마다 다니며 구걸하고 다녀서 모르는 이가 없는 사내였다. 남달리 튼튼한 창자를 가지고 있는지 늘 먹고 마시기에 혈안이었는데, 그래서 덩치는 무척 컸지만 배짱도 없고 주먹도 약한 사내였다. 태어날 때 어머니가 붙여준 이름은 아르나이오스였지만, 다들 이로스라고 불렀다. 왜냐하면 누군가 음식만 주면 어떤 심부름이든 다 해주었기 때문이다(헤르메스처럼 전령 노릇을 하는 이리스 여신의 남성형. 심부름꾼이라는 뜻).

이로스가 낯선 거지가 나타난 것을 보고 다짜고짜 욕설을 퍼부으며 망신을 주기 시작했다.

"늙은 영감아, 지금 당장 질질 끌려나가기 전에 문 밖으로 썩 꺼져라. 모두들 내게 너를 끌어내라고 눈짓하는 게 안 보이냐? 그렇게까지 창피해지지는 말라고, 이 너그러우신 이로스 님께서 기회를 주고 있다 이 말이야. 그러니 당장 나가라. 나와 주먹다짐이 시작되어 얻어터지기 전에."

지혜 많은 오뒷세우스가 거지 이로스에게 따끔하게 한마디했다.

"건방진 소리를 하는군. 나는 네게 해가 되는 말이나 행동을 한 적이 없어. 누군가 네게 재물을 많이 준대도 샘내지 않을 거고. 봐라, 이 성은 우리 둘이 함께 구걸해도 좋을 만큼 넓고 풍족하다. 그러니 너도 다른 사람의 몫을 탐낼 필요가 없어. 너나 나나 같은 거렁뱅이 신세인데 이러지 말라구.

게다가 거렁뱅이의 행복은 신에게 달려 있다고 하지 않나. 그러니 힘으로 너무 나에게 덤비지 않는 게 좋아. 내 화를 돋우지 말란 말이야. 내가 비록 늙었어도 네 가슴이나 혀를 피투성이로 만드는 것쯤은 쉬운 일이지. 그렇게 하는 것이 내게는 더 편한 일일 테지만 말이야. 내일부터 네가 라에르테스의 아들 오뒷세우스의 궁전에 나타나지 않을 테니까 말이야."

"이것 봐라, 허수아비 같은 녀석이 무슨 말을 지껄이는 거야? 부엌데기 할망구같은 녀석이. 지금 당장에라도 이 두 손으로 아래턱을 쳐서 이빨을 남김없이 부러뜨려 땅바닥에 뿌려 놓을 테다. 논밭을 파헤치는 돼지새끼를 몽둥이로 흠씬 두들겨패듯이 말이야. 자, 단단히 각오해. 너 같은 늙은이가 나 같은 젊은이와 싸울 수 있을 것 같냐? 여기 있는 사람들이 확실하게 판단해 보도록 한번 붙어 보자!"

안티노스가 두 사람의 거친 말싸움을 듣더니 껄껄대며 구혼자들 무리에게 소리쳤다.

"여보게들, 여태껏 이런 재미난 구경거리는 없었네! 신께서 우리에게 유흥거리를 보내 주셨나 보네. 거렁뱅이 타지인이 이로스와 주먹 싸움으로 승부를 겨뤄 보겠다는군. 그런 소원이라면 당장 들어 줘야 하지 않겠나?"

사람들이 다들 폭소하며 두 거렁뱅이 주변으로 몰려갔다. 안티노스가 사람들을 계속 선동했다.

"용감한 구혼자들이여, 다들 잘 듣게나. 내가 할 말이 있어. 여기 우리가 저녁에 먹으려고 불 위에 올려둔 염소 살코기와 염소 순대가 있네. 저 두 사람 중에서 승리한 자에게 어느 것이든 먹고 싶은 걸 마음대로 고르게 하고, 또 우리와 함께 식사할 수 있게 허락하세. 진 자는 다시는 구걸하러 오지 못하게 썩 쫓아 버리고."

모두들 안티노스의 말에 찬성했다.

그러자 오뒷세우스가 맞받아쳤다.

"양반님들, 악당 같은 이 젊은 놈이 내 약을 바짝 올리네요. 온갖 고생에 지쳐 있는 늙은이는 젊은이와 싸워봤자 기도 못 펴고 얻어맞을 텐데 말이죠. 그러니 양반님들이 제게 굳게 약속해 주십시오. 이 싸움에서 내가 지도록 불공평하게 이로스의 편을 드는 일은 하지 않겠다고 말입니다."

모두들 그가 요구한 대로 서약과 맹세의 말을 했다.

거기에 텔레마코스까지 나섰다.

"손님, 당신이 이로스와 정정당당하게 싸우기를 원한다면 그리 하시오. 다른 이들은 걱정하지 말고. 만약 맹세를 어기고 당신을 해치려는 자가 나오면 이 집의 주인인 내가 막을 것이오. 분별 있고 지체 있는 두 영주님 안티노스와 에우뤼마코스도 내 말에 동의하실 게요."

그러자 오뒷세우스가 해진 겉옷을 벗어 허리에 감았다. 훌륭하고 튼튼한 두 허벅지와 딱 벌어진 어깨와 울룩불룩 근육이 발달한 두 팔이 나타났다. 아테네 여신이 옆에 있으면서 손발을 튼튼하게 만들어 준 것이다. 그러자 구혼자들은 모두 크게 놀라 감탄하며, 서로 가까이에 있는 사람들과 눈짓을 하면서 말했다.

"이거, 이로스가 화를 자청했군 그래. 저 노인의 누더기 아래로 보이는 다리가 정말 대단하군."

이 말에 이로스가 기가 죽어 어쩔 줄 모르고 있는데, 하인들은 아랑곳없이 그에게 준비를 시켜서 억지로 앞으로 떠밀었다. 안티노스가 손발을 덜덜 떠는 이로스를 꾸짖었다.

"이런 허풍쟁이야, 노인네 앞에서 벌벌 떨 거라면 차라리 태어나지를 말지 그랬느냐. 더군다나 여러 고난으로 지칠대로 지쳐 있는 늙은이 앞에서 말이야. 내가 장담하는데, 만일 노인이 승리하면 너를 배에 태워서 에케토스 왕에게 보내버릴 테다. 그 왕은 극악무도하기로 유명하지. 네 코와 귀를 무자비하게 칼로 자르고 불알을 잡아 뽑아서 날것으로 개들에게 먹으라고 던져줄 걸."

이로스는 더욱 사시나무 떨듯 떨었다. 사람들은 그런 그를 억지로 한가운데로 끌어내서, 두 사람이 손을 들고 싸울 자세를 취하게 했다. 오뒷세우스는 '한방에 숨통을 끊어 버릴까, 아니면 살짝 주먹질만 해서 땅바닥에 뻗게 할까.'를 잠시 고민하다가, 아카이아인들의 지나친 관심을 끌지 않도록 살짝만 때려주기로 했다. 그래서 이로스가 오른쪽 어깨를 치자, 오뒷세우스가 그의 귀밑 목줄기를 쳐서 뼈를 으스러뜨렸다. 이로스가 새빨간 피를 토하며 비명을 지르고 땅바닥에 쓰러져 발버둥을 치고 이를 바드득 갈았다. 구혼자들이 배꼽이 빠져라고 웃어댔다.

오뒷세우스는 이로스의 다리를 잡아끌어서 현관 앞을 가로질러 복도 아래에 창문이 있는 앞뜰까지 가서, 정원 울타리에 그를 기대어 놓고 한쪽 손에 지팡이를 쥐어 주며 소리 높여 말했다.

"너는 여기 앉아서 개 돼지나 쫓고 있거라. 다시는 나그네나 거지들의 우두머리 노릇을 하려고 나서지 말고. 그랬다가는 더 심한 봉변을 당할 테니까."

오뒷세우스는 이렇게 말하고는 어깨에 넝마 같은 바랑을 메고, 다시 문턱 자리로 돌아가 앉았다. 한껏 통쾌하게 웃던 구혼자들이 안으로 들어가면서 한마디씩 인사치레를 했다.

"들어보게, 불사의 신들께서 자네가 바라는 것, 자네가 좋아하는 것을 얻을 수 있게 해주실 거야. 욕심쟁이 이로스 녀석이 온 나라 안을 돌아다니며 구걸하는 꼴을 끝내주었으니까. 우리가 지금 당장 저자를 에케토스 왕에게 보낼 작정이니까."

안티노스는 살코기와 순대를 그에게 집어 주었다. 암피노모스는 바구니에서 빵 두 조각과 황금 술잔을 그에게 권했다.

"나그네여, 반갑네. 그대가 오래도록 행복하게 살기를 바라네. 하지만 지금은 온갖 모진 재난을 겪고 있구려."

지혜가 풍부한 오뒷세우스가 대답했다.

"암피노모스여, 당신은 정말 지혜로우시군요. 당신의 명예로운 가문, 홀륭한 조상에게서 태어났기 때문이겠지요. 둘리키온의 니소스 님은 평판도 재산도 대단히 훌륭하다던데, 당신이 그분의 아들이니까요. 그러니 제 말을 이해하실 겁니다. 이 땅 위에서 살아 숨쉬는 것 중에서 인간보다 가엾고 나약한 것이 없다는 것을요. 왜냐하면 신께서 건강하게 보살펴 주시는 동안은 뒷날 화가 닥칠 것도 모르고 기고만장해서 행동하니까요. 신들이 분노하시면 꼼짝없이 견뎌야 하면서요. 인간의 하루하루는 그런 것이지요. 나도 전에는 인간들 사이에서 부와 영화를 누렸습니다. 부모나 형제들의 완력과 권력을 믿고 난폭하고 도리에 벗어난 짓도 꽤 많이 했어요. 그러니 사람은 모름지기 절대로 도리에 어긋난 짓은 하지 않는 것이 좋겠지요. 신들의 타이름을 겸손하게 받아들여야 합니다.

내가 이런 말을 하는 이유는, 저 구혼자들이 너무나 법과 도리에 어긋나는 짓을 꾸미고 있기 때문입니다. 한 무사의 재산을 축내고 그 부인께 무례하게 굴고 있지 않습니까. 그런데요, 그 무사는 자기 고국땅에서 멀리 떨어져 있지 않습니다. 오히려 바로 코앞까지 와 있어요. 그분이 집에 돌아왔을 때 신들께서 당신들을 그분과 마주치지 않도록 조용히 각자의 집으로 보내주시기를 바랍니다. 왜냐하면 그분이 한지붕 밑에서 구혼자들을 만나는 순간 결코 피흘리지 않는 결말이란 없으니까요."

이야기를 마친 오뒷세우스는 꿈같이 달콤한 포도주를 신에게 헌주한 후, 건배하고서 암피노모스에게 주었다. 그러나 암피노모스는 심상치 않은 불안감을 느껴서 그곳을 빠져나갔다. 곧 큰 재앙이 닥칠 것 같았기 때문이다. 하지만 아테네 여신은 이미 그에게도 죽음을 결정해 두셨다. 그는 텔레마코스의 창에 찔려 죽을 것이었다. 그는 아까 자신이 앉아 있던 의자로 돌아가 풀썩 주저앉았다.

그때 빛나는 눈빛의 아테네 여신은 페넬로페도 부추겼으니, 그녀가 구혼자들 앞에 모습을 나타내서 구혼자들의 정열을 부채질하고 남편과 아들에게는 자신의 소중함을 부각시키기로 한 것이다. 그래서 그녀는 얼굴에 억지미소를 짓고 곁의 시녀에게 말했다.

"에우뤼노메, 내 생각이 바뀌었어. 구혼자들을 싫어하지만 그래도 그들 앞에 나서겠어. 그래서 아들에게 따끔하게 일러둬야지. 무슨 일이 있어도 저 횡포한 구혼자 무리들과 어울리지 말라고 말이야."

에우뤼노메가 대답했다.

"그 말씀은 정말 사리에 맞는 일입니다. 그런데 아드님에게 한말씀 하시려면, 어서 몸을 깨끗이 씻고 얼굴에 화장을 좀 하세요. 그렇게 눈물로 얼룩진 얼굴로 가시면 안 돼요. 늘 슬픔에 싸여 지내는 건 좋지 않아요. 마님이 불사의 신들에게 하루속히 수염 난 아들 모습을 보고 싶다고 기도하시던 그 아들도 이제는 의젓한 어른이 되셨답니다."

페넬로페는 고개를 가로저었다.

"에우뤼노메, 그대의 친절한 마음은 알겠지만 목욕과 화장을 강요하지는 말아 줘. 아, 이미 그이가 트로이아로 떠나던 날에 신들이 나의 꽃다운 매력을 빼앗아 가셨어. 아아, 아우토노에와 힙포다메이아를 불러 줘. 그들이 대청에서 내 옆에 함께 서 주면 좋겠어. 그 남자들 사이에 나 혼자 가는 일은 점잖지 못하니까."

늙은 시녀는 다른 하녀들을 부르러 갔다. 그런데 이때 아테네는 또다시 페넬로페에게 달콤한 잠을 내렸다. 그녀는 소파에 기대서 마디마디가 풀어진 듯 잠들어 버렸다. 그 사이에 아테네는 구혼자들이 그녀에게 매혹되도록 그녀를 꾸며 주었다. 우선 아름다운 화관을 쓴 퀴테레이아의 여신(아프로디테)가 카리스 여신들의 춤을 보러갈 때 바르는 향유로 그녀의 얼굴을 깨끗하게 씻어주었다. 다음은 그녀의 자태가 더 늘씬하고 더 풍만하게 보이도록 만들고, 살결도 깎아 놓은 흰 상앗빛으로 빛나게 했다. 그때쯤 시녀들이 재잘거리며 방으로 들어왔다. 그 소리에 페넬로페가 단잠에서 깨어나 두 볼을 비비며 말했다.

"너무 고민하다가 깜박 잠이 들었어. 아르테미스 님이 이처럼 달콤한 죽음을 지금 당장 내게 주신다면 좋겠는데. 더 이상 오뒷세우스 님을 그리워하고 슬퍼하며 살지 않도록 말이야. 아카이아 용사들 중에서도 가장 뛰어나신 분, 내 남편을."

그녀는 얼굴을 베일로 가리고 두 시녀와 함께 반짝반짝 빛나는 2층 계단을 내려갔다. 그녀가 구혼자들이 모여 있는 곳으로 가서 탄탄한 지붕 밑 기둥 옆에 멈추어 섰다. 그 양옆에는 충실한 시녀들이 한 사람씩 지키고 서 있었다. 그 모습에 구혼자들의 마음은 일순간 매혹되었다. 그녀는 침착하게 아들에게 말했다.

"텔레마코스야, 네 생각이 예전처럼 현명하지가 않구나. 어릴 때는 그토록 영리했는데, 키도 몸집도 더 커진 지금은 다른 사람들 눈에는 부귀영화를 갖춘 집 자제로 보이겠지만 생각은 오히려 어리석어졌어. 우리 집 안에서 이렇게 손님이 수치를 당하는데도 그냥 보고만 있다니 말이다. 우리 궁에 찾아온 손님이 친절한 대접은 커녕 봉변을 당한다면, 이것은 앞으로 네 치욕이 되고 두고두고 세상 사람들의 비난을 받을 것이다."

텔레마코스는 당황하지 않고 의젓하게 대답했다.

"어머니께서 노하시는 것도 무리는 아니지만 저도 충분히 사리에 맞는 일이 무엇인지, 옳고 그른 것이 무엇인지 낱낱이 알고 있습니다. 저도 더이상 어린아이가 아니랍니다. 다만 지금으로서는 모든 일을 현명하게 처리하기가 불가능한데, 왜냐하면 이자들이 음흉한 간계로 이 핑계 저 핑계를 대며 옆에 붙어다니면서 올바른 길을 빗나가게만 하고, 누구 한 사람 저를 도와주지 않기 때문입니다.

그러나 손님과 이로스의 싸움은 그들이 바라던 대로 결말이 나지 않았어요. 손님이 힘이 세서 이겼거든요. 정말이지 제우스와 아테네와 아폴론 신께서, 저 구혼자들도 이로스처럼 참패를 당하고 머리가 늘어져 거덜나게 해주시면 좋겠습니다. 주정꾼들처럼 목이 처져서 지척거리고 발로 바로 서지도 못해 손발의 맥도 빠지고, 늘 돌아가는 집에도 못 돌아가도록 말입니다."

하지만 페넬로페에게 매혹된 구혼자들은 텔레마코스의 당돌한 비난도 귀에 들어오지 않았다. 에우뤼마코스가 텔레마코스의 말이 끝나기만을 기다리다가 얼른 끼어들어서 페넬로페에게 한마디했다.

"이카리오스의 따님이신 현명한 페넬로페여, 지금 그대의 자태를 온 아카이아인이 보았더라면 아마도 훨씬 더 많은 구혼자들이 몰려들었을 겁니다. 당신은 모든 여인 중에서도 아름다움과 지혜가 남달리 뛰어나군요."

"에우뤼마코스여, 신들께서는 제 남편이 트로이아로 떠나는 배에 승선했을 때 이미 제 아름다움을 빼앗아 가셨습니다. 그때부터 저는 줄곧 신들이 내린 큰 화로 괴로워하고 있습니다. 남편은 출정할 때 제 오른손 손목을 잡고 말씀하셨지요.

'여보, 들어보오. 나는 아카이아 용사들이 트로이아에서 모두 무사히 귀국할 수 있으리라고 생각하지 않소. 트로이아에도 창술, 궁술, 기마술에 뛰어난 노련한 무사들이 많이 있을 테니까. 신께서 나를 귀국시켜 주실지, 그대로 트로이아 땅에서 죽게 하실지 나는 모르오. 그러니 당신에게 모든 것을 부탁하오. 아버님 어머님을 보살펴 주오. 늘 그래왔듯이, 아니, 내가 있을 때보다 더. 그러다가 내 아들이 제법 어른이 되었다고 생각되거든, 그대가 좋아하는 상대를 골라서 결혼해서 집을 떠나시오.'

그 말들이 이제는 사실이 되었습니다. 언젠가는 또다시 흉측한 혼례가 이 저주스러운 몸에 찾아오는 밤이 올 것입니다. 하지만 지금 더 심히 괴로운 것은, 예전에는 청혼할 때 구혼자들이 소나 양을 몰고 와서 여자 집안 사람들을 대접하고 훌륭한 선물을 보내는 것이 관습이었지, 신부 집 재산을 먹어치우지는 않았더란 말입니다."

오뒷세우스는 이 말을 듣고 기뻤다. 그녀가 모든 사람의 마음을 달콤한 말로 속여서 선물을 더 받으려고 하는 것 같았지만, 실은 그녀의 본뜻은 다른 데 있는 것을 간파했기 때문이다.

에우페이테스의 아들 안티노스가 대꾸했다.

"페넬로페여, 청혼하려는 아카이아인들이 선물을 가지고 오거든 그것을 받아 주십시오. 선물을 거절하는 것은 좋은 일이 아닙니다. 우리는 당신이 우리들 중에서 가장 뛰어난 자와 결혼하는 것을 보기 전에는 절대로 각자의 영지로 돌아가지 않을 것입니다."

모두가 안티노스의 말에 찬성하고는, 제각기 하인을 집으로 보내서 선물을 가져오게 했다. 안티노스의 머슴은 크고 오색찬란한 옷을 가져왔는데, 황금 브로치가 열두 개나 달려 있고 잘 구부러지는 핀도 꽂혀 있었다. 에우뤼마코스의 시종은 세공이 정교한 황금 목걸이를 가져왔는데, 거기에 달려 있는 호박 구슬이 태양처럼 반짝거렸다. 에우뤼다마스의 하인은 귀고리를 한 쌍 가져왔는데, 오디같은 구슬이 세 개 달리고 빛깔이 휘황찬란한 것이었다. 폴뤽토르의 아들 페이산드로스의 몸종도 목걸이를 가져왔는데, 장식이 더 크고 화려했다. 이와 같이 아카이아인 모든 구혼자들이 저마다 훌륭한 선물을 가져왔다. 그 사이 페넬로페는 2층으로 올라가 있었기 때문에, 시녀들이 그 선물들을 날랐다.

페넬로페가 방으로 돌아간 후에도 사람들은 한참을 설레는 마음으로 서성거렸다. 그들은 달리 할 일이 없어서 저녁 만찬을 기다렸다. 이윽고 밤이 되자 커다란 등화용 화덕 세 개를 설치하고, 얼마 전에 청동 도끼로 쪼개서 오랫동안 잘 말려둔 장작을 지폈다. 관솔나무를 많이 섞으니 불이 잘 붙었다. 시녀들이 수시로 등화를 쑤석거려서 불길을 돋우었다. 오뒷세우스가 그녀들에게 말했다.

"오랫동안 부재중인 오뒷세우스 님의 시녀들이여, 여기에 계시지 말고 왕비님 곁으로 가서 위로해 드리세요. 함께 물레를 돌리시든지, 양털을 다듬으시든지요. 이 불은 제가 꺼지지 않게 돌보겠습니다. 아름다운 발코니에 새벽빛이 찾아들 때까지 참을성 있게 지켜드리겠어요."

시녀들은 재미있다는 듯이 깔깔 웃었다. 그런데 붉은 볼을 가진 멜란토만은 그에게 심한 욕설을 퍼부었다. 그녀는 돌리오스의 딸로, 페넬로페가 자기 친딸과 진배없이 돌봐주고 원하는 장난감이나 장신구들을 마음껏 주었다. 그런데도 그녀는 페넬로페에게 고마워하기는 커녕, 에우뤼마코스와 동침하면서 페넬로페를 공격하고 있었다.

"정신 나간 떠돌이 같으니. 대장간이나 합숙소에 가서 잘 생각을 해야지, 여기서 염치도 없이 많은 양반들 앞에서 얼토당토 않은 소리를 지껄여대며 머물겠다고? 술에 취해서 그런 것이냐, 원래 그따위로 생겨먹었느냐? 거지 이로스에게 이겼다고 금세 우쭐해서는. 하지만 이로스보다 강한 자가 곧 네놈 머리를 때려서 피투성이로 만들고 방 밖으로 끌어낼 테니 조심하는 것이 좋아."

오뒷세우스는 눈을 치켜뜨고 멜란토를 쏘아보았다.

"뻔뻔스러운 계집 같으니, 텔레마코스 님에게 다 이를 테다. 저쪽으로 가서 너를 당장에 손발을 잘라 없애도록, 네가 뭐라고 지껄였는지 말해줄 거야."

그의 말이 진심으로 들려서, 여자들이 간담이 서늘해져서 황급히 홀을 빠져나갔다. 오뒷세우스는 등화용 화덕 옆에서 불을 물끄러미 쳐다보며 장승처럼 서서 모든 사람을 살펴보았다. 마음속으로는 반드시 해야만 하는 일들을 곰곰이 생각하면서.

하지만 아테네 여신은 교만한 구혼자들이 계속 행패를 부리도록 내버려 두었다. 오뒷세우스의 마음을 더 괴롭게 하기 위해서였다.

먼저 에우뤼마코스가 큰소리로 오뒷세우스에게 욕설을 퍼부어서 조롱했다.

"세상에서도 유명한 왕비의 구혼자들이여, 내 말을 잘 들어 보게. 이 사나이가 오뒷세우스의 성에 온 것은 신의 뜻이 맞긴 맞는 것 같네. 왜냐하면

이 사나이에게는 머리털이라곤 하나도 없으니, 이 화덕 불빛이 마치 그의 머리에서 비치는 것 같단 말이지.

이봐, 내 머슴이 될 생각은 없는가? 돌을 모아서 담을 쌓고 키 큰 나무만 심으면 품삯을 줄 테니까. 먹을 것, 입을 것, 신을 것을 다 준다니까. 하지만 너같은 부류는 나쁜 짓만 배우고 일하는 것은 질색하지. 그러니까 구걸로 허기를 채우려고 하겠지."

지혜가 풍부한 오뒷세우스가 말했다.

"에우뤼마코스 님, 우리 둘이서 내기라도 해보면 좋겠군요. 기나긴 초여름 목초베기 내기를 한다면, 잘 벼려진 낫을 들고 나가서 아침부터 밤까지 식사도 하지 말고 해봅시다. 소몰이도 좋겠네요. 지치지 않는 힘을 가진 황소에게 꼴을 듬뿍 먹이고 흙덩이가 잘 부서지는 밭 4에이커 정도를 갈면, 과연 누가 더 곧게 잘 갈까요? 아예 전쟁이 난다면 맨 앞에 서서 싸우는 자는 방패와 창 두 개와 관자놀이에 꼭 맞는 청동제 투구를 쓴 나일 겁니다. 그러면 그대는 내 모습을 보고 이 배곯이를 업신여기지 못할 텐데.

당신은 인정사정 없이 아주 야박한 소리만 하는군요. 자신이 무척 강하고 훌륭하다고 여기나 본데, 그건 당신의 교제 범위가 좁고 변변찮은 놈들뿐이기 때문입니다. 저 대문이 지금은 굉장히 넓어 보이겠지만, 이제 곧 현관에서 도망나갈 때는 너무 좁다 느낄 겁니다."

"뭐라고, 이 막돼먹은 녀석아? 당장에라도 네 악다구니에 결판을 내줄 테다. 이 여러 양반들 앞에서 겁도 없이 까불어 대다니, 정말로 술에 취해 넋이 나갔거나 원래 막돼먹은 놈이구나. 아니면 거지 이로스 따위에게 좀 이기고 정신이 돌았던지."

에우뤼마코스는 악을 쓰면서 발판을 손으로 집어들었다. 그런데 오뒷세우스가 겁내는 듯하면서 암피노모스의 무릎에 가 앉으니, 발판은 그 옆에서 술을 따르던 시종의 오른팔에 맞았다. 물병이 바닥에 와장창 떨어지고, 시종이 비명을 지르며 먼지 속에 벌렁 나자빠졌다. 그러자 구혼자들이 난리법석을 떨었다.

"저 떠돌이 녀석, 어디 길가에서 방랑하다 죽어버릴 것이지, 왜 여기 나타나서 소동을 피우는 거야. 거지녀석들 난장판 때문에 즐겁게 즐기려던 잔치 음식들이 다 허사가 되었잖아."

그 사람들 사이에서 거룩하고 용감한 텔레마코스가 말했다.

"그대들이야말로 정신없이 충분하게 식사도 했고 포도주도 마셨음을 솔직히 보여주고 있소. 아마 어느 신께서 당신들을 재앙으로 이끄시나 보오. 자, 배불리 먹었거든 언제든 마음이 내킬 때 집으로 돌아가시오. 내가 손님을 쫓아낼 수는 없는 노릇이니."

텔레마코스의 대담한 말에 사람들은 모두 입술을 깨물면서 눈을 부라렸다. 아레티오스의 아들 니소스의 훌륭한 아들 암피노모스가 나서지 않았다면 분위기가 더 험악해졌을 것이다.

"여러분, 이치에 맞는 말에 대들고 화내는 사람은 없습니다. 그러니 저 손님이든 다른 하인이든 때리지 마세요. 거룩한 오뒷세우스의 성에 있는 사람들을 말입니다.

자, 술 따르는 하인들을 시켜서 잔에 차례차례 술을 채워 신들께 헌주하고 집에 돌아들 갑시다. 저 손님은 오뒷세우스의 성에서 텔레마코스가 돌보게 하고."

모두들 이 말에 찬성했다. 그러자 둘리키온에서 온 전령이며 암피노모스의 시종인 물리오스가 혼주병에 술을 섞어서 돌렸다. 모든 사람의 잔에 술이 차자, 모두 함께 신들에게 헌주하고 마음이 흡족할 정도로 술을 마시고는 각자 자기 숙소로 돌아갔다.

제19권

페넬로페가
'내일 남편감을 정한다'고 선언하다

밤이 되자 오뒷세우스는 아들과 함께 무기들을 숨겨서, 복수의 순간에 구혼자들이 무기로 공격하지 못하게 한다. 그런 후에 페넬로페를 만나서 마음을 알아본다. 페넬로페는 남편인 줄은 꿈에도 모른 채, 그가 전해주는 남편의 소식을 듣고 기쁨과 설움이 폭발해서 흐느낀다. 그러고는 거짓 수의 짜기 계략이 실패한 후 궁지에 몰린 자신의 신세를 하소연하며 '아들을 위해서라도 내가 이 집을 나가 줘야 할 것 같다.'라고 한다. 그녀에게 오뒷세우스는 '남편이 이미 이타케에 들어와 있으니 당장이라도 나타날 것이다.'라고 말한다. 페넬로페는 손님에 대한 고마움으로 유모 에우뤼클레이아에게 발을 씻겨 주게 하는데, 유모는 오뒷세이아가 외갓집에서 멧돼지 사냥을 하다가 다쳤던 발의 상처를 발견하고 깜짝 놀란다. 그녀가 크게 기뻐하며 페넬로페에게 알려 주려고 하자, 오뒷세우스가 복수가 끝나기 전까지는 비밀로 하라고 말한다.

마침내 홀에 홀로 남게 된 오뒷세우스는 몰래 텔레마코스를 불렀다.

"아들아, 지금 무기들을 광에 감추어라. 저들이 무기를 찾으면 지난 번에 알려준 대로 '아버지가 트로이아로 떠날 때 날카롭던 무기들이 불과 연기 때문에 상했기 때문'이라고 둘러대거라. 그래도 내놓으라고 채근하거든

'제우스 신이 여러분을 취중에 싸움을 붙이시면 향연도 구혼도 망친다. 무릇 쇠붙이는 무사들을 유혹하는 힘이 있다는 옛속담도 있다.'고 엄중히 말하거라."

텔레마코스는 조용히 유모 에우뤼클레이아를 불렀다.

"유모, 시녀들을 잠시 방에 붙들어 주겠소? 아버지의 훌륭한 무기들을 내가 창고에 숨길 때까지 말이야. 그 좋은 무기들이 아무도 돌보지 않아서 불기와 연기 때문에 빛이 바랬어. 어릴 때는 몰랐지만, 지금은 알았으니 지금 불기가 닿지 않는 곳에 간직해 두려고."

"도련님께서 집안일을 살피고 재산을 간수하는 데 마음써 주신다면 고맙기 그지없는 일입니다. 그런데 등불 비춰줄 시녀가 하나라도 있어야 하지 않을까요?"

"이 손님이 해줄 거야. 우리 집 빵을 드렸으니, 아무리 손님이라도 게으름을 피우게 둘 수는 없지."

유모는 고개를 끄덕이고서 방문을 꼭 닫아 주었다. 그러자 오뒷세우스와 텔레마코스가 부리나케 일어나서 수많은 투구, 방패, 창들을 옮겼다. 그들 앞에서 팔라스 아테네가 황금 촛대를 손에 들고서 특별히 밝은 빛을 비추어 주었다.

"아버지, 내 눈에 보이는 모양이 정말 이상합니다. 대청의 벽, 대들보, 전나무 가로대, 기둥들이 다 활활 불길처럼 타오르며 번쩍거려요. 아마 틀림없이 넓은 하늘에 사시는 신께서 우리 집에 오신 모양입니다."

"조용히 하거라. 네 마음속으로만 느끼고 묻지는 말아라. 이것은 올림포스 신들께서 하시는 일이니까. 자, 너는 이제 가서 자는 것이 좋겠다. 나는 아직 시녀들과 네 어머니의 마음을 확인해 봐야 한단다."

그제서야 텔레마코스는 횃불의 인도를 받아서 침실로 갔다. 그는 여느 때와 달리 복수의 새벽이 밝기를 고대하면서 잠들었다.

오뒷세우스는 홀에 앉아서 복수의 방법을 궁리하고 있었다. 그때 페넬로페가 여신과 같은 모습으로 내실에서 나왔다. 그녀를 위해서 화로 옆에 시녀들이 안락의자를 놓아 주었다. 공예가 이크말리오스가 만든 의자로, 상아와 은으로 소용돌이 무늬가 새겨져 있고 발판이 있었다. 의자에는 큰 양피가 깔려 있는데, 페넬로페는 그 위에 걸터앉았다. 시녀들은 옆에서 식탁을 치우기 시작했다. 빵 부스러기들을 쓸고 네 발 탁자, 술잔들을 내갔다. 다 탄 장작들을 화로에서 꺼내고 다른 장작들을 새로 잔뜩 쌓아 올려서 방을 따뜻하게 했다.

그때 멜란토가 다시 오뒷세우스를 조롱했다.

"이 떠돌이가 아직도 여기 남아 있네. 밤새 집안 구석구석 돌아다니면서 여자들을 엿보려느냐? 썩 나가거라. 안 나가면 횃불로 때려서 쫓아낼 테다."

오뒷세우스가 그녀를 노려보았다.

"이상한 여자로군. 왜 그렇게 마음이 비뚤어져서 내게 모질게 대하지? 내 몰골이 추하고 옷이 남루해서 그러는가, 아니면 거렁뱅이라서 그러는가? 나도 이전에는 행복하고 부유한 집을 가지고 있었다. 하인도 많았고 남들이 부잣집이라고 부를 만한 것들을 다 가지고 있었지. 그래서 나그네가 찾아 오면 누구인지 상관 없이 달라는 대로 대접해 주었다구. 그 모든 것을 크로노스의 아들인 제우스 신께서 한순간 빼앗아 가셨는데, 그것이 신의 뜻이었기 때문이지.

그러니 시녀님도 이 성 안에서 당신의 좋은 자리를 잃지 않도록 조심하시오. 마님이 기분이 상해서 꾸지람을 하실 수도 있고, 주인 오뒷세우스 님이 살아 돌아올 수도 있으니 말이야. 아폴론 신의 가호로 그의 아들 텔레마코스도 훌륭한 어른이 되지 않았는가. 이 성에 있는 어떤 여자라도 사리에 어긋난 행동거지를 하면서 그분의 눈을 속일 수는 없어."

현명한 페넬로페도 시녀를 꾸짖었다.

"너는 정말 뻔뻔스런 아이로구나. 하지만 절대 내 눈을 속일 수 없어. 네 발칙한 짓은 언젠가 톡톡히 대가를 치르게 할 것이다. 지금은 우선 내가 저 손님을 내 방에 불러서 우리 주인님 일에 관해서 여러 가지 물어 보고."

멜란토는 안주인의 말에 놀라서 슬그머니 자리를 빠져나갔다. 페넬로페는 다른 시녀를 불렀다.

"에우뤼노메, 의자와 그 위에 덮을 양피를 가져다 주세요. 손님이 앉아서 얘기를 하고 내 물음에 귀 기울일 수 있도록. 여러 가지로 자세히 묻고 싶어요."

늙은 시녀는 잘 다듬어진 의자를 가져다 놓고 그 위에 양피를 덮었다. 오뒷세우스가 그 의자에 앉았다.

"타국에서 오신 손님, 당신은 대체 어떤 분이며, 어디서 오셨습니까? 당신의 나라와 부모님들은 어디에 계십니까?"

오뒷세우스는 비로소 아내 페넬로페의 눈을 마주 보았다. 하지만 페넬로페의 눈에는 남루한 노인이 보일 뿐이었다. 오뒷세우스는 아내에게 차마 거짓말을 할 수가 없어서 질문을 교묘하게 피해가려고 했다.

"마님, 죽음의 숙명을 지닌 인간 중에서 그 누구도 당신을 비방할 수 없습니다. 당신의 명성은 어진 왕처럼 하늘에까지 닿아 있으니까요. 어질게 다스려서 신을 존경하고 정의를 지키고 용감한 대군을 지휘하고, 검은 대지에서 보리나 밀이 비옥하게 자라게 하고, 나무에는 열매들이 풍성하게 달리고, 가축들은 언제나 새끼를 낳아 번식하고, 바다에는 고기들이 있으니, 백성을 번영시키는 왕처럼요. 그러니 무엇이든 물어보셔도 좋은데, 다만 제 가문과 고향은 묻지 말아 주십시오. 제가 다시금 슬픔에 휩싸이지 않게 해주십시오. 저는 내내 쓰라린 경험을 겪어왔기 때문입니다. 게다가 남의 집에서 한탄과 슬픔에 젖어 눈물 흘리는 것은 도리에 어긋난 행동입니다. 슬픔에 잔뜩 취해서 눈물을 그치지 못한다면 시녀들뿐만 아니라 마님도 화가 나실 것입니다."

"손님, 내 남편 오뒷세우스가 일리오스로 떠났을 때부터 지금까지 나는 탄식의 나날을 보내고 있어요. 이타케 섬 사람은 물론이고 둘리키온, 사메, 자퀸토스 등 모든 섬의 영주들이 내게 억지 결혼을 강요하며 횡포를 부리고 있어요. 그래서 타국의 손님이나 청원자, 사절, 시민을 위한 봉사자들이 찾아와도 전혀 대접해 드리지 못하고 있어요.

나는 오직 오뒷세우스 님에 대한 연모의 마음만 애태울 뿐입니다. 그런데도 저들이 아랑곳하지 않고 계속 결혼해 달라고 재촉해서 곤란한 처지에 있는데, 신께서 거짓 꾀를 알려 주셨지요. 방에 큰 베틀을 들여 놓고 극세사로 폭이 넓은 베를 짜면서 이렇게 말하라고 하신 겁니다.

'구혼자들이여, 거룩한 오뒷세우스는 돌아가셨지만 여러분과의 결혼은 조금 기다려 주세요. 이 베를 다 짤 때까지만요. 죽음의 운명이 라에르테스 님에게 오는 날 그분의 장례식에 쓸 베입니다. 만일 유해를 감쌀 베도 없이 그분이 누워 계신다면, 온 아카이아 여자들이 저를 흉볼 것 아니겠어요.'

그것으로 구혼자들을 3년간 물리칠 수 있었습니다. 나는 낮에는 쉬지 않고 베를 짜고, 밤이면 방문을 닫고 몰래 횃불을 켠 채 실을 도로 풀었어요. 하지만 4년째가 되었을 때 매정한 시녀들의 고자질로 들켜버렸어요. 그들이 나를 윽박지르는 바람에 나는 하는 수 없이 베를 완성해야 했지요. 그러니 지금은 결혼을 피할 수도 없고 다른 꾀도 생각해 내지 못하는 형편입니다. 고향의 부모님들도 자꾸 결혼을 재촉하고, 아들도 구혼자들이 우리 재산을 파먹는 것에 몹시 화가 나 있답니다. 제우스 신의 돌보심으로 그 아이도 이젠 세상 물정을 알아차릴 정도로 어른이 되었거든요.

그건 그렇고, 어서 당신의 성과 고향을 말해 주세요. 떡갈나무나 돌에서 태어나신 건 아니시잖아요."

"왕비님, 제 성과 고향을 끝까지 물으실 건가요? 그렇다면 모두 이야기해드리지요. 지금보다 더한 슬픔에 빠지게 되더라도요. 포도주색 바다 한가운데에 아름답고 풍요한 땅, 크레타라는 섬이 있습니다. 아흔 개 정도의 마을에 수만 명이 살고 있는데, 마을마다 주민이 다르고 언어도 달라요. 아카이아인, 성미가 괄괄한 크레타 에티오크레티스인(크레타 원주민), 퀴도네스인, 도리에이스인, 펠라스고이인 등 정말 다양하지요. 그 중에서도 크노소스라는 대도시는 미노스 왕이 아홉 살부터 다스렸던 곳인데, 그분이 제 아버지 데우칼리온의 아버지이십니다. 늠름하신 데우칼리온의 아들이 저와 제 형님 이도메네우스예요. 형님은 저보다 훨씬 뛰어난 무사이셨죠. 그래서 그는 아트레우스의 두 아들과 함께 일리오스 원정을 떠났지요.

저는 아이톤입이라고 하는데, 오뒷세우스 님을 만나 선물을 드린 적이 있습니다. 그분이 트로이아로 뱃길을 재촉하다가 말레이아 곶에서 역풍을 맞아서 크레타까지 흘러 오셨거든요. 암니소스(크노소스의 외항) 포구에 있는 에일레이튀이아(출산의 여신)의 동굴에 배를 정박시키고, 거리로 올라와서 이도메네우스를 찾으면서 전부터 사랑하고 존경하는 친구라고 하셨답니다. 하지만 그때 이미 형님은 일리아스로 출항한 지 열흘이나 열하루가 지났을 때였습니다. 그래서 내가 그분을 내 집으로 초대해서 손님으로 환대하고 여러 선물을 드렸습니다. 동행한 자들에게도 온 나라에서 모아온 밀로 만든 빵, 빨갛게 빛나는 포도주, 신에게 제사를 지낼 수 있는 제물인 소까지 대접했습니다. 그분들은 열이틀 동안 머물렀습니다. 얄궂은 강한 북풍이 땅 위에 서 있는 것조차 용서치 않을 정도로 사납게 불어서 그들의 배가 발이 묶였기 때문입니다. 열사흘째에야 간신히 배를 띄웠습니다."

그의 거짓말이 어찌나 진짜처럼 생생하던지, 그 말을 듣는 페넬로페는 눈물에 젖어 완연히 초췌해지고 높은 산에 쌓였다가 녹아 흐르는 눈처럼 힘이 없었다. 서풍이 몰아온 눈을 동남풍이 완전히 녹이면 흘러내려서 강을 가득 채우듯, 그녀의 아름다운 두 볼이 눈물로 축축히 젖었다. 오뒷세우스는 아내가 우는 모습에 가슴이 찢어지는 듯 아팠지만, 두 눈은 뿔이나 쇠붙이로 되어 있는 듯 조금도 움직이지 않고 눈꺼풀 속에 숨어서 눈물을 감췄다. 페넬로페는 실컷 울며 슬퍼하더니 그에게 다시 물었다.

"손님, 당신이 정말 내 남편을 만나서 환대해 주셨나요? 그이가 어떤 옷을 입었던가요? 그이는 어떤 사람이고, 남편을 따라간 동지들은 어떻던가요?"

"왕비님, 벌써 이십 년이 다 되어가는 희미한 기억이지만 떠오르는 대로 말씀드리지요. 오뒷세우스 님은 두 겹으로 짠 자홍색 털실 망토를 입고 계셨는데, 걸쇠가 두 개인 황금 브로치가 달려 있었어요. 브로치에는 개가 얼룩무늬 사슴을 앞발로 누르고 버둥대는 모습을 노려보는 조각이 새겨져 있었는데, 모두들 그것을 보고 감탄했습니다. 그분의 바지는 마른 양파 껍질처럼 반짝이는 천으로 된 것이었고요. 그것 또한 여인들의 감탄을 자아냈지요. 그러나 그것이 오뒷세우스 님이 집에서부터 입고 출발한 옷인지, 배에서 갈아입은 것인지는 잘 모릅니다. 어딘가 기항지에서 숙소 주인이 드렸을 수도 있구요. 오뒷세우스 님은 많은 분들과 친분이 있었으니까요. 나도 그분에게 청동 검과 두 겹으로 된 자줏빛 망토를 선물하셨습니다.

출항하실 때 배웅하며 보니 동행한 전령은 약간 나이가 많아 보였습니다. 어깨가 둥그스름하고 검은 피부에 머리가 텁수룩한 에우뤼바티스라는 사람이였지요. 오뒷세우스 님이 그분을 특히 가까이 두시더군요. 솔직하고 마음의 분별을 가진 사람이었기 때문입니다."

오뒷세우스의 말에 페넬로페는 더 서럽게 흐느꼈다. 그녀는 간신히 울음을 삼키면서 말했다.

"처음에는 손님을 불쌍한 분이라고 생각했는데, 지금은 우리 집의 소중한 보물이신 줄 알겠습니다. 방금 이야기하신 그 옷들은 모두 내가 옷장에서 내드린 것이에요. 자랑거리가 되도록 번쩍이는 황금 브로치도 제가 달아드렸구요. 하지만 저는 그 모습을 다시는 못 보겠군요. 오뒷세우스 님이 결국 그 재앙의 일리오스로 떠나셨다니 말입니다."

"오뒷세우스 왕의 거룩하고 현명하신 왕비여, 부디 눈물과 슬픔으로 몸과 마음을 상하지 마십시오. 조금도 꾸짖으려고 말씀드리는 것은 아닙니다만, 세상에는 남편을 잃고 슬픔으로 지새는 부인들이 얼마든지 있습니다. 신과도 같은 훌륭한 남편인 오뒷세우스보다 훨씬 못한 남편이 죽어도 말이죠.

그러니 이제 눈물을 거두고 제 말을 잘 들으세요. 사실은 오뒷세우스 님이 이타케 가까운 곳에, 테스프로티아 사람들의 비옥한 마을에 와 계시다는 말을 들었습니다. 여러 곳을 거쳐오면서 받은 많은 보물들을 가지고요. 하지만 동료들과 배는 트리나키에 섬을 나오다가 모두 바다에서 잃었다더군요. 동지들이 태양신 헬리오스의 소를 죽이는 바람에 제우스와 태양신이 저주를 내리셨어요. 그분만 간신히 배 용골에 매달려 버텨서, 근처 파이아케스인의 나라에 상륙하셨답니다. 신들과 가까운 친족인 파이아케스인들은 오뒷세우스 님을 소중히 대접하고 선물을 드린 후 집까지 호송해 주겠다고 자청했습니다. 그러니 사실 오뒷세우스 님은 벌써 이 고향땅에 돌아와 있을 수도 있습니다. 다만 여러 곳을 두루 다니며 재물을 더 모아서 돌아오는 것이 더 이롭다고 판단하셨겠지요. 정말이지 인간 중에서 재산을 모으는 일에 가장 뛰어난 분이시지요.

저는 이 이야기를 테스프로토이족의 왕 페이돈에게 들었습니다. 왕은 신에게 헌주하고 제게 맹세하며 말하기를, 그 역시 배를 물 위에 띄워서 고향으로 모셔갈 준비를 끝내 놓았다고 했어요. 마지막으로 제우스 님의 떡갈나무에게 신탁을 받으려고 도도네 섬에 가신 참에 제가 그곳에 닿은 것이었죠. 이십 년만에 돌아가는 고국이니 공개적으로 귀향해야 하는지, 몰래 들어가야 하는지 물어보러 가셨대요. 저는 그때 마침 둘리키온으로 출항하는 테스프로토이족 배가 있어서 먼저 출항했답니다. 그래서 비록 그와는 길이 어긋났지만 그가 모았다는 재물은 두 눈으로 똑똑히 구경했습니다. 왕이 보여주었는데, 십대 손까지도 넉넉히 살 수 있을 정도로 엄청나게 쌓여 있더군요.

자, 이제 왕비님도 그분의 무사 귀향을 믿으시겠지요? 금방 나타나실 겁니다. 이 이상은 친척들과 조국땅에서 멀리 떨어져 있지 않을 것입니다. 제우스 신에게, 화로를 지키는 헤스티아 여신에게 맹세합니다. 오뒷세우스 님은 올해 안에 꼭 돌아오십니다. 그것도 이 달이 넘기 전에, 새 달이 들어서기 전에."

"손님, 그리만 된다면 오죽 기쁠까요. 그러면 저는 손님을 극진히 환대하고, 모두가 당신을 축복할 만큼 엄청난 선물을 드릴게요. 하지만 제 생각으로는, 오뒷세우스 님은 돌아오시지 않으니 당신에게 보답도 못 해드릴 것 같네요. 예전이라면, 오뒷세우스 님이 계실 때라면 당연히 해드렸을 환대를, 지금의 저는 지시할 수가 없어요.

그 대신 목욕물을 준비해 드리겠어요. 침상과 이불도 가장 좋은 것으로 내드릴게요. 푹 주무시고 아침이 되면 텔레마코스 옆 의자에서 아침 식사를 하세요. 손님께서 목욕도 못 하고 변변한 옷도 못 입고 홀에서 식사를 하시면, 다른 여인들이 저를 어떻게 생각하겠습니까? 사람은 남에게 인색하고 심술궂은 자에게, 살아서는 저주를 퍼붓고 죽으면 조롱합니다. 반면 고결하고 마음도 깨끗하고 좋은 사람에게는, 그의 손님들이 그의 좋은 평판을 널리 세상에 전하고 덕망을 찬양한답니다."

"아, 왕비여, 나는 크레타 섬의 눈 쌓인 산들을 뒤로 하고 긴 노를 저어 배를 타고 떠난 뒤부터 외투나 이불은 싫어졌습니다. 그저 전처럼 쉬고 싶을 뿐입니다. 많은 밤을 더러운 잠자리에 누워서 새벽의 여신을 기다리곤 했지요. 발 씻을 물도 필요없습니다. 게다가 이 궁전의 젊은 시녀분들이 내 발을 만지는 것은 거절하겠습니다. 나처럼 고생을 많이 한 늙은 노파라면 모를까."

"다정스러운 손님, 당신은 이제껏 우리 집에 오신 손님 중에서 가장 현명한 분이십니다. 그만큼 당신은 생각이 깊고 무엇이든 분명히 알고 이야기하시네요. 마침 여기에 나이 들고 분별심이 뚜렷한 유모가 있답니다. 불운한 운명의 내 남편을 태어날 때부터 키우고 보살핀 분입니다. 이제 너무 나이가 많아서 힘은 없지만 당신 발은 씻겨드릴 것입니다.

에우뤼클레이아여, 내 남편과 연배가 비슷한 이분의 발을 씻겨 드리세요. 아마 오뒷세우스 님도 이런 발, 이런 손이 되셨을 지도 몰라. 불행에 처하면 인간은 금세 늙어 버리니까."

그 말에 에우뤼클레이아는 얼굴을 두 손으로 가리고 뜨거운 눈물을 뚝뚝 떨어뜨리면서 목멘 소리로 말했다.

"아, 오뒷세우스 님을 위해서라면 내가 못할 일이 어디 있겠습니까? 오뒷세우스 당신은 신을 공경하는 마음이 누구보다 큰데도, 제우스께서는 인간 중에서 당신을 특별히 미워하시네요. 이 세상 사람 중에서 당신만큼 살찐 양의 허벅다리를 많이 구워 바친 분이 없는데도 말이에요. 당신만큼 '여유 있는 노년에 들어서고, 아들을 훌륭하게 키우게 해달라.'고 간절히 기도하면서 고르고 고른 헤카톰베를 제물로 바친 사람도 없는데 말이에요. 그런데도 신들께서는 지금 당신 혼자에게만 고향으로 돌아갈 기회를 빼앗았군요.

손님, 아마 나의 주인님도 낯선 고장의 훌륭한 저택에 들어갔을 때 그곳 여자들에게 둘러싸여서 놀림과 조롱을 당했을 거예요. 지금 여기 하녀들이 당신에게 우르르 몰려들어서 악다구니를 퍼붓은 것처럼 말입니다. 당신이 그 여자들의 희롱과 모욕을 피하려고 발씻기를 거절하니, 나는 절대로 싫다고는 하지 않으렵니다. 페넬로페 님의 분부대로 당신의 발을 씻겨드리지요. 하지만 지금의 내 마음은 뒤집힐 것만 같습니다. 당신의 불행이 슬퍼서이기도 하지만, 정말이지 지금까지 이곳을 찾아온 가엾은 나그네들 중에서 그대만큼 몸매와 음성과 발걸음이 오뒷세우스 님을 꼭 닮은 분이 없었기 때문입니다."

오뒷세우스는 뜨끔해서 슬쩍 둘러댔다.

"안 그래도 우리 둘을 함께 본 사람들은 우리가 서로 너무나 닮았다고들 했답니다."

늙은 유모는 윤이 나는 큰 대야를 가져와서, 먼저 찬물을 붓고 그 위에 뜨거운 물을 더 부었다. 그런데 오뒷세우스는 갑자기 화로 가까이에 등을 돌리고 고쳐 앉더니, 곧 어두컴컴한 쪽으로 얼굴을 돌렸다. 어떤 생각이 떠올랐기 때문이었다. 유모가 발의 흉터를 보고 자신을 알아볼 것이 염려되었기 때문이다.

역시나 에우뤼클레이아는 발을 씻기기 시작하자 곧 그 상처를 알아보았다. 그것은 일찍이 오뒷세우스가 외할아버지 아우톨뤼코스, 그 아들인 외삼촌들과 같이 파르나소스에 사냥을 갔다가 맷돼지 송곳니에 찔린 상처였다. 아우톨뤼코스는 세상에서 도둑질과 거짓말이 가장 뛰어난 인간이었으니, 헤르메스 신께 받은 재능이었다. 그가 신의 마음에 들 만한 어린 염소와 산양의 허벅다리를 구워서 제물로 바쳤던 덕택이었다. 그래서 신은 후한 마음을 써서 그를 돌보아 주신 것이다. 아우톨뤼코스는 비옥한 이타케에 와서 딸이 낳은 갓난아이를 보았다. 그가 만찬이 끝난 뒤 아이를 무릎에 앉히자 유모가 이렇게 부탁했었다.

"아우톨뤼코스 님, 당신이 직접 이 아이에게 이름을 붙여 주십시오. 무척 기다리던 아이였으니까요."

그때 아우톨뤼코스가 말했다.

"내 사위와 딸아, 이제 내가 부르는 이름을 이 아이에게 꼭 붙이거라. 여태껏 나는 이 대지 위의 모든 사람들에게 미움을 받는 자로 살아왔으니, 이 아이도 오뒷세우스(증오를 받는 자)라고 부르겠다. 이 아이가 자라서 어른이 되어 외갓집인 파르나소스에 오면, 내 재산을 나누어 주겠다."

그래서 오뒷세우스가 파르나소스에 간 것이다. 외할아버지와 외삼촌들이 따뜻하게 맞아 주었다. 외할머니 암피테아는 외손자를 얼싸안고 머리와 아름다운 두 눈에 키스했다. 아우톨뤼코스가 아들들에게 식사를 준비시키자, 그들이 곧 다섯 살이 되는 암소를 끌고 와서 가죽을 벗기고 솜씨 좋게 잘게 썰어 쇠꼬챙이에 꿰어 잘 구웠다. 해가 질 때까지 향연을 즐겨서 다들 실컷 배를 채웠다. 이윽고 서산에 해가 지고 어둠이 찾아오자 사람들은 모두 잠자리에 들어가 잠들었다.

다음날 장밋빛 손가락을 한 새벽의 여신이 나타나자, 아우톨뤼코스의 아들들은 사냥개와 사냥을 하러 떠났다. 오뒷세우스도 따라갔다. 그들은 파르나소스 일대의 숲으로 둘러싸인 험준한 구릉지로 갔다. 얼마 뒤 바람이 몰아치는 산중턱에 이르렀다. 그때는 조용히 흐르는 오케아노스에서 태양도 방금 솟아올라 논밭을 비추기 시작할 무렵이었으며, 사냥꾼들은 얕은 계곡으로 도착했다. 그러자 사람들보다 먼저 개들이 짐승의 발자국을 찾아서 뛰어갔고, 그뒤로 외삼촌들이 쫓아갔다.

오뒷세우스도 사냥개를 바짝 따라서 장창을 흔들며 달려갔다. 그때 나무가 빽빽한 덤불 밑에서 큰 맷돼지가 자고 있었다. 거기는 습한 바람도 안 불고 직사광선도 들지 않고 비도 새지 않는 장소였다. 그만큼 굵은 나무들이 꽉 들어차고 쌓인 나뭇잎이 수북했다. 맷돼지는 사람과 개들의 기척에 등줄기의 털을 잔뜩 곤두세우고 일어서서, 눈에는 불을 켜고 사냥꾼들에게 달려들었다. 그때 오뒷세우스가 창으로 찔러 죽이겠다는 심정으로 앞장서서 뛰어나갔다. 맷돼지가 앞질러서 비스듬히 뛰어와 그의 무릎에 부딪치면서 송곳니를 살 속에 찔러 넣었다. 다행히 뼈까지는 닿지 않았다. 오뒷세우스도 동시에 맷돼지의 오른쪽 어깨를 찔렀다. 창날이 번쩍이며 쿡 박혔다. 순간 맷돼지가 비명을 지르며 땅바닥에 쓰러져서 죽었다. 외삼촌들은 그 맷돼지를 처치하고, 조카의 상처를 붕대로 잘 감고 주문을 외워서 피가 멎게 한 뒤, 아버지의 저택으로 돌아갔다. 오뒷세우스는 거기서 충분한 치료를 받고 훌륭한 선물을 잔뜩 받아서 이타케로 돌아왔던 것이다. 귀국한 아들을 보고 어머니와 아버지는 반가워하면서도 부상을 왜 입었는지 꼬치꼬치 캐물었다. 그래서 오뒷세우스는 맷돼지의 흰 송곳니에 찔린 일을 상세히 이야기했다.

늙은 유모는 두 손으로 다리를 잡고 위에서부터 아래로 문질러 내려오다가, 그 흉터를 확인하자 그만 발을 툭 떨어뜨렸다. 그의 다리가 큰 대야 속에 떨어지고, 청동 대야가 소리를 내며 한쪽으로 기울어서 물이 땅바닥에 엎질러졌다. 기쁨과 고통이 그녀의 마음을 사로잡아서 두 눈에 눈물이 가득 고였고, 치미는 감동으로 목이 메었다. 그녀는 오뒷세우스의 턱을 잡으며 말했다.

"틀림없이 오뒷세우스 님이군요! 발을 만져 보기 전에는 주인님을 몰라보다니!"

노파는 두 눈으로 페넬로페 쪽을 쫓았다. 남편의 존재를 알려 주려는 것이었다. 하지만 페넬로페는 유모 쪽을 보고 있지 않아서 눈치채지 못했다. 아테네 여신이 그녀의 마음을 다른 곳으로 유인했기 때문이다. 오뒷세우스가 얼른 손을 뻗어서 유모의 입을 막으며 나지막이 속삭였다.

"유모, 왜 나를 파멸시키려고 하오? 유모의 젖으로 나를 키우지 않았소? 그대가 스스로 알아차렸든 신께서 귀띔하셨든 잠자코 있게. 다른 자들이 눈치채지 못하도록 말이야. 그러지 않으면 신께서 내게 저 교만한 구혼자들을 처단하고 성 안 다른 시녀들을 죽이게 해주실 때, 그대가 유모라고 해서 용서해 주지 않을 거야. 나는 이십 년만에 돌아온 성에서 신들의 뜻대로 해야 할 일이 남았단 말일세."

눈치 빠른 에우뤼클레이아가 말했다.

"도련님, 제가 얼마나 의지가 굳고 끈기가 있는지 잘 아시잖아요. 돌멩이나 무쇠처럼 행동하겠습니다. 그리고 신께서 저 구혼자들을 처단하실 때, 제가 성 안에서 그대를 업신여기고 무례한 짓을 일삼았던 시녀들을 모두 알려드리지요."

"유모, 그럴 필요는 없네. 그들은 내가 충분히 구별해 낼 수 있겠어. 그러니 유모는 침묵을 지키게. 해결은 신들께 맡겨 두고."

그러자 유모는 방을 나가서 세족수를 다시 떠다가, 발을 마저 씻기고 올리브유까지 발라주었다. 오뒷세우스는 의자를 화로 가까이로 끌어가서 흉터를 누더기 속에 감추며 발을 말렸다. 그때 페넬로페가 또다시 말을 걸었다.

"손님, 한 가지 더 물어볼 것이 있어요. 조금 있으면 아무리 괴로운 사람도 잠자리에 드는 시간이 되지만, 내 슬픔과 한탄은 측량할 수 없이 커서 잠이 오지 않아서요. 낮에는 탄식하며 울거나 집안일에 마음을 쏟고, 밤이 되어도 잠자리에 누워 끝없는 심한 번민에 내 가슴을 태우며 탄식과 슬픔에 지친 몸을 더욱 채찍질합니다. 판다레오스의 딸, 연노랑빛 나이팅게일(꾀꼬리)이 봄 기운이 갓 들 무렵 새싹의 가지에 앉아서 고운 노래를 부를 때 몇 번이고 목청을 바꾸어 사방에 울리는 음성으로, 사랑하는 아들 이튈로스의 일을 탄식하며 울어대는 것처럼. 그 아들은 제토스의 자식이었는데, 그녀의 실수로 죽었답니다. 꼭 그렇게 내 마음도 두 갈래로 나뉘어서 번민합니다. 내 아들 옆에 남아서 굳게 모든 것을 지켜나갈까, 아니면 가장 많은 혼수품을 보낸 아카이아인과 결혼을 할까. 아들이 철부지였을 때는 전혀 그런 고민이 없었는데, 지금 그 아이가 다 장성해서 구혼자들의 만행에 화가 나서 나를 친정으로 돌아가라고 합니다.

아, 내가 무슨 소리를 하고 있지. 내 집에 오신 귀한 손님께 넋두리를 하고 말았군요. 그러지 말고 내 꿈을 해몽해 주시겠어요? 우리 집에서 거위 스무 마리가 물 속에서 나와 밀을 먹고 있었어요. 그 모습이 어찌나 따스하고 평화롭던지요. 그런데 산에서 갈고리 같은 부리를 가진 큰 솔개가 날아와서 거위들의 목을 쪼아 모두 죽여 버렸어요. 거위들은 집 안 한곳에 죽어서 넘어졌고, 솔개는 하늘 높이 날아올라 갔어요. 꿈에서 나는 흐느껴 울고, 옆에 곱게 머리를 땋아 올린 아카이아인 여자들이 몰려들었지요. 그런데 그 솔개가 다시 날아와 대들보가 솟은 지붕 끝에 앉아 사람의 음성으로 내가 우는 것을 달랬어요.

'페넬로페야, 걱정 말아라. 이건 꿈이 아니라 현실로 반드시 실현될 길조이다. 거위들은 구혼자들이고, 나는 네 남편과 같다.'

그 순간 나는 꿀 같은 단잠에서 깼습니다. 그런데 여기저기 살펴보니 궁전 안에 거위떼들이 보였어요. 전과 다름없이 먹이통 주변의 밀을 쪼아먹으면서요."

"왕비님, 그 꿈을 달리 해몽할 수가 있나요. 오뒷세우스 님 자신이 직접 해몽해 주셨으니까요. 구혼자들은 한 명도 남김없이 파멸될 것이 분명합니다. 그 누구도 죽음의 운명에서 벗어나지 못합니다."

"손님, 본디 꿈이란 애매하고 그대로 실현되지도 않지요. 꿈에는 문이 두 개 있다더군요. 하나는 뿔로, 다른 하나는 상아로 되어 있대요. 꿈에서 잘라 놓은 상아의 문을 지나면 성취되지 않지만, 반들반들 닦은 뿔의 문을 통과하면 실현된다고 합니다. 그런데 내 꿈은 뿔의 문을 통과한 것 같지가 않아요. 정말 그렇다면 나나 아들에게 더할 나위 없이 기쁜 일이겠지만요.

손님은 이걸 명심하세요. 이제 나를 이 오뒷세우스 성에서 갈라 놓는 불길한 새벽이 밝으면, 나는 열두 개의 도끼들을 내다 놓을 겁니다. 그이는 저것들을 배 용골의 버팀목처럼 일렬로 세워 놓고 멀리서 화살로 명중시키곤 했지요. 나는 구혼자들에게 시합을 시키고 '도끼 구멍 열두 개를 모두 화살로 꿰뚫는 사람과 결혼해서 이 집을 떠나겠다.'라고 선언할 겁니다. 아, 이런 아름다운 집은, 값진 재물이 가득한 이 집은 꿈에서나 다시 만날 수 있겠지요."

"왕비님, 무슨 일이 있어도 그 경기를 미루지 마세요. 구혼자들이 기를 써도 화살로 무쇠를 꿰뚫기 전에 오뒷세우스 님이 당도하실 거니까요."

"손님, 당신이 이 방에서 내 곁에 앉아 계속 이야기를 해주신다면 절대로 내게 졸음이 오지 않겠어요. 그러나 누구든 영원히 깨어 있을 수는 없지요. 저는 이만 내 방으로 돌아가겠어요. 오뒷세우스 님이 이름조차도 입에 올리고 싶지 않은 저주스러운 도시로 떠나신 뒤, 영원히 비탄과 눈물에 젖어 있는 그 방으로요. 손님도 편히 주무세요."

페넬로페는 시녀를 데리고 아름다운 자기 방으로 올라갔다. 페넬로페는 침실로 올라가자마자 무너지듯 침대 위에 쓰러져 사랑하는 남편 오뒷세우스를 그리며 비탄의 눈물을 흘렸다. 아테네 여신이 그녀의 눈꺼풀에 달콤한 잠을 내려줄 때까지.

제20권

복수의 날이 밝았다

✦✦✦

오뒷세우스가 복수에 대한 염려로 잠들지 못하자, 아테네가 '이렇게까지 보호해주
는 신을 믿지 않는다.'고 나무라며 잠을 내려준다. 아침이 되자 제우스가 천둥을 내
려서 '오늘이 구혼자들의 최후의 만찬이 될 것'임을 확신시켜 준다. 유모 에우뤼클
레이아는 들뜬 마음을 누르면서 시녀들에게 식사 준비를 시킨다. 목자들이 가축을
몰고 하나둘 들어올 때, 소몰이 피로이티오스가 거렁뱅이 행색의 오뒷세우스를 위
로하며 옛주인에 대한 그리움을 토로한다. 한편 구혼자들은 여전히 텔레마코스 살
해 계획을 짜려고 한곳에 모였는데, 제우스의 흉조가 나타나자 깜짝 놀란다. 하지만
오뒷세우스를 향해서는 소다리를 집어던지는 등 조롱을 그치지 않는다. 하지만 아
테네가 좌중에 '멈추지 않아서 고통스러운 웃음'을 내렸고, 그 광경에 새점쟁이 데
오클뤼메노스가 오늘이 복수의 날임을 직감하고 충고한다. 하지만 기고만장한 구혼
자들은 오히려 그를 모욕한다.

오뒷세우스는 문간방에서 잠자리에 들었다. 아직 무두질하지 않은 쇠가
죽을 밑에 깔고 그 위에 양털을 두툼하게 여러 장 깔았다. 구혼자들이 잡
아먹은 양들의 털이었다. 에우뤼노메가 외투를 덮어 주었다. 오뒷세우스는
구혼자들에게 복수할 방법을 궁리하고 있었다.

그때 전부터 구혼자들과 동침하고 있는 시녀들이 깔깔 웃어대면서 홀에

서 나갔다. 오뒷세우스의 가슴에 노여움이 부글부글 끓어올랐다. 저들에게 한 명씩 복수해 줄까, 아니면 구혼자들과 함께 있을 때 죽음의 운명을 맞게 해줄까 하고. 가슴속에서 복수심이 으르렁 으르렁 짖어댔다. 어미 개가 새끼 강아지들을 보호하려고 낯선 이에게 덤벼들듯이. 오뒷세우스는 극심한 분노를 간신히 다스렸다.

'마음이여, 진정하라. 이보다 더 극악무도한 짓거리들도 잘 참아오지 않았더냐. 너는 퀴클롭스가 동지들을 잡아먹던 그밤에도 잘 참고 견뎠다. 그랬기 때문에 계책을 꾸며 동굴을 빠져나올 수 있었다.'

하지만 끝내 잠들지는 못하고 몸을 이리저리 뒤척였다. 마치 비계살과 선지를 가득 채운 순대를 활활 타오르는 불길 위에서 조금이라도 더 빨리 구워내려고 이리저리 굴릴 때처럼, 그렇게 그는 몸을 뒤척이면서 별별 궁리를 다하고 있었다. 그때 하늘에서 아테네가 내려와서 옆에 서서 말했다.

"왜 아직도 눈을 뜨고 있느냐? 여기는 당신의 집, 당신의 아내와 아들이 있는 집인데. 게다가 아들이 사람으로서 바랄 수 있는 가장 훌륭한 모습으로 자랐는데 말이야."

"여신이여, 그런 일들은 당신께서 하신 말씀이 다 꼭 들어맞습니다. 저 몰염치한 구혼자들이 여전히 활개치고 있다는 것만 빼면 말입니다. 하루빨리 저들을 해치워야 하는데 그들은 집 안에서 늘 한데 모여 있군요. 저는 혼자인데요.

또 한 가지 걱정되는 것은, 내가 제우스와 당신의 도움으로 그들을 죽였을 때 그 죄값을 피할 수 있느냐는 것입니다."

"그대를 기쁘게 하는 건 참 어렵군. 대부분의 인간들은 훨씬 힘 없고 어리석은 동료도 믿던데, 그대는 이제까지 온갖 재앙에서 그대를 지켜준 여신을 못 믿는단 말인가! 내가 분명히 말한다. 저 포악한 자들의 무리가 쉰 배나 더 많은 수로 우리 둘을 에워싸고 공격해도, 그들의 소 떼와 양 떼들을 그들의 코 앞에서 빼앗을 수 있으리라. 그러니 이제는 그만 잠을 자거라. 그대의 화근은 곧 사라질 것이다."

여신은 오뒷세우스의 눈에 잠을 부어주고 올림포스 천궁으로 올라갔다. 그래서 오뒷세우스는 온몸을 나른하게 풀어주는 잠으로 빠져들었다.

하지만 반대로 그의 착한 아내 페넬로페는 오히려 잠에서 깼다. 그녀는 침상에 앉아서 펑펑 울었다. 실컷 울고 마음이 후련해지자, 아르테미스 여신에게 기도를 드렸다.

"제우스 신의 따님이신 아르테미스 여신이여, 제발 한시라도 빨리 제 가슴에 화살을 쏘아 목숨을 앗아가세요. 아니면 폭풍이 저를 채가서 어둑어둑한 오케아노스의 소용돌이 속에 던져 넣게 해주세요. 판다레오스의 딸들을 태풍이 하늘 높이 데려갔듯이 말이에요(크레테 왕 판다레오스가 제우스 신전에서 헤파이스토스가 만든 황금 개를 훔쳤다가, 그 벌로 온 가족이 벌을 받는다). 신께서 부모를 죽여서 고아가 된 그녀들을, 거룩한 아프로디테 여신이 치즈와 달콤한 꿀과 맛좋은 포도주로 키우셨습니다. 헤라 여신은 그녀들에게 모든 여인 중에서 뛰어난 용모와 현명함을 주셨고, 고결한 아르테미스 여신은 날씬한 키를, 아테네 여신은 훌륭한 손재주를 주셨지요. 그러나 아프로디테가 그녀들의 혼례를 제우스 신에게 간청하려고 올림포스로 올라간 사이에, 태풍들이 휘몰아가서 저주스러운 복수의 여신들의 시녀로 종살이를 하게 만들어 버렸어요. 저도 꼭 그렇게 올림포스 천궁의 신들께서 저를 사라지게 해주시거나, 아르테미르 여신께서 활로 쏘아 죽여 주셨으면 좋겠어요! 그러면 하데스에서 오뒷세우스 님을 만나서, 보잘것없는 사내의 마음을 위안해 주지 않아도 될 텐데.

낮에는 늘 눈물바람이었어도 밤에는 잠들 수 있다면 그래도 참을 수 있겠어요. 잠은 좋은 일이든 나쁜 일이든 일단 잊게 해주니까요. 그러나 신께서는 제게는 꿈까지도 흉몽을 주시네요. 오늘도 역시 남편과 꼭 닮은 분을 보았어요. 남편이 원정을 떠날 때와 똑같은 모습이었지요. 꿈이 아닌 현실 같았어요."

얼마 후 황금 의자에 앉은 새벽의 여신이 찾아왔다. 오뒷세우스는 아내의 울음소리를 듣고 마음이 심란했다. 자기가 남편인 줄 알고서 머리맡에 와서 서 있는 것만 같았다. 그는 걸치고 있던 망토와 양털을 집어서 안락의자 위에 걸쳐 놓고, 쇠가죽을 대문 밖으로 가져갔다. 그곳에서 그는 두 손을 들어 제우스에게 기도했다.

"제우스 대신이여, 신들께서는 나를 땅으로 바다로 이리저리 떠돌게 하시다가 고향으로 보내 주셨습니다. 그러니 부디 지금 집 안에서 잠에서 깬 사람 중 누군가는 제게 좋은 예언을 하게 해주십시오. 그리고 집 밖에서도 제우스 님의 특별한 조짐을 나타내 주십시오."

제우스가 그 기도를 듣고 올림포스 천궁에서 천둥을 쳤다. 오뒷세우스는 안심했다. 게다가 집 안에서도 방아 찧는 여인이 길조의 예언을 하고 있었다. 그 여자는 다른 열두 명의 시녀와 함께 오뒷세우스의 맷돌을 돌려서 밀가루, 보릿가루를 만드는 자였다. 그런데 다른 여자들은 일을 다 마치고 잠자리에 들었는데, 가장 연약한 여자 하나는 아직도 남아서 방아를 찧고 있었다. 그녀가 일손을 멈추고 예언을 내뱉은 것이다.

"신들과 인간을 모두 지배하시는 제우스 대신이여, 별이 총총 빛나는 하늘에 정말 큰 벼락을 치셨습니다. 이것은 틀림없이 누군가를 향한 예언이로군요. 그렇다면 가엾은 제게도 한 마디만 해주십시오. 구혼자들이 오뒷세우스 님의 성에서 만찬을 즐기는 것이 오늘로 마지막이 되게 해주세요. 그들 때문에 밀가루를 빻느라고 저는 무릎이 다 망가졌습니다. 제발 오늘이 최후의 만찬이 되게 해주시기를!"

오뒷세우스는 여자의 말과 제우스의 천둥소리에 마음이 들떴다. 복수를 성공할 수 있을 것 같았기 때문이다.

곧이어 시녀들이 몰려나와 화덕에 불을 활활 지폈다. 텔레마코스도 일어나서 옷을 차려 입고 가죽신을 신었다. 어깨에 칼을 메고 손에 청동 창을 잡고서 홀로 나와서 에우뤼클레이아에게 물었다.

"유모, 손님의 잠자리와 식사 대접은 어떻게 했어요? 어머님은 총명한 분이시지만 이런 일을 잘 못하신단 말이야. 보잘것없는 남자를 대접하고, 훌륭한 남자는 대접도 않고 보내는 일이 종종 있으니."

"도련님, 이번에는 잘못도 없는 어머님을 책망하지 마세요. 손님은 마시고 싶은 대로 편히 앉아서 포도주를 실컷 마셨어요. 빵은 손님이 더 먹고 싶지 않다고 사양했구요. 잠자리도 시녀들에게 마련하라고 하셨는데, 그분이 오히려 담요가 불편하다면서 스스로 쇠가죽과 양털을 들고 문간방으로 가셨습니다. 그래서 저희들이 망토를 덮어 드렸답니다."

유모의 대답을 들은 텔레마코스는 두 마리 사냥개를 거느리고 손에 창을 꼭 쥔 채 방을 가로질러서 아카이아인의 회의장으로 갔다.

페이세노르의 후예이며 오프스의 딸인 에우뤼클레이아는 시녀들에게 분부했다.

"자, 어서 청소를 시작하거라. 홀에 가서 바닥을 쓸고 물을 뿌리고 안락의자에 깔개를 씌워라. 네 발 탁자들, 혼주병, 술잔 등을 스폰지로 깨끗이 씻어라. 몇 명은 빨리 샘터에 가서 물을 길어오너라. 구혼자들이 금방 홀로 들어올 테니까. 특히 오늘은 잔치가 벌어질 테니까."

시녀들이 즉시 스무 명씩 한 무리가 되어서 홀, 식당, 샘터로 제각각 흩어졌다. 그때 구혼자들의 교만한 시종들이 들어왔다. 그들이 한참 능숙하게 장작을 패고 있을 때 샘터에 갔던 시녀들이 돌아왔다. 돼지치기 에우마이오스도 살진 수돼지 세 마리를 몰고 함께 들어왔다. 그가 돼지들을 안뜰에 풀어준 후 오뒷세우스에게 다가왔다.

"손님, 어떻습니까? 구혼자들이 어느 정도 대접해 주던가요, 아니면 예전과 마찬가지로 무례하게 천대하던가요?"

"에우마이오스여, 신들께서 저들의 못된 소행을 혼내셨으면 좋겠소. 다들 기고만장해서는 고약하고 몹쓸 짓을 마구 해대니까. 남의 집에서, 정말 체면이라고는 전혀 없이."

멜란티오스와 동료 두 명이 염소들을 몰고 바로 그들 옆으로 다가왔다. 멜란티오스가 염소들을 주랑에 매자마자 다시 오뒷세우스에게 욕을 퍼붓기 시작했다.

"저 부랑자가 아직도 저택에서 꾸물대고 있네. 나리들께 귀찮게 매달려 구걸하려고 안 간 거야? 이쯤 되고 보면 우리 둘이서 주먹싸움을 않고 헤어질 수는 없겠군. 네놈의 동냥 방법은 정말 돼먹지 않았단 말이야."

오뒷세우스는 아무런 대꾸도 하지 않았다. 속으로 호된 맛을 보여주리라 별렀지만.

그때 목동들의 우두머리 필로이티오스가 들어섰다. 새끼를 낳지 않은 암소 한 마리와 살진 염소들을 구혼자들을 위해 몰고 왔다. 그가 짐승들을 주랑 밑에 매어 놓고 돼지치기 옆으로 다가와서 물었다.

"에우마이오스, 저자가 대체 누구요? 참 불행한 자네, 얼굴은 한 나라의 영주 못지않게 생겼는데. 신들은 방랑객들의 모습을 형편없이 못쓰게 만드신단 말이야. 비록 영주였더라도 애처로운 운명으로 만들어 주시지."

그러고는 오뒷세우스에게 한껏 따뜻한 목소리로 말을 걸었다.

"안녕하시오, 영감님. 지금 처지가 몹시 고단해보이시는데, 앞으로는 꼭 행복해지십시오. 제우스 신이여, 당신만큼 무정한 신도 없습니다. 인간에게 눈곱만큼의 동정심도 안 보이시니까요. 이 손님의 모습을 보고 있자니 오뒷세우스 님이 생각나서 내가 다 온몸에 식은땀이 흐르고 눈물이 앞을 가리는데요. 그분도 이런 누더기를 걸치고 어디선가 헤매고 계실 테니 말입니다. 제발 어딘가 살아서 햇빛을 보고 계시기만 해도 좋겠는데!

영감님, 그분이 이미 하데스로 가셨다면 내게는 얼마나 원통한 일인지 모릅니다. 내가 어렸을 때 그분이 케팔렌인의 나라에서 소 지키는 책임을 맡겨 주셨지요. 그 소들이 이제는 헤아릴 수도 없을 정도로 불어났어요. 이마가 널찍한 소들이 주인이야 어떻든 간에 이처럼 훌륭하게 보리 이삭처럼 늘어나는 건 아마 없을 거요. 그런데 난데없는 놈들이 잡아먹으려고 끌어오라고 명령을 해대다니. 성에 계신 그분의 아드님을 어려워하는 기색도 없고, 신들을 두려워하지도 않고. 그래, 이제는 아예 그분의 재산을 싹 분배해 버리려는 모양입니다.

그러니 가슴속에 별별 생각이 들끓어요. 비록 아드님이 계시긴 하지만 저 소 떼를 타국으로 싹 몰고 가버릴까 하고. 나쁜 생각이긴 하지만, 이대로 엉뚱한 놈들을 위해서 소 지키느라 고생하는 건 더 참을 수 없는 일이니까요. 그래서 다른 유력한 영주에게 가버릴까도 했지요. 하지만 저 불운한 분을 단념할 수가 있어야죠. 혹시나 돌아오셔서 구혼자들을 성에서 몰아내시지나 않을까 해서."

오뒷세우스가 기쁜 기색을 감추고 말했다.

"소몰이여, 당신은 악인도 바보도 아니구려. 분별심이 있으니까요. 그래서 말인데 내 말을 잘 들으시오. 제우스 신과 식탁을 책임지는 헤스티아 여신을 걸고 맹세하는데, 당신이 여기 있는 동안 틀림없이 오뒷세우스가 집으로 돌아와서 설치는 구혼자 무리들을 응징하는 모습을 직접 눈으로 보게 될 거요."

"아, 정말로 그렇게 되면 얼마나 좋겠어요. 그렇게만 된다면 내가 얼마만큼의 힘과 솜씨를 몸에 지녔는지 당신도 아마 알아주실 거예요."

그와 꼭 같은 말로 에우마이오스도 오뒷세우스가 집으로 돌아오게 해달라고 모든 신에게 기도를 드렸다.

그들이 이런 대화를 주고받는 동안, 구혼자들은 한켠에 모여 서서 텔레마코스 살해 계획을 세우려고 했다. 그때 왼쪽에서 독수리가 한 마리 날아왔다. 뒷발톱에 비둘기 한 마리를 채고 있었다. 암피노모스가 이것을 보고 비명을 질렀다.

"여보게들, 아무래도 이 계획은 실패할 것 같네. 그러니 즐겁게 식사나

하세."

모두들 황급히 오뒷세우스의 성으로 몰려가서, 외투를 팔걸이의자에 걸어 놓고 최고급 양과 염소를 제물로 죽이고, 살진 수퇘지와 암소까지 도살해서 구웠다. 돼지치기가 혼주병에 포도주를 담아서 돌렸고, 필로이티오스가 빵 바구니를 들고 돌아다녔다. 멜란티오스는 끊임없이 곁에서 식사 시중을 들었다. 다들 정신없이 배를 채웠다.

한편 텔레마코스는 오뒷세우스를 으리으리한 홀의 돌문턱에 앉히고, 곁에 작은 의자와 상을 놓아서 고기 내장과 포도주 술잔을 내주며 말했다.

"여기 앉아서 포도주를 드시오. 저 구혼자들이 욕설이나 손찌검을 못하도록 내가 막아 주겠소. 이 집은 공공장소가 아니라 내 아버지 오뒷세우스의 성이자, 그분이 나를 위해 마련하신 집이라오. 자, 당신들은 손님에게 욕설이나 손찌검을 삼가시오."

구혼자들은 입술을 깨물었다. 텔레마코스가 어제부터 계속해서 다부지게 용감한 말을 하니 어안이 벙벙했던 것이다. 그래서 에우페이테스의 아들 안티노스가 빈정댔다.

"아카이아인들이여, 귀에 몹시 거슬리는 말버릇이긴 하지만 텔레마코스의 말을 받아들이세. 아까 제우스 신이 우리 계획을 만류하는 징조를 보이셨으니까 말이야. 안 그랬다면 벌써 저놈의 입을 다물게 했겠지. 그가 아무리 달변가라도 말이네."

하지만 텔레마코스는 안티노스의 말에 전혀 신경쓰지 않았다. 전령들은 헤카톰베를 몰고 거리를 지나가고, 아카이아인들은 아폴론 신전 근처 나무 숲에 모였다.

구혼자들은 불에서 잘 구워진 고기를 골고루 나눠 먹으며 잔치를 계속했다. 오뒷세우스 앞에도 그들과 똑같은 고기 접시가 놓였으니, 텔레마코스가 명령했기 때문이다. 그러나 아테네가 구혼자들이 욕설을 내뱉는 것까지 완전히 막지는 않았으니, 오뒷세우스의 가슴에 원한이 더 사무치게 하기 위해서였다.

구혼자들 속에 심보가 고약한 사내가 하나 있었다. 사메 섬의 크테시포스라는 자로, 아버지 재산만 믿고 페넬로페에게 구혼한 사람이었다. 그가 갑자기 한마디 거들었다.

"저걸 좀 보게. 지금 저자가 우리와 똑같은 몫의 음식을 받지 않았나. 텔레마코스는 참으로 손님이라면 누구든 푸대접하지 않는 마음을 가졌어. 나라고 가만히 있을 수가 있겠나, 나도 그에게 선물을 줘야지. 그래야 그가 시녀나 하인들에게도 똑같이 나눠 줄 수 있을 게 아닌가."

그가 억센 손으로 바구니에서 소 다리를 집어들어서 냅다 집어던졌다. 오뒷세우스가 고개를 살짝 옆으로 숙여서 피하면서 냉소했다. 소 다리는 탄탄한 벽까지 날아가서 부딪혔다. 그것을 본 텔레마코스가 크테시포스를 비난했다.

"크테시포스여, 손님이 잘 피해서 얼마나 다행이오. 못 피하고 맞았더라면 당신의 허리를 내 창이 찔렀을 테니. 그랬다면 당신 아버지는 여기서 결혼식 대신 장례식을 준비했을 게 아니오. 자, 누구든 이런 꼴사나운 행동은 삼가시오. 이제는 나도 어린아이가 아니고, 시비를 가리는 분별이 있소. 그러니 지금까지는 불한당같은 짓거리들을 참았지만, 더 이상은 참지 않겠소. 차라리 그럴 바에는 칼로 나를 찔러야 할 게요. 나는 더 이상 그런 무도

한 행동도, 내 손님을 푸대접하는 것도, 내 하인들을 사납게 끌고 다니는 것도 보고만 있지 않을 테니."

좌중이 물을 끼얹은 듯 조용해졌다. 한참 뒤에야 다마스토르의 아들 아겔라오스가 입을 떼었다.

"저렇게 정당한 말에 대해서는 도저히 화내거나 비난할 수 없군. 오뒷세우스 성에서 손님을 때리거나 하인을 학대하는 짓은 그만두세.

그보다는 텔레마코스와 마님께 할 말이 있소. 온당한 사연이니 두 분 다 기꺼이 들어주면 좋겠소. 당신들은 오뒷세우스의 귀향을 간절히 고대하고 있지. 이제까지는 그것이 터무니없는 일은 아니었소. 그를 기다리기 때문에 구혼자들을 성 안에 머무르게 하는 일이 말이오. 하지만 이제 그가 귀국할 수 없다는 것이 분명하오. 그러니 어서 빨리 어머니께 결혼상대자를 결정하라고 말씀드리시오. 그러면 결국 당신은 기꺼이 아버지의 재산을 물려받아 즐겁게 먹고 마실 수 있을 것이오. 그대 어머니는 새 남편의 집으로 가실 테니까."

영리한 텔레마코스가 대답했다.

"아겔라오스, 제우스 신과 내 아버지의 숱한 고난을 두고 맹세하는데, 나는 결코 어머니의 결혼을 늦추려고 하는 것이 아니오. 오히려 누구라도 좋으니 어서 결혼하시라고 권하고 있소. 혼수품도 많이 얹어드리겠다고도 했고. 하지만 어머니가 그럴 의사가 없으신데 억지로 이 집에서 몰아내지는 못하오. 그것은 도리에 어긋나는 일이니까."

이때 팔라스 아테네 여신이 구혼자들 사이에 그치지 않는 너털웃음을 일으켜서 그들의 분별심을 없앴다. 그들은 제것 같지 않은 턱으로 크게 웃어대고, 피가 뚝뚝 떨어지는 고깃덩어리를 집어먹었고, 두 눈은 눈물로 가득 찼으며, 마음속에는 울어버리고 싶은 생각뿐이었다. 그 사이에서 예언자 테오클뤼메노스가 말했다.

"아, 불행한 자들아! 그대들에게 내린 이 어두운 그림자는 대체 무엇인가. 자네들의 머리와 얼굴과 무릎은 시커먼 밤으로 덮여 있고, 허공에는 애도의 아우성이 넘쳐 있으며, 뺨은 눈물로 흠뻑 젖었다! 훌륭한 벽도 피투성이로 물들어 있고. 현관과 안뜰에는 유령이 가득한데, 그것들은 모두 어둠 속 에레보스(저승)으로 자꾸만 가려고 들떠 있구나. 태양은 하늘에서 자취를 감추고, 불길한 안개가 사방을 모조리 점령해 버렸어."

사람들은 그 과장된 말투가 우스워서 더 큰소리로 웃을 뿐이었다. 폴뤼보스의 아들 에우뤼마코스가 이야기했다.

"저 손님이 어딘가 다른 데서 지금 막 이곳에 닿은 탓에 아마 정신이 없는 모양이지. 여기가 밤이라니. 여보게들, 저자를 집회에서 내쫓으세."

테오클뤼메노스가 대답했다.

"에우뤼마코스여, 결코 배웅할 사람을 붙여달라고 당신한테 부탁하는 건 아니오. 나에게는 두 눈과 두 귀, 그리고 두 다리가 어엿이 있소. 게다가 가슴에는 확고한 분별이 있고, 조금도 남보다 못할 것이 없소. 이것들에 의지해서 바깥으로 나갈 거요. 이제 당신들에게 닥쳐올 재앙이 보이는 듯하니까. 신과도 같은 오뒷세우스의 성에서 사람들에게 난폭한 짓을 하고 무도한 일을 꾸미는 이상은, 구혼자들 가운데 그 누구도 재앙을 모면할 수도 피할 수도 없을 거요."

그는 성에서 나가 처음 머물렀던 페이라이오스의 집으로 갔다.

구혼자들은 여전히 손님들을 비웃고 텔레마코스를 약올리며 웃어댔다. 제법 잘난 척 우쭐해진 젊은이들은 누구라 할 것 없이 이렇게 말하는 것이었다.

"텔레마코스, 자네 손님들은 왜 하나같이 다 시시한 자들인가. 지금 거기와 있는 사나이는 욕심 많은 부랑자일 뿐이지. 빵이며 술을 마구 탐내면서도 직업도 없고 전쟁도 못 하고 농사 기술도 없네. 방금 일어선 저 점쟁이는 또 어떤가. 그러니 제발 정신 차리고 내 말을 듣게. 저 둘을 스케리아인들에게 팔아넘기면 어떻겠나?"

그러나 텔레마코스는 그런 말에는 귀도 기울이려 하지 않고, 그저 잠자코 아버지를 바라보고 있었다. 그가 이 파렴치한들을 처치할 순간을 알려주기를 바라면서.

한편 페넬로페는 맞은편 의자에 앉아서 홀에서 떠드는 소리를 모조리 듣고 있었다. 그들은 웃으면서 점심 식사를 준비하고 있었다. 그것도 참으로 많은 짐승을 제물로서 도살해 마련한 것이었기 때문에 훌륭하고 풍성한 것이었다.

그러나 저녁 식사가 되면 그처럼 고맙지도 않고, 또 맛없는 음식이 될 것이 틀림없을 것이다.

제21권

성문이 잠기고, 구혼자들은 갇혔다

❦

페넬로페는 광으로 올라가서 남편의 무쇠 도끼와 활을 가져온다. 그러고는 구혼자들에게 '일렬로 세워진 열두 개 도끼 자루의 구멍을 화살로 관통하는 자와 당장 결혼하겠다.'고 선언한다. 그러자 모두들 앞다퉈 나서는데, 관통은 커녕 활시위를 당기지도 못한다. 아무리 애를 써도 시위조차 못 당기는 상황에 자존심이 상한 구혼자들은 '아폴론의 제삿날이니 오늘은 쉬고 내일 아침에 다시 겨루자.'면서 서둘러 사태를 무마하려고 한다. 이때 오뒷세우스가 나서서 자신이 쏘아 보겠다고 하자, 구혼자들은 멸시와 조롱의 말을 퍼부으면서 한편으로는 '저자가 진짜로 쏠지도 모른다.'는 불안감을 느낀다. 안뜰에서 이런 소동이 일어나는 동안 돼지치기 에우마이오스, 소몰이 필로이티오스, 유모 에우뤼클레이아가 오뒷세우스가 시킨대로 성문, 대문, 방문 등을 꼭꼭 걸어 잠궈서 구혼자들을 홀에 가둔다. 모든 준비가 끝나자 오뒷세우스가 화살을 쏴서 도끼 자루 구멍들을 모두 관통하고, 드디어 아들 텔레마코스에게 공격 신호를 준다.

페넬로페가 시합을 생각해낸 것도 사실 아테네 여신의 도움이었다.

'성 안에서 잿빛 강철 도끼를 과녁으로 해서 활쏘기 경기를 벌일까?'

그녀는 상아 자루에 달린 아름다운 청동 열쇠를 손에 꼭 쥐고 층계를 올라서 집에서 가장 높은 곳으로 갔다. 그녀는 가장 끄트머리에 있는 광으로 갔다. 거기에는 가장 훌륭한 청동, 황금, 쇠붙이 물건들이 간직되어 있었다. 오이카리아의 왕 이피토스가 선물한 활과 화살도 있었다.

오뒷세우스는 아주 오래 전 메세네(라케다이몬 근방)에 있는 오르실로코스의 저택에서 에우뤼토스의 아들 이피토스를 만났다. 메세네의 선원들이 이타케 섬에 왔다가 양 삼백 마리를 싣고 가는 사건이 발생하자, 부왕과 장로들이 그 빚을 받아 오라면서 어린 오뒷세우스를 보냈던 것이다. 이때 이피토스도 암말과 새끼노새들 열두 마리를 되찾으러 그곳에 도착했다.

그런데 그 말들은 이피토스에게 비극의 씨앗이 되었다. 왜냐하면 그가 말을 데려간 공범자인 희랍 최고의 용사 헤라클레스를 찾아가니, 신의 복수도 두려워하지 않는 그 사내가 이피토스가 손님인 것도 개의치 않고 살해해 버리기 때문이다. 헤라클레스는 태연하게 손님을 죽이고, 튼튼한 말들은 자기 성 안에 가뒀다.

이피토스는 죽기 전에 오뒷세우스와 마주쳤을 때 활을 주었다. 아버지인 에우뤼토스가 세상을 떠나며 물려준 활이었는데, 우정의 표시로 건넸던 것이다. 오뒷세우스도 친밀한 인연의 시작을 기념하며 날카로운 검과 튼튼한 창을 주었다. 그러나 그들은 식탁에서 한자리에 둘러앉아 사귈 기회는 가질 수 없었다. 미처 그럴 사이도 없이 제우스의 아들 헤라클레스가 이피토스를 죽였으니까. 오뒷세우스는 그 활을 고향에서만 들고 다녔고 타지로 떠날 때는 가져가지 않았다. 그래서 트로이아로 떠날 때 그 활은 가져가지 않았다. 다정한 인연을 맺자마자 이별했던 친구를 그리는 마음으로 집에 둔 것이다.

페넬로페는 광 앞의 떡갈나무 문지방에 다다랐다. 공장은 솜씨를 다해서 광의 문지방을 다듬고, 먹줄을 쳐 곧게 한 다음 기둥을 박아넣고 으리으리한 문을 달았다. 그녀는 걸쇠에서 가죽끈을 풀어 열쇠를 끼워 넣고, 양쪽 문에 달린 빗장을 똑바로 겨누어서 두드렸다. 그러자 문짝은 목장에서 풀을 뜯는 황소 같은 소리를 냈다. 훌륭한 판잣문은 열쇠에 맞아 그만큼 큰소리를 내며 서서히 열렸다. 그녀는 약간 높은 마루로 걸어갔다. 거기에는 꿰짝이 여러 개 있었는데, 향내 나는 옷들이 가득 들어 있었다.

그녀는 팔을 뻗어서 그 옆 벽의 못에 걸려 있는 활을 자루째 벗겨내렸다. 활을 감싸는 자루마저 화사하고 아름다웠다. 그녀는 그대로 그 자리에 주저앉아 자기 무릎에 활을 올려 놓고 큰소리로 통곡하며 자루에서 남편의 활을 꺼냈다.

마음이 후련해질 때까지 실컷 눈물을 흘리며 한탄한 끝에 계단을 내려와서, 오만한 구혼자들이 모여 있는 홀로 활과 화살이 담긴 화살통을 들고 들어섰다. 화살들이 화살통 속에서 신음 소리처럼 요란한 소리를 냈다. 뒤따르는 시녀들의 궤짝에는 무구가 잔뜩 들어 있었다.

페넬로페는 견고한 지붕을 받친 기둥 옆에 가 서서, 두 볼 위의 아름다운 베일을 살짝 들어 올렸다. 부지런한 시녀들이 그녀의 양쪽에 한 사람씩 대령했다. 그녀가 구혼자들을 향해 엄숙하게 말했다.

"씩씩하신 구혼자들이여, 내 말을 똑똑히 들어 주세요. 당신네들은 끊임없이 이 집에 몰려와 식사며 술을 요구하셨지요. 주인이 오랫동안 떠난 채비어 있는 집에 밀어닥쳐서 나와 결혼하고 싶다고 주장하면서요.

자, 그렇다면 저의 대답을 드릴게요. 여기 존엄한 오뒷세우스의 활이 있습니다. 누구든지 가장 훌륭하게 이 활을 손에 들고 시위를 당겨서, 열두 개의 도끼를 모조리 꿰뚫어 보세요. 그러면 저는 훌륭한 물자가 풍성하게 넘쳐나는 이 집을 떠나서 그분을 따라가겠습니다."

그녀는 갸륵한 돼지치기 에우마이오스에게 활과 잿빛 강철도끼를 가져다 놓도록 명령했다. 에우마이오스는 눈물을 글썽이며 그걸 받아 내려놓았는데, 소몰이도 한쪽에서 주인의 활을 보자 흐느껴 울었다. 그 모습을 안티노스가 한심하게 쳐다보았다.

"시골 녀석들은 어린아이처럼 철딱서니가 없어. 당장 코앞의 일밖에 모른단 말이야. 그렇지 않아도 사랑하는 부군을 잃고 기분이 언짢아 마음을 썩이시는 분은 따로 있는데, 둘이서 약속이나 한 듯 눈물을 찔끔거려 마님 속을 헝클어 놓다니, 정말 한심한 녀석들이구나.

그만 울고 아무 소리 말고 얌전하게 앉아서 식사나 하거라. 아니면 구혼자들의 경기에 쓰일 과녁에다 활은 그대로 놓아 두고 밖에 나가 울든지. 아닌 게 아니라 여기 모인 사나이들 중에서 옛날의 오뒷세우스만큼 강한 사람은 없어. 내가 어렸을 때 본 기억이 눈에 선하거든. 정말 대단했지."

하지만 안티노스는 말과 다르게 마음속으로는 '나야말로 활줄을 당겨 쇠도끼를 모두 꿰뚫을 수 있다.'고 은근히 자부했다. 누구보다도 먼저, 명예로운 오뒷세우스의 손에 그 화살을 맛볼 운명인 줄도 모르고 말이다. 그래서 대청에 앉아 있는 오뒷세우스를 깔보고 업신여기며 동지들을 부추겼다.

그들에게 텔레마코스가 고함을 질렀다.

"이거 참, 내가 망령이 들었군. 참으로 크로노스의 아들이신 제우스 신이 내게서 분별심을 모두 빼앗아 가셨단 말인가. 참으로 현명하신 내 귀중한 어머니가 이 집을 떠나 다른 사나이를 따라가신다고 하는데, 나는 높은 옷음소리를 내며 어리석게도 즐기고 있으니 말이다. 그러나 구혼자 여러분이여, 경기의 표적이 분명해진 이상 해볼 만하지 않은가. 지금으로서는 이처럼 뛰어난 여인을 이타케, 신성한 퓔로스, 아르고스, 미케네에서 찾아본다 해도 없소. 아니, 전 아카이아에 없습니다. 당신들 자신들이 그 사실을 누구보다 잘 알고 있을 거요.

그러니 이런저런 구실을 붙여서 결투를 우물쭈물 나중으로 미루거나 활시위 당기기를 꺼리지 말고 곧장 결판을 냅시다. 나도 스스로 이 활을 시험해보고 싶은 생각이 드오. 만약 내가 활시위를 당겨 쇠도끼를 꿰뚫으면, 어머님도 이처럼 고뇌하는 나를 두고 성을 버린 채 다른 분을 따라가지 못하시겠지요. 나 혼자 외톨박이가 되니까요. 이제는 제법 아버님의 훌륭한 무기를 들어 올릴 수도 있을 만큼 컸습니다."

텔레마코스는 두 어깨에서 자주색 망토를 벗어던지고, 똑바로 서서 어깨에 매고 있던 날카로운 검을 내려 놓았다. 그러고는 도끼를 하나 세우고는, 그 옆에 한 줄로 곧게 고랑을 파서 다른 도끼들을 마저 묻고 흙을 힘껏 꽉꽉 밟아 다졌다. 이렇게 빈틈없이 세워 놓자 모여 있던 사람들은 이전에 누가 하는 걸 한 번도 본 적은 없었지만 그 모습을 보고 모두 감탄했다. 그 다음 그는 문지방으로 가서 활을 이리저리 살펴보았다. 세 번이나 당기려고 부들부들 떨며 애써 보았는데, 세 번 다 헛수고로 그쳤다. 네 번째로 줄을 당겨 있는 힘을 돋울 때, 오뒷세우스가 그만두라는 신호를 보내서 아들을 말렸다. 그러자 텔레마코스가 다시 힘차게 모두를 돌아보며 말했다.

"정말 안타깝군. 앞으로 물렁이가 되고 말려는 것인지, 아직 어린 탓으로 팔에 자신을 못 갖는 것인지, 아니면 누가 먼저 싸움을 걸려고 들 때 그 사나이를 몰아낼 만한 그런 힘이 없는 것인지 안타깝소. 자, 여러분 중에서 나보다 팔심이 뛰어나신 분들은 활을 손에 쥐어 보시오. 그래서 이 경기를 깨끗이 끝내 보시오."

텔레마코스가 활을 땅에 내려 놓고서 시위를 단단히 죄어, 윤이 나는 판 잣문에 세워 놓았다. 그러자 모두를 향해 에우페이테스의 아들 안티노스가 다시 소리쳤다.

"여보게들, 술 심부름꾼이 언제나 먼저 술을 붓는 오른쪽부터 차례로 해 보세."

모두 안티노스의 말에 찬성했다. 그래서 맨 먼저 오이노프스의 아들 레오데스가 일어섰다. 이 사나이는 땔감을 맡아보는 역할을 했는데, 언제나 맨 구석 쪽 훌륭한 혼주병 옆에 앉는 버릇이 있었다. 그는 구혼자들의 못된 행동을 못마땅하게 여기고 분개심을 느껴왔다. 그가 문지방 부근에 서서 활을 들어 올렸는데, 도저히 줄을 당길 수가 없었다. 줄을 당기기도 전에 말랑한 그의 팔에서 힘이 먼저 빠져버렸다. 그는 고개를 절레절레 저으며 말했다.

"여러분, 나는 전혀 못 하겠소. 다른 분에게 넘겨드리지요. 이 활은 아주 많은 용사들에게 재난을 가져오는 결과가 될 것이오. 생명에도 영혼에도 말이에요. 목적한 것을 얻지 못하고 살아 있기보다는 차라리 단숨에 죽어버리는 게 훨씬 나을 것이오. 우리는 그걸 얻자고 늘 이곳에 모여들었지. 매일매일 기대하면서. 그런데 이제는 누구든 간에 오뒷세우스의 부인 페넬로페와의 결혼을 희망하는 동시에 절망해야 할 게요. 이 활을 한 번 들어보면, 다른 아름다운 아카이아 여인에게로 마음을 옮기는 게 좋겠다는 생각이 절로 든다구. 서랍 속 선물 따위로 매달리고 구혼하는 그런 것 말이오. 그러니 페넬로페는 누구든지 가장 많은 선물을 보내고 연분이 닿은 사나이와 결혼하는 게 타당하오."

그가 활을 이가 꼭 맞게 닫혀 있는 윤이 나는 판잣문에 기대 놓았다. 그 자리에 빨리 날아가는 화살을 훌륭한 걸쇠에다 걸어 놓은 채로. 그러고는 팔걸이 의자가 놓여 있는 제자리로 돌아와 앉았다. 그러자 안티노스가 그를 비난했다.

"레오데스, 무섭고 불쾌한 말이군. 듣자하니 화가 치민단 말이야. 자네가 활시위를 못 당긴다고, 용사들의 생명과 영혼에 화가 미치네 마네 저주하긴가? 그거야 자네 어머니가 자네를 비실비실하게 낳아준 탓이지 않나. 이제라도 다른 씩씩한 구혼자들이 얼마든지 활시위를 당겨줄 것이네."

안티노스는 염소지기 멜란티오스를 돌아보며 명령했다.

"멜란티오스, 어서 이 대청에 불을 피우게. 커다란 평상을 가져와 양털을 위에 깔고. 남겨둔 기름덩이도 모조리 다 가져오게. 그 불에 젊은 양반님네들이 몸을 녹이고, 기름을 바른 후 활쏘기 경기를 할 수 있도록 말이야. 그렇게만 한다면 이 경기는 금방 끝날 거야."

멜란티오스가 얼른 화르륵 타오르는 불길을 피워서 평상 가까이에 날라다 놓고, 양털을 평상 위에 깐 다음 남겨 두었던 기름덩이를 전부 꺼내 왔다. 구혼자들이 몸을 녹이고 있다가 한 명씩 차례로 활을 당겨 보았다. 활시위가 꿈쩍도 하지 않았다. 도저히 팔심이 미치질 못했던 것이다. 그러나 구혼자들의 우두머리격인 안티노스와 에우뤼마코스만은 단념하지 않고 계속했다.

그러자 소몰이와 돼지치기가 밖으로 나갔다. 오뒷세우스가 그들의 뒤를 따라 저택 밖으로 나갔다. 그들이 안마당을 지나 대문 밖으로 나서길래 다가가서 말을 걸었다.

"여보시오, 잠깐 묻고 싶은 것이 있소. 안 하는 게 더 좋은 질문일 듯하지만, 내 마음이 자꾸 나를 부추겨서요. 만약에 말이오, 어떤 신께서 갑자기 이곳으로 오뒷세우스를 데려오시면 당신들은 어떻게 하시겠소? 구혼자들을 보호해서 싸우겠소, 아니면 오뒷세우스를 지키겠소? 당신들의 의향을 좀 들려주구려."

소몰이가 단번에 단언했다.

"제우스 님께서 부디 그런 소원을 실현시켜 주셔서 그분이 돌아오신다면 얼마나 좋겠소. 그렇게만 된다면 내 팔이 어떤 역할을 하는지 당신도 아시게 될 게요."

에우마이오스도 모든 신들에게 기도를 드리며 지혜로운 오뒷세우스가 자기 집으로 돌아오기를 간절히 빌었다. 오뒷세우스는 그들의 심정을 확인하자, 둘을 향해 말했다.

"자네 주인은 틀림없이 집에 와 있다네, 여기 있는 내가 틀림없는 오뒷세우스라네. 많은 재앙을 막아내며 스무 해만에 고향땅을 밟았지. 나는 모두 보았네. 하인들 가운데 자네들 둘만이 내 귀국을 소원하고 있더군. 그 밖의 놈들 입에서는 내가 다시 돌아오라고 비는 말을 한 번도 듣지 못했어. 그래서 자네 둘에게만은 진실을 말해준다네.

잘 듣거라. 만약 신들께서 오만한 구혼자들을 내 손으로 물리치게 해주시면, 그때는 자네들을 장가도 보내 주고 재산도 주겠다. 내 성 옆에 아담한 집도 지어 주고. 텔레마코스와 친구이자 동료이자 형제처럼 지내게 하겠다. 아직도 믿기지 않는 모양이지? 그렇다면 더할 나위 없는 증거를 하나 보여 주지. 충분히 나를 알아보도록 말이네. 보아라, 이것은 예전에 아우톨뤼코스의 아들들과 파르나소스에 멧돼지 사냥을 갔을 때 흰송곳니에 물렸던 상처이다."

그가 누더기를 헤치고 큼직한 흉터를 보여 주었다. 두 사람은 흉터를 자세히 살피고 확인하더니, 거룩한 오뒷세우스의 손에 매달리며 울음을 터뜨렸다. 그들은 주인의 머리며 어깨에 기쁨의 입맞춤을 퍼부었다. 오뒷세우스도 두 사람의 머리며 손에 입을 맞추었다. 만약 오뒷세우스가 마음을 추스르고 이렇게 말하지 않았더라면, 그들은 줄곧 눈물바람으로 있다가 저녁을 맞을 뻔했다.

"자, 둘 다 이제 눈물을 거두게. 혹시 홀에서 누가 나오면 안 되니까. 아직은 들켜선 안 돼. 그러니 한 사람씩 안으로 들어가세. 내가 먼저 들어갈 테니 자네들은 나중에 들어오는 게 좋겠어. 내가 강력한 처단을 시작하는 표시는 이것이네. 오만한 다른 구혼자들은 모두 활과 화살을 내게 주는 것을 거절하려 들 것이네. 그때 갸륵한 에우마이오스여, 자네가 활을 가지고 홀을 건너와 내 손에 쥐어 주게. 그리고 시녀들에게 일러서 홀의 문들을 꼭꼭 닫고 잠그게. 이자들의 신음 소리나 물건 소리가 방 안으로 들려서는 안 돼. 필로이티오스여, 자네는 안뜰 입구에 빗장을 지르고 단단히 묶어 두게."

오뒷세우스는 성 안으로 다시 들어가서 아까 앉아 있던 평상에 가 앉았다. 뒤따라서 에우마이오스와 필로이티오스도 들어왔다. 에우뤼마코스는 아까부터 두 손에 활을 들고 이쪽 저쪽의 볼에다 대고 있었다. 그러나 그럴

수록 시위를 펼 수가 없었으므로 자존심이 몹시 상했다. 결국 화가 머리끝까지 나서 이렇게 소리쳤다.

"아아, 참으로 귀찮은 일이군! 나도 그렇거니와 여러분에 대해서도 말이오. 물론 안된 이야기이기는 하지만, 그렇다고 뭐 결혼에 대해 그다지 가슴아파할 건 없단 말이오. 아카이아인 여자들은 달리 얼마든지 있으니까. 바다로 둘러싸인 이타케 섬 안에도, 그리고 타국에도 말이오. 그건 그렇고 우리가 오뒷세우스보다도 팔심이 이렇게 뒤떨어져서야 후세 사람들이 들었을 때 얼마나 수치스러운 일이오. 우리가 활도 쏠 줄 모른다고 할 게 아니오."

에우페이테스의 아들 안티노스도 한껏 당황해서 잔뜩 핑계를 댔다.

"에우뤼마코스, 말도 안 되는 소리! 자네도 알면서 그러나? 지금이 마침 이 마을에서 활의 신 아폴론에게 제사 지내는 신성한 날이잖아. 그러니 누가 활을 쏘려 들겠나. 그러니 자, 다들 안심하고 내려 놓게나. 또 저 도끼도 그냥 놔두세. 그래도 누가 감히 라에르테스의 아들 오뒷세우스 집에 와서 훔쳐가겠나.

자자, 술 따르는 자는 어디 있는가? 어서 모두의 잔에 술을 가득 따르게. 신들께 헌배한 후에 활을 내려 놓을 테니까. 그리고 멜란티오스에게 시켜서 내일 아침에 으뜸가는 염소놈을 데려다가 바치세. 활로서 이름을 얻으신 아폴론 신께 허벅지를 통째로 바친 뒤에 경기를 아주 끝내 버리면 되지 않겠나."

모두가 안티노스의 말에 찬성했다. 시종이 세수물을 한 차례 돌리고 가자, 몸종들이 혼주병에 넘치게 술을 따라주었다. 구혼자들은 신께 헌배한 다음 모두에게 돌아가며 술을 따랐다.

어느 정도 술기운이 무르익자, 지혜로운 오뒷세우스가 가슴속에 계책을 꾸미며 말했다.

"에우뤼마코스와 안티노스여, 활쏘기를 멈추고 신들께 맡겨 버리자고 말씀하셨나요? 그러면 내일 아침이면 신께서 승리자를 내주시겠네요. 그렇다면 한 가지만 부탁드리겠습니다. 그 활을 제게도 좀 빌려 주시겠습니까? 나도 당신들 틈에 끼여 팔심을 시험해 보고 싶습니다. 혹시나 옛날의 그 힘이 이 연약한 팔다리 속에 그대로 남아 있는지, 아니면 몹시 방랑한 끝에 힘을 잃고 말았는지 알아보고 싶단 말입니다."

구혼자들은 당치도 않은 말을 한다면서 몹시 화를 냈다. 하지만 속으로는 '이로스를 누른 저 장사가 혹시 저 활시위를 당기면 어쩌나.' 하는 걱정이 들었기 때문이다. 그래서 안티노스가 한껏 과장된 목소리로 그를 나무랐다.

"너는 도대체 예의라는 걸 전혀 모르는 놈이로구나. 점잖은 우리들과 같은 좌석에 앉아 음식을 먹고, 요리 양에도 부족함이 없고, 우리 대화를 곁에서 다 들으면서 고마운 마음도 안 들더냐? 어떤 누구도 우리 말을 흘려 듣지 않는다. 아마 꿀처럼 달콤한 포도주가 과했나 보구나. 술이야말로 여러 사람의 신세를 망쳤지. 적당량을 넘어 무작정 퍼마시면 켄타우로스(반인반마. 현자로 알려져 있다) 에우뤼티온조차 잘못을 저지르지 않더냐. 도량이 넓은 페이리토스의 저택에서 말이야. 라피타이인의 나라로 갔을 때 에우뤼티온은 술 때문에 분별을 잃고 반 미치광이가 되어서 페이리토스의 저택에서 못된 일을 저질렀다. 그래서 분개한 영웅들이 모두 일어나서 그

337

의 귀와 코를 청동 칼로 베어내고 몸뚱이를 현관 밖으로 끌어냈다. 그래서 그는 결국 미쳐 버렸고, 재앙을 짊어진 채 정신없이 펄펄 뛰며 돌아갈 수밖에 없었다. 그때부터 켄타우로스인과 라피타이인 사이에 전쟁이 터졌다. 그러니 결국 술을 몽땅 퍼먹고 스스로 자신에게 재앙을 일으킨 것과 마찬가지지.

네놈이 이 활을 당기려 든다면 네놈도 이같은 재앙을 당할 줄 알아라. 왜냐하면 우리 고장에는 네놈에게 호의를 베풀 사람이 아무도 없으니까. 그 대신 즉시 배에 태워서 모든 인간들에게 해를 끼치는 에케스토 왕에게로 보내버릴 테다. 거기서는 온전하게 돌아올 수 없을 거야. 그러니 얌전하게 술이나 처마셔라. 너보다 젊은 사람들과 경쟁하겠다는 생각은 애초에 안하는 게 좋아."

눈치빠른 페넬로페가 상황을 파악하고 말했다.

"안티노스여, 텔레마코스의 손님을 못살게 구는 건 올바른 일이 아닙니다. 이 집을 의지삼아 왔으니까요. 이분이 혹 자기 팔과 체력을 믿고 오뒷세우스의 활시위를 당기신다면, 나를 집으로 데려다 아내로 삼을 거라고 생각하시나요. 그런 생각은 이분 자신도 생각지 못한 일이겠지요. 여러분 가운데 누구든 그런 일로 속상해하는 건 말도 안 됩니다."

폴뤼보스의 아들 에우뤼마코스가 대답했다.

"이카리오스의 자상한 따님 페넬로페시여, 결코 이자가 당신을 데려가리라고 생각한 게 아닙니다. 다만 여느 남녀들의 평판을 피할 뿐입니다. 아카이아인의 가장 천한 사나이들이 이렇게 말하지나 않을까요?

'정말 그 무리들은 아주 형편없는 사내들이군. 더없이 훌륭한 남자의 배우자를 아내로 삼겠다는 주제에 잘 손질한 활시위도 한번 못 당기다니. 갖은 고생 끝에 찾아왔다는 거렁뱅이 사나이도 힘 안 들이고 한 번에 활시위를 당겨서 쇠도끼를 꿰뚫었다면서?'

이렇게요. 그렇게 되면 우리는 후세에까지 비난을 받을 게 아닙니까?"

"에우뤼마코스여, 그렇지 않다 하더라도 당신들은 이 나라에서 좋은 평판을 받지 못합니다. 훌륭한 무사의 성에서 염치불구하고 재산을 축내며 뒹구는 짓을 하고서 말입니다. 그런데도 어떻게 그 정도를 비난의 대상이라고 생각하시나요? 게다가 이 손님은 키도 훤칠하시고 체구도 좋으신데다 원래는 신분도 훌륭한 분의 자제라고 하셨어요.

그러니 자, 어서 이분에게 활을 넘겨드리세요. 분명히 말씀드리겠어요. 만약 아폴론 신께서 이분에게 영광을 내려서 활을 당기게 하신다면, 이분에게 아주 좋은 옷과 신발을 내드리고 날카로운 투창과 양날검까지 드리겠어요. 어디나 희망하시는 대로 가실 수 있게."

영리한 텔레마코스가 쐐기를 박듯 말했다.

"어머니, 아버지의 활이라면 내가 가장 권한이 있는 물건입니다. 그러니 빌려주든 말든 내 마음입니다. 험준한 이타케 섬에서 세도를 부리는 분이든, 말을 기르는 나라 엘리스로 가는 길목의 섬에 사는 분이든, 그 누구도 내가 손님에게 활을 내드리는 것을 말릴 수 없어요. 그러니 어머님은 안으로 들어가 베를 짜시거나 실을 감으십시오. 시녀들에게도 열심히 일하도록 분부하시고요. 활 경기는 남자들이 모두 알아서 하겠습니다. 특히 이 성을 지배할 권리를 가진 자, 바로 제가 맡아서 잘 처리하겠습니다."

페넬로페는 아들의 의젓한 말솜씨에 어지간히 흐뭇해서 기꺼이 그 자리를 물러나왔다. 하지만 방으로 돌아가서는 다시 한참 동안 사랑하는 남편 오뒷세우스의 처지를 한탄하며 울었다. 빛나는 눈의 여신 아테네가 상쾌한 잠을 눈꺼풀 위에 뿌려줄 때까지.

돼지치기가 오뒷세우스에게 주려고 활을 들어서 옮기고 있었다. 구혼자들 모두가 일제히 저주의 욕설을 퍼부었다.

"불한당 같은 놈아, 도대체 그 활을 어디로 가져가는 것이냐. 머지않아 네놈을, 아마 이번에는 재빠른 개들이 돼지 옆에서 물어죽일 것이다. 아폴론 신이나 그 밖의 불사인 신들이 우리를 동정하신다면, 너 혼자뿐인 외딴 곳에서 네놈이 길러낸 개들에게 말이다."

돼지치기는 도중에 주눅이 들어서 제자리에 주저앉아 버렸다. 그러자 텔레마코스가 한쪽 구석에서 위엄있게 명령했다.

"상관 말고 어서 활을 가져가게. 이들의 말을 듣는 날에는 이내 좋지 못한 결과가 올 테니까. 내가 나이는 어리지만 집 주인이니, 내 말을 거역해서 돌팔매를 맞고 시골로 쫓겨나지 않도록 조심하게나. 내가 이 성에 모여 있는 구혼자들 모두보다도 팔심에서나 체력에서 뛰어나다면 얼마나 좋겠는가. 그렇기만 하다면, 못된 음모를 꾸미는 그들을 우리 집에서 누구랄 것 없이 모조리 형편없는 꼴로 만들어 돌려보내겠는데 말이야."

그러자 돼지치기가 다시 용기를 내서 활을 들고 일어서더니, 오뒷세우스 손에 넘겨주었다. 그러고는 유모 에우뤼클레이아를 불러내서 말했다.

"텔레마코스 님이 유모한테 명령하시는 말이오. 대청문을 닫도록 하시오. 남자들의 신음 소리나 다른 소리가 들리더라도 결코 여자들을 밖으로 내보면 안 되오. 그대로 모른 체하고 일만 계속하시오."

유모 에우뤼클레이아는 아무 말도 입밖에 내지 않고 빈틈없이 모든 방문을 빈틈없이 닫았다.

한편 필로이티오스도 소리 없이 성 밖으로 뛰어나가 튼튼하게 벽을 친 안뜰의 문을 닫았다. 주랑 밑에는 배를 매는 밧줄이 있었다. 그는 뷔블로스에서 억새풀로 만들어온 그 밧줄로 문을 잡아맨 다음, 안으로 들어가서 오뒷세우스에게 눈짓을 하고 제자리로 가서 앉았다. 그때 오뒷세우스는 이미 활을 손에 들고 사방으로 휘두르며 주인이 없는 사이에 뿔이 달린 곳이 좀이나 먹지 않았나 해서 이쪽저쪽 살펴보고 있었다. 그 모습을 보고 구혼자들이 수군거렸다.

"저 거렁뱅이가 활에 대해서 뭘 좀 아는데. 잘 살았다더니 저것과 꼭 같은 활이라도 집에서 다뤘나 보지. 그런데 두 손에 들고 이쪽저쪽 활을 돌려 쥐는 걸 보니 진짜로 당겨볼 생각인가 본데?"

"저놈이 저 활에 시위나 메길 수 있겠어? 뒤늦게 행운이라도 빌고 있는 모양이지."

지혜로운 오뒷세우스는 활을 손에 들고 구석구석 살피고는, 마치 커다란 키타리스나 노래를 잘 익힌 사람이 양쪽 끝에다 잘 꼬인 양의 창자에서 뽑은 실을 현 고리에 쉽게 거는 것처럼 조금도 힘들이지 않고 활시위를 당겼다. 그리고 오른손에 옮겨 들고 시위의 상태를 살펴보았다. 시위는 제비 소리 비슷한 소리를 내며 맑게 노래했다. 구혼자들의 얼굴이 모두 잿빛으로 변했다.

그때 제우스 신마저 천둥을 쳐서 길조를 보이셨다. 오뒷세우스는 천둥소리를 신호로 삼아서, 옆에 놓인 네발 탁자 위에 놓인 화살을 집어들었다.

나머지는 모두 안이 널찍한 화살통 속에 들어 있었다. 그는 목표를 똑바로 겨누어서 화살을 쏘았다. 화살은 나란히 세워져 있는 열두 개 도끼 머리의 구멍을 하나도 빗나감이 없이 꿰뚫고 지나갔다. 오뒷세우스는 텔레마코스를 향해 말했다.

"텔레마코스여, 나는 결코 그대를 욕되게 하지 않았소. 결코 과녁을 벗어나지도 않았거니와 활을 조종하는 데 오래도록 고심하지도 않았소. 내 힘은 아직 노쇠하지 않고 튼튼하오. 구혼자들이 모욕하고 욕지거리를 하던 것과는 달리 말이오. 하지만 이제는 해가 지기 전에 곧 아카이아인들을 위해 저녁 채비를 할 시각이오. 그것이 끝나거든 이번에는 가무나 키타리스로 다른 재미를 보도록 합시다. 그런 것은 모두 잔치에서는 꽃이나 다름없으니까."

이렇게 말하며 눈썹을 찡긋해서 신호하자, 존엄한 오뒷세우스의 사랑하는 아들 텔레마코스는 날카로운 검을 허리에 차고 얼른 창을 집어들었다. 그리고 번쩍거리는 청동으로 온몸을 무장한 채 아버지 곁의 평상으로 걸어가 그의 앞에 딱 막아 섰다.

제22권

복수

오뒷세우스가 화살을 쏘아서 안티노스의 목을 관통시켰다. 구혼자들은 처음에는 거렁뱅이의 경솔한 복수라고 생각하고 크게 노하고 야단쳤다. 하지만 "내가 오뒷세우스이다! 죄의 대가를 기꺼이 받으라."라고 하자 그제서야 다들 혼비백산해서 달아나려고 하지만 모든 문이 닫혀 있어서 꼼짝하지 못한다. 그런데 오뒷세우스의 화살이 부족해지자 텔레마코스가 무기를 가져오는데, 그때 광을 다시 잠그지 않는 바람에 구혼자측이 무장을 하고 맞선다. 오뒷세우스가 잠시 절망하자 아테네 여신이 멘토르의 모습으로 나타나서 격려한다. 오뒷세우스는 자신의 뜻과 달리 강제로 끌려와 있던 가인 페미오스와, 텔레마코스를 조용히 보살펴준 전령 메돈만 빼고 모든 구혼자들을 죽여서 복수를 완성한다. 이후 유모 에우뤼클레이아를 불러서, 가족을 위협했던 못된 시녀들까지 처단한다.

오뒷세우스는 누더기를 벗어 던지고, 활과 화살통을 낚아채서 손에 쥐고 번개같이 문지방으로 뛰어올랐다. 그러고는 재빨리 화살통을 열고 화살들을 발 앞에 주르르 털어 놓고, 구혼자들을 향해 말했다.

"이제 경기를 다시 제대로 진행해 보겠다. 절대로 아무렇게나 할 수 없는 경기이지. 게다가 이번에야말로 이제까지 사람이 쏘아본 적이 없는 표적을 명중할는지 어떨는지, 아폴론 신께서 나한테 영예를 주시겠는지를 시험해

볼 때다."

오뒷세우스는 이렇게 말하면서 안티노스를 향해 날카로운 화살을 겨누었다. 안티노스는 두 귀 달린 황금 술잔을 두 손으로 받쳐들고 막 입에 가져다 대고 있었다. 자기를 죽이려고 겨눈 화살 따위는 조금도 떠오르지 않는 순간이었다. 제아무리 용맹스러운 장사라 해도 혼자서 그에 대항하여 자기에게 재앙스러운 죽음과 무도한 운명을 안겨주리라고 누가 감히 생각했을까.

하지만 다음 순간, 오뒷세우스의 화살이 안티노스의 목줄기를 관통해서 꽂혔다. 안티노스는 순식간에 벌렁 넘어지면서 술잔을 떨어뜨렸다. 이내 콧구멍에서 선혈이 왈칵 대롱처럼 솟구쳤다. 그가 고통에 앞에 놓인 탁자를 발로 걷어차자, 음식물이 땅바닥에 뿌려졌다. 빵이며 구운 고기가 흙투성이가 되고 말았다.

안티노스가 쓰러지는 모습에 구혼자들 사이에 일대 소란이 일어났다. 다들 자리에서 벌떡 일어나서 집 안으로 뛰어들어가 벽 쪽의 창이며 방패를 찾았다. 하지만 아무것도 눈에 띄지 않았다. 그들은 공포와 분노에 사로잡혀서 오뒷세우스를 강하게 비난했다.

"부랑자 주제에 무사들을 겨누어 활을 쏘다니, 천벌을 받을 놈 같으니! 이제 너는 결코 무슨 경기에도 참가하지 못한다. 금방이라도 험악한 파멸이 고스란히 네놈에게 내려지리라. 이타케 섬 젊은이들 중에서도 가장 으뜸가는 인물을 죽였으니 말이다. 네놈은 이 자리에서 마땅히 독수리밥이 되어야 해."

다들 악다구니를 쓰며 몰아붙였는데, 그때까지만 해도 오뒷세우스가 그저 욱해서 무사를 죽인 줄로만 생각했기 때문이다. 자신들 모두에게 파멸의 오랏줄이 걸려 있다는 것을 눈치채지 못했기 때문이다. 그런 자들을 노려보며 오뒷세우스가 엄숙하게 말했다.

"이놈들아, 내가 트로이아에서 영원히 돌아오지 못할 줄 알았느냐? 내 집 재산을 축내고, 시녀들을 강제로 끌어다 욕보이고, 내가 두 눈 시퍼렇게 뜨고 살아 있는데 내 아내에게 추파를 던지다니! 광대한 하늘을 다스리시는 신들을 우습게 보고, 세상 사람들의 노여움도 아랑곳하지 않다니! 이제야말로 네놈들을 모조리, 파멸시키겠다."

그 말에 모두들 얼굴이 새파랗게 질렸다. 다들 공포에 와들와들 떨면서 빠져나갈 구멍을 찾아 사방팔방으로 두리번거렸다. 단 에우뤼마코스 한사람만 그에게 대답했다.

"당신이 틀림없이 이타케 섬 사람인 오뒷세우스이고 이제 돌아온 참이라면, 방금 당신이 한 말은 모두 지당한 말입니다. 아카이아인 사나이들이 저지른 여러 행위는 도리에 어긋나는 못된 소행이었으니까요. 하지만 그 모든 악업의 장본인이었던 사나이는 이미 당신 손에 쓰러졌습니다. 다 안티노스 이 사람의 소행이었거든요. 그는 결혼을 탐해서가 아니라, 이타케의 왕이 되려고 그런 일을 저지른 것입니다. 그래서 어린 당신 아들까지도 매복했다가 죽여 없애려고 음모를 꾸몄고, 끝까지 죽여야 한다고 주장했지요.

하지만 이미 그 사나이가 제 분수대로 죽임을 당했으니, 당신은 자기가 다스리는 나라 사람인 우리들을 너그러운 마음으로 용서하시기 바랍니다. 그럼 우리들도 나중에 이 댁에서 축내버린 재산을 제각기 소 스무 마리씩으로 계산해서 보상하겠습니다. 아니, 청동이든 황금이든 당신의 직성이 풀릴 만큼 드리겠습니다. 그때까지는 당신이 아무리 화를 낸다 해도 부당한 짓이라고 비난할 사람은 아무도 없을 겁니다."

오뒷세우스가 그를 무서운 눈으로 쏘아보았다.

"에우뤼마코스, 설령 자네들이 조상 이래로 물려받은 재산을 모조리 내놓는대도, 거기에 다른 것들을 어떻게든 덧붙여서 가져온다 해도, 나는 너희 구혼자들이 못된 소행을 속속들이 속죄하기 전에는 살육을 그치지 않을 것이다. 자, 맞서서 싸우든지 도망을 가든지, 그건 너희들 마음대로 해라. 나와 신이 내리는 죽음과 재앙을 피할 수 있는 사나이가 있다면 말이다. 그러나 내가 단언하건대, 험악한 이 파멸을 모면할 사나이는 단 한 사람도 없다!"

구혼자들은 무릎의 맥이 빠지고 얼이 빠져서 다들 엉거주춤 주저앉았다. 그들 사이에서 에우뤼마코스가 다시 한 번 입을 열어 말했다.

"여보게들, 저 사내는 무적의 솜씨를 절대로 이대로 거두지 않을 듯싶소. 게다가 잘 닦여진 활과 화살까지 손에 쥐었으니, 우리를 모조리 죽여 없애기 전에는 활시위 당기는 손을 멈추지 않을 것이오. 그러니 우리도 대항해서 싸웁시다. 모두 칼을 뽑아 들고 네발 탁자를 방패 삼아 빠른 죽음을 내리는 화살을 막아냅시다. 모두 함께 그에게 대항합시다. 그를 문지방 언저리나 문간에서부터 몰아내면 거리로 탈출할 수 있소."

그는 이렇게 말하면서 양날검을 뽑아 들고 오뒷세우스를 향해 달려들었다. 오뒷세우스도 그와 동시에 그의 가슴을 향해 화살을 날렸다. 재빠른 화살은 그의 간에 가서 박혔다. 에우뤼마코스는 손에 들었던 칼을 땅 위에 떨어뜨리고 탁자 위에 그대로 쓰러졌다. 음식 접시며 술잔이 땅 위에 흩어지며 산산이 깨졌다. 에우뤼마코스는 단말마의 고통 때문에 대지에다 이마를 짓찧고, 두 다리로 팔걸이 의자를 걷어차며 비틀거렸는데, 두 눈에는 벌써 검은 그림자가 덮쳤다.

암피노모스는 오뒷세우스의 정면으로 달려들어 날카로운 칼을 뽑아 들고 어떻게든 문간에서 비켜세우려고 애를 썼다. 하지만 그보다 먼저 텔레마코스가 청동 창으로 뒤에서 잔등 한가운데를 찔러 가슴팍까지 관통시켰다. 그는 쿵 소리와 함께 넘어지며 얼굴을 땅 위에 처박았다. 텔레마코스는 암피노모스한테 꽂힌 창을 버려둔 채 물러섰다. 그 창을 뽑는 사이에 누군가가 뒤에서 칼을 들고 덤벼들지도 모르기 때문이다. 그래서 그는 사랑하는 아버지 곁으로 바싹 다가서서 걱정스럽게 속삭였다.

"아버지, 이제 곧 방패와 창 두 개와 머리에 꼭 맞는 청동 투구를 갖다드릴게요. 그리고 저도 빨리 달려가서 무구를 지니고 오겠습니다. 돼지치기와 소몰이에게도 한 벌씩 가져다 주고요. 무장을 든든하게 하는 편이 아무래도 마음이 놓이니까요."

지혜로운 오뒷세우스가 대답했다.

"빨리 다녀오너라. 화살이 아직 내 손에 남아 있는 동안에 갔다와야 한다. 나 혼자뿐이라 그들에게 밀려 문을 열어주는 날에는 큰일이니까."

텔레마코스는 얼른 무기를 숨겨둔 광으로 달려갔다. 거기에서 방패 네 개, 창 여덟 개, 청동 촉을 끼우고 말총 장식이 달려 있는 투구를 꺼내서 잽싸게 아버지 곁에 돌아왔다. 그러고는 자기가 먼저 청동 무기로 무장을 했다. 무장을 마친 후에는 오뒷세우스 곁에 가서 딱 막아섰다.

오뒷세우스는 화살을 구혼자들에게 하나하나 겨냥해서 신중하게 쏘아 대고 있었다. 화살이 다 떨어지자, 견고한 홀 문기둥 옆의 눈부시도록 흰 벽에 활을 기대 놓고 두 어깨에 네 겹 쇠가죽 방패를 걸쳤다. 늠름한 머리에는 말총 장식을 단 투구를 썼다. 그 꼭대기에서 무시무시한 말총이 늘어져 흔들거리고 있었다. 오뒷세우스는 청동 촉이 꽂힌 육중한 창 두 개를 집어들었다.

그곳의 튼튼한 벽에는 뒷문이 하나 있었다. 문지방 가장 높은 곳 바로 옆에 홀과 이어지는 통로였는데, 거기에는 꼭 들어맞는 판잣문이 세워져 있었다. 돼지치기는 그 문에서 망을 보고 있었다. 그곳이 유일한 공격 지점이었기 때문이다. 아니나다를까 아겔라오스가 모두를 보고 소리쳤다.

"여러분, 누구든 뒷문을 빠져나가 고을 사람에게 알리는 것이 구원을 청하는 가장 빠른 길입네. 그렇게만 되면 이 사내의 활쏘기도 그걸로 끝이야!"

염소지기 멜란티오스가 반대했다.

"아겔라오스여, 그건 어림없는 소리입니다. 공교롭게도 바로 옆에 안마당으로 통하는 커다란 문이 있답니다. 그러니 옆으로 난 통로를 지난다는 건 어려운 일이며, 자칫하면 혼자서 모두를 밀어 넣을 수도 있습니다. 좀 용감한 사나이라면 말이오.

그러니 이렇게 해봅시다. 여러분이 무장할 수 있도록 내가 광에서 무구를 날라오지요. 오뒷세우스와 그 아들은 다름아닌 그 광에 틀림없이 무구를 간직했으리라고 짐작이 가니까요."

멜란티오스는 곧장 오뒷세우스의 안채를 향해 홀의 좁은 통로를 따라

올라갔다. 거기서 열두 개의 방패와 창, 그리고 그만한 숫자의 창과 말총을 붙인 청동 투구를 끄집어내다가 재빨리 구혼자들에게 넘겨주었다.

그들이 무장을 하고 기다란 창을 휘둘러 대는 것을 보자 오뒷세우스는 무릎에 힘이 빠지고 마음에 낭패감이 들었다. 역시 둘만으로는 벅찬 일이었다는 두려움이 들어서, 아들에게 말했다.

"아들아, 이건 아무래도 시녀들 중에서 누군가가 우리에게 교묘한 싸움을 걸려는 것이거나 아니면 멜란티오스 놈이 한 짓 같구나."

"아버지, 이런 잘못을 저지른 건 저 자신이지 다른 누구의 책임도 아닙니다. 광문을 열어놓은 채 달려왔거든요. 그걸 어떤 놈이 눈여겨보았던 모양입니다. 에우마이오스, 어서 가서 광문을 잠그고 오게. 그리고 시녀들 짓인지 아니면 돌리오스의 아들 멜란티오스의 짓인지 알아보고 오게. 틀림없이 그놈 짓일 거야."

이때 멜란티오스가 무구들을 가져오려고 또다시 안채의 광으로 들어갔다. 돼지치기가 그것을 보고 오뒷세우스의 곁으로 달려와 알렸다.

"라에르테스의 아들이시며 모사에 풍부한 오뒷세우스 님, 저놈이 아주 괘씸한 놈입니다. 우리의 짐작대로 저자가 광으로 가는군요. 당신이 확실하게 말씀해 주시면 그대로 하겠습니다. 제 힘이 미치면 저자를 죽여 버릴까요, 아니면 이리 끌고 올까요? 거듭 못된 짓을 하는 그 보상을 받도록 저놈이 성에서 저지른 죄를 합쳐서 말입니다."

"나와 내 아들 텔레마코스는 오만한 구혼자들을 이 홀 안에 붙들어 놓을 테다. 그놈들이 몹시 기세를 올리고 있기는 하지만 말이다. 그러니 너희 둘은 가서 저놈의 팔다리를 밧줄로 꽁꽁 묶어서 광의 천장 대들보 언저리에 매달고, 광과 판잣문을 꼭 잠가 두어라. 살아 있으면서 천천히 고통을 맛보도록."

둘은 곧장 광으로 갔다. 멜란티오스는 그런 기척을 눈치채지 못하고 안쪽에서 무구를 찾기에만 열중해 있었다. 그래서 돼지치기와 소몰이는 입구의 기둥 모퉁이에 숨어 있다가, 염소지기가 문지방을 넘을 때 달려들어서 머리채를 홱 잡아채서 땅바닥에 내동댕이쳤다. 염소지기는 라에르테스가 젊은 시절 사용하다가 한동안 처박아두어서 곰팡이가 잔뜩 핀 투구와 방패를 부둥켜안고 있다가 그대로 쓰러졌다. 둘은 오뒷세우스의 명령대로 그를 밧줄로 결박하고 천장 대들보에 매달았다. 돼지치기가 그래도 분이 풀리지 않아서 악다구니를 썼다.

"이놈 멜란티오스, 이제야말로 온밤을 뜬눈으로 망을 보게 생겼구나, 포근한 잠자리에서 말이다. 네놈에게는 과분한 잠자리지 뭐야. 아무튼 너는 새벽의 여신이 오케아노스강 옆에 나타나시는 것도 바라보게 될 것이다. 그때가 되면 네놈은 염소를 끌어다 구혼자들에게 잡수시라고 갖다 바칠 시간이 온 줄 알겠지."

둘은 염소지기를 가둔 채 광의 문을 잠그고, 오뒷세우스에게 돌아갔다. 그들은 비록 넷이었지만 홀의 수많은 구혼자들과 대등하게 맞섰다. 그때 아테네 여신까지 멘토르의 모습을 하고 나타났다. 오뒷세우스는 여신임을 느끼고 뛸 듯이 기뻤지만, 남들이 알아차리지 못하게 이렇게 말했다.

"멘토르여, 친근했던 오랜 동지라는 걸 잊지 말고 이 재난에서 우리를 보호해 주시오. 당신과 나는 아주 어릴 때부터 친한 친구가 아니었소."

한편 구혼자들은 여기저기에서 악을 써댔다. 다마스토르의 아들 아겔라오스가 소리쳤다.

"멘토르여, 오뒷세우스의 감언이설에 넘어가지 말게. 자기 편을 들어 구
혼자들과 싸우라는 그 말에 말이야. 우리들의 계책이 이제 곧 실현되면, 이
놈들 부자 편을 든 네놈을 가만두지 않을 거야. 반드시 네 목을 바쳐서 죽
은 동료들의 목숨을 보상하게 할 거야. 우리 목을 청동 칼로 치는 날에는
네놈의 재산도 먼지 하나 남기지 않고 다 뺏어 주마. 오뒷세우스의 재산과
꼭같이. 그뿐이랴, 네 자식놈들도 절대로 살려두지 않을 테다. 딸들, 네 아
내도 이타케 고을을 자유로운 몸으로 다니지는 못할 거다."

아테네 여신은 이 말을 듣고 한층 화가 치밀어 오뒷세우스를 노여움에
찬 말로 나무랐다.

"오뒷세우스여, 당신은 이제 확고한 기개도 용기도 없구려. 그 옛날 헬레
네를 위해 트로이아 군사와 끊일 사이 없이 싸울 때 가지고 있던 그 용기를
말이오. 그때는 적군이 아무리 많아도 겁내지 않고 나가 싸워 물리쳤고, 또
당신의 계략으로 길 폭이 널따란 프리아모스의 도성을 함락하기도 했었소.
그랬던 솜씨가 이제는 다 어디로 가고, 자기 집과 재산을 찾아왔으면서도
구혼자들을 만나 방어할 용기를 잃고 한탄하고 있단 말이오. 그렇다면 어
서 이리로 오시오. 내 옆에서 알키모스의 아들 멘토르가 당신의 적들과 맞
서 싸우는 모습을 지켜보시오. 남의 호의를 갚는 데는 얼마나 확실한 사나
이인가를 알게 될 거요."

여신은 이렇게 말했지만, 오뒷세우스와 명예로운 그의 아들 텔레마코스
의 능력을 시험해 볼 생각에 아직은 일방적인 승리를 거두게 하고 싶지 않
았다. 그래서 여신 자신은 제비의 모습으로 위로 날아올라 검게 그을은 홀

천장의 서까래에 앉아 있었다.

한편 저쪽에서는 다마스토르의 아들 아겔라오스, 에우뤼노모스, 암피메돈, 데모프톨레모스와 폴뤼크토르의 아들 페이산도로스, 용감한 폴뤼보스 등이 구혼자들을 격려하고 있었다. 이 무리들은 아직 살아 있는 구혼자 무리 중에서 가장 힘과 능력이 우수했다. 다른 이들은 날아오는 화살에 맞아 쓰러진 지 오래였다. 아겔라오스가 말했다.

"보시오, 이제는 저 사나이도 지쳐버린 손을 멈출 거요. 멘토르란 놈도 허황된 큰소리만 치더니 달아나지 않았소. 저놈들만이 문어귀에 혼자 남아 있는 셈이오. 그러니 우리 모두가 한꺼번에 창을 던질 것이 아니라, 우선 여섯 사람만이 창을 던져 그를 죽여없애는 영광을 차지합시다. 어쩌면 제우스 신이 오뒷세우스에게 명중시켜 명예를 올릴 것을 허락하실지도 모를 일이니. 저자만 없애면 그 밖의 놈들은 생각할 필요도 없어요."

그러자 모두 그의 지시에 따라 열심히 창을 던졌다. 하지만 아테네가 창들을 모조리 빗나가게 했다. 창들은 각기 홀의 단단한 문기둥, 꽉 닫힌 문짝, 벽 등 엉뚱한 곳으로 날아가 꽂혔다. 구혼자들은 창이 모두 떨어졌다. 존엄한 오뒷세우스가 말했다.

"자, 이제 내가 선언할 차례인가? 너희를 향해 창을 던지라고 말이야. 너희는 그렇게 못된 짓을 하고도 모자라서 우리를 죽이려고 바둥대느냐."

그 말을 신호로 이쪽도 일제히 창을 던졌다. 오뒷세우스는 데모프톨레모스를, 텔레마코스는 에우뤼아데스를, 돼지치기는 엘라토스를, 소몰이 필로이티오스는 페이산도로스를 쓰러뜨렸다. 네 명이 동시에 땅바닥에 이를 박으며 쓰러지자 다른 이들이 홀 한편 구석으로 몸을 피했다. 이쪽에서는 달려나가 시체에서 창을 여섯 개나 뽑아들었다.

구혼자들의 창은 아무리 던져도 아테네 여신 때문에 대부분 빗나갔다. 암피메돈의 창 이 텔레마코스의 손목 뼈, 크테시포스의 장창이 에우마이오스의 어깨를 긁어 상처를 입혔지만, 그마저도 다른 방향으로 날아가 떨어졌다.

또다시 오뒷세우스 편에서 창을 던질 차례였다. 오뒷세우스가 에우뤼다마스를 겨누고, 텔레마코스는 암피메돈을, 돼지기기는 폴뤼보스를, 소몰이 필로이티오스는 크테시포스의 가슴팍에 창을 던졌다. 소몰이가 우쭐해져서 소리쳤다.

"더러운 입을 가진 폴뤼텔세스의 아들아, 너는 결코 네 주제넘은 생각에 우쭐해서 큰소리치지 않는 게 좋을 게다. 그보다 이야기는 신들께 맡기는 편이 좋겠다. 너보다 훨씬 현명하시니까 말이다. 그리고 이건 아까 네가 던져 보낸 소 다리에 대한 답례야. 신과도 같은 오뒷세우스 님이 성 안에서 구걸하실 때 말이다."

오뒷세우스는 다마스토르의 아들 아겔라오스를 근처까지 접근해서 장창으로 푹 찔렀다. 텔레마코스는 에우에노르의 아들 레오크리토스의 배를 창으로 찔렀는데, 청동 창끝이 꿰뚫으니 그는 땅바닥에 얼굴을 처박으며 앞으로 쓰러졌다.

이때 아테네 여신이 인류를 때려부수는 아이기스(염소 가죽 방패)를 서까래 위에서 높이 쳐들자, 구혼자들은 가슴이 서늘해져 온 홀 안을 가로 세로 도망쳤다. 그 꼴은 마치 길고 긴 봄날 등에에게 쫓겨 떼로 몰려다니는 암소와 같았다. 발톱이 휜 독수리 같은 부리를 가진 매들이 산기슭으로부터 내려와, 꼼짝달싹도 못하며 움츠리고 있는 작은 새들이 아지랑이 속으로 날아가는 것을 덮쳐 죽이는 바람에 어찌지도 못하는 것 같았다. 이런 모양을 보고 재미있어하는 것과 마찬가지로 그들은 구혼자들에게 덮쳐들어 온 집안을 몰고 다니며 죽여갔는데, 꼴사나운 비명소리가 그들의 목이 차례차례 잘려질 때마다 일어나고 땅바닥은 유혈이 낭자했다.

레오데스는 오뒷세우스의 무릎에 매달려 애원했다.

"오뒷세우스 님, 당신 무릎에 매달려 간청하오니 부디 나를 경건한 마음으로 다루어 주시고 자비를 베풀어 주십시오. 나는 결코 시녀들을 못살게 군 적이 없고, 못된 소행을 일삼은 적도 없습니다. 오히려 다른 구혼자들을 말려왔단 말입니다. 아무리 말려도 그들이 내 말을 안 들었던 것뿐입니다. 나는 그들과 함께 아무것도 행동하지 않았으며 다만 희생적인 점쟁이 노릇을 했을 뿐이니, 여기서 그들과 함께 휩쓸려 죽어야 한다면 '좋은 일을 해도 나중에 아무런 덕이 없다.'는 소리가 나올 겁니다."

지혜로운 오뒷세우스가 레오데스를 노려봤다.

"네가 그들의 점쟁이였으니 아마 이 집 안에서 나의 즐거운 귀국이 실현되지 않기를 수없이 기도했겠구나. 사랑하는 내 아내가 그 중 누구와 결혼하여 어린아이를 낳게 해달라고 제사를 지냈겠구나. 네놈도 죽음의 지독한 고통을 모면할 수는 없다."

오뒷세우스는 아겔라오스가 죽으면서 땅에 던져버렸던 칼을 집어들고, 레오데스의 목덜미를 내리쳤다.

테르피오스의 아들이며 가인인 페미오스는 아직 검은 죽음의 운명을 피해 살아 있었다. 이 사나이는 강제로 끌려오다시피 구혼자들 틈에 끼여 노래를 부르던 사람인데, 두 팔에 높은 소리를 내는 키타리스를 껴안고 뒷문 바로 앞에 웅크리고 서 있었다. 그는 마음속으로 이 홀을 빠져나가 울 안을 지키시는 제우스 대신의 훌륭한 제단에 매달려 용서를 빌 것인가, 아니면 직접 오뒷세우스에게 매달려 간청할 것인가 하는 두 갈래 생각을 하고 있었다. 이 제단에는 라에르테스도 오뒷세우스도 수없이 소의 허벅살을 바쳐 제사를 올리곤 했었다. 그러다 결국 라에르테스의 아들 오뒷세우스의 무릎에 매달려 간청하는 편이 좋겠다는 생각을 했다. 그래서 속이 빈 큰 키타리스를 혼주병과 은못을 촘촘히 박아놓은 팔걸이 의자 사이의 땅에다 내려놓고 자기는 오뒷세우스를 향해 달려가 그의 무릎에 두 팔로 매달리며 말을 걸어 애원했다.

"살려 주십시오, 오뒷세우스 님. 저에게 너그러운 마음으로 자비를 베풀어 주십시오. 저와 같은 가인을 죽이신다면, 당신께서는 아마 훗날 고뇌를 겪으실 겁니다. 본디 저는 신을 위해, 그리고 인간을 위해 노래하는 것이니까요. 나는 이 길을 스스로 습득해온 사람입니다. 신께서 제 마음에 모든 노래를 심어 주신 거지요. 참으로 당신 곁에서 노래 부른다는 건 신에 대해 노래하는 기분입니다. 그러니 자꾸만 내 목을 치려고 서둘지 마십시오. 당신의 사랑하는 아들도 이것만은 반대하실 겁니다. 내가 자진해서, 또는 보수를 받을 희망으로 구혼자들을 위해 노래하기 위해 이 댁으로 온 것이 아니라, 다만 여럿인 그들이 기세등등하게 억지로 끌다시피 해서 나를 데려왔답니다."

텔레마코스도 그의 편을 들어주었다.

"아버지, 이분은 죄가 없습니다. 그러니 칼을 대는 건 삼가 주세요. 또 전령 메돈도 살려 주십시오. 그는 늘 나를 보살펴 주었습니다. 아직 그자가 죽지 않았다면 말입니다."

메돈이 그 소리를 들었다. 그는 검은 죽음의 운명을 모면할 생각에서 커다란 의자 밑에 납작하게 엎드려 온 몸에다 방금 벗겨낸 쇠가죽을 둘둘 말고 있었다. 그가 의자 밑에서 나와 쇠가죽을 벗어던지고 텔레마코스에게 매달려 그 무릎을 붙잡고 자비를 빌며 애원했다.

"도련님, 저는 이렇게 여기 살아 있습니다. 제발 당신께서 그 손을 거두어 주십시오. 아버님께 잘 말씀해 주십시오. 아버님께서는 당신의 재산을 탕진하고 어리석게도 도련님을 없애려던 그들에 대해 화가 나, 날카로운 그 칼로 저마저 죽이실까 두렵습니다."

지혜로운 오뒷세우스가 빙그레 웃었다.

"염려 말아라, 보다시피 내 아들이 너를 비호하며 목숨을 보증했으니. 너도 그 고마움을 깊이 깨닫도록 하라. 그리고 악랄한 행동으로 신세를 망치느니보다는 좋은 일을 한다는 게 얼마나 떳떳한 일인지 사람들에게 널리 말하거라. 아무튼 너희 둘은 홀 밖으로 나가 있거라. 내가 남은 자들을 처리하는 동안에."

두 사람은 홀 밖으로 나가 제우스의 제단 옆에 몸을 의지하고 아직 두려움에 찬 눈길로 사방팔방을 살폈다.

오뒷세우스는 고약한 구혼자 중에서 죽음을 피해 숨어 있는 자가 있는지 온 집안을 샅샅이 뒤졌다. 모두 피와 모래로 뒤범벅이 되어 마치 물고기처럼 뒹굴고 있었다. 어부들이 바다 기슭에 촘촘한 그물로 끌어올려 놓은 물고기와 비슷했다. 바닷물이 그리워 모래사장에 즐비하게 뒹구는 것을 따가운 햇볕이 그들의 생명을 앗아간 것처럼, 이때의 구혼자들은 어깨를 나란히 하고 뻗어 늘어져 있었다. 지혜로운 오뒷세우스는 텔레마코스를 향해 말했다.

"텔레마코스야, 어서 가서 유모 에우뤼클레이아를 불러오너라. 내가 생각한 바를 그녀에게 말해야 되겠으니 말이다."

텔레마코스는 얼른 뒷문을 열고 유모 에우뤼클레이아에게 소리쳤다.

"유모, 자네는 우리 집 시녀들의 우두머리니까 어서 이리 나오게. 아버지가 부르시니 말이야. 자네한테 하실 말씀이 있으시다네."

유모는 대답도 못한 채 겁에 질려 있었다. 그녀가 텔레마코스를 따라 홀로 들어와 보니, 오뒷세우스는 시체들 가운데 서 있었다. 피와 먼지로 엉망이 된 그의 모습은 마치 들판의 소들을 방금 잡아먹고 온 사자와 꼭 같았다. 가슴과 뺨은 피투성이가 되어 보기조차 무시무시하였고, 다리며 팔, 손할 것 없이 모두 피투성이였다.

그녀는 참혹한 시체와 어마어마한 피를 보자 복수가 이뤄졌음을 직감하고 저도 모르게 탄성을 질렀다. 그러나 오뒷세우스는 그녀를 제지하며 위엄있게 말했다.

"유모, 아직은 속으로만 좋아하게. 죽은 사람들 앞에서 의기양양하게 뽐내는 건 좋지 못한 일이니까. 이 사나이들은 신들께서 정해 주신 운명과 무참한 소행 때문에 신세를 망쳐버린 걸세. 그들은 이 세상의 어떤 사람이라도, 천한 사람이든 귀한사람이든 소중하게 대접한 적이 없었지. 그런 사람들이 의지해왔을 때 말이야. 결국 오만하고 못된 소행 때문에 비참한 종말을 맞은 것이야.

자, 그럼 이제 자네는 여자들을 홀 안으로 불러 모으게. 나를 푸대접한 여자들뿐만 아니라, 죄가 없는 여자들도 말이네."

상냥한 유모 에우뤼클레이아가 대답했다.

"주인님, 제가 바른대로 말씀드리겠습니다. 저택에는 모두 쉰 명의 시녀가 있으며, 그녀들은 모두 제각기 여러 일을 맡아보도록 훈련받아 왔습니다. 그런데 그 중에 열두 명이 뻔뻔스러운 소행에 몸을 맡겼으며, 저뿐만 아니라 페넬로페 마님까지도 얕잡아 보고 건방지게 굴었습니다. 도련님은 이제 겨우 어린 티를 벗어나신 형편이고, 마님께서는 아직은 아들한테 시녀들을 부리는 걸 허용하지 않으시니까요. 아무튼 지금 제가 2층으로 달려가 마님께 알려드리겠습니다. 어느 신께서인지 잠을 부어주셔서 주무시는 참입니다."

지혜로운 오뒷세우스가 유모를 황급히 말렸다.

"아직은 마님을 깨우지 말게. 그 대신 자네는 여자들을 이리로 불러오게나. 못된 짓을 해오던 여자들만."

늙은 유모는 홀을 가로질러 여자들에게 명령을 전달하려고 부지런히 걸어나갔다.

한편 오뒷세우스는 텔레마코스, 돼지치기, 소몰이를 곁으로 불러서 급히 명령했다.

"지금 이 시체를 운반하게. 시녀들이 오거든 그렇게 지시하고, 구멍이 숭숭 뚫린 해면으로 이 난장판을 깨끗이 닦아내라고 하게. 온 집안이 말끔히 정리되면, 열두 명의 시녀들을 홀 밖으로 끌어내서 아늑한 안뜰 울 안에 모아 놓고 늘씬한 장검으로 쳐서 처단할 생각이니까, 그녀들의 목숨이 끊어져 애욕의 상념이 아주 사라져버리도록 말이야. 그런 생각에 사로잡히는 바람에 무뢰한들과 어울려서 주인을 배반한 것이니까."

그 동안 시녀들이 주먹 같은 눈물을 마구 흘리면서 모두 모여들었다. 그녀들은 우선 시체들을 안뜰의 주랑 밑으로 운반했다. 그러고 나서 훌륭한 팔걸이 의자며 네 발 탁자를 물과 구멍이 숭숭 뚫린 해면으로 닦았다.

한편에서는 텔레마코스가 소몰이와 돼지치기와 함께 홀의 단단한 땅바닥을 괭이로 평평하게 다져 나갔는데, 시녀들은 그 동안에도 시체를 밖으로 운반해 나갔다.

이윽고 홀이 말끔히 정리되자 시녀들을 홀 밖으로 끌어내어, 빈틈없는 안뜰 울 안의 울타리와 둥그런 정자 사이의 좁은 곳에 가뒀다. 거기는 도망한다는 게 도저히 불가능한 곳이었다. 그들을 향해 영리한 텔레마코스가 우선 이렇게 말을 꺼냈다.

"절대로 깨끗하게 목숨을 끊어 주지는 않을 테다. 너희들은 실상 내 얼굴에 마구 흙탕칠을 한 셈이니까. 더구나 내 아내에게도 말이야. 우리를 괴롭히는 구혼자들 곁에서 온 밤을 지내곤 했으렷다."

그는 이렇게 말하며 굵은 밧줄을 둥그런 정자의 굵은 기둥에 비끄러매었다. 그리고 발이 땅에 닿지 못하도록 빙 돌려 높게 줄을 매어 놓았다. 마치 긴 날개를 가진 티티새나 비둘기가 나무 숲에 장치된 새 그물에 걸렸을 때처럼 둥지로 돌아가 잠을 청하려는데 무시무시하고 징그러운 죽음이 그들을 맞아들인 셈이었다.

그런 것과 꼭같이 여자들은 차례차례 머리를 내밀었다. 그 목에는 보다 더 참혹하게 죽도록 모두 올가미가 걸려 있었다. 잠시 발버둥을 쳤지만 그것도 그다지 오래 가지는 않았다.

　그후에 멜란티오스를 안뜰로 끌어냈다. 코와 귀를 청동 칼로 벤 후, 개들한테 날것으로 먹게 하기 위해 남근마저 잡아 뽑았다. 그래도 분통이 치밀어 두 손과 발을 닥치는대로 잘라버렸다.

　그 후에야 그들은 손발을 깨끗이 씻고 오뒷세우스가 있는 저택 안으로 들어갔다. 이것으로 일은 모두 끝낸 셈이었다. 오뒷세우스가 유모 에우뤼클레이아에게 말했다.

　"유모, 재앙을 치료할 유황을 가져오게. 그리고 방 안에 유황을 피우도록 불을 갖다 주게. 그러고 나서 자네는 페넬로페에게 시녀들을 거느리고 이리 오라고 전달하게나. 또 집안의 시녀들을 모두 이리 모이도록 서둘러 주게나."

　"주인님의 말씀은 모두 조리에 맞는 지당하신 분부이십니다. 그럼 이제 곧 망토와 속옷을 대령하겠습니다. 그런 남루한 누더기로 늠름하신 어깨를 감싸고 계시다니 안 될 말씀입니다. 그러시면 남들이 고약하다고 쑥덕공론을 한답니다."

　"우선 홀에 불부터 피워 주게."

　유모 에우뤼클레이아는 반대하지 않고 곧 불과 유황을 가져왔다. 오뒷세우스는 유황을 피워서 홀과 안뜰을 구석구석 깨끗하게 했다. 늙은 시녀는 다시 오뒷세우스의 훌륭한 성을 가로질러 안으로 들어가 여자들에게 오뒷세우스의 분부를 전달하고, 홀 안으로 모이도록 일렀다. 여자들은 저마다 손에 횃불을 들고나와 오뒷세우스 주위에 몰려 인사를 드리고, 그의 머리며 어깨, 그리고 두 손에 매달려 애정어린 입을 맞추었다. 흐뭇한 그리움이

그를 사로잡아 눈물이 흐르고 한숨이 저절로 나왔는데, 그것은 사실 그 여
자들을 모두 하나하나 똑똑히 기억하고 있었기 때문이었다.

제23권

이십 년만에 만난 남편과 아내

페넬로페는 오뒷세우스가 돌아와서 구혼자들을 다 처단했다는 말을 믿지 않는다. 남편과 마주앉아서도 한참 동안 그를 믿지 않는다. 그러자 오뒷세우스는 서운해 하면서 둘만 아는 사실을 말해서 그녀를 설득한다. 그제서야 페넬로페는 남편의 귀향을 믿으며 눈물을 쏟는다. 한편 오뒷세우스는 아들 텔레마코스와 함께 복수 이후의 일들을 의논한다. 희랍에서는 살인을 한 후에는, 그 가족과 친척들의 복수를 염려해서 다른 곳으로 망명하는 것이 관행이었다. 그런데 오뒷세우스는 한 동네의 유능한 젊은이들을 수십 명이나 죽였으니, 그들의 분노를 어떻게 잠재울지가 고민이었다. 오뒷세우스는 날이 밝는 대로 일단 아버지 라에르테스를 방문하러 떠난다.

유모 에우뤼클레이아는 '그토록 꿈에도 그리던 남편이 돌아오셨다.'는 소식을 알려주려고 2층 페넬로페의 침실로 달려 올라갔다. 그녀는 자기도 모르게 활짝 웃고 있었는데, 너무 서두른 나머지 무릎이 앞서고 발을 자꾸 헛디뎌서 오히려 속도가 더뎌졌다. 에우뤼클레이아는 어렵사리 페넬로페의 머리맡에 도착하자마자 큰소리로 말했다.

"페넬로페 마님, 어서 일어나세요. 매일매일 그렇게도 애타게 기다리시던 나리님을 직접 만나셔야지요. 오뒷세우스 님이 돌아오셨습니다. 이십 년만에요. 게다가 벌써 우쭐거리고 오만하던 구혼자들을 모두 죽여 버리셨답니다. 마님댁에 말할 수 없이 피해를 끼치고 재산을 축내며 도련님을 꼼짝도 못하게 억누르던 자들을 말입니다."

하지만 현명한 페넬로페는 이렇게 대꾸했다.

"유모, 자네 망령이라도 났는가? 신들께서는 충분히 지각이 있는 사람조차도 제정신을 잃게 만드시고, 그와 반대로 머리가 우둔한 사람에게 사려 분별을 주시기도 한다는데, 바로 지금 유모의 머리를 돌게 하시는 모양이야. 그렇게 똑똑하고 자상하더니, 왜 이미 속이 썩을대로 썩은 내게 그런 실없는 소리를 해가면서 단잠을 깨우는가? 어째서 나를 놀리느냔 말이야.

나는 오뒷세우스 님이, 저 이름만 들어도 소름이 끼치는 일리아스로 떠나신 뒤로 이제까지 한 번도 이렇게 단잠을 이루어 본 적이 없어. 어쨌든 일어났으니 밑으로 내려가 보겠어. 만약 다른 시녀 누군가가 이런 말을 해서 내 단잠을 깨웠다면 몹시 혼을 내어 쫓아 보냈을 거야. 그러나 자네는 이제 나이가 들었으니 한 번은 용서하겠네."

유모의 얼굴에서는 싱글벙글 웃음기가 가시지를 않았다.

"마님을 놀리다니, 당치도 않습니다. 정말로 오뒷세우스 님이 와 계시다니까요. 제가 말씀드린 대로요. 저 타국에서 오신 손님, 홀에서 모두가 천대하던 바로 그분이 오뒷세우스였답니다. 텔레마코스 님은 아버님이 오신 걸 벌써부터 알고 계셨구요. 두 분이 조심스럽게 계획을 감추고 계셨답니다. 기고만장한 사나이들을 처리하기까진 말이에요."

그제서야 페넬로페는 침상에서 뛰쳐나와 유모를 끌어안았다.

"정말이야? 정말 그분이 오셨다고? 확실히 말해 보게. 그 무리들이 모두 한자리에 몰려 있었는데, 어떻게 그 구혼자들을 처치하셨는지."

상냥한 유모는 대답했다.

"저도 전혀 모르고 있었답니다. 누군가 죽어가는 신음 소리만 들었을 뿐이니까요. 우리는 모두 간이 콩알만 해져서 안채 구석에 앉아 있었지요. 텔레마코스 님이 부르러 오실 때까지는요. 중간의 튼튼한 판잣문들을 모두 닫아서 막으셨더군요.

부리나케 따라나가 보니까 오뒷세우스 님이 한가운데 서 계시고 주위에는 그 무리들의 시체가 겹겹이 쌓여 나자빠져 있었습니다. 마님께서 그걸 보셨더라면 속이 후련하셨을 겁니다. 지금은 모두 안뜰 문간 구석으로 옮겨 놓았고, 훌륭한 집 안은 유황을 피워 정하게 해놓았지요. 불을 잔뜩 피워서요.

그후에 오뒷세우스 님이 제게 마님을 모셔오라고 하셨답니다. 그러니 어서 따라나오세요. 두 분께서 오랜만의 회포를 푸셔야죠. 이제야말로 이렇게 오래도록 소원하시던 게 모두 이루어진 셈입니다. 나리께서 살아 돌아오셔서 마님이랑 도련님을 다시 만나신 데다가, 못된 짓을 해오던 구혼자들을 모조리 처치해 버리셨으니 말입니다."

하지만 현명한 페넬로페는 여전히 회의적으로 말했다.

"유모, 너무 큰소리치지 말게. 자네도 잘 알다시피 나와 텔레마코스가 얼마나 그분의 귀향을 고대했었나. 자네 말이 다 사실이라면 얼마나 좋겠어. 하지만 아마 자네가 지껄인 건 모두 거짓일 게야. 틀림없이 어떤 신께서 오만한 구혼자들을 죽이셨겠지. 그자들은 지상의 어느 누구도 존경할 줄 모르고, 귀천을 구별할 줄도 모르며, 그들을 의지해 온 사람을 모두 천대했으니, 그런 횡포와 불손한 행동 때문에 재앙을 받은 게 틀림없어. 그도 그럴 수밖에, 오뒷세우스 님은 아카이아 나라에서 멀리 떨어진 곳에서 귀국길이 끊겨버려 돌아가셨는걸 뭐."

상냥한 유모 에우뤼클레이아가 대답했다.

"마님, 무슨 그런 말씀을 하세요? 나리님이 이 집에, 더구나 난로가에 지금 앉아 계시다니까요. 결코 집에는 돌아오실 리가 만무하다니요. 정말 너무나 사람을 의심하십니다.

그렇다면 한 가지 확실한 표적을 말씀드리지요. 제가 그분의 발을 씻어드릴 때 그 옛날 맷돼지한테 입은 흉터를 보았습니다. 그래서 마님께 알려드리려고 생각했는데, 그분이 저를 말리셨어요. 복수의 계획은 몹시 조심스러우니 아직 때가 아니라고요.

자, 더 이상 지체하지 마시고 어서 저를 따라오세요. 목숨을 걸고 맹세합니다. 만약에 제가 한 말이 거짓말이라면, 더없이 비참한 꼴로 죽이셔도 좋아요."

"유모, 신들의 계책을 알아차린다는 건 아주 어려운 일이야. 물론 자네도 어지간히 눈치는 빠른 편이지만 말이야. 아무튼 아들이 있는 곳으로 나가 보세나. 죽임을 당한 구혼자들을 구경하기 위해서도, 그리고 그들을 죽인 분을 만나보기 위해서도 말이야."

페넬로페는 조용히 돌 문지방을 넘어 홀로 들어가서, 불빛이 밝은 저편 벽쪽에 앉아 있는 오뒷세우스와 마주 앉았다. 진짜 남편일까 하는 기대를 품고서. 오뒷세우스는 높은 기둥에 기대어 아래를 내려다 보면서 앉아 있다가, 페넬로페가 맞은편에 앉는 기척을 느꼈다. 그래서 그녀가 무슨 질문이든 하겠지 하고 기다렸는데, 그녀는 오래도록 말 한마디 없이 앉아 있을 뿐이었다. 페넬로페는 그의 모습을 뚫어지게 바라보기만 했다. 어쩌면 남편을 닮은 것도 같고, 몹시 남루한 옷을 걸친 모습이 아주 낯설게 보이기도 했다.

그러자 텔레마코스가 다가와서 말했다.

"어머니, 왜 이렇게 냉정하세요? 왜 아버지가 오셨는데 멀찍이 떨어져 앉아만 계시나요? 눈앞에서 물끄러미 보기만 하시고, 무슨 말이건 여쭤 보지도 않으시고요. 기막힌 고난을 겪어가며 이십 년 만에야 겨우 고향에 돌아온 남편이시잖아요."

그제서야 페넬로페는 간신히 입을 열었다.

"아들아, 내 마음은 너무도 큰 놀라움에 마비되어 버렸나 보다. 아무 말도 안 나오고, 마주 앉아 얼굴을 보고 있을 힘도 없으니 말이야. 나는 이분이 확실히 오뒷세우스이시라는 증거가 필요하다. 우리 부부에게는 우리 둘만 알고 있고 남들은 모르는 확실한 표적이 있거든."

이 말에 오뒷세우스는 미소를 띠며 아들을 돌아보며 말했다.

"텔레마코스야, 어머니는 나를 시험해 보고 싶으신 모양이니 곧 알게 되겠지. 또 그렇게 하는 게 원칙이지. 내 행색이 너무 많이 변했으니까.

어쨌든 우리는 앞으로의 방법을 의논해 보자. 같은 나라 사람을 한 명만 죽여도, 그들 친척들의 복수를 의식해서 조국을 버리고 망명하지 않느냐. 그런데 우리는 국가의 지주들을, 이타케의 가장 뛰어난 젊은이들을 수십 명 죽였다. 그러니 거기에 대한 묘안이 없을까 좀 생각해 봐라."

영리한 아들 텔레마코스가 대답했다.

"세상 사람들은 아버지의 계략이 가장 뛰어나다고들 하더군요. 정말이지 죽어야 되는 인간 세계의 누구 한 사람도, 그 점에서는 아버님과 경쟁할 수가 없다고요. 그러니 아버지께서 계획을 세우세요. 우리는 모두 아버지 계획을 어김없이 따르고, 힘 닿는 데까지 용맹하게 행동할 것입니다."

지혜로운 아버지 오뒷세우스가 대답했다.

"그렇다면 내가 가장 상책이라고 생각하는 것을 말하마. 먼저 목욕을 하고 정갈한 옷으로 갈아입자. 시녀들에게도 각기 자기방에 가서 좋은 옷으로 갈아입으라고 전해라. 그 다음 신성한 가인에게 높은 소리를 내는 키타리스를 들고 즐거운 춤노래를 연주시키는 거야. 길 가는 사람이건 이웃에 사는 사람이건 밖에서 그 소리를 듣는 사람이 결혼 축하라도 하는 줄 알도록 말이야.

이렇게 해서 우리가 고을 밖으로 빠져나가 나무들이 많은 우리 농장에 이르기까지 구혼자들이 살해당했다는 소문이 퍼지지 못하게 하는 거야. 그리고 그곳 우리 농장에서 묘안을 짜내기로 하자구나. 올림포스에 계시는 신들께서 묘책을 내려주실 테지."

즉시 텔레마코스와 시녀들이 모두 정갈하게 몸단장을 마치고 왔다. 그 후에 가인이 키타리스를 들고 유쾌한 노래와 춤을 일으키게 했다. 웅장한 성 안이 사나이들과 아름다운 띠를 맨 여자들의 춤으로 발소리도 요란하게 울려퍼졌다. 성 밖 사람들이 이런 소리를 듣고 서로 이렇게 말했다.

"오늘 드디어 왕비께서 구혼자 중 한 명과 결혼을 하는 모양이야. 참 경박한 분이군, 주인이 돌아오실 때까지 저 웅대한 성을 지켜 나갈 만한 절개가 없으니 말이야."

그 동안 오뒷세우스도 몸을 씻고, 몸에 올리브유를 바르고, 곱고 깨끗한 옷으로 갈아입었다. 아테네 여신이 그의 머리 꼭대기부터 아름다움을 듬뿍 뿌려 한층 훌륭하고 늠름한 모습으로 바꿔주었다. 또 치렁치렁한 머리카락을 히아신스꽃과 같이 늘어뜨렸다. 마치 은그릇에 솜씨 좋은 공장이 황금을 빙 둘러 뿌려놓은 것처럼, 헤파이스토스와 팔라스 아테네는 각양각색의 기술로 오뒷세우스의 머리와 어깨의 모습을 가꾸어 놓았다. 그래서 그가 목욕실에서 나올 때는 불사의 신이나 다름없는 모습이 되어 있었다.

그는 그 모습으로 페넬로페 맞은편 자리로 돌아가서 앉았다. 그리고 아내에게 말을 걸었다.

"올림포스 신들께서는 가냘픈 여인 중에서도 특히 그대에게 수줍은 마음씨를 점지하셨나 보군. 다른 여자들도 이렇게 끈질긴 참을성으로 남편을 외면하지는 못할 거요. 그것도 끔찍한 고생 끝에 이십 년 만에 돌아온 남편에게서 말이야.

유모, 자리를 깔아 주게나. 나는 너무 상심이 커서 좀 누워야겠네. 아마 마님 가슴속의 심장은 무쇠로 된 모양이네."

그러자 페넬로페가 화를 냈다.

"당신이야말로 이상하시군요. 저는 교만한 것도 냉담한 것도 아니랍니다. 너무 놀라서 의심하는 것도 아니고요. 이타케에서 긴 노를 가진 배로 떠나셨을 때 어떤 모습이었는지 생생하게 잘 기억하고 있으니까요. 아무튼 유모가 튼튼한 침상을 마련해 드릴 거예요. 아늑한 안채 밖에 당신이 손수 만드신 걸로 말이에요. 그곳에 튼튼한 침상을 내다가, 양털이랑 이불 등 훌륭한 담요들을 깔아 드릴게요."

그러자 오뒷세우스는 좋지 않은 기색이 되었다.

"페넬로페여, 바로 지금 그 말은 정말 내 가슴을 괴롭히는 말이었소. 누가 내 침상을 다른 데로 옮겨놓는단 말이오. 그건 무척 어려운 일이오. 설령 충분히 알고 있는 자라도 말이오. 만약 신 자신이 오신 게 아니라면, 용이하게 다른 장소로 옮겨가지는 못할 거요. 하물며 인간의 재주로 아무리 젊고 힘이 세다 해도 쉽사리 자리를 바꾸어 놓을 수는 없소.

그건 내가 직접 만든 것으로 그 침상을 만들 무렵에 굉장한 비밀을 마련해 놓았소. 저 안뜰에 기다란 잎을 가진 올리브 나무가 있었는데, 무척 무성하게 자라서 기둥이 아름드리가 됐었소. 그 나무를 중심으로 해서 안쪽에다 침실을 짓고 석축을 굳게 쌓아 올려 끝내 그걸 완성한 후 보기 좋게 지붕을 이었단 말이오, 그리고 튼튼한 문짝을 꼭 맞게 달아 놓았지.

그런 다음에, 이번에는 기다란 잎이 달린 올리브 나무의 가지를 쳐버리고, 밑동부터 줄기를 잘라내어 자귀로 결을 잘 다듬어 먹줄을 띄워 곧게 한 다음 침상 기둥을 세웠는데, 송곳으로 모두 구멍을 뚫어서 만든 것이오. 이렇게 시작해서 하나하나 침상을 완성할 때까지 온갖 힘을 기울였던 것이오. 황금이며 은이며 상아 등으로 갖가지 세공을 해서 장식을 하고. 그 내부에는 빨갛게 물들인 쇠가죽 끈을 빙빙 둘러쳐 놓았지. 이것이 우리의 비밀이며, 나는 그것을 알고 있소.

다만 내가 모르는 것은 그 침실이 아직 그대로 있는지 어떤지 하는 것이오. 아니면 벌써 다른 사나이가 올리브 나무 밑동에서 잘라내어 다른 데로 옮겨 갔는지도 모를 일이고."

페넬로페는 마음도 무릎도 떨려 그대로 그 자리에 주저앉고 말았다. 오뒷세우스가 확실하게 그 증거를 설명했기 때문이다. 그녀는 눈물을 흘리며 오뒷세우스에게로 달려가 두 팔로 목을 얼싸안고 입을 맞추며 말했다.

"오뒷세우스, 제발 무서운 얼굴을 하지 마세요. 무슨 일에서나 당신은 뛰어나게 분별이 있으신 분이시니까요. 우리들이 함께 살면서 청춘을 즐긴 다음 노년에 이르는 걸 시샘해서 신들께서 비탄을 주셨을 것입니다. 그러니 이제는 당신을 뵙자마자 반갑게 인사드리지 못한 걸 건방진 행동이라고 화내지 마세요. 그럴 수밖에요. 저는 누군가 알 수 없는 자가 나를 속여넘기지나 않을까 해서 늘 불안에 떨고 살았으니까요. 세상에는 교활하게 못된 음모를 꾸미는 인간이 너무 많았으니까요.

제우스 님에게서 탄생하신 아르고스의 헬레네 님만 해도 그렇습니다. 만약 아카이아인의 용맹스러운 아들들이 또다시 사랑하는 고국으로 자기를 데려갈 줄 알았다면, 타국 남자에게 애정과 몸을 허락하거나 동침은 결코 안하셨을 겁니다. 정말이지 그분을 충동질해서 그런 천한 행동을 갖게 하신 건 신이셨습니다. 그런 죄스러운 과오를, 그전부터 마음속에 생각했던 건 아닐 겁니다. 애당초 끔찍한 실수 때문에 우리까지도 비탄에 말려드는 결과가 되었어요.

그러나 이제는 당신이 우리 둘만의 확실한 증거를 말해 주셨어요. 그건 나와 당신과 내가 시집올 때 데려온 시녀 아크토리스밖에는 모르고, 다른 사람들은 한 번도 보지 못했어요. 정말이지 이제는 툭 터놓고 당신을 믿을 수 있어요."

아내의 말에 남편의 마음은 한층 설움에 북받쳤다. 그래서 그는 진실하고 충실한 사랑하는 아내를 끌어안고 하염없이 눈물을 흘렸다. 마치 바다에서 풍랑을 만나 헤엄치는 사나이에게 육지가 보이는 것이 기쁘고 고맙듯이 페넬로페도 기쁘기는 마찬가지였다. 포세이돈 신이 바다 한가운데서 바람과 마구 끓어오르는 파도를 일으켜 배를 산산조각냈기 때문에, 극히 적은 사람들이 잿빛 파도를 빠져나와 육지를 향해 헤엄쳐 가다가 재앙을 모면하고 들뜬 기분으로 육지에 오르는 것과 마찬가지로, 페넬로페는 그 모습을 바라볼수록 남편의 귀국이 기쁘고 고마운 생각이 들어 그의 목덜미에서 좀처럼 팔을 풀려고 하지 않았다.

만약 빛나는 눈의 아테네 여신이 다른 일을 생각해 내지 못했더라면, 이렇게 울며 웃는 동안에 장밋빛 새벽의 여신이 나타났을 것이다. 즉 여신은 밤이 끝날 무렵에 그 밤을 오래도록 붙잡아 놓았고, 한편에서는 황금 의자에 앉은 새벽의 여신을 대양 오케아노스 근처에 기다리게 하여 인간 세계에 빛을 가져다 주는 걸음이 빠른 말 람포스와 파에톤(새벽의 여신을 태우는 말)이 마차에 매이는 걸 허락하지 않았던 것이다. 때마침 지혜가 풍부한 오뒷세우스가 페넬로페를 향해 말했다.

"아내여, 우리는 아직 이 고행에서 모두 벗어난 것이 아니오. 이제부터는 더욱 추측할 수 없는 어려운 일들이, 몹시 힘든 일들이 남아 있소. 나는 그걸 모두 완수해야 하오. 내가 저승으로 내려가 나의 동지와 나 자신의 귀국에 대해서 테이레시아스의 혼령에게 점쳤을 때 그가 그렇게 예언했다오. 아무튼 우리의 침실로 갑시다. 아내여, 상쾌한 잠에 몸을 맡기고 편안히 잠들어 마음을 위로해야겠소."

현명한 페넬로페가 말했다.

"침실은 마음 내키실 때 언제라도 드실 수 있어요. 처음부터 신들께서 훌륭한 집과 조국으로 당신을 돌아오게 하신 일이니까요. 그런데 당신께서 일단 그렇게 마음먹은 일이라면, 부디 저에게도 그 어려운 일들을 말씀해 주세요. 언젠가는 알게 되겠지만, 지금 이 자리에서 알아둔다 해도 해로울 건 없지 않아요."

"왜 그렇게 꼬치꼬치 묻는 거요. 그렇다면 나로서는 숨길 필요 없이 이야 기해주겠지만, 나 자신도 꺼림칙한 일이니까 당신에게 말하는 게 썩 달갑 지 않은 일이라오. 본디 테이레시아스는 두 손에 착 달라붙는 노를 쥔 채로 무척 번잡한 고을을 찾아가라고 했소. 바다라는 걸 전혀 모르는 종족들이 사는 곳에 당도하기까지 말이오. 그들은 아직 소금 섞인 음식을 먹어본 일 도 없고, 배와 노에 대한 지식도 없는 사람들이오.

가는 도중 나그네 한 사람을 만나게 되는데, 그 나그네가 '네가 그 떡 벌 어진 어깨에 쌀을 까부는 키를 짊어졌구나.'라고 말하면 즉시 그 자리에 노 를 세우고, 새끼 양과 황소와 암돼지를 쫓아다니는 수돼지를 포세이돈 신 께 바치고 훌륭한 제사를 지내라고 했다오. 그리고 고향으로 되돌아와, 광 대한 하늘을 지배하시는 불사의 신들과 다른 모든 신들께도 좋도록 헤카톰 베를 바치라고 명령했소.

또한 나 자신에게는 바다에서 죽음이 오겠지만, 그건 아주 조용한 것으 로 행복해진 늘그막에 생명이 다해 죽는 그런 모양의 죽음이 온다는 것이 었소. 내 주위 사람들은 모두 행복하게 살 것이며, 그런 것은 모두 사실이 될 거라고 예언을 했다오."

페넬로페가 빙긋이 웃었다.

"신들께서 더 좋은 노년을 베풀어 주신다면, 당신은 이제부터 갖가지 재 앙을 모면하실 희망이 있겠군요."

두 사람은 이런저런 이야기를 주고받는 동안, 에우뤼노메와 유모는 활활 타오르는 횃불 밑에서 보드라운 이부자리를 펴서 잠자리를 준비했다. 부지런히 손을 보아 빈틈없이 침상을 꾸린 다음 유모는 자기 방으로 되돌아왔다. 거기서 페넬로페의 몸종인 에우뤼노메가 침실로 향하는 두 사람에게 횃불을 밝혀 안채 깊숙한 침실로 안내한 다음 돌아갔다.

부부는 즐거운 마음으로 옛날부터 정해졌던 잠자리에 들었다. 그러자 텔레마코스는 소몰이, 돼지치기와 함께 춤추다가 발을 멈추고, 여자들에게도 춤을 멈추게 했다. 그리고 자신들도 어둠이 깃들인 집 안에서 잠자리에 들었다.

오뒷세우스와 페넬로페는 그리움과 사랑으로 마음을 달래고, 그동안 쌓였던 이런저런 회포를 풀면서 즐겼다. 여성 중에서도 거룩한 페넬로페는 보기 싫은 구혼자 사나이들을 집 안에서 대해야 했으며, 그걸 참아오던 갖가지 괴로웠던 일들, 그리고 그 무리들이 그녀를 핑계로 수없이 양과 소를 도살하고 많은 포도주통을 바닥냈다는 이야기를 했다. 제우스의 후손인 오뒷세우스는 자기가 얼마나 세상 사람들에게 괴로움을 끼쳤으며, 또 자신도 얼마나 많은 고생을 해왔는가를 남김없이 말해 주었다. 그녀는 그 이야기를 넋을 잃고 들었고, 이야기가 끝나기 전에는 눈꺼풀에 잠들 사이도 없었다.

키코네스인을 이겨낸 이야기, 로토파고이인(연밥을 먹는 종족)의 기름진 곳에 당도했던 이야기, 퀴클롭스의 섬에서 동료들을 넷 잃고 그의 눈을 멀게 한 이야기, 아이올로스 섬에서 집으로 돌아오다가 한순간 물거품이 되었던 이야기, 라이스트뤼고네스인의 도읍 텔레퓔로스에서 거인의 습격을 받아 배가 거의 다 부서지고 동료들을 잃은 이야기, 요술을 부리는 키르케의 섬에서 괴상한 음모와 여러 가지 계책을 세웠던 이야기, 저승으로 내려가서 테베 사람 테이레시아스의 예언을 구했는데 그때 세상을 떠난 어머니의 혼백도 만난 이야기, 세이렌 자매의 노랫소리를 피하던 이야기, 카립디스와 스퀼라 사이의 해협을 통과하던 이야기, 태양신 헬리오스의 소를 죽인 벌로 제우스가 벼락을 내려서 동료들이 모두 죽고 자신만 간신히 살아난 이야기, 오귀기에 섬 님프 칼립소에게로 갔다가 거기서 7년간 붙잡혔던 이야기, 그로부터 간신히 탈출해서 파이아케스인의 스케리아 섬에 닿아서 드디어 이케아 땅을 밟을 수 있게 된 이야기…….

이야기를 마쳤을 때쯤, 그들은 팔다리를 나른하게 하는 잠 속으로 빠져들어 근심걱정을 모두 잊었다.

빛나는 눈의 여신 아테네는 부부가 충분히 회포를 풀고 기분좋은 잠을 충분히 즐겼을 때쯤, 붙잡아 두었던 새벽의 여신을 다시 하늘에 오르게 해서 세상에 빛을 베풀었다.

오뒷세우스는 푹신한 침상에서 일어나 페넬로페에게 자기의 계획을 말했다.

"여보, 우리 둘 다 싫증날 만큼 고통을 겪었소. 당신은 집에서 내가 많은 고생 끝에 귀국할 것을 울면서 기다리느라고, 나는 제우스 신과 다른 여러 신들이 갖가지 고생을 베풀어 고향땅을 애타게 그리는 나를 방해한 탓으로 말이오. 그러나 그 오랜 세월에 대한 보상으로 우리가 다시 만났으니, 이제부터는 지금까지 남아 있는 재산을 집에서 잘 감독해 주오. 나는 이제부터 나무가 무성한 우리 농장에 다녀오겠소. 나 때문에 몹시 한탄하며 세월을 보내신 아버님을 뵈러 말이오.

그런데 여보, 짐작하겠지만 아침이 되면 구혼자들에 대한 소문이 퍼질 것이오, 그러니 당신은 시녀들을 데리고 2층으로 올라가서 꼼짝 말고 있어요. 결코 누구도 만나서는 안 되며, 더구나 문책하는 일도 삼가야 하오."

오뒷세우스는 얼른 두 어깨에 훌륭한 무구를 걸치고, 텔레마코스와 소몰이와 돼지치기를 깨워 모두에게 싸울 채비를 갖추라고 명령했다. 모두들 이내 알아듣고, 청동 무구로 몸을 무장하자 문을 열어 오뒷세우스를 앞장세우고 떠났다. 벌써 아침 햇살이 비쳐들기 시작했는데, 아테네는 이들을 밤의 어둠으로 감싸서 재빨리 고을 밖으로 데려갔다.

제24권

화해

헤르메스가 오뒷세우스의 집에서 불시에 죽은 구혼자들의 혼령을 데리고 저승으로 내려간다. 그곳에서 아가멤논이 아킬레우스의 혼백에게 그의 최후와 장례식 등을 이야기해 주고 있다가, 이타케 젊은이들의 혼백을 발견하고 사연을 묻는다. 그들이 페넬로페에게 구혼했던 일이며 오뒷세우스가 돌아온 일 등을 이야기하자, 아가멤논은 자신의 처지와 비교하면서 오뒷세우스가 가장 행복한 사나이라고 추켜세운다. 오뒷세우스는 아버지 라에르테스의 장원에 가서 감격의 포옹을 한다. 한편 살육의 소문은 바람처럼 퍼졌으니, 이타케인들은 서둘러 시신을 찾아 장례를 치르고 회의장에 모여서 대책을 논의한다. 안티노스의 아버지 에우페이테스는 당장 오뒷세우스를 죽이자고 선동하는데, 이때 오뒷세우스가 살려준 페미오스와 메돈이 나타나서 '오뒷세우스 옆에 신이 서 있었다.'라고 증언한다. 거기에 예언가 할리테르세스는 그들이 애초에 아들들의 비행을 말리지 않았던 악행을 지적하면서 자업자득이니 살인을 멈춰야 한다고 설득한다. 그래서 대부분의 사람들은 집으로 돌아가는데, 에우페이테스 일행들은 끝까지 무장을 갖추고 오뒷세우스가 있는 라에르테스의 장원으로 진군한다. 그러나 제우스가 '더 이상의 전쟁은 안 되고 화해와 평화가 필요하다.'라고 말하자, 아테네가 그 말대로 내려와서 양쪽을 화해시킨다.

키레네 산에서 태어난 헤르메스는 피살된 구혼자들의 혼백을 불러냈다. 두 손에는 사람들을 언제나 깊은 잠에 몰아 넣을 수도 있고 깨울 수도 있는 아름다운 황금 지팡이를 쥐고 있었다. 헤르메스가 그 지팡이를 휘둘러서 혼령들을 줄세워서 끌고 가니, 혼령들은 마치 박쥐들이 넓디넓은 동굴 속에서 가냘픈 소리로 울어대며 서로 엇갈려 날아다니듯 어렴풋한 울음소리를 내며 신을 뒤따라갔다. 엉겨붙어 매달려 있는 바위에서 늘어진 줄기를 놓쳐버리고 떨어져서 애타게 울어대듯이 찌익찌익 울부짖으며 따라갔다. 그 무리들의 앞장을 서서 구원을 베푸는 헤르메스가 어둑한 길을 걸어갔다. 오케아노스의 흐름을 따라 흰 바위 옆을 지나고, 태양이 비쳐드는 문과 꿈의 무리들이 몰려 있는 곳을 지나서, 극락 백합이 만발하는 들판에 이르렀다.

거기서 그들은 펠레우스의 아들 아킬레우스, 파트로클로스, 안틸로코스, 아이아스 등의 망령을 만났다. 다들 용모에서나 체구에서 가장 뛰어났던 사나이들이다. 이 무리들이 아킬레우스를 둘러싸고 왁자지껄할 때, 바로 그 옆으로 아트레우스의 아들 아가멤논의 망령이 괴로운 모양을 하고 찾아왔다. 그 주위에도 아이기스토스의 집에서 함께 생명을 잃은 사나이들이 있었다. 아킬레우스가 아가멤논의 망령을 향해 말했다.

"아트레우스의 아들이여, 소문으로 듣자니 영웅이라 부르는 무사들 중에서도 당신은 특히 언제나 변함없이 벼락을 던져 치시는 제우스 신에게서 사랑을 받고 계시다는 말을 들었는데, 그것은 저 트로이아에서 우리 아카이아인들이 형편없이 고된 처지에 놓였을 때 당신이 그들을 통치했기 때문이지요. 그런데 당신에게도 벌써부터 저주스러운 운명이 따르게 되어 있었던 모양이오. 그 운명은 이 세상에 태어난 인간으로서는 누구든지 모면할 수 없는 것인데, 그럴수록 당신이 우두머리로서 누리던 그 영광을 내게 보존하신 채 트로이아 사람들 나라에서 마지막을 고하셨다면 한층 더 좋았을 것을 그랬소. 그랬더라면 아카이아의 모든 병사들은 당신을 위해 무덤을 쌓아올리고 당신의 자손에게도 나중까지 굉장한 명예를 남기게 되었을 텐데. 그런데 당신은 더없이 처절하게 죽어야만 할 운명이었군.”

“행복한 펠리우스의 아들 아킬레우스여. 자네는 트로이아에서 죽었지만, 자네의 시신을 둘러싸고 다투다가 수많은 젊은이들 역시 죽어갔소. 정말이지 우리는 하루 종일 싸웠소, 만약 제우스께서 번갯불로 우리를 제지시키지 않았다면 전투가 끝나지 않았을 게요. 우리는 자네의 시신을 선단으로 옮겨서 침상에 눕히고, 몸을 따뜻한 물과 기름으로 깨끗하게 닦았소. 다나오스의 후손들은 시신을 둘러싸고 뜨거운 눈물을 하염없이 흘리고 머리카락을 잘라 바쳤지. 자네 어머니 테티스 여신도 바다 밑에서 당신의 부고를 듣고 달려오셨소. 바닷속 불사의 님프 네레이데스들을 데리고 말이지요. 그 진동하는 통곡 소리가 바다를 흔들어댔기 때문에 아카이아 군사는 모두 다리가 후들후들 떨릴 지경이었다오. 그래서 모두 뛰쳐나가 가운데가 깊숙한 배에 올라탈 뻔했습니다. 만약 옛날 일들을 이것 저것 많이 알고 있는 용사 네스토르가 모두를 제지하지 않았더라면 말이오. 본디 그전부터 그 사람의 의견은 가장 훌륭한 것으로 인정되어 있었는데, 네스토르가 모두를 위해 충분히 생각한 끝에 회의를 열고 말했지.

‘아르고스 군사들이여, 그만두게나. 도망칠 생각은 말게. 아카이아의 젊은이들이여, 보게나. 불사이신 어머니께서 바다 여신들을 이끌고, 세상 떠

난 아들을 만나보기 위해 이렇게 오신 참이라네.'

바다노인 네레우스의 딸들이 늘어서서 슬픈 통곡 소리를 내며, 자네의 시신에 아주 거룩한 옷을 입혔소. 아홉 분의 무사 여신들은 할 수 있는 가장 아름다운 소리로 만가를 합창했는데, 그 낭랑한 노랫소리가 어찌나 감동적이고 슬프던지 아르고스 군사 중 누구 하나 눈물을 흘리지 않는 이가 없었소. 그것이 열이레 밤낮이나 계속되었다오. 불사의 신들도 그리고 죽어야 하는 인간들도 모두 슬퍼하는 일이.

우리는 자네를 열여드레만에 화장했소. 많은 기름과 달콤한 꿀을 뿌려서. 당신을 위해 수많은 살찐 양을 도살하고, 뿔이 흰 소도 잡았지요. 아카이아군 여러 장군들이 무장을 갖추고 타들어가는 장작더미를 둘러싸고 혹은 도보로 혹은 마차를 타고 갔소. 굉장한 소리들이 끓어올랐지. 헤파이스토스의 화염이 자네의 시신을 모조리 태워버린 다음 우리는 아침 일찍부터 백골을 고르기 시작하여, 물이 섞이지 않은 원액의 술과 올리브유 속에 담아 놓았소. 그때 자네 어머니가 두 귀가 달린 황금 병을 보내오셨지. 헤파이스토스 신의 작품으로, 디오니소스에게 선물받은 것이라고 했소. 바로 그 병에 자네 백골을 담았소. 앞서 죽은 메노이티오스의 아들 파트로클로스와 안틸로코스의 뼈와 함께.

이 세 사람의 백골을 매장하고, 우리는 크고 훌륭한 무덤을 쌓아올렸다오. 아르고스 군사들의 용맹스러운 군대가 널찍한 헬레스폰토스의 여울을 향해 튀어나온 곳 근처의 바다에서도 똑똑히 보이게 말이오. 지금 사람들에게도 또 후세에 태어날 사람들에 대해서도 마찬가지요. 그리고 장례를 위해 아카이아 용사들이 재주를 겨루고 있는 경기장 한가운데에 테티스 여신께서 신들에게 부탁드려 이긴 용사에게 줄 어마어마한 상품을 내놓으셨소. 자네도 용사들의 장례에 많이 참석해 보지 않았나? 영주가 별세했을 때 기념 운동경기 등의 상품이 얼마나 푸짐한지도 많이 보았을 테고. 하지만 이때 여신들이 자네를 위해 제공한 상품들은 아무리 자네라도 한 번도 본 적 없을 걸세. 테티스 여신은 신들과 아주 좋은 관계를 맺고 있으셨으니까. 그래서 자네는 죽어서도 명성이 바래지 않았다네. 아니, 오히려 더 영원해졌지.

그런데 나는 이게 무슨 꼴인가. 귀국하자마자 제우스께서 내게 무참한 파멸을 내리시다니. 아이기스토스와 저주스러운 내 아내의 손에 의해 죽임을 당하도록 말이오."

바로 그 가까이로 아르고스의 살해자 헤르메스가 다가갔다. 두 혼령은 깜짝 놀랐지만 이내 그 곁으로 달려가서 살펴보았다. 아가멤논은 낯익은, 멜라네우스의 사랑하는 아들 암피메돈을 발견했다. 이 사나이는 이타케 섬에 살았는데, 예전부터 그와는 친하게 지내던 사이였다.

"암피메돈, 대체 어떤 사연으로 자네들이 이 어두운 지하로 내려왔는가? 더구나 일부러 뽑아낸 듯 같은 연배들로만 말이야. 만약 누군가 고을 전체에서 으뜸으로 손꼽히는 용사들을 뽑는다면, 틀림없이 당신들을 뽑았을 거야. 그렇다면 혹시 포세이돈 신이 자네들의 배를 폭풍이나 파도로 뒤집었나? 아니면 다함께 소나 양 떼를 약탈하려고 덤비다가 불의의 사고로 전멸했는가? 이 친구야, 답답하니 얼른 대답해 보게.

내가 이타케 섬 자네 집을 방문했을 때의 일을 벌써 잊었나? 오뒷세우스를 일리오스의 원정군에 데려가려고 메넬라오스와 함께 찾아갔었지 않나."

오뒷세우스라는 말에 암피메돈의 망령이 높은 소리로 말하기 시작했다.

"아가멤논이여, 물론 기억하고말고요. 그러니 당신이 물으신 것을 상세히 말해드리죠. 오뒷세우스가 오래도록 원정에서 돌아오지 않아서 우리가 그의 아내에게 구혼을 했더란 말입니다. 그런데 페넬로페가 좋다고도 않고 싫다고도 않으면서 거짓말로 시간을 끄는 바람에 그 집에서 3년간 어영부영 머물렀지요. 그러다가 4년째에야 그녀의 거짓말이 들통났고, 우리는 그녀가 어서 결정해야 한다고 주장했지요. 그때 어디선가 거짓말처럼, 그 오랜 세월 동안 행방불명이던 오뒷세우스가 나타나더란 말입니다. 그러나 그도 역시 거렁뱅이 늙은이로 변장을 하고 있어서 아무도 그를 알아보지 못했지요. 그저 구걸을 일삼으니 우리가 조롱하고 놀렸답니다. 그러다가 그와 아들 텔레마코스가 일시에 우리를 홀에 가두고 살육해 버린 것입니다.

우리 시신은 아직도 오뒷세우스의 성 안에 방치되어 있습니다. 아직 가족들이 우리의 죽음을 까맣게 모르고 있기 때문이지요. 가족들이 어서 빨리 거무칙칙한 응혈을 상처에서 씻어주고 관에 넣어 장사지내 준다면 좋겠어요."

그러자 아가멤논도 흥분해서 어조가 높아졌다.

"오뒷세우스, 그대야말로 행복한 자로군! 페넬로페처럼 절개가 굳고 현명한 부인을 두었으니 말이네. 그녀의 덕행은 언제까지고 사라지지 않아서 명예를 얻을 것이네. 불사의 신들께서 페넬로페에게 아름다운 노래를 지어주실 테니까. 정부와 공모해서 남편을 죽여버리는 틴다레오스의 딸 클뤼타임네스트라와는 애당초 상대가 안 되는 고결한 여자이니까. 내 아내에게도 긴 노래가 전해질 게요. 물론 그녀에게는 끔찍스러운 긴 노래가 되겠지만."

혼령들은 하데스의 궁전 안에 서서 서로 이런 일들을 이야기했다.

한편 오뒷세우스 일행은 고을에서 조금 떨어진 라에르테스의 농장에 도착했다. 이곳은 라에르테스가 무척 고생한 끝에 차지했던 토지인데, 매우 잘 가꿔져 있었다. 저 멀리 그의 집이 보이고, 집을 사방으로 둘러싸고 행랑방이 죽 이어져 있었다. 거기서 하인들은 식사 준비를 하거나 누워서 쉬거나 생활했다. 시칠리아 태생의 늙은 하녀가 있었는데, 라에르테스가 시골로 들어온 이후로는 그녀가 노인의 치다꺼리를 도맡아했다.

오뒷세우스가 아들과 에우마이오스와 필로이티오스에게 말했다.

"너희들은 집 안으로 들어가, 가장 살찐 돼지를 골라 점심 식사용으로 준비하라. 그 동안 나는 아버님을 뵙고 혹 나를 알아보시는지, 아니면 오랫동안 헤어져 있어서 기억을 못 하시는지 알아볼 테니까."

그는 이렇게 말하며 하인들에게 전쟁에 사용하는 무기들을 건네주고, 풍성하게 열매를 맺은 포도밭으로 갔다. 돌리오스의 모습이 보이지 않았다. 다른 일꾼들도 없었다. 그때 그는 큰 과수원으로 떠난 뒤였고, 머슴들도 포도밭 울타리를 만들기 위해 돌을 주워 모으러 따라간 참이었다. 노인 돌리오스가 앞장서서 길을 안내해 갔던 것이다.

부친은 마침 혼자 있었다. 잘 손질된 밭의 잡초를 뽑고 있는 참이라 누덕누덕 기운 초라하고 지저분한 옷에 걸리는 걸 피하기 위해 정강이에 쇠가죽으로 이어 만든 각반을 치고 두 손에 장갑을 끼고 있었다. 들장미 가시를 피하기 위해서였다. 그는 비참한 마음을 강조라도 하려는 듯 염소 가죽 모자까지 쓰고 있었다. 오뒷세우스는 부친의 모습이 너무도 노쇠하고 비참해 보여서, 키가 큰 야생 배나무 밑에 멈춰 서서 조용히 눈물을 흘렸다. 그리고 지금 달려가서 아버지께 입을 맞추고 그 동안의 자초지종을 남김없이 이야기드릴까, 아니면 우선 자세하게 형편부터 물어볼까를 심사숙고했다.

그러다가 오뒷세우스다운 방법을 생각해냈다. 짓궂은 말을 걸어 마음을 떠보는 일이었다. 마음을 정한 오뒷세우스는 곧장 그에게 걸어갔다. 늙은 아버지가 머리를 숙이고 나무 주위를 막 파헤치는 참이었는데, 그 옆으로 다가가서 말을 걸었다.

"영감님, 과수원을 가꾸는 솜씨를 보니 영감님은 결코 생각이 없는 분은 아니군요. 정말 모두 다 잘 가꾸셨네요. 나무 심은 종류나 순서도 훌륭하구요. 무화과 나무, 포도 나무, 올리브 나무, 배 나무, 거기에 채소밭까지 구석 구석 잘 손질되어 있어요.

그런데 단 한 가지 흠이 보이네요. 화내지 말고 들으세요. 즉 영감님 자신이 가장 안 가꿔져 있어요. 보기 싫은 노년에 얽매여서 몹시 메마르고, 입으신 옷도 흉하구요. 영감님이 일을 안 한다고 주인이 싫은 소리를 해대나요? 그럴 리는 없을 듯한데요. 영감님은 모습과 체구와 됨됨이는 미천하지 않고 오히려 영주님처럼 보이거든요. 그런 사람은 목욕을 한 다음 식사를 끝내고 푹신한 잠자리에서 자는 게 온당하겠지요. 노인들의 습관이기도 하구요.

그러니 제게 숨김없이 말해 주세요. 영감님은 누구의 하인이고, 어떤 분의 과수원을 돌보고 있나요? 또 한 가지, 제가 방금 도착한 이 땅이 이타케가 틀림없지요? 방금 이리 오는 도중에 그다지 기질이 좋지 않은 사람을 만나서요. 내가 자기와 친한 사람의 소식을 묻는데도 차근차근 말도 안해

주고 내 말에 귀도 기울이지 않았으니까요. 그분이 아직 이 세상에 살아 계신지, 아니면 이미 세상을 떠나 하데스 궁전으로 가셨는지 말이에요. 그러니 내가 모조리 영감님한테 말할 테니까 잘 들어보세요.

예전에 내 고국에 이타케 분이 오셔서 내 집에 재워드린 적이 있습니다, 잠깐이었지만 우리는 참 친해졌지요. 그는 자신이 이타케 섬 태생으로, 아버지 이름이 아르케시오스의 아들 라에르테스라고 했습니다. 나는 그를 우리 집에 묵게 하고, 좋은 물건들을 선물했어요. 순수하게 황금만 10달란트나 주었는 걸요. 순은으로 꽃 모양이 새겨진 혼주병도 줬구요. 털 망토 열두 벌, 모직 덮개 열두 개, 담요 열두 개에 속옷 열두 벌까지도요. 또 솜씨 좋게 맵씨 있는 여자도 네 명이나 보내 주었는데, 다들 그가 직접 선택한 여자들이었지요."

그 말을 듣자 라에르테스는 과연 눈물을 흘리기 시작했다.

"나그네여, 과연 당신은 이타케를 바로 찾아오셨소. 그러나 이 고장에는 난폭한 사나이들, 못된짓만 일삼는 무법자들이 세력을 떨치고 있다오. 그래서 당신이 모처럼 호의로 물건들을 산더미같이 주셨는데, 모두 헛것이 되었다고 말할 수밖에 없소이다. 만약 댁의 친구가 이타케에 살고 있다면 극진히 대접하고 얼마나 기뻐했겠소. 반드시 당신에게 충분한 답례의 선물을 드리고 극진히 배웅해 드렸을 텐데.

그런데 손님, 당신이 그를 만난 것이 정확히 언제요? 당신에게 손님으로 갔던 그 불행한 사나이가 바로 내 아들이라오. 고향을 떠난 후로 이십 년이나 아무런 소식을 들을 수 없으니 애간장이 다 타버렸다오. 그러니 제발 확실하게 말해 주시오. 당신은 어느 나라에서 왔소? 언제쯤 내 아들을 만났소? 어떤 배를 타고 언제 이타케에 온 게요?"

오뒷세우스는 아버지에게도 사실을 숨겼다.

"나는 알뤼바스에서 온 사람입니다. 그곳 유명한 성의 폴뤼페몬(부자, 장자) 집안 아페이다스(다복한 백만장자)의 아들 에펠리토스입니다. 그런데 신께서 시카니에(시칠리아의 옛 이름)에서 길을 잃게 하셔서 생각지도 않게 이곳까지 왔습니다. 내 배는 고을 밖 해변에 대어놓았습니다. 오뒷세우스 님은 5년 전에 우리 고향에 들르셨습니다. 가엾게 방랑하고 계셨지요. 하지만 떠나실 때의 새점은 참으로 대길하게 나왔답니다. 새점이 오른편에 나타났기에 나도 기분좋게 그분을 배웅할 수 있었지요. 그분도 몹시 기뻐하며 떠나셨구요. 그래서 이곳이 이타케라기에 속으로 기대를 잔뜩 가졌는데요. 다시 우정을 나누며 훌륭한 선물들을 수없이 주고받을 수 있을 거라고요."

노인은 절망의 신음 소리를 내면서 두 손으로 검은 잿먼지를 움켜쥐고 잿빛 머리카락에다 마구 뿌려댔다. 사랑하는 아버지의 이런 모습을 보자 오뒷세우스의 마음은 요동치고 콧구멍에서 단 콧김이 흘러나왔다. 그래서 곧바로 아버지께 달려들어 입을 맞추며 외쳤다.

"아버지, 접니다. 아버지가 그토록 찾으시던 아들 오뒷세우스요. 이제 막 이십 년만에 고향에 돌아왔습니다. 그러니 그만 진정하시고 눈물을 거두세요. 자초지종을 상세히 말씀드릴 테니까요.

하지만 우선은 서두를 일이 하나 있습니다. 무엇이냐면 제가 어젯밤에 구혼자들을 모조리 처단해 버렸습니다."

하지만 이번에는 라에르테스가 오뒷세우스를 의심했다.

"네가 정말 내 아들 오뒷세우스라면 뚜렷한 증거를 말해 보거라."

오뒷세우스는 유모도 단번에 알아보았던 흉터를 내보였다.

"이 흉터 기억하시죠? 제가 파르나소스로 사냥 갔을 때 맷돼지 흰 송곳니에 찍혔잖아요. 아버지 어머니가 외갓집으로 심부름 보내셨을 때요. 또한 가지, 옛날에 네게 알려주신 갖가지 나무들의 수효를 말씀드릴게요. 저는 과수원에 따라가서 어린 마음에 별별것을 다 졸라대며 물었지요. 그러자 아버지가 나무들 사이를 걸어가시면서 하나하나 나무 이름을 말해 주고 약속하셨어요. 배 나무 열세 그루, 사과 나무 열 그루, 무화과 나무 마흔 그루, 포도 나무 쉰 고랑을 주시겠다고요. 그 모두가 내내 과일을 딸 수 있었으며 온갖 종류의 포도송이가 달려 있었습니다. 언제나 제우스 신의 계절이 돌고 돌아가는 동안 말입니다."

노인은 아들이라는 확실한 증거 앞에 무릎이 탁 꺾였다. 심장이 터질 것만 같았다. 늙은 아비는 사랑하는 아들을 두 팔을 벌려 끌어안았다. 까무러쳐 넘어지는 노인을 오뒷세우스가 끌어당겼다.

"아버지 신이신 제우스여, 신들께서는 참으로 높은 하늘 올림포스에 계셨군요. 만약 구혼자들이 무법으로 고약하게 굴던 행동에 대해 보상을 했다는 게 사실이라면 말입니다. 그런데 내가 마음속으로 걱정이 되는 것은, 이타케 놈들이 곧 몰려올 것이 틀림없다는 것입니다. 케팔레니아의 모든 고을마다 전령들을 서둘러 보낼 테고."

지혜가 풍부한 오뒷세우스가 아버지를 안심시켰다.

"결코 그런 일로 아버지 마음을 괴롭혀 드리지는 않을 겁니다. 그보다도 어서 집으로 가시지요. 식사 준비를 해놓게 일러 두었습니다."

두 사람은 이런 말을 주고받으며 집으로 향했다. 두 사람이 안락한 그 집에 이르렀을 때에는 거기서 텔레마코스와 소몰이와 돼지치기가 이제 막 많은 고기를 썰어서 나누고, 붉게 빛나는 포도주를 섞는 참이었다. 그 동안 라에르테스는 시녀의 시중을 받으며 목욕을 하고, 올리브유를 살갗에 바르고, 어깨에 아름다운 망토를 입었다. 아테네 여신이 백성들의 어진 우두머리의 팔과 다리를 건강하게 살찌워서 전보다도 훨씬 크고 튼튼하게 했다. 그래서 그가 욕실에서 나올 때는 아들조차 그 모습에 감탄했다.

"아버지, 틀림없이 불사의 신께서 아버지의 모습을 한층 훌륭하게 해주셨나 봅니다."

그러자 이번에도 분별 있는 라에르테스는 곧바로 기도를 올렸다.

"아버지 신이신 제우스여, 그리고 아테네 여신과 아폴론이시여, 만약 내가 케팔레니아 사람들의 왕으로서 저 견고한 도성, 본토 끝 네리코스를 함락시켰을 때만큼 강했다면 얼마나 좋을까요. 그 정도의 강한 힘을 가졌다면, 어제 우리 성에서 무구를 양쪽 어깨에 얹고 네 옆에 서서 구혼자들과 한바탕 싸워 수없이 그들의 무릎을 꺾어 놓았으련만."

그들은 이야기를 주고받으며 식사를 시작하려고 했다. 그때 돌리오스 노인이 옆으로 자기 아들들을 데리고 왔다. 밭일에 몹시 지쳐 있는 것을 시칠리아 할멈이 불러 왔던 것이다. 그녀는 돌리오스 노인과 그 아들들의 뒷바라지까지 맡아서 해오고 있었다. 그들은 오뒷세우스를 만나자마자 누군인지 금세 알아채고 넋 나간 사람처럼 장승처럼 우두커니 서 있었다. 오뒷세우스가 그를 향해 상냥하게 말을 걸었다.

"할아범, 어서 앉아 식사하게. 그만 놀라고. 그저 고픈 배를 채우고 싶은 생각뿐이라서, 아까부터 할아범들을 기다리던 참이야."

돌리오스는 다짜고짜 두 팔을 벌리고 오뒷세우스에게 다가오더니, 손목에 입을 맞추고 한껏 격앙된 목소리로 말했다.

"아아, 그리운 오뒷세우스 님, 몹시 기다리던 우리들에게 와주셨군요? 전혀 생각지도 못했는데, 이렇게 모셔온 걸 보니 틀림없이 신들 자신이시겠지요. 참으로 이렇게 무사하게 신들께서 복덕을 내려 주셨으니. 고마운 일입니다. 페넬로페 님은 당신의 귀향을 알고 계시나요? 아니면 지금 급히 전령을 보낼까요?"

"할아범, 벌써 알고 있으니까 그런 걱정은 안 해도 된다네."

그제서야 그들은 음식 주위에 둘러앉아서 식사를 시작했다.

그런데 그 시각 발빠른 전령, 즉 소문이 온 고을 안을 사방팔방 돌아다니면서 구혼자들의 끔찍한 죽음과 고약한 운명을 전했다. 사람들은 즉각 달려나와 탄식하고, 오뒷세우스의 성 앞으로 몰려와서 제각기 시체를 운반해서 장례를 치렀다. 타지인들의 시체는 얼른 빠른 배에 실어서 각자의 집으로 출발했다. 그러고는 누가 정한 것도 아닌데 자연스럽게 회의장으로 모였다. 안티노스의 아버지 에우페이테스가 일어서서 말했다.

"여러분, 오뒷세우스는 참으로 엄청난 소행을 아카이아인들에게 저질렀습니다. 전에는 많은 유능한 사나이들을 배에 태워 가서 다 잃어버리더니, 이번에는 돌아오자마자 케팔레니아 사람들 중에서도 특히 뛰어난 사람들을 살해했습니다. 그러니 어서 그 사나이가 퓔로스나 엘리스로 도망치기 전에 쳐들어 갑시다. 그곳은 에페이오이가 지배하는 고장이오. 서두르지 않으면 언제까지고 내내 고개를 못 들고 수치를 당해야 한단 말이오. 그런

오명을 자손 만대까지 지고 갈 수는 없소. 우리가 아들이나 형제를 죽인 자에게 복수도 못한다면 말이 됩니까? 그럴 바에는 차라리 죽어버려 저세상으로 떠나간 사람들 축에 끼여드는 게 낫겠소이다. 그러니 어서 갑시다. 저놈들이 앞질러 바다를 건너가기 전에."

그가 마구 눈물을 쏟으며 말했으므로 아카이아인들은 누구나 애도의 마음으로 가득 차 있었다.

그때 바로 메돈과 가인 페미오스가 잠에서 깨어나 오뒷세우스의 성에서 나와 회의장으로 왔다. 사람들은 모두 깜짝 놀라서 입을 딱 벌렸다. 그들에게 메돈이 말했다.

"여러분, 부디 내 말을 잘 들으십시오. 오뒷세우스 님이 신들의 동의 없이 이런 일을 한 것이 아닙니다. 내가 직접 거룩한 신의 모습을 뵈었거든요. 오뒷세우스 바로 옆에 서 계시는 걸 말입니다. 꼭 멘토르 님의 모습이었는데, 그런 자가 오뒷세우스 바로 앞에 나타나서 격려하는 모습에 구혼자들을 절망해서 홀을 뛰어다니며 도망쳤답니다."

그러자 사람들이 너나 할 것 없이 새파랗게 질렸다. 그때 또 할리테르세스가 말을 시작했다. 그는 과거의 일도, 미래의 일도 볼 수 있는 자였다.

"이타케인들이여, 이런 결과는 모두 당신들의 약한 마음 때문이오. 당신들은 내가 경고할 때 들은 척도 않고, 백성들의 지도자 멘토르 님의 말씀도 따르지 않았소. 아들들을 말리라는 말씀 말이오. 그들은 악랄한 생각에서 고약한 소행을 일삼아오지 않았소. 이제는 영원히 못 오리라는 생각에서 지체 높으신 분의 재산을 털어먹고 그 배우자에 대해 무례한 짓을 해가면서 말이오. 그러니 이제라도 내 말을 들으시오. 쫓아가는 건 그만두는 게 좋겠소. 자칫해서 스스로 불행을 뒤집어쓸 수 있으니까."

그러자 절반 이상이 큰소리를 외치며 자리에서 벌떡 일어나 집으로 돌아갔다. 하지만 여전히 남아 있는 사람들이 있었다. 그들은 할리테르세스의 말보다 에우페이테스의 말에 동의하고 있었기 때문이다.

그래서 그들은 황급히 번쩍거리는 청동 갑주를 입고 널찍한 고을 입구에 집합해서, 에우페이테스의 지휘로 행군했다. 그는 죽은 아들만큼 어리석은 마음을 다스리지 못하고 죽음을 향해 가고 있었던 것이다.

하늘에서 아테네 여신이 크로노스의 아들 제우스에게 말했다.

"제우스여, 부디 솔직히 대답해 주십시오. 이타케에서 무서운 칼바람을 일으키실 작정이십니까? 아니면 화해를 권하실 건가요?"

구름을 모으는 제우스가 대답했다.

"내 딸이여, 어째서 그대는 그런 일들을 자꾸 내게 물어보는가? 애당초 이런 방책을 꾸며낸 건 그대 자신이다. 그 구혼자들을 오뒷세우스가 귀국해서 죽이고 보복을 한다는 그런 경우를 말이야. 그러니 그대가 생각하시오. 하지만 이것만은 분명히 말해 두지. 무엇이 의로운 일인가를. 존엄한 오뒷세우스가 이미 구혼자들을 죽인 바에는 서로 양보해서 굳은 평화의 서약을 교환하고, 그에게 오래오래 왕위를 보존시키며, 고을 사람들은 아들들과 형제들의 살육을 잊도록 해주어야 하지 않겠나. 이전이나 다름없이 서로 친하며, 부귀와 평화를 푸짐하게 누리도록."

아테네는 벌써 이타케로 훌쩍 뛰어내렸다.

오뒷세우스 일행은 배불리 식사를 하고 느긋한 마음으로 앉아 있었다. 그러다가 오뒷세우스가 한 마디 했다.

"누구든지 밖을 좀 살펴보고 오게나. 고을 사람들이 근처에 몰려와 있으면 큰일이니까."

돌리오스의 아들 하나가 시키는 대로 밖으로 나가 문지방에 올라서서 바라보았다. 그런데 이미 고을의 무리들이 근처에 모습을 나타냈다. 그는 황급히 되돌아와서 오뒷세우스에게 알렸다.

"큰일났습니다. 그들은 벌써 가까운 곳에 와 있습니다. 빨리 무장해야겠습니다."

그들은 모두 일어서서 무장을 했다. 오뒷세우스 일행 네 명과 돌리오스의 아들 여섯 명, 게다가 라에르테스와 돌리오스도 머리는 백발이 되었지만 전사가 되어 갑주를 입었다. 그들은 번쩍거리는 청동 갑주를 입고 대문을 열어젖히며 오뒷세우스를 앞세우고 밖으로 밀려나갔다.

그들 바로 가까이에 아테네 여신이 멘토르의 모습을 하고 나타났다. 그 모습을 발견하고 오뒷세우스가 몹시 기뻐하며 아들 텔레마코스에게 말했다.

"텔레마코스여, 이제는 너도 그만한 처지에 이르렀으니 각오는 되었겠지. 전쟁에 나가는 무사들이 누가 가장 뛰어난지 결정되는 참이다. 조상의 집안을 욕되게 하지 않는다는 각오 말이다. 우리 집안은 예전부터 무력에서나 용감성에서나, 온 세계에서도 뛰어났었으니까."

텔레마코스가 사려깊게 대답했다.

"사랑하는 아버지, 소원이시라면 지켜보십시오. 저는 결코 우리 집안을 욕되게 하지는 않을 것입니다. 아버지 말씀대로요."

라에르테스가 그 말을 듣고 몹시 기뻐했다.

"자비로운 신들이시여, 오늘은 참으로 기쁜 날입니다. 아들과 귀여운 손자가 무용을 겨루게 되다니요."

그 옆으로 아테네 여신이 다가와서 말했다.

"나의 모든 전우들 중에서 특히 친한 친구, 아르케이시오스의 아들이여, 빛나는 눈의 여신과 위대한 제우스 신에게 기원한 후에, 긴 창을 던지세요."

팔라스 아테네는 노인에게 대단한 기력을 불어넣었다. 그래서 그는 위대한 제우스 신의 따님에게 기도를 드리고 이내 기다란 창을 잘 휘둘러 던졌다. 창은 에우페이테스의 투구를 꿰뚫었다. 에우페이테스가 요란한 소리를 내며 쓰러지자, 갑주가 그의 몸 위에서 덜그렁하고 울었다. 그러자 오뒷세우스와 명예로운 아들은 적진에 덮쳐들어, 검으로 혹은 창으로 적을 찔러댔다. 그야말로 한 사람도 살아서 돌아갈 수 없었을지도 몰랐다. 만약 염소가죽 방패를 가진 제우스의 따님인 아테네 여신이 큰소리로 외쳐 전투를 만류하지 않았더라면.

"이타케인들이여, 처참한 전쟁에서 한시라도 빨리 피를 흘리지 않고 일을 수습하도록 전투를 중지하시오."

신의 음성에 그들은 창백한 공포에 사로잡혔다. 모두들 부들부들 손이 떨려서 손에 쥐고 있던 무기를 땅 위로 떨어뜨렸다. 그러고는 모두 생명이 부지되기를 빌며 고을을 향해 도망쳤다.

그 뒤를 참을성 있고 존엄한 오뒷세우스가 무서운 함성을 지르며 하늘을 나는 독수리처럼 덮쳐갔다. 그때 제우스가 벼락을 던졌다. 벼락은 아테네 여신 바로 앞에 떨어졌다. 여신이 오뒷세우스를 향해 말했다.

"제우스의 후손인 라에르테스의 아들이며 지혜가 풍부한 오뒷세우스여, 그만두게. 모두에게 꼭 같은 피비린내나는 전쟁은 이제 그만둬야 해. 자칫 해서 그대에 대해, 넓은 하늘에 천둥을 울리시는 제우스 신이 화를 내시면 안 되니까."

오뒷세우스는 아테네 여신의 말씀을 따랐는데, 속으로는 그도 그러기를 바라고 있었기 때문이다.

그래서 아이기스를 가진 제우스의 딸 아테네 여신은 멘토르의 모습과 음성을 빌려 양쪽을 설득시켰고, 화해의 서약을 맺게 했다.

《일리아스》가 끝나면 《오뒷세이아》가 펼쳐진다!

　호메로스의 《일리아스》와 《오뒷세이아》는, 말하자면 이야기의 전편과 후편 같은 관계입니다. 우리민족이 단군신화에서 뿌리를 찾듯, 서구인들이 자신들 문화와 정신의 뿌리를 찾는 것이 바로 '그리스 신화'인데, 그리스 신화는 트로이아 전쟁 전후의 다양한 에피소드에 상당 부분 기인합니다. 그 트로이아 전쟁의 이야기를 쓴 것이 《일리아스》, 전후 이야기를 쓴 것이 《오뒷세이아》인 것입니다.

　《일리아스》에서 우리는 트로이아 전쟁 10년의 사정을 알게 됩니다. 트로이아 왕자 파리스가 스파르타의 왕비 헬레네와 함께 달아난 것이 발단이 되어, 희랍 전역의 내로라하는 젊은 무사들은 모두 참여한 대규모 원정이 일어났습니다. 왕비를 빼앗긴 최강국 스파르타의 왕 메넬라우스는 역시 최강국의 군주인 형 아가멤논과 상의, 둘은 희랍 전역의 유명한 용장들을 모두 동원한 압도적인 군단을 꾸려서 트로이아로 갔습니다. 그러니 희랍군은 곧바로 트로이아를 박살내고 왕비를 찾아올 줄 알았는데, 신들의 개입으로 전쟁이 10년이나 이어집니다. 잠깐 다녀올 줄 알고 떠났던 집에 10년이나 돌아가지 못하게 된 것입니다. 타지에서의 고생이 심하자 마지막에는 아가멤논과 아킬레우스의 다툼으로 궤멸 위기까지 치닫습니다. 하지만 제우스의 개입으로 트로이아의 핵심 전력 헥토르가 전사하면서 분위기는 역전됩니다.

그런데 막상 《일리아스》에서는 트로이아 전쟁의 결말을 알려주지 않았습니다. 다만 트로이아의 최고 용사 헥토르의 죽음으로 이야기가 끝맺음하기 때문에 '트로이아가 지겠구나.' 하고 추측할 수 있을 뿐입니다. 트로이아 목마 전략으로 희랍군이 일리오스 성을 불태운 것이나, 불사의 몸이었지만 유일한 약점인 발뒤꿈치를 맞고 죽었다는 아킬레우스의 최후는 모두 《오뒷세이아》에서 알려주고 있습니다.

《오뒷세이아(오뒷세우스의 여행)》의 주인공 오뒷세우스는 그리스 반도 서쪽에 있는 섬 이타케의 군주인데, 지략이 뛰어나기로 희랍 전역에 소문이 자자했던 탓에 아가멤논과 메넬라우스 형제에게 뽑혀서 트로이아 원정에 동원되었습니다. 본인도 가기 싫었던 원정이지만 기왕에 가게 됐으니 우수한 전력이 많으면 좋겠다고 생각했던지, 역시나 전쟁에 나가지 않으려고 여장을 하고 숨어 있던 아킬레우스를 찾아내서 끌고 가는 것도 역시 오뒷세우스의 지략이었습니다. 그리고 과연 그가 속이 텅 빈 목마를 만들자고 제안해서 난공불락이었던 일리오스를 철저하게 파괴하게 됩니다.

그런데 승전 후 다른 희랍군들은 그리운 고향으로 돌아가지만, 오뒷세우스만은 또다시 10년이나 지중해 전역을 떠돌게 됩니다. 희랍군들이 10년

만에 고향에 돌아간다는 마음에 들뜬 나머지, 승리에 결정적인 도움을 준 신들에 대한 감사기도를 빼먹었기 때문이었습니다. 그러자 용서 없고 가차 없기로 유명한 그리스 신답게 제우스와 아테네가 그들의 귀국길에 폭풍우를 보내서 배들을 무차별 난파시킵니다. 그래서 메넬라우스는 아내는 되찾았지만 오래도록 아프리카를 떠돌게 되고, 아가멤논은 고향땅을 밟자마자 아내가 꾸민 계략에 의해 살해당합니다.

오뒷세우스의 배도 연속으로 난파되는데, 그러다가 퀴클롭스의 섬에 도착한 것이 화근이었습니다. 우연히 난폭한 외눈 거인 퀴클롭스족답게 폴뤼페모스라는 자의 동굴에 들어갔다가 그에게 잡아먹힐 위기에 처한 것입니다. 하지만 역시 꾀 많은 자답게 그를 속여서 눈을 찌른 후 양 배에 매달린 긴박한 탈출에 성공하는데, 이때도 그만 승리에 도취한 나머지 그로부터 벗어나면서 "내 이름은 오뒷세우스!"라고 약올리듯 가르쳐주고 맙니다. 처음에는 "아무도아니"라고 속였는데 말입니다. 그런데 폴뤼페모스는 하필이면 바다의 신 포세이돈의 아들이었습니다. 그래서 폴뤼페모스가 아버지에게 '오뒷세우스가 고향에 돌아가지 못하게 해달라!'고 울부짖었고, 그 기도를 들은 포세이돈이 응답합니다. 다만 제우스가 정한 오뒷세우스의 운명은 고향에 돌아가는 것이었기 때문에 '그렇다면 귀향할 때 하더라도 최대한 늦게, 최대한 고생하다가 돌아가게 만들겠다.'고 분노를 곱씹는 것입니다.

그래서 오뒷세우스는 퀴클롭스 섬을 탈출한 후에 아이올리에 섬 아이올로스 왕의 도움으로 이타케 섬 앞바다까지 갔다가 실패합니다. 그뿐만 아니라 마법을 걸어서 사람을 동물로 만들어버리는 님프 키르케의 섬에 들어가 발이 묶여 버립니다. 그곳에서 빠져나오려면 저승의 예언가 테이레시아스에게 가서 주의사항을 듣고 와야만 했습니다.

하지만 저승도 오뒷세우스의 귀향 의지를 꺾지는 못했으니, 그는 하데스의 궁전까지 내려갔다가 돌아옵니다. 그래서 뱃사람들을 유혹해서 배를 난파시켜 죽이는 '세이렌 자매의 노랫소리'도 무사히 통과하고, 사람을 잡아먹는 스퀼라와 익사시키는 카립디스로부터도 탈출하는데, 마지막 관문인 태양신 헬리오스의 섬 트리나키에서 또 문제가 생깁니다. 헬리오스의 가축을 하나도 잡아먹지 않는 것이 주의사항이었는데, 신들이 그곳에 상륙시키고는 1달이나 폭풍우를 보내서 출항을 막으니 결국 음식이 떨어진 동료들이 소를 잡아먹은 것! 포세이돈은 기회를 놓치지 않고 오뒷세우스의 배를 산산조각내서 선원들을 모두 죽입니다.

아직 죽을 운명이 아니었던 오뒷세우스만 칼립소의 섬 오귀기에로 보내집니다. 그런데 그곳은 사람이 하나도 없고 배도 하나도 없는 곳인데다가, 아틀라스의 딸 칼립소가 오랜만에 찾아온 손님을 보내지 않으려고 갖은 수를 다 썼기 때문에 그는 7년이나 유배 생활을 해야 했습니다.

한편 다른 희랍군들이 모두 귀국한 후에도 오뒷세우스만 10년이나 소식이 없자, 이타케의 가족들은 애가 탑니다. 전사했다거나 난파당했다거나 하는 확실한 소식이 있으면 포기라도 하는데, 오뒷세우스만 하늘로 솟았는지 땅으로 꺼졌는지 갑자기 사라져 버린 것입니다. 아무도 그의 소식을 몰랐습니다. 그러자 점차 오뒷세우스가 사망했다는 쪽으로 의견이 기울며 그의 왕위와 재산을 탐하는 자들이 하나둘 출현합니다. 원정까지 총 20년이나 집에 돌아오지 않는 남편을 기다리는 페넬로페에게 희랍 전역의 영주

100여 명이 몰려와서 구혼을 하기 시작한 겁니다. 하지만 말이 구혼이지, 허락도 없이 집에 들어와서 유숙하며 부어라 마셔라 날마다 잔치를 벌였고, 어린 아들 텔레마코스가 성장해 가자 살해 위협을 서슴지 않습니다.

상황이 이렇게 되자 포세이돈의 눈치를 보느라고 오뒷세우스를 방치했던 올림포스 천궁의 신들이, 포세이돈이 잠깐 자리를 비운 사이에 몰래 '오뒷세우스 귀향'을 결정하고 실행합니다. 뒤늦게 이 사실을 안 포세이돈은 격분했지만 신들 전체의 결정에 불복할 수는 없었기에, 오뒷세우스의 뗏목을 다시 한 번 난파시켜서 시련을 내립니다. 그때 오뒷세우스는 정말 죽을 위기에 처합니다. 그러자 아테네가 오뒷세우스와 텔레마코스 곁에 붙어서 열심히 그들의 상봉과 복수를 돕습니다.

기원전 9세기경 소아시아 이오니아 지방 출신의 작가 호메로스가 '에게 문명이 멸망하던 트로이아 전쟁에 대한 구전'들을 15,693행 총24권의 대서사시로 쓴 《일리아스》처럼, 《오뒷세이아》 역시 총 12,110행의 대서사시가 그리스 알파벳 순서대로 총 24권으로 구성되어 있습니다. 제1권부터 제4권까지는 갓난아기였던 텔레마코스가 부당함에 맞서서 일어서는 청년이 되는 성장기의 성격을 보이고, 제5권부터 제12권까지는 칼립소의 섬을 탈출해서 파이아케스인들의 스케리아 섬에 상륙한 오뒷세우스가 왕과 왕비 앞에서 털어놓는 독백으로 지난 모험담들이 소개됩니다. 그리고 제13권부터 마지막 제24권에서 오뒷세우스와 텔레마코스가 힘을 합해서 구혼자 무리들을 응징하는 이야기가 펼쳐집니다. 특히 희랍에서는 살인을 저지르면 피해자의 일가족들의 복수를 피해서 다른 나라로 망명하는 것이 관례였는데, 트로이아 전쟁이라는 지독한 전쟁을 일으켰던 제우스가 더 이상의 분란을 막고 평화를 유지시키겠다면서 오뒷세우스 측과 살해당한 피해자 가족들을 화해시키는 것으로 이야기가 끝나는 것이 인상적입니다.

워낙 방대하고 정교한 작품이다 보니 '호메로스는 실존인물이 아니라 전설 속 인물이다.', 《일리아스》와 《오뒷세이아》는 한 사람의 저서가 아니라 여러 방랑시인들의 집단 창작물이다.' 등의 의견도 있지만, 시간이 갈수록 새롭게 발견되는 고고학적 발견들과 사료들(기원전 5세기의 철학자 크세노파데스, 역사학자 헤로도토스의 저서)이 '호메로스는 실존인물이었을 뿐만 아니라 위대한 시인이었다.'는 의견에 힘을 더해주고 있습니다. 또 오뒷세우스가 방랑했던 곳들이 지중해 전역에 실존하고 있습니다.

희랍 알파벳 개수와 같은 24권 구성이나 첫 3권이 마지막 3권과 짝을 이루는 '되돌이 구성'에서 보이는 플롯의 정교함, 운명에 매여 있으면서 한편으로는 그 운명에서 벗어나려고 끊임없이 노력하는 인간의 희비극에 대한 철학적 고찰, 공정하거나 위대하거나 자애롭거나 하는 한 가지 성격으로 규정되지 않는 신에 대한 경외심과 이해 등이 다양하게 뒤엉켜서 방대한 스케일의 세계관을 보여주는 고전 중의 고전이 아닐 수 없습니다.

홍신세계문학 021

오뒷세이아

초판 발행　　　_1992년　8월 10일
개정판 2쇄 발행_2017년 11월 20일

지은이_호메로스
옮긴이_강영길
펴낸이_지윤환
펴낸곳_홍신문화사

출판 등록_1972년 12월 5일(제6-0620호)
주소_서울시 동대문구 안암로50-1(용두동) 730-4(4층)
대표 전화_(02) 953-0476
팩스_(02) 953-0605

ISBN 978-89-7055-821-9 04890
ISBN 978-89-7055-800-4(세트)